中國古代文學批評要籍叢書

滄浪詩話校箋

下

[宋]嚴羽 著
張健 校箋

上海古籍出版社

詩法

【解題】 此篇編入《詩人玉屑》卷一「詩法」門，題「滄浪詩法」。元刊本《滄浪吟卷》卷一載此篇，列在第三，題「詩法」。兩個版本系統條目分合不同，《詩人玉屑》共有十四條，元刊本則爲二十條。在文字上，兩個版本系統亦有差異。通行本文字乃從元刊本而來。

詩法，謂詩歌的法則。然詩歌之法則又有不同的層次及方面。許印芳《詩法萃編》：「全書皆講詩法，此又擇其切要者，示人法門耳。」

一

學詩先除五俗〔一〕：一曰俗體〔二〕，二曰俗意〔三〕，三曰俗句〔四〕，四曰俗字〔五〕，五曰俗韻〔六〕。

【箋注】

〔一〕學詩句：朱東潤《滄浪詩話參證》：「江西派論詩首重去俗，去俗之說起於魯直，其《與元勛書》云：『文章無他，但要直下道而語不粗俗耳。』所謂直下道者，不善用之，則爲直率，至其去俗之言，自是至論。《書嵇叔夜詩》亦云：『余嘗爲弟子言，士生於世，可以百爲，惟不可俗，俗便不可醫也。或問不俗之狀，余曰難言也，視其平居無以異於俗人，臨大節而不可奪，此不俗人也。』右論通之於詩，故魯直論叔夜之詩『豪壯清麗，無一點塵俗氣，凡作詩者，不可不成誦在心，想見其人。』滄浪本之，故於《詩法》篇首言『學詩先去五俗，一曰俗體，二曰俗意，三曰俗句，四曰俗字，五曰俗韻』，推本魯直之意，別爲演申，此則於以禪喻詩之外，其說之出於江西者也。」（《中國文學論集》一三三頁）

郭紹虞《滄浪詩話校釋》：「案去俗之說，亦宋時習見之論。蘇軾《於潛僧綠筠軒詩》云：『無肉令人瘦，無竹令人俗。人瘦尚可肥，士俗不可醫。』黃庭堅《書嵇叔夜詩與姪榎》云：『士生於世可以百爲，唯不可俗，俗便不可醫也。』許彥周《詩話》謂：『作詩淺易鄙陋之氣不除，熟讀李義山、黃魯直之詩則去之。』姜夔《白石道人詩說》謂：『人所易言，我寡言之；人所難言，我易言之，自不俗。』徐度《却掃編》亦言：『陳參政去非少學詩於崔鶠，嘗問作詩之要，崔曰，凡作詩工拙所未論，大要忌俗而已。』即朱子論詩亦言：『先須識得古今體製雅俗鄉背，仍更洗滌得盡腸胃間夙生葷血脂膏。』（《答鞏仲至書》）可知滄浪所論自有所本。不過對於『俗』字意義的理解，恐怕各人並不完全相同。」

【附録】

陳師道《後山詩話》：「寧拙勿巧，寧樸毋華，寧粗毋弱，寧僻毋俗，詩文皆然。」

吳喬《圍爐詩話》卷一：「嚴滄浪云：『詩禁五俗：俗體、俗意、俗句、俗字、俗韻，皆不可犯。』此言最善。」

陳衍《石遺室詩話》卷二三：「詩最忌淺俗。何謂淺？人人能道語是也。何謂俗？人人所喜語是也。」

近藤元粹《螢雪軒叢書》評：「先除五俗，大然。」

〔二〕俗體：此處體可分爲體裁之體及風格之體，俗體當亦包括體裁之俗與風格之俗。不過，究竟什麼樣的體爲俗，站在不同的詩學立場上，會有不同的看法。朱熹《跋病翁先生詩》：「此病翁先生少時所作《聞箏》詩也，規模意態，全是學《文選》樂府諸篇，不雜近世俗體，故其氣韻高古，而音節華暢，一時輩流，少能及之。」此俗體之體乃風格之體。朱熹崇選體，故以近世詩風爲俗體。嚴羽没有明説何爲俗體，但他推崇漢魏晉與盛唐之詩，當時詩壇流行的晚唐體，在他看來，恐怕就是俗體。陶明濬《詩説雜記》稱俗體指應酬詩、試帖詩。應酬詩固然俗，然其俗屬於内容方面，似應屬「俗意」。試帖詩是科舉詩體，嚴羽早棄科舉，以試帖詩爲俗體，陶氏所言或爲有據。

陶明濬《文藝叢考初編》卷二《詩説雜記》九：「俗體者何？當世所盛行，如應酬諸詩，毫無意味，腴詞靡靡，若試帖等類，今亦不成問題矣。」

〔三〕俗意：指詩歌内容而言。古人主張詩如其人，詩歌之意的雅俗與詩人性情之雅俗相關，只有詩人不俗，詩意才能不俗。

陶明濬《文藝叢考初編》卷二《詩説雜記》九：「俗意者何？善頌善禱，能諛能諂，毫無超逸之志是也。」

〔四〕俗句：當指詩歌用語淺俗。詩句之俗，有的是語、意俱俗，有的是意俗語不俗，有的則是意不俗語俗。嚴羽前已説過意俗，則此句俗當偏指詩語之俗。元無名氏詩法《詩教指南集》「辨詩俗字俗句」條舉唐吕巖《牧童》詩「草鋪横野六七里，笛弄晚風三四聲。歸來飽飯黄昏後，不脱蓑衣卧月明」，謂第三句「甚俗」，第四句「又俗」，並説：「此詩雖有俗字俗句，而其中隱逸安舒之趣，則深遠無窮，學者略其俗而味其趣可也。」根據評語，此詩意趣並不俗，其所謂俗當是指三、四句語言比較淺俗。可見詩句淺俗，並不等於詩意也俗。陶明濬《文藝叢考初編》卷二《詩説雜記》九：「俗句者何？沿襲剽竊，生吞活剥，似是而非，腐氣滿紙者是也。」以爲俗句是指剽襲前人的詩句，此恐不符合嚴羽原意。

〔五〕俗字：指詩歌用淺俗字。俗句中固然亦有用俗字的問題，著眼却在整個詩句之俗，而俗字則僅指用字而言。陶明濬《文藝叢考初編》卷二《詩説雜記》九：「何謂俗字？風云月露，連類而及，毫無新意者是也。」此所謂俗字似非嚴羽所指。

〔六〕俗韻：陶明濬《文藝叢考初編》卷二《詩説雜記》九：「何謂俗韻？過於奇險，困而貪多，過於率易，雖一韻亦不（按「不」字當衍）俗者是也。」按照陶氏的説法，乃是指用韻奇險、率易。

荒井健日譯《滄浪詩話》注：「俗韻謂只用熟爛字做韻脚。」

【總説】

嚴羽主張去五俗，正面的主張就是崇雅。而蘇、黄都崇雅斥俗，故朱東潤、郭紹虞諸先生認爲，嚴羽雖批評蘇、黄，但其間亦有承繼關係。不過，嚴羽之崇雅與蘇、黄又有不同。

蘇、黄都主張以俗爲雅。蘇軾《東坡志林》：「詩須要有爲而後作，當以故爲新，以俗爲雅，好奇新乃詩之病。柳子厚晚年詩極似淵明，知詩病也。」黄庭堅《再次韵并序》云：「以俗爲雅，以故爲新，百戰百勝，如孫吴之兵，棘端可以破鏃，如甘蠅、飛衛之射：此詩人之奇也。」（《山谷内集詩注》卷十二）蘇、黄以俗爲雅之主張，在創作上亦有體現，對此，宋人頗有論及。《後山詩話》：

熙寧初，有人自常調上書，迎合宰相意，遂丞御史。蘇長公戲之曰：「有甚意頭求富貴，没些巴鼻使姦邪。」有甚意頭、没些巴鼻，皆俗語也。

《西清詩話》言：

「王君玉謂人曰：詩家不妨間用俗語，尤見工夫。雪止未消者，俗謂之待伴。嘗有雪詩：『待伴不禁鴛瓦冷，羞明常怯玉鈎斜。』待伴、羞明，皆俗語，而采拾入句，了無痕纇。此點瓦礫爲黄金手也。」余謂非特此爲然，東坡亦有之，「避謗詩尋醫，畏病酒入務」，又云「風來震澤帆初飽，雨入松江水漸肥」。尋醫、入務、風飽、水肥，皆俗語也。又南人以飲酒爲軟飽，北人以晝寢爲黑甜，故東坡云「三盃軟飽後，一枕黑甜餘」，此亦用俗語也。

楊萬里《誠齋詩話》：

有用法家吏文語爲詩句者，所謂以俗爲雅。坡云：「避謗詩尋醫，畏病酒如務。如前卷僧顯，萬探支闌入。」亦此類也。

黄庭堅以俗爲雅的例子，任淵指出的一是其《贈李輔聖》中「舊管新收幾妝鏡」一句，注云：「舊管新收，本吏文書中語，山谷取用，所謂以俗爲雅也。」（《山谷内集詩注》卷十五），另一是《送徐景道尉武寧》詩句：「風俗諳鄰並，艱難試事初。」注云：「鄰並、事初，使俗語，所謂以俗爲雅也。」

俗就是俗，何以能够以俗爲雅？俗字、俗語是俗，而非雅，但是，如果俗字、俗語被運用到詩中，體現了雅的精神旨趣，此俗字、俗語就被雅化了。雅之與俗，關鍵要看它體現了怎樣的精神意旨；如果精神旨趣是雅的，即便其形式是俗的，那麼，這種俗的形式也因體現了雅的旨趣而被雅化了。劉克莊謂：「若意義高古，雖用俗字亦雅，陳字亦新，閑字亦警。」（《後村先生大全集》卷一一一《跋方俊甫（元英）小稿》）劉氏所言就是上述的道理。這種道理出自禪家。禪家認爲，擔水劈材，穿衣吃飯，無非妙道。擔水劈材等等是世俗人的生活，但因精神境界不同，同是擔水劈材，其意義就有不同。此道理體現在詩歌上亦相同。

不過，既然蘇、黄論詩都主雅，那又何以不用雅的字句而轉用俗的字句來達意？其實關鍵不在達意本身，而在審美方面。因爲俗字畢竟是俗字，雖因表現雅的精神旨趣而被雅化，但俗字俗語畢竟在審美色彩上與雅的字詞有所不同，雅的意旨與俗字俗語原本所帶有的俗的色彩之間存在着某種張力，這種張力會造成一種以雅化俗、俗中透雅的特殊美感，這種特殊的美感與直接用雅的字詞表現雅的意趣所造成的美感是不同的。

嚴羽之去五俗，與蘇、黄之崇雅，雖然在總的取向上具有一致性，但蘇、黄之以俗爲雅，却不爲嚴羽所認同。

對於嚴氏之説，明人雷燮也並不完全認同。雷氏以杜甫之用俗字來批評嚴羽的去俗字之説。其《南谷詩話》卷下：

詩忌五俗，俗字何傷？唐人惟老杜善用俗字。如「兩個黄鸝鳴翠柳，一行白鷺上青天」。杜審言詩云：「乍將雲島極，還與星河決。」「兩個」、「一行」、「乍將」、「還與」，皆俗字也。審言、老杜句法相似。如「牽絲紫蔓長」即「水荇牽風翠帶長」，其「鶴子曳童衣」，即「儒衣山鳥怪」，其「雲陰送晚雷」即「雷聲忽送千山雨」，此類亦多。况用俗字乎？杜荀鶴亦云：「就船買得魚偏美，踏雲沽來酒倍香。」「買得」、「沽來」，亦俗字也。或云：荀鶴、牧之、微之，况「風煖鳥聲脆，日高花陰重」，唐詩三百首，盡在此聯中，非得杜家法耶？

雷燮將用俗字看作是杜詩的傳統。在他看來，杜詩是經典，既然杜詩用了俗字，説明詩歌用俗字亦未嘗不可。

【附録】

程兆熊《中國詩學》第二十五講「詩的俗與妄」：

實在韻無所謂俗不俗，字亦無所謂俗不俗，句亦無所謂俗不俗，意亦無所謂俗不俗，即體亦無所謂俗不俗，只在用之如何。用之俗，即爲俗；用之不俗，即爲不俗。而用之者，固全在乎人。人若不俗，則體即不俗；體若不俗，意即不俗；意若不俗，句即不俗；句若不俗，字即不俗；而韻更無所謂俗。因此之故，詩之所以俗，總由於人之俗。而人之所以俗，則又往往由於熟。禪宗之不立文字，乃由於文字之爛熟。詩人之不喜言詩，亦由於詩之爛熟。（七九頁。臺北：鵝湖書屋，一九六三年）

二

有語忌〔一〕，有語病〔二〕。語病易除，語忌難除。語病古人亦有之，惟語忌則不可有。

【校勘】

〔有語病〕「有」字，《適園叢書》本無。

〔語忌難除〕陳定玉校《嚴羽集》：「《玉屑》作『語忌難變』。」

〔語病古人亦有之二句〕郭紹虞《校釋》：「《玉屑》作小注。」「則不可有」，陳定玉校《嚴羽集》：「《玉屑》無『則』字。」

【箋注】

〔一〕語忌：陶明濬《文藝叢考初編》卷一《語忌與語病》：「語忌者何？如人患狂易之疾，高睨大談，專觸法禁，一旦罹於羅織，必有性命之虞，雖有造命者，亦不能救之。詩之道亦如是耳。」此將「語忌」理解爲觸犯政治方面的禁忌，恐非嚴羽之意，且嚴羽前後人言語忌也與此無涉。

郭紹虞《校釋》：「案劉攽《中山詩話》云：『詩有詩病、俗忌，當避之。』惟未明言何者爲病，何者爲忌。……考《詩史》謂：『王靖學蘇子美作壯語曰：「欲往海上吞鯨鯢。」又盧延遜《吊陳亡將詩》云：「自是硇砂發，非干炮石傷。牒多身上字，碗大背邊瘡。」此乃打脊詩也。皆語忌爾，作詩宜以爲戒。』則是所謂語忌者，又指命意之舛。楊萬里《誠齋詩話》謂『投人詩文有語忌者不可不知』，亦指命意之不檢點處。」此謂語忌或爲命意之舛，或爲命意之不檢點處，皆屬於命意的缺陷。

按所謂「語忌」，乃指詩語的忌諱。有時指詩歌用語會引起某些不當有的聯想，而這些聯想會影響詩意的表現或者美感。劉攽《中山詩話》：「劉子儀贈人詩云：『惠和官尚小，師達祿須干。』取柳下惠聖之和，師也達，而子張干祿之事。或有除去『官』字示人，曰：『此必番僧也，其名達祿須干。』聞者大笑。詩有詩病俗忌，當避之。此偶自諧合，無若輕薄子何，非筆力過也。」按《孟子·萬章下》：「柳下惠不羞汙君，不辭小官，進不隱賢，必以其道。……柳下惠，聖之和者也。」《論語・雍也》説「賜也達」（端木賜，字子貢），《論語・先進》説「師也辟」（顓孫師，字子張），《論語・爲政》説「子張學干禄」。上兩句詩謂：柳下惠雖爲聖之和，然其官尚小；欲仕宦之達，須如子張學干禄。其詩意自無問題，然詩句容易引起人們的聯想，覺得像西域僧人的名字，引人發笑，這樣就影響了詩歌的表達效果。

魏泰《東軒筆録》卷十五：「程師孟知洪州，於府中作静堂，自愛之，無日不到。作詩題于石曰：『每日更忙須一到，夜深長是點燈來。』李元規見而笑曰：『此無乃是登溷之詩乎？』」此兩句詩就被聯想到上厠所詩了。曾慥《類説》卷五十一「銀花合金銅釘」條：「開元中，宰相蘇味道與張昌齡俱有名，嘗誚蘇曰：『某詩所以不及相公者，爲無「銀花合」故也。』蘇有觀燈詩曰：『火樹銀花合，星橋鐵鎖開。』味道云：『子詩雖無「銀花合」，還有「金銅釘」。』昌齡《贈張昌宗》詩曰：『昔日浮丘伯，今同丁令威。』」「火樹銀花合」之「合」本爲會合之合，但「銀花合」三字與器物名「銀花盒」諧音，易於引起聯想；「今同丁令威」之「今同丁」與「金銅釘」同音，也易生聯想。一旦引起此類的聯想，就會影響詩句原有的美感。

語忌有時是指在某一特定範圍及場合内觸犯了他人的某種忌諱。楊萬里《誠齋詩話》説：「投人詩之有語忌者，不可不知。人有上文潞公詩，用壽考字。公曰：『五曰考終命，和我死也説了。』程子山自中書舍人謫爲贛州安遠令，士子上生日詩，用嶽降事。子山曰：『降做縣令了，更去甚處？』」有人給文彦博獻祝壽詩，用了「壽考」二字，此二字出《詩經・大雅・棫樸》「周王壽考，遐不作人」，用以稱人高壽，原無問題。然《尚書・洪範》有五福之説，其一曰「壽」，其五曰「考終命」，根據僞孔安國傳「考終命」

之意是「各成其短長之命以自終，不横天」，即能盡其天年而終，不會中途夭折，觸及死的問題。作壽詩者可能没有料到此一層，然此詩句却隱含了往這方面聯想的可能性，這就犯了忌諱。又程子山由中書舍人被貶爲安遠令，士子所上生日詩用了《詩經·大雅·崧高》「維嶽降神，生甫及申」的典故，本有恭維之意，但因有「降」字，會令程子山聯想到降職，就犯了忌諱。這些語忌原本不是詩歌本身的問題。

語忌不僅詩歌有，文也有。洪邁《容齋隨筆》卷十五「京師老吏」條：「京師盛時，諸司老吏類多識事體，習典故，翰苑有孔目吏，每學士制草，出必据案細讀，疑誤輒告。劉嗣明嘗作皇子剃胎髮文，用『克長克君』之語，吏持以請。嗣明曰：『此言堪爲長，堪爲君，真善頌也。』吏拱手曰：『内中讀文書不如是，最以語忌爲嫌。既尅長，又尅君，殆不可用也。』嗣明悚然，亟易之。」劉嗣明文中「克長克君」，原本意在頌皇子「能長能君」，命意甚佳，但「克」字與「尅」同音，犯了「尅長尅君」之忌諱。謝維新《古今合璧事類備要》續集卷三十九「賦中語忌」條：「治平中，省試《大舜善與人同》賦。一舉人見黜，心甚不平。其破題云：『昔有大舜，潛心至仁，道雖貫於萬世，善猶同於衆人。』或謂之曰：以『尿罐』對『油筒』，宜乎黜落。」「雖貫」與「尿罐」、「猶同」與「油筒」音近，會引起不雅的聯想，雖然此舉人未見得因此被黜落，但由此可以見出當時作文是有語言上之禁忌的。

語忌的問題如果單就詩、文本身言，原非命意缺陷問題，而是作品在接受過程中産生的問題。作品是要給人讀的，因而作者在寫作時就有必要顧及讀者的聯想與反應，避免一些負面的效果，所以語忌又謂之俗忌。

〔二〕語病：陶明濬《文藝叢考初編》卷一《語忌與語病》：「語病者何？如人之有疾病，駢拇枝指，則侈於性也；附贅懸疣，則侈於形也。人患此病，固覺神累形辱，舉動不便，然遇扁鵲之醫，施刀圭之劑，則應手奏效，意中之事耳。」此謂詩中所不應有的贅餘，但未指具體是什麽。

郭紹虞《校釋》：「考《蔡寬夫詩話》謂：『晉宋間詩人造語雖秀拔，然大抵上下句多出一意。如「蟬噪林逾静，鳥鳴山更幽」之類，非不工也，終不免此病。其甚乃有一人名而分用之者，如劉越石「宣尼悲獲麟，西狩泣孔丘」，謝惠連「雖好相如達，不同長卿慢」等語，若非前後映帶，殆不可讀。』則是所謂語病者，乃造句之病。」

郭紹虞先生謂語病是造句之病，固是，然語病有涉及意義的，有關乎語言形式的。郭紹虞先生所舉《蔡寬夫詩話》中的例子屬於形式上的問題，「蟬噪」、「鳥鳴」二句就意義本身言本無毛病，其所謂病是上下句同意。「宣尼」兩句、「雖好」兩句意義上也並無問題，而所謂病者是上下兩句詩中分用了同一人的名字。

語病還指意義上的毛病，如歐陽修《六一詩話》：「詩人貪求好句，而理有不通，亦語病也。如『袖中諫草朝天去，頭上宫花侍宴歸』，誠爲佳句矣，但進諫必以章疏，無直用稿草之理。唐人有云：『姑蘇臺下寒山寺，半夜鐘聲到客船。』説者亦云，句則佳矣，其如三更不是打鐘時！」此兩例都是詩句理有不通之病，即所謂意義的問題。

葉夢得《石林詩話》卷中：「學者多議子瞻『木杪見龜趺』，以爲語病，謂龜趺不當出木杪。殊未之思。此題程筠光墓歸真亭也，東南多葬山上，碑亭往往在半山間，未必皆平地，則下視之龜趺出木杪，何足怪哉！」學者批評蘇軾「木杪見龜趺」，也是言其語義上有問題，因爲從邏輯上説墓碑不可能在樹梢之上。而葉夢得認爲這種批評其實没有道理，因爲批評者没有考慮到詩中所寫的是半山之上的墓，如果從下往上望墓碑，感覺其在樹梢的上面完全是有可能的。

語病是詩句自身的毛病，語忌嚴格説起來並不算是詩句自身的毛病，只有聯繫到詩歌以外的背景才能發現問題。然宋人也有將語忌當作語病的，因爲作詩應該避免語忌，如果作者没有留意此問題，引起不必要的聯想，影響了詩歌的效果，從廣義上説也算是一種語病。如張鎡《仕學規範》卷三十九：「梅聖俞嘗云：詩句義理雖通，語涉淺俗而可笑者，亦其病也。如有《贈漁父》云：『眼前不見市朝事，耳畔唯聞風雨聲。』説者云患肝腎風。又『盡日覓不得，有時還自來。』本謂詩之好句難得，而説者云：此是人家失却猫兒。聞以爲笑。」這裏所説的語病就其詩句本身而言並無問題，只是會引起人們的令人發笑的聯想，其實也是一種語忌。郭紹虞先生《校釋》説：「但語忌語病畢竟不曾説得分明，昔人亦多混用處。」其説亦是。

三

須是本色〔一〕，須是當行〔二〕。

【校勘】

上海古籍出版社排印本《詩人玉屑》此條與上條合爲一條，作第二條。中華書局二〇〇七年版排印本《玉屑》於「須是本色」句補校：「據各本《詩人玉屑》，此句上應空一格。」是。今檢宋本及元本《玉屑》，亦是獨作一條。陳定玉校《嚴羽集》：「《玉屑》此則與上則合爲一則。」乃襲排印本《詩人玉屑》之誤。

【箋注】

〔一〕本色：本來的顔色。借以指事物本有的特徵。以本色論詩，有不同的涵義。其一是指詩歌作爲一個文類固有的特徵。嚴羽所謂本色，就是在這種意義上説的。參見《詩辯》篇「唯悟乃爲當行，乃爲本色」箋。

本色的另一涵義是天然、天真之意，這是相對於人爲修飾而言的。陶明濬《文藝叢考初編》卷一《詩説雜記》八：

又曰：「須是本色，須是當行。」二語真作詩之圭臬。何謂本色？全其天真，不加雕飾，如大圭之不琢，大羹之不和，大璞之不劀，乃可爲貴也。故曰至人皓皓，游心厥初，太虛爲輿，恬御静驅，細人絢智，斯造斯琢，役采損質，離奇紛錯，至人之行既然，至人之詩，亦何獨不然？所謂本色者，本然之色也。文中子曰：「一枝花，剪裁繪畫，看時雖似相類，終不若化工所生，自有一般生意。」明乎此言，則知詩句本色一失，則土苴之不若矣。

今人爲詩者，學不過人，才不過人，識不過人，而愛好之者過甚，專務揬張咫聞，以眩豆目，於是天工不足，濟以人巧。剪裁堆疊，陳陳相因，偷意偷詞，無從著我，以類書爲餽貧之量（糧），淫詞爲濟勝之具，金碧滿目，炫耀輝煌，此如累石而爲山，鑿池而引水，未嘗無嶙峋突兀、曲折紆迴之態，及遇真山真水，則必索然無味，而傷其天趣矣。本色者，所以保全天趣者也。故夷光之姿，必不肯污以脂粉，藍田之玉，又何須飾以丹漆？此本色所以可貴也。

陶明濬以天真不事修飾來解釋本色，應非嚴羽所謂本色之意。

〔二〕當行：本行，猶言行家，與外行相對。引申到文論上，不同的文類猶如不同行當的技藝，各有其自身的傳統與規範，符合其傳統與規範的，就是當行、內行或行家。參見《詩辯》篇「唯悟乃爲當行」箋。

陶明濬《文藝叢考初編》卷一《詩説雜記》八：

當行者，謂凡作一詩，所用之典，所使之字，無不洽如題分，未有支離滅裂，操末續顛，而可以爲詩者也。夫人之一生，各有本業，然爲農而不辯菽麥，爲工而削規破矩，爲官而瞢於法制，爲商而不通貿遷，是謂不當行。必致折閱隕越，一無所成矣。惟詩亦然。要須清元體道，六行修備，聰識洽聞，操翰成章。對於景物，無不可以形容；對於性情，無不可以發抒。説山則具崢嶸之觀，説水則有浩瀚之意。投之所向，無不如志，舉動從我，斯爲完美。可不務乎？

今人不知此意，才學未嘗不佳，而造語時多不類，故作古詩，則近於試帖；作近體詩，又類於詞曲。意非不超特，詞非不雋永，澄覽博映，煙墨流彩，亦不能以其所長，蓋其所短也。然則欲求出（當作「本」）色當行之法，以何爲先？曰：仍不外學之一字而已。人能博學，則事理無不詳盡，道義無不通達，既無誤會，亦無舛戾，作某體則純粹爲某體，必無天吴紫鳳之誚矣。

【總説】

郭紹虞先生《滄浪詩話校釋》云：「本色當行義似無别，總之都是説不可破壞原來的體製以逞才學。但就字義言，本色當行，亦有出入。本色，指本然之色，當行，猶言内行。」

本色、當行之説，强調詩歌作爲一種文類的傳統特徵。但是，這裏涉及一個理論問題。詩有其作爲一個文類區别於其他文類的特徵，也就是所謂本質特徵，這就是其本色。但是從歷史的角度看，詩歌的本質特徵是從詩歌史中總結出來的。詩歌的特徵在歷史中是有變化的，漢魏與晉宋不同，晉宋又與齊梁有别，唐宋亦然。到底哪些特徵是詩歌的本質特徵呢？這就與概括者的判斷有關。所以對於甚麼是詩這一文類特徵的判斷是帶有主觀色彩的。正是因爲有主觀性的存在，所以不同人的判斷就可能存在一定的、甚至是根本性的差異。嚴羽借用禪家的話説「唯悟乃爲當行，乃爲本色」，因爲悟是超越理路與學問的，所以嚴羽所謂當行、本色是與説理議論及多用典故的傾向相對立的，是有興趣的詩歌，他認爲盛唐詩是這種特徵的集中體現，因而他所謂當行、本色實際上是以盛唐詩爲代表，是對盛唐詩歌傳統的總結。

在詩歌史上，論詩者爲了確認其概括判斷的權威性與合法性，往往都是追溯到《詩經》，因爲經典的真理性、權威性是無可置疑的。但嚴羽没有追溯到《詩經》，而是直接説詩道如此。

四

對句好可得〔一〕，結句好難得〔二〕，發句好尤難得〔三〕。

【箋注】

〔一〕對句好句：對句指律詩中二聯，即頷聯與頸聯。

所謂對句好，前人往往從不同的角度看。從形式上看，律詩中兩聯要對仗，必須對得好；不止要對得好，還要顯得是自然、不廢力的。從形式與情意的關係看，在對仗精工的同時，還得完滿體現詩人要表達的情意。

《冷齋夜話》卷四「王荆公東坡詩之妙」條云：「對句法，詩人窮盡其變，不過以事、以意、以出處具備謂之妙。如荆公曰：『平日離愁寬帶眼，迄今歸思滿琴心。』又曰：『欲寄荒寒無善畫，賴傳悲壯有能琴。』乃不若東坡微意特奇，如曰：『見説騎鯨遊汗漫，也曾捫虱話酸辛。』又曰：『龍驤萬斛不敢過，漁舟一葉從掀舞。』以鯨爲虱對，以龍驤爲漁舟對，大小氣焰之不等，其意若玩世，謂之秀傑之氣終不没者，此類是也。」此是從對仗角度説的，以事、意、出處三者具備爲妙。

陶明濬《文藝叢考初編》卷二《詩説雜記》十一：「夫作詩之難，莫過於句法，而章法反在其次。至於對句，實初學作詩必宜講求者。要須以情義爲主，以事類爲佐，使辭致典縟，動合自然，既無斧鑿之痕，又無湊泊之迹。必有控引天地，錯綜古今，道括宇宙，總覽人物之概，然後乃能得其機樞，而表微達理也。陸放翁之律詩，慷慨高歌，意懇語重，而裁對工穩，變化嚴密，故人恒有曰：『天下對語，被放翁説盡。』信不誣也。」陶氏所論涉及情意與形式關係諸方面。

〔二〕結句好句：結句，指律詩的尾聯。結句的重要性，與嚴羽同時的周弼也十分强調，稱「詩家之妙，全在一結」。他認爲好的七律結句應該是「遒逸婉麗，言盡而意未止」，以藴藉爲主，而五律的結句應該以陡健爲工。此是從風格上論好的結句的標準。

陳長方《步里客談》則從表現方式上説，認爲結句轉到別的意思上去最好：「古人作詩，斷句輒旁入他意，最爲警策。」他舉的例子是杜甫的《縛雞行》：「小奴縛雞向市賣，雞被縛急相喧爭。家中厭雞食蟲蟻，不知雞賣還遭烹。蟲雞於人何厚薄，吾叱奴人解其縛。雞蟲得失無了時，注目寒江依山閣。」此詩前二句説縛雞去賣，三、四句説原因，即家人厭雞食蟲蟻，爲了保護蟲蟻，故去賣雞。五、六句説爲了保護蟲蟻而賣雞，然雞賣出去也不免被烹，蟲與雞於人來説，並無厚薄之分，故讓奴放了雞。結尾兩句則是從具體的賣雞事件中跳出來，言雞蟲難以兩全，計較雞蟲之得失未有了時，依閣而望寒江。黄庭堅注意到了這種結尾方式，並且有意學之。黄氏《王充道送水仙花五十枝欣然會心爲之作詠》：「凌波仙子生塵襪，水上輕盈步微月。是誰招此斷腸魂，種作寒花寄愁絶。含香體素欲傾城，山礬是弟梅是兄。坐對真成被花惱，出門一笑大江横。」任淵注：「老杜詩『雞蟲得失無了時，注目寒江倚秋閣』，山谷句意類此。」陳長方將這種結尾當作是最好的方式。方回以爲這是盛唐人五言律詩的典型結尾方式。《瀛奎律髓》卷四十七陳子昂《酬暉上人獨坐山亭有贈》評語：「盛唐人詩，多以起句十字爲題目，中二聯寫景詠物，結句十字撇開，却説別意。此一大機括也。」

至於首句與結句何者爲難，陳僅《竹林答問》云：

問：「滄浪『結句好難得，發句好尤難得』，然與？」答：「鄙意結句爲難。入手時一鼓作氣，可以自主，至結句鼓衰力竭，又須從上生意，一有不屬，全篇盡棄，故好者尤鮮。梁、陳之詩無結句，唐末詩亦然。此雖關於運會，亦當時但爭工字句，故不免作强弩之末也。」

陳僅以爲結句爲難。他從兩個方面言其道理：一、從創作過程上説，作者作首句時氣力足，而至作尾句，則氣力已衰竭；二、從結構上説，首句是開端，不受限制，「可以自主」，而結句則與前面有意義上的關聯，必須與前面相連屬，此所以難。

〔三〕發句好句：發句，指律詩首聯。日本津阪孝綽《夜航詩話》卷一：「古人論七律詩，對句易工，結句難工，起句尤難工。蓋七律首句宜突然而起，勢不可遏，所以難工也。」

【總説】

嚴羽所討論的問題涉及兩個層面：一是好不好，二是難易。他不是一般地討論律詩各聯的難易度，而是討論各聯做得好的難易度，兩者實有分別。如果不考慮好不好，一般地説，中二聯比首尾兩聯多一層對仗的要求，至少在形式上難於首尾兩聯。但要説做得好的話，中兩聯做得好的標準首先是對仗的精工，由於古人從小學習對句，對句工相對比較容易做到；首尾兩聯却没有這個標準，而有對仗之外的標準，反而比對句工難以做到。此大概是嚴羽説對句好比結句、發句好容易做到的重要原因。至於結句好與發句好之難易，後人也有不同看法，陳僅就認爲結句更難。

郭紹虞《校釋》：「滄浪論詩每重在律詩，此亦只就律體言之。時人作律詩往往先得中間聯語，然後裝成首尾，所以有警聯而無佳篇。王世貞《藝苑巵言》謂：『七言律不難中二聯，難在發端及結句耳。』蓋本滄浪此説而説明此中甘苦者。」郭先生此處只是在解釋古人律詩何以不能整體皆好的原因，而不是在討論難易度的問題。

陶明濬亦有討論，其《文藝叢考初編》卷二《詩説雜記》十一：「然少陵爲詩中之聖，而七律尤爲秀出班行。考其對句，往往參伍錯綜，以見氣力，屈盤幽奥，才力奇特，不盡如後人專講死對也。其所以出人頭地，而卓乎不可及者，則結句與起句，一加點染，全篇生色。發句好者，如『羣山萬壑赴荆門，生長明妃尚有村』是也。結句好者，如『出師未捷身先死，長使英雄淚滿襟』者是也。一結一發，均非他人所能及，學者苟能會心乎此，則可以得詩中知道三昧矣。」此指出杜甫七律是對句、發句、結句皆好的典範。

五

發端忌作舉止〔一〕，收拾貴在出場〔二〕。

【校勘】

〔貴在出場〕 陳定玉校《嚴羽集》：「『在』，《玉屑》作『有』」。

【箋注】

〔一〕 發端句：此條承上條論發句與結句。發端謂發句。毛先舒《詩辯坻》卷三云：「發端忌作舉止，貴高渾也。」胡才甫《箋注》：「似謂起首不可太做作。」郭紹虞《校釋》：「舉止之義，未詳所出。舉止原指行動，此言忌作舉止，當是不裝模作樣之意。」

宋黄仲元《四如講稿》卷四：「及看《抑》詩，如三日新婦，學作舉止。」舉止，指動作、行爲。不同的身份有一套行爲方式，作舉止，謂有意做出某種特定的行爲。做媳婦自有其一套行爲方式，剛入門的新媳婦要學習模仿這套行爲方式，謂之學作舉止。作舉止，不免有做作、不自然之嫌。嚴羽此句謂作詩開頭不要故意做出某種架勢。其《詩評》説：「太白發句，謂之開門見山。」開門見山，就是不做作，可以看作是「忌作舉止」的正面例子。

〔二〕收拾句：收拾，指詩的結束。出場，指雜劇演出的收場。毛先舒《詩辯坻》卷三：「收拾貴在出場，須超遠也。」胡才甫《箋注》：「似謂……結束須見長處。」郭紹虞《校釋》：「出場見王直方《詩話》：『山谷云，作詩如作雜劇，初時布置，臨了須打諢，方是出場，蓋是讀秦少章詩恶其終篇無所歸也。』《古今詩話》及陳善《捫蝨新語》均有此語。」

王季思《打諢、參禪與江西詩派》：「打諢，它源自魏晉以來的參軍戲，演時主要角色有二：一是參軍，綠衣秉簡裝假官；一是蒼鶻，手執搕瓜裝假僕。搕瓜是用皮逢製成像瓜形的棒槌。……大約參先發爲種種癡呆可笑之形狀、舉動或言語，蒼鶻以搕瓜擊而責問之，參軍乃答以出乎尋常意想以外之解釋。吕本中《童蒙訓》：『作雜劇打猛諢入，却打猛諢出。』打猛諢入，謂先發爲種種癡呆可笑之舉動、形狀或語言也；打猛諢出，謂答以出乎尋常意想以外之解釋也。吾國初期戲劇，不論其爲金之院本，宋之雜劇，大抵不脱此一類型，而在兩宋尤爲流行。」（《王季思學術論著自選集》，一一六頁。北京：北京師範學院出版社，一九九一年。原載《之江文會》一九四八年第一期）

雜劇演出到收場時，演員要説一些逗趣、引人發笑的話，但這些趣話要能切合雜劇的主題，有點題之效果，因而雖是笑話，却能留給人思考。陳善《捫蝨新語》下集卷一：「山谷嘗言作詩正如作雜劇，初時布置，臨了須打諢，方是出場。予謂雜劇出場，誰不打諢，只是難得切題可笑耳。山谷蓋是讀秦少章詩，恶其終篇無所歸，故有此語。」黄庭堅以雜劇之打諢出場以喻作詩，言一首詩的結末要意有所歸，有點題之效。嚴羽所謂「收拾貴在出場」者，言詩的結尾貴在照應題旨，讓人回味。

宋人所舉的著名例子是蘇軾的贈妓詩。何薳《春渚紀聞》卷六「營妓比海棠絶句」條：

先生在黄日，每有燕集，醉墨淋漓，不惜與人，至於營妓供侍，扇書帶畫，亦時有之。有李琪者，小慧而頗知書札，坡亦每顧之喜，終未嘗獲公之賜。至公移汝郡，將祖行，酒酣，奉觴再拜，取領巾乞書。公顧視之久，令琪磨硯墨濃，取筆大書云：「東坡七歲黄州住，何事無言及李琪。」即擲筆袖手，與客笑談。坐客相謂：語似凡易，又不終篇，何也？至將徹具，琪復拜請。坡大笑曰：「幾忘出場。」繼書云：「恰似西川杜工部，海棠雖好不留詩。」一座擊節，盡醉而散。

李琪是個營妓，東坡很喜歡她，但一直未有贈詩給她。詩的前兩句即言未有贈詩，後兩句以杜甫不題海棠爲喻，爲自己不贈詩找了一個巧妙的理由，同時也稱讚了李琪。此詩結尾點出了題旨，即所謂出場。

【附録】

張元幹《跋蘇詔君贈王道士詩後》：「文章蓋自造化窟中來，元氣融結胸次，古今謂之活法。所以血脉貫穿，首尾俱應，如常山蛇勢。又如風行水上，自然成文。又如優人作戲，出場要須留笑，退思有味。」

六

不必太着題〔一〕，不必多使事〔二〕。

【校勘】

〔太〕十卷本、古松堂本《玉屑》作「大」。

〔不必多使事〕「必」，《玉屑》作「在」。

《玉屑》此條與下條合爲一條。

【箋注】

〔一〕不必太着題：《詩人玉屑》卷五「不可太着題」條引《漫齋詩話》：「世有《青衿集》一編，以授學徒，可以諭蒙。若《天》詩云：『戴盆徒仰止，測管詎知之？』《席》詩云：『孔堂曾子避，漢殿戴馮重。』可謂着題。乃東坡所謂『賦詩必此詩』也。」

《朱子語類》卷一百四十：「先生因說：古人做詩，不十分著題，却好；今人做詩，愈著題，愈不好。」

着題，又作「著題」，謂詩歌的敘述描寫切合詩題所涉及对象的特徵。最早提出此問題並引起注意者爲司空圖。《司空表聖文集》卷三《與極浦書》：「戴容州云：『詩家之景，如藍田日暖，良玉生煙，可望而不可置於眉睫之前也。』象外之象，景外之景，豈容易可談哉？然題紀之作，目擊可圖，體勢自別，不可廢也。愚近有《虞鄉縣樓》及《陌梯》二篇，誠非平生所得意，然『官路好禽聲，軒車駐晚程』，即虞鄉入境可見也。又『南樓山最秀，北路邑偏清』，假令作者復生，亦當以著題見許。」司空圖討論的是詩歌中的景物描寫問題。他分兩類情況：一是通常的景物描寫，二是題紀之作的景物描寫。就通常的寫景而言，正如戴叔倫所説的，詩家之景，如藍田日暖，良玉生煙，按照司空圖的解釋是象外之象、景外之景，即詩歌中所寫的景象與經驗世界中的景象是不同的，不是寫實的，不能與現實景物相對照。但是，司空圖指出，題紀類的作品所寫的景象却與前面所言的象外之象、景外之景不同。這一類作品所題所紀的是現實世界中特定時空中的具體的景物，其所描寫的景物「目擊可圖」，是寫實的，與現實世界中的景象具有一致性，司空圖舉其所作二詩即屬此類。此類作品的詩題如《虞鄉縣樓》、《陌梯》，往往就是詩人所要描繪的對象，詩中所寫的景象與其詩題相合，即是所謂「着題」。

司空圖所謂著題蘊涵着這樣一個詩學問題：詩歌中的描寫是否要切合詩題所涉的對象本身？這個詩學問題包括兩個方面：一、詩歌中景物的客觀真實性問題，前已述之；二、描寫方式問題，即詩歌的描寫或敘述是否要直接正面地指向那個描寫對象。而後者正是宋人討論著題所關注的中心問題。以《漫齋詩話》所舉的兩首詩爲例，其《天》詩云：「戴盆徒仰止，測管詎知之？」「戴盆」句用司馬遷《報任安書》「戴盆何以望天」，「測管」句用《史記·扁鵲倉公列傳》「以管窺天」，兩句詩都用了與天有關的典故。《席》詩云：「孔堂曾子避，漢殿戴馮重。」這兩句詩所用的都是席的典故。「孔堂」句用的是《孝經》中曾子避席的典故：「仲尼閒居，曾子侍坐。子曰：『參，先王有至德要道，以順天下，民用和睦，上下無怨。女知之乎？』曾子避席，曰：『參不敏，何足以知之？』」「漢殿」句用的是漢代戴憑説經得席的典故。《後漢書》卷七九上《戴憑傳》：戴憑習京氏《易》，年十六，舉明經。光武帝令羣臣能説經者更相難詰，義有不通，即奪其席以益通者，戴憑重坐五十餘席。以上兩首詩所用的都是與詩題所涉及對象相關的典故，句句都直接指向詩歌所描述的對象，可以説是切合其詩題，即所謂着題，也就是蘇軾所謂「賦詩必此詩」。

作詩緊緊扣住詩題，詠物緊緊扣住對象，這種寫法受到了蘇軾的質疑。他説「賦詩必此詩，定非知詩人」，認爲這種表現方式不是詩歌應有的表現方式。朱熹認爲詩歌應該「不十分著題」，《詩人玉屑》的編者黄昇也主張「不可太著題」，這些與嚴羽都是一致的。後人更將這種觀點概括成不即不離、不黏不脱，即一方面不局限於描寫對象本身，却又都是在指向對象。

【附録】

王世貞《藝苑卮言》卷四：

嚴又云：「詩不必太切。」予初疑此言，及讀子瞻詩，如「詩人老去」、「孟嘉醉酒」各二聯，方知嚴語之當。又近一老儒嘗詠道士號一鶴者云：「赤壁横江過，青城被箭歸。」使事非不極親切，而味之殆如嚼蠟耳。

賀貽孫《詩筏》：

作詩必句句着題，失之遠矣，子瞻所謂「賦詩必此詩，定非知詩人」。如詠梅花詩，林逋諸人，句句從香色摹擬，猶恐未切；庾子山但云「枝高出手寒」，杜子美但云「幸不折來傷歲暮，若爲看去亂鄉愁」而已，全不黏住梅花，然非梅花莫敢當也。如子美《黑白二鷹》詩，若在今人，必句句在「黑白」二字尋故實，子美却寫二鷹神情，只劈頭點出黑白。如一幅雙鷹圖，從妙手繪出，便覺奇矯之骨，摶空之氣，驚秋之意，俱從紙上活現，只輕輕將粉墨染黑白二色而已。又如劉希夷《嵩嶽聞笙》詩云：「月出嵩山東，月明山益空。山人愛清景，散髮卧秋風。風止夜何清，獨夜草蟲鳴。仙人不可見，乘月近吹笙。」前七句憑空説來，不露「笙」字，而笙中天籟清機，已繚繞耳邊矣。至第八句方出「笙」字，便接以「绛唇吸靈氣，玉指調真聲。真聲是何曲，三山鸞鶴情」四句，擡出吹笙者於雲霞縹緲之上。至「昔去落塵俗，願言聞此曲。今來卧嵩寺，何幸承幽音。神仙樂吾事，笙歌銘夙心」六句，方輕點「聞」字，而以低徊容與結之，絶不黏笙，却句句是笙，句句是聞笙，句句是嵩嶽聞笙也。又如李頎《琴歌》云：「主人有酒歡今夕，請奏鳴琴廣陵客。月落城頭烏半飛，霜凄萬樹風入衣。銅鑪華燭燭增輝，初彈《渌水》後《楚妃》。一聲已動物皆静，四座無言星欲稀。清淮奉使千餘里，敢告雲山從此始。」只第二句點出「琴」字，其餘滿篇霜月風星，烏飛樹響，銅鑪華燭，清淮雲山，無端點綴，無一字及琴，却無非琴聲，移在箏笛琵琶觱篥不得也。又如岑參《宿東谿王屋李隱者》題，若只將隱者高處讚嘆，便是俗筆。岑詩云：「山店不鑿井，百家同一泉。晚來南村黑，雨色和人煙。霜畦吐寒菜，沙雁噪河田。隱者不可見，天壇飛鳥邊。」只寫山中幽絶景況，已有一高人宛然在目矣。又如太白《訪戴天山道士不遇》詩云：「犬吠水聲中，桃花帶雨濃。樹深時見鹿，谿午不聞鐘。野竹分清靄，飛泉掛碧峰。無人知所去，愁倚兩三松。」無一字説「道士」，無一字説「不遇」，却句句是「不遇」，句句是「訪道士不遇」。何物戴天山道士，自太白寫來，便覺無煙火氣。此皆以不必切題爲妙者。不能盡舉，姑以數首概其餘耳。

王士禛《蠶尾文》卷八《跋門人黄從生梅花詩》：

詠物之作，須如禪家所謂不粘不脱，不即不離，乃爲上乘。古今詠梅花者多矣，林和靖「暗香」、「疏影」之句，獨有千古，山谷謂不如「雪後園林才半樹，水邊籬落忽横枝」；而坡公「竹外一枝斜更好」，識者以爲文外獨絶，此其故可爲解人道耳。

陶明濬《文藝叢考初編》卷一《詩説雜記》八：

又曰：「不必太著題，不必多使事。」此論似不甚高，然爲學人之通病，故特表而出之。詩之有題，如人之有額也，人必四肢五官完全無闕，而後可謂之完人，不必專注意其額顙也。詩必佇色揣稱，情韻咸備，而後可謂之好詩，不必專注意其題目也。《三百篇》之詩，温柔敦厚，無體不備，何嘗有題？漢魏之詩亦然。寓意深遠，清微精卓，要有以感人之性、移人之情而已，未嘗高懸一題，以爲標準，而矜矜刻畫之也。

然則詩之以題爲重，此風果何自始乎？曰：始於試帖。此種詩法，既限韻脚，又調平仄，蓋以爲射策決科之一助，故不能不專取其難，以示限制，而免寬濫，用意雖卑，亦有所不得已也。詩人拘於此途，窘若囚圄，口將言而囁嚅，足將趦而趑趄，縱横揮霍，不出於盤，千流百轉，不離其宗，精神既受束縛，心志焉能暢達？鞹拳膠目，安退從容之度，獨往獨來之氣，此層障礙，安得不打破乎？

又特違時之宜，亦且招人駭怪。夫時之幻也，歲之遷也，電之滅也，鳥之空也，駒之過也，空空洞洞，一去而不可復留，君子又焉取乎此？必須無過不及，剛剛洽好，不刻題，不離題，守玄以祛辱，執素以掃氛，扢風揚雅，亦元亦史，斯乃詩人之極則也。俗士爲詩，動曰著題，或烘雲而托月，或插風而繫景，對於此題，固可謂效命之功臣，對於風雅，反大有所損壞，咀嚼之則無味，戛擊之則無音，在馳功驟名，矜爲掇科無上之妙法，其如時移代易，人將芻狗視之何？

總之，詩句對於一題，不可不切，亦不可太切。不切，則必有割裂剽竊之爲，彼夫奇收雜次，富飫謨觴，取名山之遺卷，搜册府之遺編，緗囊縹帙，取之不盡，尚有何人能辯其真僞乎？不切當前之景物，不切胸中之性情，究係古人之詩，抑他人之詩乎？其去風雅，不亦甚遠乎？此不可不切者也。至於著題太過，固可免愉緶之疵，閃輸之累，然侷促如轅之駒，屈盤如枯木之柯，又何能縱横自如，宛轉遂志，潤色形容，錯綜盡變乎？故滄浪深以著題爲大戒也。

〔二〕不必多使事：針對蘇、黄及江西詩派諸子而言。《詩辯》篇批評其「多務使事」。郭紹虞《滄浪詩話校釋》：「言『不在多使事』，則正鍾嶸《詩品》『吟詠情性何貴用事』之旨。」

陶明濬《文藝叢考初編》卷一《詩説雜記》八：「不欲多使事者，因事不易使，如將兵者多多益善，非有淮陰之才，萬不能勝任。否則河橋之敗，陳濤之覆，必不免矣。一部廿史，爲事至多，果從何處説起乎？要須以情義爲主，以事類爲佐，條貫井然，次序不亂，乃能操縱在我，進退自如也。惟用典使事，貴乎適宜，當多者多，當少者少，若遇極大題目，而輕心以掉之，過於費力，毫無廣大豐昌之氣象，是猶明堂太室，不加金塗銅冒之儀，而泣於茅茨土階之陋，何能章周道之郁郁，表唐虞之輝煥乎？」

七

押韻不必有出處〔一〕，用字不必拘來歷〔二〕。

【校勘】

〔用字〕 底本作「用事」，各本同。郭紹虞《校釋》：「『字』各本均作『事』，惟《詩人玉屑》作『字』。」《玉屑》是。《詩辯》：「其作多無務使事，不問興致，用字必有來歷，押韻必有出處。」後二句可證。兹從《玉屑》。

《玉屑》此條與上條合，爲第六條。

【箋注】

〔一〕 押韻句：此針對蘇、黄詩風，其《詩辯》云：「近代諸公……押韻必有出處。」

〔二〕 用字句：通行本作「用事不必拘來歷」，馮班《鈍吟雜録》卷五《嚴氏糾謬》：「云：『用事不必拘來歷。』按此語全不可解，安有用事而無來歷者？」

近藤元粹《螢雪軒叢書》：「用事不必拘來歷，是無稽之言，《糾謬》亦論之。」

【附録】

陶明濬《文藝叢考初編》卷二《詩説雜記》九：

嚴氏又曰：「押韻不必有出處，用事不必拘來歷。」二語對於學有根柢者言，固無不可，若使初學之人，誤此二語，則流弊有不可勝言者。押韻、用事，乃詩中之要旨，此而不用情，更安所用其情哉？出處來歷，最宜注意。如取人者，門第閥閲之見，固屬紕繆，然清濁之流，究不能不判。如皂牧臺輿，屠估負販，與鄉士大夫，名流君子，分庭抗禮，合堂同席而坐，終有所不類也。古書之中，有正有僞，有純有駁，必須讀書講貫，隨在留意，則一旦臨文，有所别擇，故用典如請客然，類聚羣分，相從不紊，然後聲應氣求，無貌合神離之態。今所用之典，所用之事，若毫無出處，或不明來歷，則巧排生造，杜撰冒充，何所不可？是人人皆可謂有學，人人皆可謂能詩矣。有事(是)理乎？且押韻一端，尤屬重要。所以咀徵而含商，回宫而轉角，不如是則萬不成爲詩，及漫無所出，則必失之太易，山歌野曲，將與雅頌争席矣。更屬無理之甚者也。

故詩之有需於才學識，正因出處來歷二端而然，有才則能强記，一覽不忘，舉凡山川、道里、險易、方隅、物産、兵戎、方技、文藝、儒術、佛老，一一涉其藩而極其流，遇某種相近之題，則隨意探取，如數家珍矣。有學，則審於墳籍，無所不窺，一有製述，則用新事，爲人之所罕見，百思所不到者，非學而能如是乎？有識則精於别擇，知所去取，剪榛楛之蒙茸，握明珠之的礫，此非識固不能辯矣。

備此三者，則不用典則已，用則必有出處；不使事則已，使則必有來歷，安得如嚴氏之汗漫乎？且此風一開，人人競自稱博雅，對於書卷，不必反覆研尋，一知半解，能事已畢，牽强錯誤，不以爲病，則魯魚陶陰之謬，日用而日多，雌霓弄獐之誤，翻以爲自喜，即混擾乎是非，又何論乎工拙？工部之詩，不惟律細，而(用)典使事，來歷分明，出處軒豁，粗才輕心，正可以此爲法，萬不可誤於嚴氏之言，而貽終身之悔也。

八

下字貴響〔一〕，造語貴圓〔二〕。

【校勘】

此在《玉屑》爲第七條。

【箋注】

〔一〕下字貴響：響字説出江西詩派潘大臨、吕本中。吕本中《童蒙詩訓》：「潘邠老云：七言詩第五字要響。

響。如『返照入江翻石壁，歸雲擁樹失山村』，『翻』字、『失』字，是響字也。五言詩第三字要響。如『圓荷浮小葉，細麥落輕花』，『浮』字、『落』字是響字也。所謂響者，致力處也。予竊以爲字字當活，活則字字自響。」蔡夢弼《草堂詩話》卷下：「東萊吕居仁曰：詩每句中須有一兩字響，響字乃妙指，如子美『身輕一鳥過』、『輕燕受風斜』，『過』字、『受』字皆一句響字也。」

下字貴響，所言是煉字問題。潘大臨認爲五言詩第三字、七言詩第五字應該響。他解釋説響字是「致力處」，即要用力的地方。其所舉五言詩例，是杜甫《爲農》「圓荷浮小葉，細麥落輕花」二句，「浮」、「落」是響字；七言詩例爲杜甫《返照》「返照入江翻石壁，歸雲擁樹失山村」二句，其第五字「翻」、「失」是響字。潘氏所舉的響字在各自的句子結構中皆處於謂語動詞的位置，用以描繪狀態，通過它，全句的意境、精神被呈現出來。響字乃全句中的關鍵字，故潘大臨説它是致力處。

響字，宋人又稱爲「句眼」。《蒲氏漫齋録》：「五字詩以第三字爲句眼，七字詩以第五字爲句眼，古人鍊字直於句眼上鍊。」（《仕學規範》卷三十九引）方回説「潘邠老以句中眼爲響字」（《瀛奎律髓》卷四十二李虚己《次韻和汝南秀才遊浄土見寄》評），正是此意。句眼云者謂一句之眼目，乃是精神之所聚，是關鍵字，所以要鍊。舊題元人楊載撰《詩法家數》則稱之爲「字眼」。

潘大臨總結前人詩歌的規律，五言詩響字一般在第三字，七言詩響字一般在第五字。其實，響字在五、七言詩句中的位置並不僅限於第三字、第七字，還可以在其他位置。吕本中就舉出五言詩句末字爲響字的例子，即杜甫《送蔡希曾都尉還隴右因寄高三十五書記》中「身輕一鳥過」，其中「過」爲響字。《韻語陽秋》列舉了五言詩煉第二字的例子，即杜甫《奉酬李都督表丈早春作》詩：「紅入桃花嫩，青歸柳葉新」（《全唐詩》卷二二六）。是書亦列煉第五字者，如杜甫《曉望》「地坼江帆隱，天青木葉聞」

《全唐詩》卷二三〇）。《詩人玉屑》卷八中載有七言詩煉第四字的例子。汪藻（彦章）任臨川守，曾幾作詩歡迎他，有句云：「白玉堂中曾草詔，水晶宮裏近題詩。」先以示韓駒，韓駒爲改兩字云：「白玉堂深曾草詔，水晶宮冷近題詩。」曾氏詩前句言汪藻在朝廷任職（藻曾官中書舍人、翰林學士，故云草詔），後句指藻曾知湖州（湖州被稱爲水晶宮），原詩「白玉堂中」、「水晶宮裏」僅表示地點，而經韓駒改後，「白玉堂深」、「水晶宮冷」則不僅表示地點，更呈現了氛圍，所以與前作迥然不同。此兩字成了句中眼。響與聲音相關，有響亮之意。何以這些關鍵字要響呢？其實這些關鍵字是詩句意義結構的支撑點，是力量的聚集處，羅大經《鶴林玉露》卷十八説「作詩要健字撑拄」，「撑拄如屋之有柱」，很形象地説明了關鍵字作爲力的支點的地位。羅氏所舉詩例，一是杜甫的「紅入桃花嫩，青歸柳葉新」（《奉酬李都督表丈早春作》），一是杜氏「弟子貧原憲，諸生老伏虔」（《寄岳州賈司馬六丈巴州嚴八使君兩閣老五十韻》），「入」與「歸」字，「貧」與「老」字，都是句眼，即羅大經所謂「撑拄」。這些起撑拄作用的字，非常有力，可以從整個詩句中凸現出來，讀起來也要着力强調，故會響。而句子有響字也就會有力，即所謂句健。如果詩句乏力，就會弱，就不響，就會啞。

但是，詩句力量的强弱並不僅僅取決於煉字，也與内容、體格等相關。朱熹批評潘大臨、吕本中詩啞了，並非謂潘、吕二人不注意煉字，而是言其詩整體上力量不足。故方回説「去啞」，也要從意、格、字眼諸方面下手。不過，嚴羽貴響之説，則是就煉字本身説的。

【附録】

《仕學規範》卷四十引《韻語陽秋》：

作詩在於練字。如老杜「飛星過水白，落月動沙虛」，是練中間一字。「地拆江帆隱，天青木葉聞」，是練末後一字。《酬李都督早春》詩云：「紅入桃花嫩，青歸柳葉新。」若非「入」與「歸」二字，則與兒童之詩何異？（《修辭鑑衡》卷一亦引，不見傳本《韻語陽秋》）

《瀛奎律髓》卷四十二李虛己《次韻和汝南秀才遊淨土見寄》評：

虛己官至工侍，初與曾致堯倡和，致堯謂：「子之詩工矣，而其音猶啞。」虛己惘然，退而精思，得沈休文浮聲切響之說，遂再綴數篇示曾，曾乃駭然嘆曰：「得之矣。」予謂此數語，詩家大機括也。工而啞，不如不必工而響。潘邠老以句中眼爲響字，吕居仁又有字字響、句句響之說，朱文公又以二人晚年詩不皆響責備焉。學者當先去其啞可也，亦在乎抑揚頓挫之間，以意爲脈，以格爲骨，以字爲眼，則盡之。

楊載《詩法家數》：

詩句中有字眼。兩眼者妙，三眼者非。且二聯用連綿字，不可一般。中腰虛活字，亦須迴避。五言字眼多在第三，或第二字，或第五字，或在第二及第五字。

字眼在第三字：

鼓角悲荒塞，星河落曉山。　江蓮搖白羽，天棘蔓青絲。　竹光團野色，舍影漾江流。

字眼在第二字：

屏開金孔雀，褥隱繡芙蓉。　碧知湖外草，紅見海東雲。　坐對賢人酒，門聽長者車。

字眼在第五字：

兩行秦樹直，萬點蜀山尖。　香霧雲鬟濕，清輝玉臂寒。　市橋官柳細，江路野梅香。

字眼在第二、五字：

地坼江帆隱，天清木葉聞。　野潤煙光薄，沙暄日色遲。　楚設關河險，吳吞水府寬。

〔二〕貴圓：《南史》卷二十二《王筠傳》：「謝朓常見語云：『好詩圓美流轉如彈丸。』」《王直方詩話》：「謝朓嘗語沈約曰：『好詩圓美流轉如彈丸。』故東坡《答王鞏》云：『新詩如彈丸。』及《送歐陽弼》云：『中有清圓句，銅丸飛柘彈。』蓋謂詩貴圓熟也。余以爲圓熟多失之平易，老硬多失之乾枯，能不失於二者之間，可與古之作者並驅。」

論詩貴圓，錢鍾書先生《談藝録》舉例甚多。宋人王直方謂圓乃圓熟之意。所謂圓熟者，一是純熟，二是圓滿。兩者合起來，謂技藝不是一般的熟練，而是純熟之極，臻至圓滿之境。就其純熟意而言，日本津阪孝綽《夜航詩話》卷二解釋説：「技工入手漸近自然，稱曰圓熟，謂不見痕迹也。」具體到詩歌來説，是指詩人的技巧達到極爲熟練的境地，信手信口，不用費力，近乎自然。葉夢得《石林詩話》謂「彈丸脱手」，「輸寫便利，動無留礙」，「精圓快速」，「發之在手」，正是這種境界。這種創作境界體現在作品上，能够讓讀者感覺到那種技藝的純熟，感覺到那種超越了形式法則限制的自由感。這些感覺也是詩歌美感的重要内容。方回《瀛奎律髓》卷十四評梅堯臣《曉》詩説：「聖俞詩澹而有味，此亦信手拈來，自然圓熟。」卷二十九評張耒《自海至楚途寄馬全玉》詩謂：「文潛詩，大抵圓熟自然。」卷二十評尤袤《梅花》詩云：「尤遂初詩，初看似弱，久看却自圓熟，無一斧一斤痕迹也。」所言都是圓熟之境。

圓熟不僅有純熟意，也有圓滿意。錢鍾書《談藝録》卷三一：「『圓』者，詞意周妥、完善無缺之謂，非僅音節調順、字句光緻而已。若夫僻澀嘔啞，爲字之妖，爲文之吃，則不得與於圓也明矣。」所謂圓滿，即作品各方面都恰到好處，没有缺憾。這種圓滿之境正是技藝純熟的結果。

吕本中從法度的角度來解釋謝脁的彈丸之喻，他以爲謝脁所謂圓美流轉如彈丸就是其所謂活法之境。活法就是自由而又符合法則，其實王直方所謂圓熟之境也正是如此。

圓熟、活法之境是經由人爲琢磨鍛煉所達到的近似自然的境界，雖然看似不費功夫，其實乃是經由積累功夫所自然得到的結果。宋人吴儆《竹洲集》卷十八《還程彦舉詩卷》：「殷懃不廢琢磨力，圓熟幾無斧鑿痕。」即是此意。這種圓熟詩境所呈現出來的信手拈來、毫不費力之感，如果作爲論詩的價值取向，影響到創作上，就會成爲創作者的審美追求；追求這種審美境界的人，如果没有深厚的功夫，没有經過勤苦的琢磨鍛煉，只是隨手寫來，這種没有經過苦功的隨手寫來的作品也會呈現出不經意感，不雕琢感，這與達到圓熟之境的作品所呈現出來的美感具有某些類似性。吕居仁的活法説在後來的詩壇上似乎産生過這種影響。周孚（乾道二年进士）《蠹齋鉛刀編》卷十八《寄周日新》謂：「切勿信言詩者説活法。夫前輩所謂活法，蓋讀書博，用功深，不自知其所以然而然。故活法當自悟中入，悟自工夫中入。而今人乃作一等不工無味之辭，而曰吾詩無艱澀氣，此活法也。……近年人倒以詩爲容易，故卒不造古人藩域。」周孚指出，吕居仁活法是由功夫而悟、由悟而得，是用功深後的自然結果；時人誤會了吕本中的活法説，以爲活法可以廢功夫。正因爲有這一層誤會，故而以詩爲容易，寫出來的詩没有艱澀之氣，誤以爲這就是活法。有鑒於此，周孚勸人不要相信活法之説。正是基於同樣的認識，陸游也説：「區區圓美非絶倫，彈丸之評方誤人。」（《劍南詩稿》卷十六《答鄭虞任檢法見贈》）也正是在這種背景之下，劉克莊才要站出來爲吕本中辯解，劉氏《江西詩派小序·吕紫微》稱：「所引謝宣城『好詩流轉圓美如彈丸』之語，余以宣城詩考之，如錦工機錦，玉人琢玉，極天下巧妙，窮巧極妙，然後能流轉圓美。近時學者，往往誤認彈丸之喻，而趨於易，故放翁詩云：『彈丸之論方誤人。』……以均父集序觀之，則知彈丸之語，非主於易。」

嚴羽的時代，四靈及江湖詩人學習晚唐體，詩貴雕琢，恰非圓熟之境，嚴氏重提貴圓之説，當亦是有爲而言之。

【附録】

《捫蝨新話》云：

韓以文爲詩，杜以詩爲文，世傳以爲戲。然文中要自有詩，詩中要自有文，亦相生法也。文中有詩，則句語精確；詩中有文，則詞調流暢。謝玄暉曰：「好詩圓美流轉如彈丸。」此所謂詩中有文也。唐子西曰：「古文雖不用偶儷，而散句之中，暗有聲調，步驟馳騁，亦有節奏。」此所謂文中有詩也。觀子美到夔州以後詩，簡易純熟，無斧鑿痕，信是如彈丸矣。

王正德《餘師録》卷三「吕居仁」條：

吕居仁作《遠遊堂詩集序》云：頃歲嘗與學者論學詩當識活法，所謂活法者，規矩備具，而能出於規矩之外，變化不測，而卒亦不背規矩也。是道也，蓋有定法而無定法，無定法而有定法，知是者，則可以語活法矣。世之學者，知規矩固已甚難，況能遽出規矩之外，而有變化不測乎！謝玄暉有言：『好詩流轉圓美如彈丸。』此真活法也。玄暉雖未能實踐此理，言亦至矣。近世黄魯直首變前作之弊，而後學者知所趨向，畢精盡知，左規右矩，庶幾至於變化不測，而遠與古人比，蓋皆由此道入也。

吕本中《紫薇詩話》：

叔用嘗戲謂余云：「我詩非不如子，我作得子詩，只是子差熟耳。」余戲答云：「只熟便是精妙處。」叔用大笑以爲然。

張孝祥《于湖集》卷二十八《題楊夢錫客亭類藁後》：

爲文有活法，拘泥者窒之，則能今而不能古。夢錫之文，從昔不膠於俗，縱横運轉如盤中丸，未始以一律拘，要其終亦不出於盤。

陸游《老學庵筆記》卷五：

李虛己侍郎，字公受，少從江南先達學作詩，後與曾致堯倡酬。曾每曰：「公受之詩雖工，恨啞耳。」虛已初未悟，久乃造入。以其法授晏元獻，元獻以授二宋，自是遂不傳。然江西諸人，每謂五言第三字、七言第五字要響，亦此意也。

包恢《書撫州呂通判開詩稿略》：

今耐軒續稿……觀其八句中，語意圓活悠長，有蘊藉，有警策，氣脉貫通，而無破碎斷續之病。

方回《桐江集》卷一《滕元秀詩集序》：

詩貴活貴響，不然，則死語、啞語也。……夫詩貴活，其説出吕居仁；貴響，其説出潘邠老。

日本津阪孝綽《夜航詩話》卷二：

技工入手漸近自然，稱曰圓熟，謂不見痕迹也。詩家所用更有二義：唐彦謙詩「定起松鳴屋，吟圓月上身」，劉克莊詩「新詩鍛煉久方圓」，此謂圓成，蓋從圓滿之義來，猶言全也。丁元珍詩「日中林影直，風静鳥聲圓」，此謂圓滑，猶言宛轉。鄭谷「松堂虛豁講聲圓」、王禹偁「講經霜殿磬聲圓」，亦並此義也。

同上卷三：

《滄浪詩話》曰：「不必太著題，不必多使事。」「下字貴響，造語貴圓。」「意貴透徹，不可隔靴搔癢。語貴脱灑，不可拖泥帶水。」「最忌骨董，最忌趁貼。」僅四十六字，説盡要訣。詩法雖多，其大要不外此爾。貴響貴圓，最是金針。

陶明濬《文藝叢考初編》卷二《詩説雜記》九：

又曰：「下字貴響，造語貴圓。」詩之爲體，著墨不多，寓意至遠，故字字生動，語語精彩，方爲合作。彼夫人文之宗師，國風之哲匠，有所不爲則已，爲之則必出色當行，出於倫類，波瀾老成，毫髮無憾也。問其操何術而至此，(不)外響與圓二字而已。以音韻言之，必求其響；以色澤言之，必求其圓。此一定之理也。響對啞而言，圓對澀而言。何謂啞？專求對偶之典麗，篇幅之停匀，而中無氣息，奄然欲仆，無哀怨清激之聲，無慷慨悲歌之意，無悱惻纏綿之情，無芬芳秀逸之致，如是則字句雅穩切，而聲響必喑啞，所謂寡婦讀之不爲泣，介士讀之不爲奮，字字堆疊，不殊土石，行行排比，何異苴塊，扣之無音，按之無節，則與僧人之偈、術士之呪無異，轉不如邪許之歌、斥苦之唱、擊壤之詞，猶風雅焉。今人不達此意，動曰學選體，失古人之精英，得前修之糟粕，歌而非歌，哭而非哭，有詞無聲，是必宛舌鉗口而讀之，不亦可笑之至乎！

治之之法，厥惟響字。譬之於樂，金石何以先於革木？爲其餘響較多也。古人詩之佳者，筆力則九鼎可扛，字價則千金是直，偕韶濩之正音，駭雷霆之變節，鏗鏗鏘鏘，璘璘炳炳，字必分乎輕重，句必協乎長短，浮聲切響，清濁間和，商流而徵泛，羽振而宫潛，觸手皆爲笙簧，審音則如鐘磬，若是乃可謂天下之正聲。引吭高歌，酣顔擊節，既可以娱心，又足以感人矣。

至若圓之一字，更爲難能。有才氣之詩人，觸手成章，咳唾落筆，未嘗無瑰瑋之辭，雋永之句，可以干禄營寵，趨時好，而取世資也。至於存諸郊廟，播之絃管，琬琰是刻，鐘鼎是勒，則必有所不類矣。真正學人，無論詩文，章句既能完善，辭意尤能卓絶，無格格不吐之病，無空腔滑調之疵，夫然則雄奥以爲意，雅健以爲姿，既擅鴻筆，復攬魁柄，謂非藝(苑)之宿將，儒林之宗工，得乎？此圓字功效也。

《談藝録》三二：

嚴滄浪力排江西派，而其論「詩法」，一則曰「造語須圓」，再則曰「須參活句」，與「江西派圖」作者吕東萊之説無以異。放翁《贈應秀才》詩亦謂：「我得茶山一轉語，文章切忌參死句。」故知圓活也者，詩家靳嚮之公，而非一家一派之私言也。

九

意貴透徹，不可隔靴搔癢〔一〕。

【校勘】

〔透徹〕　郭紹虞《校釋》：「《玉屑》『透』下脱『徹』字。」

《玉屑》此條爲第八條。

【箋注】

〔一〕意貴透徹二句：郭紹虞《校釋》：「隔靴搔癢爲契穩禪師語，見《五燈會元》卷八。……滄浪所言雖不必以此爲出處，但可知滄浪於禪家習用之語相當熟悉。」按：禪家語往往是來自民間俗語，嚴羽此語無任何禪家色彩。

意貴透徹可以從兩個方面理解，一是詩意本身透徹，一是詩意表達得透徹。就意本身言，意既具有感性的特徵，也具有理性的特徵。就感性的一面言，意與情相關，情是喜怒哀樂，意則是所以喜怒哀樂的內容；就其理性的一面言，意往往帶有某種理性的意義，體現出詩人對於人、事、物的觀點和態度。如果詩歌之意抓住了事物之本質，就是透徹；若没抓住本質，没説到點子上，就是隔靴搔癢。透徹除了與意本身相關，還與表達有關。嚴羽《答吳景僊書》稱其以禪喻詩是爲了説得透徹，此透徹所關涉的就是表達問題，即如何將道理説得深入而清晰。郭紹虞《校釋》：「透徹指『意』言……直起直落，不轉彎抹角，扭扭捏捏以出之，自不隔靴搔癢。」郭先生認爲，意貴透徹云云就主張直接正面、清楚明白地將意表達出來，但這與嚴羽「語忌直」的主張不合。其實表達的透徹不一定是不轉彎抹角、直接地説，採用曲折的表達方式而能把意思表達得清楚，也是透徹。

【附録】

陶明濬《文藝叢考初編》卷二《詩説雜記》十一：

嚴氏又曰：「意貴透徹，不可隔靴搔癢。」二語似涉淺俗，而頗有深義。蓋作文則較俗語爲難透徹，作詩尤較作文爲難透徹者也。吾人終日談晏，言語自不可少，偶出一語，必有其事，必有其故也。此事此故，可以當面説徹，人未有不悟者也。即使不悟，可以反覆證明，將從前以後諸事，縷析條分，一一指出，苟非笨伯，未有瞠目結舌者也。此所以謂之易。

至於文章則不然。既有篇幅長短之限，又有訓詁章句之拘，種種法度，不一而足。本來意旨，反覺堙没，起伏呼應，紆徐轉折，瘦千氣與萬力，而一意僅乃得達。故透徹之度，不如言語遠甚。六經之文，覽文如詭，尋理即暢，不獨《尚書》一經爲然，揆之六經，無不盡然。此面目似沉悶，而底裏却極透徹。若夫兩漢亦尚然。六朝之文，華美有餘，苦於不透徹。至語録及製藝，則覽文如暢，而尋理即詭，更不足以言透徹。故韓、蘇張古文之幟，其長處無他，惟在删去繁蕪，歸之透徹而已。雖然文尚較詩爲易設施，體製使然也。

至於詩則大異於是。協韻，調平仄，徵典故，講格律，種種障礙，相逼以來，偶然通融一二處，則人必譏笑而嘲謔之，以爲蕩越閑檢，即不足言詩也。作者知其然，乃固守成法，莫敢稍易，遵尋約之繩，應嚴鼓之節。詩道本寬大，屢受束縛，反至蹙迫，豈非自上危竿，自投苦縣，人皆爲之，吾不敢爲也。

詩人既受種種限制，勢必設法以求解脱。其極也，填砌堆疊，陳陳相因，以求苟且塞責。所用之典，所使之事，惟取其整洁工麗，音韻鏗鏘，不復計其有無關切。平日所記誦者，亦惟是藻語游詞，可以對仗，可以點染者，堆積而無數。從此真性既漓，本意又失，句中無事，言中無旨，靡靡然數典而已。讀者震其博洽之名，而不復求其工拙之實，是以往往爲其所欺也。

且所謂透徹者，非必刊落詞華，純以白戰，使老嫗盡解，童子可歌，然後謂之透徹也。雖卓轢超越之詞，纏綿精巧之思，用之得當，皆可謂之透徹。杜詩獨有千古，氣象沈鬱，詞采照爛，掣碧海之鯨魚，集蘭苕之翡翠，可謂秾艷雄厚，高古超妙，兼而有之矣。然未始不透徹也。後人不善學者，於其感時撫事，忠愛家國，悱惻激越之處，一無所得，而惟學其聲調之高亢，詞采之駿發，得其外表，味其真味，是已往往不能透徹，是果誰之過歟？亦不善學之過也。

至於學之不善，則必致誤謬。譬如斯言一玷，非礱礪所可磨；樞機既發，非駭電所能迫。作詩而走入歧途，必至頑鈍粗糙，一無可取。言情而人不能共喻，説景而與實境無關，平落紙上，不能深入人心，如飲薄酒，令人索焉意盡。此詩中之下品，吾人最易犯之，即嚴氏所謂隔靴搔癢，極言其沉悶不快，如鯁在喉，不可不急去之也。

如欲求透徹也，别無他法，惟須有才、學、識三者之長。有才則靈變無常，務於飛動；有學則探彼意象，入此規模；有識則迹在塵寰，志在雲霄。備此三者，然後可以言透徹。對於人情世故，閱歷既深，模水範山，惟妙惟肖，則哀梨并剪，不足以方其透快矣。豈不懿歟，豈不懿歟！

然世有一種詩人，假透徹之説，以文其淺陋，用意太率易，牽出語太直，韻味太短，韻味太緩，脉絡太露。此種詩章，在田夫野老得之，奉爲至寶；於豆棚瓜架中誦之，朗徹雲霄。然比之老嫗之解，旂亭之唱，終有不侔，故君子亦深惡之，不得以嚴氏透徹之説勉强爲之解也。總之,吾人論詩,須得其神髓,不當學其皮毛,以元、白之詩,透徹之中,仍不失高雅,而東坡猶誚之曰輕俗,可知求全之難,而創體之不能無弊也。與其涉於輕俗,而近乎優俳,何如沈鬱幽奧,仍不失風雅之本也。知道君子,必有以擇之。

張健《滄浪詩話研究》:

「意貴透徹」即《文心·神思篇》所説的「思接千載」、「視通萬里」,也近乎王静安在《人間詞話》中提出的「不隔」。在表面上看,「不必太著題」與「透徹」之間似有矛盾之處。實則二者只是角度的不同:「不必太著題」基於興趣説,「意貴透徹」則有待於「透徹之悟」。但透徹不必是:一、老嫗都解的透徹:氣象沉鬱、詞采光燦的杜子美,亦未嘗不透徹;二、説理明白的透徹:宋時長於説理,但素爲滄浪所不取。可見「透徹」二字,全在意興上立言。這正等於白石所説的「想高妙」——「寫出幽微,如清潭見底」。(四八頁)

一〇

語貴脱灑,不可拖泥帶水〔一〕。

【校勘】

尹嗣忠本、《津逮祕書》本、《寶顏堂秘笈》本、《螢雪軒叢書》本此條與下條合,九峯書屋本、清省堂本、程至遠本此條與上條合。

此在《玉屑》爲第九條。中華書局二〇〇七年排印本《玉屑》誤將此條與上條合爲一條。

【箋注】

〔一〕語貴脱灑二句：陶明濬《文藝叢考初編》卷二《詩説雜記》九：「又曰：『語貴灑脱，不可拖泥帶(水)。』夫詩之性質，最爲純潔。『傾羣言之瀝液，漱六藝之芳潤』，援筆投篇，神氣爲之高爽，若乃遣言無倫，造語凌亂，脉絡斷缺，綱維全失，則必負聲無力，振采失鮮，寄辭音瘁，靡言弗華，良質則累而爲瑕，又焉能除煩而去亂乎？太白、東坡之詩，所以獨高千古者，無他焉，瀟灑無塵，耿介絶俗，温蠖無從攖，而世網無從犯也。」陶氏乃從脱俗角度理解。荒井健日譯《滄浪詩話》注：「脱洒，與瀟洒大致相同。不俗氣、爽快的樣子。蘇頌《跋名茶記》有『此詩脱灑不俗，筆札亦善』之語。」是亦理解爲脱俗。郭紹虞《校釋》：「脱灑指『語』言。……刊落浮華，删除枝葉，自不拖泥帶水。」此從表現方式方面理解，較近嚴羽原意。按脱灑是説詩歌的語言表達很爽利，拖泥帶水則相反。

一一

最忌骨董〔一〕，最忌趁貼〔二〕。

【校勘】

〔趁貼〕郭紹虞《校釋》：「《歷代詩話》本、《談藝珠叢》本及《樵川二家詩》本均作『襯』。」按：何望海本、周亮工本、朱霞本亦作「襯」。

此在《玉屑》爲第一〇條。郭紹虞《校釋》：「慎自愛齋刊本以此條與前『意貴透徹，語貴灑脱』條相合。」

【箋注】

〔一〕骨董：胡才甫《箋注》：「骨董疑即瑣屑。」郭紹虞《校釋》：「骨董當是敷陳故事之意。」

骨董有二義，其一指珍貴的古器，其一指瑣雜。在詩學上，按照陶明濬的理解乃是指詩歌中故意用一些古奥的詞語，比如把芻狗説成卉犬，把玉山説成瓊嶽，這些古奥的詞語已經没有生命力，用在詩中，造成理解上的困難，顯得艱澀。

〔二〕趁貼：同「襯貼」。胡才甫《箋注》：「襯貼，或是泛引之義。」郭紹虞《校釋》：「襯帖云者，當即過度刻劃求貼切之意。」

趁貼，指依照詩歌的情意或審美特徵，原非應有，而從外强拿過來敷衍或修飾點綴，結果造成與整體的遊離或不和諧。黄清老《詩法》：「字之所忌者，最忌粧點，最忌襯貼；蓋非本句之所有，而强牽合以成之。」所謂「非本句之所有」者，因粧點是外在的修飾與點綴，襯貼是外在的補襯貼合，這些外在的東西本非此詩所應有，乃是勉强從外面牽合上去的。

另一意是就用事而言，謂把與詩題相關的典故都用到詩中來，敷衍成詩。安磐《頤山詩話》：「西涯云：『子瞻詩傷於快直，少委曲沉著之意，以此有不逮古人之誚。雖後山亦謂其失之粗，以其得之易也。』愚謂傷快直率易固然，但坡翁好用事，甚者句句以事襯貼，如《賀陳章生子》、《張子野買妾》、《戲徐孟不飲》之詩是也。」其所舉賀陳章生子乃《賀陳述古弟章生子》（馮應榴《蘇軾詩集合注》卷十一），其詩句句用生子的典故；《張子野買妾》乃《張子野年八十五尚聞買妾述古令作詩》（馮應榴《蘇軾詩集合注》卷十一），其詩全用張姓典故；《戲徐孟不飲》乃《太守徐君猷通守孟亨之皆不飲酒以詩戲之》（馮應榴《蘇軾詩集合注》卷二十一），全詩用徐邈、孟嘉飲酒事。這樣整篇用典故排比而成的，也是襯貼。

【附録】

陶明濬《文藝叢考初編》卷二《詩說雜記》十：

又曰：「最忌骨董，最忌襯貼。」二語實中詩之要害。今之詩人，犯此病者尤多。夫詩不可以俗語寫，又何病乎骨董？詩不可以逕直而陳，又何忌乎襯貼？初視兩語，令人不能無疑，不知詩固貴乎高古，然必須日光玉潔，周情孔思，句句古法，字字新意。如尧醴舜莖，可以變漓養瘠；如太羹玄酒，有典有則，淡薄滋味；如良金美玉，無施不可；如玉珮瓊琚，增人威儀，若然乃可以生人敬好，而取重於天下後世之人也。

否則，以古爲尚，不加簡擇，則何物不可闌入？如徐彥伯爲文，多求新異，以鳳閣（爲）鵷闈，龍門爲蚪户，金谷爲銑溪，玉山爲瓊岳，芻狗爲卉犬，竹馬爲篠驂，月兔爲陰魄，風牛爲飈犢，後世目之爲澀體，誠可謂之骨董矣，其如足以取厭何？

楊子雲湛思《太玄》，學不可謂不富，而艱深文陋，君子譏之。樊宗師著書甚多，僅有《南園記》一篇，存於現在，而斑駁陸離，已不堪卒讀矣。盧仝之《月蝕》，李賀之《高軒過》，何嘗不震爆百世，然綜其全集而評騭之，終覺乏味。奇而無理，則入人不深，感人不速，安能衙官屈宋，以僕隸風騷乎？此古董之所以不可僂售也。

至於襯貼，雖不可盡廢，然若以此爲斤斤，則亦必傷於詞而累於氣，久而流入纖巧一途，繁瑣猥屑，而莫能自止，《淮南子》曰：「所謂天者，純粹横素，質直皓白，未始有與雜糅者也。所謂人者，偶然智故，典巧僞詐，所以俯仰世人，而爲俗交者也。故牛岐蹏而戴角，馬被髦而全足者，天也。絡馬之口，穿牛之鼻者，人也。循天者與道遊者也；隨人者與俗交者也。」數語甚爲超妙，明乎此，而知詩之中，亦有任天隨人之殊，道遊俗交之别焉。陶、蘇之詩，任情自放，與天地終極，與造化往來，太樸既全，大制不割，何所用於襯貼？後人不達此意，或以應酬權要，或以雕繪物狀，既佞以説人，又巧以比物矣，則其勢不能不出於此，亦理之固然者也。烘雲托月，遞影繫風，如猜燈謎，如作歌訣，詩之本意，於是焉毁，故嚴氏忌之也。

一二

語忌直〔一〕，意忌淺〔二〕，脉忌露〔三〕，味忌短〔四〕。音韻忌散緩，亦忌迫促〔五〕。

【校勘】

《玉屑》此條與下條合，爲第一一條。

【箋注】

〔一〕語忌直：語直謂直接的表現。

陶明濬《文藝叢考初編》卷二《詩説雜記》九：「嚴氏所指數忌，皆閱歷有得之言，不可以近而忽之也。語何以忌直？緣詩主文譎諫，寓意微遠，所稱甚小，所指極大，若直情逕行，粗厲猛起，如擊缶之無曲折，如吹劍之無回音，言拙而無巧喻，理樸而辭亦然，襲故而彌舊，沿濁而更渾，安貴乎有詩哉？即使勉强成章，而精英既竭，褰裳可去，其誰能聽之？其誰能諷詠之乎？」

〔二〕意忌淺：意之深淺關涉到兩方面，一是意本身的深淺，二是表現方式。就意本身言，意之深淺取決於意義的理性深度。宋人論詩往往對詩意的理性價值本身做評判，追求所謂理高意深，而其極端的表現就是理學家用理作爲主要標準來評詩。劉攽《中山詩話》論詩主張意深義高：「詩以意爲主，文詞次之，或意深義高，雖文詞平易，自是奇作。」就表現方式言，以直接的表現方式達意，則比較淺露；以婉曲的表現方式達意，則比較深隱。用傳統的術語説，用比興則意深，用賦則意淺。

【附録】

陶明濬《文藝叢考初編》卷二《詩説雜記》九：

意何以忌淺？將欲登名文章之籙，而希不朽之業者，豈易事哉？必須刓精竭思，鞠明究曛，疲敝乎歲月，耗費乎簡札，乃能高視萬物之表，落落而空於人羣也。若率爾操觚，不加搥鍊，任心任意，偶然而爲，則家修人勵，作者太多，安能入人意中，而出人頭地乎？矯之之法，惟有苦用深思，不稍輕易，故人所易言，我難言之，人所煩言，我寡言之，人所同知，我則遊之，人所同取，我則棄之，所謂知一重非，則進一重境也，夫豈易言哉！

〔三〕脉忌露：脉是意脉，是詩歌内在的意義脉絡，或者説内在的邏輯。范温《潛溪詩眼》説：「古人律詩亦是一片文章。語或似無倫次，而意若貫珠。」所謂語無倫次，是説從外在的表現形態看，各句之間看似不連貫，無邏輯聯繫；所謂意若貫珠，是説從内在的意義看，各句之間實有連貫的意脉，有内在的邏輯聯繫。范温認爲，詩、文都有意脉，兩者在此方面具有一致性。詩文内在的意義邏輯可以在外在形態上直接表現出來，呈現出某些形式特徵，如范温所説的以「相似語言」作爲意義貫穿的特徵；但内在的意脉也可以不呈現在外在的語言形態上，而是潛藏在語言表現層面的背後，具有一種内在的意義上的「關紐」。很明顯，范温更注重這種内在的意脉（參見【附録】）。姜夔《白石道人詩説》稱「血脉欲其貫穿」，也正是指這種内在的意義邏輯，又説「其失也露」，認爲内在的意脉不應該外在地呈現出來，如果顯露出這個意脉，就是一種缺點。姜氏較范温更明確主張脉要隱，而不要露。嚴羽説「脉忌露」，與姜夔一脉相承。

【附録】

范温《潛溪詩眼》：

古人律詩亦是一片文章。語或似無倫次，而意若貫珠。《十二月一日》詩云：「今朝臘月春意動，雲安縣前江可憐。」此詩立意，念歲月之遷易，感異鄉之飄泊。其曰：「一聲何處送書雁，百丈誰家上水船。」則羈旅愁思，皆在目前。「未將梅蕊驚愁眼，要取楸花媚遠天。」梅望春而已花，楸將夏而乃繁，言滯留之勢，當自冬過春，始終見梅楸則百花之開落皆在其中矣。以此益念故國，思朝廷，故曰：「明光起草人所羡，肺病幾時朝日邊。」《聞官軍收河南河北》詩云：「劍外忽傳收薊北，初聞涕淚滿衣裳。」夫人感極則悲，悲定而後喜，忽聞大盜之平，喜唐室復見太平。顧視妻子，知免流離，故曰：「却看妻子愁何在。」其喜之至也，不知手之舞之，足之蹈之，故曰：「漫展詩書喜欲狂。」從此有樂生之心，故曰：「白日放歌須縱酒。」於是率中原流寓之人同歸，以青春和暖之時即路，故曰：「青春作伴好還鄉。」言其道途則曰：「欲從巴峽穿巫峽。」言其所歸則曰：「便下襄陽到洛陽。」此蓋曲盡一時之意，愜當衆人之情，通暢而有條理，如辯士之語言也。《遊子詩》云：「巴蜀愁誰語，吴門興杳然。」巴蜀既無可與語，故欲遠之吴會。「九江春草外」，則想象將來吴門之景物。「三峽暮帆前」，則去路先涉三峽之風波。「厭就成都卜，休爲吏部眠」，君平之卜所以養生，畢卓之酒所以忘憂，今皆不能如意，則犯三峽之險，適九江之遠，豈得已也哉？夫奔馳萬里，無所稅駕，傷人世險隘，不能容己，故曰「蓬萊如可到，衰白問羣仙」終焉。騷人亦多此意。《題桃》詩云：「小徑升堂舊不斜，五株桃樹亦從遮。」此詩意在第一句：舊堂小徑，從來不斜，又五桃遮掩之，已若圖畫矣。中間四句，皆舊日事。方天下太平，家給食足，有桃實則饋貧人，故曰：「高秋總饋貧人實。」和氣應期而至，人意閑而樂之，故曰「來歲還舒滿樹花。」家家有忠厚之風，處處有魯恭之化，故曰：「窗户每宜通乳燕，兒童莫信打慈鴉。」及題此詩時，所向皆寡妻羣盜，何暇如此，故曰：「寡妻羣盜非今日，天下車書正一家」時也。然所謂意若貫珠，非唯文章，書亦如是。歐陽文忠言：「用筆當使指運，而腕不知，方其運也，左右前後，不免欹側，及其定也，上下如引繩，此之謂筆正。」山谷稱：「公主擔夫争道，其手足肩背皆有不齊，而輿未嘗不正。」指與擔夫，則如遣詞；腕與輿，則如命意。故唐文皇稱右軍書云：「煙霏雲斂，狀若斷而還連；鳳翥龍盤，勢如斜而反直。」與文章真一理也。今人不求意處關紐，但以相似語言爲貫穿，以停穩筆畫爲端直，豈不淺近也哉！

陶明濬《文藝叢考初編》卷二《詩説雜記》九：

脈何以忌露？如人血氣之固，筋骸之束，在皮膚之中，息息相通，其外仍曼肌豐盈，靡顔膩理，此乃可謂完全之人，若脈絡筋骨，表襮於外，則其人非負重傷，則受天刑，豈不令人欲嘔乎？詩亦如此。氣脈之來，綿綿如繩，前後相連，首尾互應，雖千言萬韻，依然生氣勃勃，躍躍如動，乃爲能品，潛氣内轉，神理不一露，綺靡温潤，如仙露明珠之可愛矣。

〔四〕味忌短：鍾嶸論詩主「滋味」，司空圖主「味外之味」，魏泰《臨漢隱居詩話》云：「予頃年嘗與王荆公評詩，予謂凡爲詩，當使挹之而源不窮，咀之而味愈長。至如永叔之詩，才力敏邁，句亦雄健，但恨其少餘味爾。」荒井健日譯《滄浪詩話》注：「此是本條最相似的先例。短，謂餘味、餘韻少。」

陶明濬《文藝叢考初編》卷二《詩説雜記》九：「味何以忌短？東坡云：『我有至味非煎烹，是中之樂吁難名。』此味詩中亦有之。淵永渾厚，非雞豚味薄者可比，或得之於回，如橄欖然，或得之於老，如甘蔗然，咀嚼不盡，舌本惟芳，此其所以爲貴也。人或譏漁洋之詩，有神韻，而無神味，此其故可思矣。」

〔五〕音韻忌散緩二句：荒井健日譯《滄浪詩話》注：「音韻，這裏指作品的韻律。散緩，節奏緩慢的樣子。迫促，急促的樣子。」

嚴羽主張詩歌應該有力度而又要含蘊不露。音韻散緩則缺乏力度，迫促則不從容，力量就會顯露出來。他主張雄壯，而不主張雄健，其道理在此。陶明濬《文藝叢考初編》卷二《詩説雜記》九：「音韻何以忌散緩？如人之發聲壯健無疾者，恒遒勁；悛綿多疾者，恒散緩，以詩取譬於人，故不可不戒也。」此「壯健」、「遒勁」其實並非嚴羽所主張者。

近藤元粹《螢雪軒叢書》眉批云：「大然大然。」

一三

詩難處在結裹〔一〕，譬如番刀，須用北人結裹，若南人，便非本色〔二〕。

【校勘】

〔須用北人結裹〕「用」字徐榦本無。

此條《玉屑》與上條合，爲第一一條。

【箋注】

〔一〕結裹：胡才甫《滄浪詩話箋注》注引方回《瀛奎律髓》曰：「予謂詩家有大判斷，有小結裹。姚（合）詩專在小結裹，故四靈學之，五言八句皆得基礎（健按：當作「其趣」）。七言律及古體，則衰落不振。又所用料不過花、竹、鶴、僧、琴、藥、茶、酒，於此數物，一步不可離，而氣象小矣。是故學詩者必以老杜爲師，乃無偏僻之病焉。」（健按：見該書卷十評姚合《游春》）胡氏按云：「結裹義不詳，所引恐亦未當。」

郭紹虞《校釋》：「案《傳燈録》卷三十《鉢歌》：『丈夫語話須豁豁，莫學癡人受摩埒，趁時結裹學擺撥，也學柔和也皽糲。』又沈作喆《寓簡》云：『今之學者謂得科名爲了當，仕宦者謂至從官者謂結裹。』結裹似是鍛煉有成就之意。胡才甫《箋注》引方回《瀛奎律髓》……之語，亦近此意。」

〔二〕譬如番刀四句：荒井健日譯《滄浪詩話》注：「『番刀』的番指中國西北部的西域異民族。『青海出番刀……以百鍊鋼爲之者。長二尺，闊僅兩指許。……首尾純直……鋭利無比，光可鑑人。』（徐珂《清稗類鈔》八十九）」

市野寅次郎日譯《滄浪詩話》注：「注者不明白此二字及下面北人、南人之意，請教於諸前輩，均告以番與蕃同義，亦有以爲蕃乃是蠻字之附加義。番、蕃、蠻三字，其義有别。《周禮》九州以外稱蕃國，列有夷服、鎮服、蕃服，《春官》中亦見有『以封蕃國』的用法，故與蠻字意義有别。又蒙桑田六郎博士見告，《宋會要》載歷代朝貢，在紹興二十六年（一一五六）三佛齊之品目中，有『大食糖四琉璃瓶、大食棗十六琉璃瓶、賓鐵長劍九張、賓鐵短劍六張』，淳熙五年（一一七八）有『番糖四琉璃瓶共一十五斤八兩、香棗三琉璃瓶共八斤』，此外尚有『番劍十五柄』。番刀即是這裏所説的番劍。據所引淳熙間的文字，大食糖、大食棗分别被稱作番糖、番棗，則番刀當是賓鐵劍，或是用印度鋼鐵製成的大食的刀劍。」

健按：番刀，指外國刀，非必實指大食刀。曾敏行《獨醒雜志》卷五：「相國寺雜貨物處，凡物稍異者，皆以番名之。有兩刀相並而鞘曰番刀；有笛皆尋常，差長大曰番笛；及市井間多以絹畫番國士馬以博塞。」稍有異之物皆以番名之，猶如今人所謂外國貨，番者外國之稱，非必定指某一國也。

結裹，當指在刀把上纏裹皮或絲繩等以便握持及作爲裝飾。按宋人梅應發與劉錫撰《四明續志》卷六「作院」列製作戎器的十三作，有大爐作、小爐作、穿聯作、磨鋥作、磨擦結裹作，結裹當是兵器製作的一道工序，給兵器加上可以握持的東西，使之最終成爲可以上手的兵器。《佩文齋詠物詩選》卷一四一載明人鄭作《刀贈程自邑》有云：「昔客汴上來，曾遺西番刀。出鞘試鬣鬣，口吹斷毫毛。裹以白鹿皮，纏以青絲絛。」這裏的西番刀，當是西域所産刀。「裹以白鹿皮，纏以青絲絛」，當即是所謂「結裹」。不同地方的刀，其纏裹的質料及風格當有不同。嚴羽所謂北人結裹，當是北方的纏裹風格；所謂南人結裹，則是南方的風格。按南宋稱遼、金等北方人爲北人，南人當指南宋區域之南方人。

嚴羽所謂番刀，未必是外國産的刀，也可以是南宋製外國式的刀，正因爲是外國式的刀，則其纏裹的風格也應該與之相應，即所謂本色。

【總説】

這一節以番刀的結裹來喻詩，惟嚴羽並没有説明結裹的詩學内涵。方回《瀛奎律髓》中亦曾以結裹喻詩，借之有助於窺測嚴羽之意。《瀛奎律髓》卷十評姚合《游春》：「予謂詩家有大判斷，有小結裹。姚之詩專在小結裹，故四靈學之，五言八句皆得其趣，七言律及古體，則衰落不振。」又卷二十四評姚合《送喻鳧校書歸毘陵》云：「送人詩三十餘首……爲武功尉時詩八首最佳，其餘有左無右，有右無左。前聯佳矣，後或不稱；起句是矣，繳句或非。有小結裹，無大涵容，其才與學，殊不及浪仙也。」此所謂大判斷、大涵容者乃是指詩歌的大格局、根本性方面，小結裹者乃指局部細節方面的安排與處理。方回指出姚合詩無大格局，只重局部的細節鍛煉，故詩難以有完美的整體。方氏以爲這是晚唐詩的特徵。他説：「盛唐律詩體渾大，格高語壯。晚唐下細工夫，在小結裹，所以異也。」

《瀛奎律髓》卷十五陳子昂《晚次樂鄉縣》評語）錢鍾書《管錐編》説：「評點、批改側重成章之詞句，而忽略造藝之本原，常以『小結裹』爲務。」（第四册，一二一五頁。北京：中華書局，一九七九年）此雖是從批評角度説，然亦可證「小結裹」是指詩歌的詞句等細節。

嚴羽所謂結裹的詩學内涵應與方回所説相差不遠。這些細部的安排處理屬於技巧層面，本應服務於詩歌的整體表現，故應與整體相協調，這樣才能保證詩歌整體風格的一致性。

一四

須參活句，勿參死句〔一〕。

【校勘】

此條《玉屑》本爲第一二條。

【箋注】

〔一〕須參活句二句：《林間録》載洞山語録：「語中有語，名爲死句；語中無語，名爲活句。」禪家謂第一義不可説，如果正面説出，即是死句；若不正面説出，而通過象徵、暗示等手段指向它，所謂「鵓鳩樹頭啼，意在麻畬裏」，言在此而意在彼，乃是活句。宗杲禪師也談活句、死句，《大慧普覺禪師語録》卷十四：「夫參學者，須參活句，莫參死句。」曾幾將禪家的話頭引來談詩，其《讀呂居仁舊詩有懷其人》：「學詩如學禪，慎勿參死句。縱橫無不可，乃在歡喜處。」（《南宋羣賢小集·前賢小集拾遺》卷四）陸游繼之，其《贈應秀才》：「我得茶山一轉語，文章切忌參死句。」（《劍南詩稿》卷三十一）。嚴羽既受大慧禪師影響，又承曾幾、陸游之説，也要求參活句，不參死句。

對於詩歌來説，參活句不參死句涉及兩個問題：一、什麽是活句、死句？二、參活句具體指什麽？

先看活句、死句的問題。馮班《鈍吟雜録》卷五《嚴氏糾謬》：

按禪家死句、活句，與詩法全不相涉也。禪家當機煞活，有時提倡，有時破除，有時如擊石火閃電光，有時拖泥帶水。若刻舟求劍，死在句下，不得轉身之路，便是死句。詩人所謂死句活句，全不同，不可相喻。詩有活句，隱秀之詞也。直敘事理，或有詞無意，死句也。隱者，興在象外，言盡而意不盡者也。秀者，章中迫出之詞，意象生動者也。

馮班雖然抨擊嚴羽參活句之説，但他提出了禪家之活句、死句與詩家的差異問題。禪師啟發人悟道的方式很靈活，没有固定的形式，但任何方式都只是達到目的的手段，而不是目的的本身，所以對任何方式都不能執著，不能認手段作目的。不拘任何方式，只要能借助其作爲手段悟道者，就是活句；只要一執著，將手段當目的，活句就成死句。因而對於禪家來説，活句、死句是不固定的，關鍵在於參者的態度與方式。此説與前引洞山之説法角度不同，洞山所説活句、死句針對的是説話者的言語，判斷其言語本身是活句還是死句，故死活是有定的，而馮班所言針對的是參者對待言語的態度與方式，句之死與活，取決於參者對待言語的態度與方式，故死活是不定的。在馮班看來，詩家的活句、死句是固定的，直陳事理的是死句，不直接説出，有所寄托的是活句，所以他説禪家與詩人全然不同。

吴喬將死句、活句之説與賦、比、興聯繫起來，認爲賦是直陳，是死句；比興意在言外，是活句。《圍爐詩話》卷一：

大抵文章實做則有盡，虚做則無窮。《雅》、《頌》多賦，是實做；《騷》多比興，是虚做。唐詩多宗《風》、《騷》，所以靈妙。

詩之失比興，非細故也。比興是虚句、活句，賦是實句。有比興，則實句變爲活句，無比興，則虚句變成死句。許渾詩有力量，而當時以爲不如不作，無比興，説死句也。

詩貴活句，賤死句。石曼卿《詠紅梅》云：「認桃無緑葉，辨杏有青枝。」于題甚切，而無丰致，無寄托，死句也。明人充棟之集，莫非是物，二李爲尤甚耳。子瞻默識此病，故曰：「賦詩必此詩，定非知詩人。」其《題畫》云：「野雀見人時，未起意先改。君于何處看，得此無人態？」措詞雖未似唐人，而能于畫外見作畫者魚鳥不驚之致，乃活句也。

按照吴喬的理論邏輯推論，《雅》、《頌》多用賦，是死句；《風》、《騷》多比興，是活句。因爲吴喬對死句、活句有價值高下的分别，這樣一來便會貶《雅》、《頌》而揚《風》、《騷》。吴喬本人固然不會如此説，但是按照他的論述邏輯可以引出這一結論。

王士禛以爲嚴羽論興趣之鏡花水月之喻即是活句。《師友詩傳續録》載其語云：「嚴儀卿所謂如鏡中花，如水中月，如水中鹽味，如羚羊掛角，無跡可求，皆以禪理喻詩。內典所云不即不離，不黏不脱，曹洞宗所云参活句是也。」所謂不即不離，不黏不脱，即對其所表現對象不作直接的描述（不即、不黏），而所有的描述又無不指向它（不離、不脱），這就是活句。如果以傳統詩學的術語説，也就是比興。在王士禛看來，嚴羽所謂鏡花水月，其實就是這種不即不離、不黏不脱之境，就是所謂活句。

照這樣理解，活句、死句之説既可以用之於創作，即詩歌在表現上要用比興，要不即不離，不黏不脱，言有盡而意無窮；也可以用之批評，即以之爲評價標準，以含蓄者爲活句，爲佳；以直露者爲死句，爲劣。

以上討論的是活句、死句。那麽，参活句，不参死句的詩學意義又是什麽呢？

王士禛是從創作的角度理解参活句的，他把参活句等同於活句，所以参活句不是要参究前人的作品，而是指創作上要不即不離，這樣参的問題被他消解了。

錢鍾書先生把活句、死句作爲創作的問題，而把参活句不参死句作爲閲讀及學習的問題。《談藝録》二八：

（鈍吟）前段駁滄浪是也，後段議論便是刻舟求劍，死在句下，鈍吟亦是鈍根。禪句無所謂「死活」，在學人之善参與否。……詩至李杜，此滄浪所謂「入神」之作。然學者生吞活剥，句剽字竊，有如明七子所爲，似者不是，豈非活句死参乎。禪宗「當機煞活」者，首在不執著文字，「句不停意，意不停機」。古人説詩，有曰：「不以詞害意」而須「以意逆志」者，有曰：「詩無達詁」者，有曰：「文外獨絶」者，有曰：「含不盡之意見於言外」者。不脱亦不黏，與禪家之參活句，何嘗無相類處。（一〇〇—一〇一頁）

馮班强調禪家活句、死句關鍵在參禪者的態度與方式，錢先生引申説詩學也有類似的問題。參詩者也有態度問題，有活參與死參的區别。前人的作品是學習的對象，如果執著於古人的作品，在語言形式上模擬，就是死參。他舉明七子學李、杜爲例。李、杜詩是活句，但七子派模擬，就是活句死參。讀詩者不執著詩句的字面意義，而透過詩句探求言外之意，這就是活參。《談藝録·補遺》説：

鈍吟曰：「詩有活句。」吴修齡《圍爐詩話》卷一有「詩貴活句賤死句」一則，謂切題而無寄托者爲「死句」，即本鈍吟之説。鈍吟僅知作詩有活句死句之别，而不知讀詩亦有活參死參之分，苟能活參，斯可以作活句。譬如「春江水暖鴨先知」之句而曰「鵝豈不先知」，便是死在句下。滄浪所用「鏡花水月」一喻，即足爲當機煞活之例。（三〇五頁）

錢先生此處明確指出作詩的活句、死句與讀詩的活參、死參的區别。他所舉的死參的例子是清人毛奇齡批評宋詩的有名案例，其所舉活參的例子乃是嚴羽的鏡花水月之喻。鏡花水月原本是説佛理的，而嚴羽從中領會到詩歌的道理，並拿來説詩，如此即是活參。

周裕鍇《中國禪宗與詩歌》中也將參活句理解爲讀詩的活參，認爲活參是「接受（欣賞、借鑒）過程中的自由理解與隨意聯想」。（一八九頁。上海：上海人民出版社，一九九二年）

嚴羽此條究竟是指創作上的活句、死句，還是學詩、讀詩上的活參、死參呢？他本人並没有説明。但嚴氏主張學古，本篇末條認爲，要將自己的作品放到古人集中，有識者都辨識不出，才是真古人，由此看來，其所謂參活句並非活參，而當是指創作上的鏡花水月之境。

【附録】

陶明濬《文藝叢考初編》卷二《詩説雜記》十一：

又曰：「須參活句，勿參死句。」二語真將詩之利弊説盡。今人爲詩，對於造句，往往沉吟短翰，浦（補）綴庸音，冥搜枕中之記，旁取帷中之帙。汲而無竭，既乖井中之養；取之不盡，本非江上之風。僅有寸錦，而無全玉，神氣疲苶，不能縱横自如。此所謂死句者也。蓋聆之無聲，按之無響，求之無深意，考之無性情，是陳人之槃，而坎穴之娱，秋墳之吟，鮑家之唱，聽之懍懍增懼，而沉沉欲睡矣。故嚴氏深以此爲大戒，必須使句法靈活，一無所滯，乃可謂之上乘法。當夫春庭落景，轉蕙乘風，秋雨宜晴，檐梧初下；清波弄月，則雙珠瑩然；長飈動松，則萬籟喧寂；吾人對此情景，中懷慷慨，或欣然以怡，或爽然以適。然後括綜百家，馳騁千載，纏絡萬品，彌綸天地，搜羣言之隱賾，撮道略之英華。發爲詩句，自然天焰地葩，流離渾脱，光怪活脱，不可方物矣。

郭紹虞《校釋》：

案馮班《嚴氏糾謬》謂：「禪家所謂死句活句，與詩人所謂死句活句全不相同」，誠是事實。但滄浪所言，原是譬喻，不可泥求。曾幾《讀呂居仁舊詩有懷》云：「學詩如參禪，慎勿參死句。」陸游《贈應秀才詩》云：「我得茶山一轉語，文章切忌參死句。」滄浪所言本此。滄浪既以禪喻詩，故搬用禪家話頭以説明詩句死活。惟滄浪所謂活句死句，究作如何理會，滄浪未明言，不免啓人誤解。馮班以隱秀之詞爲活句，吳喬《圍爐詩話》以於題甚切而無丰致無寄托者爲死句，陶明濬《詩説雜記》以鋪綴庸音、僅有寸錦而無全玉，神氣疲苶、不能縱横自如者爲死句。均足備一説。錢鍾書《談藝録》云：「禪宗當機煞活者，首在不執著文字，句不停意，用不停機。古人説詩，有曰不以詞害意、而須以意逆之者，有曰詩無達詁者，有曰文外獨絶者，有曰含不盡之意見於言外者，不脱而亦不黏，與禪家之參活句，何嘗無相類處。」

一五

詞氣可頡頏，不可乖崖〔一〕。

【校勘】

〔頡頏〕「頏」，徐榦本誤作「頑」。

〔乖崖〕　胡重器本、尹嗣忠本、吳銓本、徐幹本作「乖厓」，「厓」同「崖」。九峯書屋本、清省堂本、程至遠本、《津逮祕書》本、《説郛》本、《適園叢書》本、《三家詩話》本、《螢雪軒叢書》本作「乖戾」。郭紹虞《校釋》：「《玉屑》『戾』作『崖』，《樵川二家詩》本作『厓』，均誤。」按宋本及元本《玉屑》及底本均作「崖」，作「戾」者乃後人竄改。

《玉屑》此條與下二條合，爲第十三條。

【箋注】

〔一〕詞氣可頡頏二句：頡頏：剛直不屈。乖崖：指乖戾。宋人張詠，號乖崖，自稱「乖則違衆，崖則違物」，見《東都事略》卷四十五。

胡才甫《箋注》：「才甫按《詩人玉屑》引陳應行《吟窗雜録序》，有氣高而易怒之説。又按釋皎然有氣高而不怒，力勁而不犯之語。又云，要氣足而不怒張。與此頗合。」

郭紹虞《校釋》：「案皎然云『要氣足而不怒張』，潘邠老云『吟詩喜作豪句，須不叛於理方善』，此均滄浪所本。此中論調都謂藝術宜恰到好處，然而杜甫以飛揚跋扈稱李白，蘇洵以猖狂恣睢稱韓愈，可知論詩論文也不必拘於一端。」

荒井健日譯《滄浪詩話》注：「『詞氣』與文氣相同。作品内部的氣成爲語勢或節奏而被表現出來。黄山谷有『所送新詩……但語生硬，不諧律吕。或詞氣不逮初造意時』（《與王觀復書》）之用例。頡頏，是説不屈的强度，見於揚雄《解嘲》等。乖崖，意爲固執、不協調。北宋的張詠用以爲號。范鎮《東齋記事》補遺中記其原委。」

【附録】

陶明濬《文藝叢考初編》卷二《詩説雜記》九：

蓋頡頏之與乖戾，相去在幾微之間，不容不辯。豪傑之士，以文人習氣，日以頽靡，故駢偕儷聯，四屬六比，調朱施鉛，抽黄對白，相便以八音，相宣以五彩，豐麗而酣濃，炫煌而妍媚，巧哢乎寒暄，争穠而競艶，相沿既久，使人氣息蕭索，志意廢馳，自問既不克振，又何能以感人？於是立意矯之，李杜韓蘇，由此其選也。立意必求其殊特，遣詞必主乎瑰瑋，巨刃摩天，金鵄擘海，雷硠乾坤，震撼山岳，所謂頡頏作氣勢者，是其所長也。

及乎末流所至，似亦不能無弊。循此體而不加裁酌，則用筆必至率易，氣必至粗豪，整麗工緻之處，於是乎全壞，夫安可以爲詩？其爲弊，正與六朝相等。彼則一味研媚，猶不失静女之態度；此則大言不慚，更何殊狂士之行爲？久而不變，必至言語乖舛，神經錯謬，有意求奇，而卒不能奇。不作人間之語，又豈能入人心意，矯枉過正，其爲弊，固有不可勝言者。

總之，奇正迭用，貴乎時有變換，則不涉於平板，相題而爲之，因勢而導之，當如何便如何，不必師成心，不必拘一體，剛柔緩急，卷舒自如，所謂無如而不自得矣。

一六

律詩難於古詩〔一〕，絶句難於八句〔二〕；七言律詩難於五言律詩〔三〕，五言絶句難於七言絶句〔四〕。

【校勘】

《玉屑》此條與上條及下條合爲一條。

【箋注】

〔一〕律詩難於古詩：吴可《藏海詩話》云：「七言律詩極難做，蓋易得俗，是以山谷别爲一體。」胡才甫《箋注》引此條，郭紹虞《校釋》亦稱此爲滄浪所本。然此只是論七言律難做，而非將律詩作爲一個整體與古詩比較。

何以律詩難於古詩？嚴羽並没有説明，後人對此有不同理解。賀貽孫《詩筏》：「嚴儀卿謂『律詩難於古詩』。彼以律詩斂才就法爲難耳，而不知古詩中無法之法更難。且律詩工者能之，古詩非工者所能，所謂『其中非爾力』，則古詩難於律詩也。」此從有法、無法角度理解嚴羽之説。律詩難於古詩者，是因律詩有格律的限制，而古詩則無。這種難易其實只是入手的難易，是在低層次上説的。故賀貽孫本人也不認同。賀氏指出，律詩有法，而古詩則有無法之法。有法則可以遵循，只要努力用工就可以，故説「工者能之」；而無法，則没有可以遵循的規則，靠人爲努力不能做得好，故説「非工者所能」。賀貽孫認爲古詩難於律詩者在此。

陶明濬《文藝叢考初編》卷二《詩説雜記》十三：「按所論難易，雖未必盡合，然大體尚無出入，總之詩法不同，而難易亦不同，要視人之性情爲斷。性情近於古詩，則以古詩爲易；性情近於律詩，則以律詩爲易。反而言之，凡性情不相近者，則必以爲難，此固一定之理也。」「古詩之易處，惟在範圍較寬，限制極少。意有所得，則突然而屈起；意所不足，則戛然而竟止。才高學博，可以振筆而成。速則意思敏壯，流易有餘；緩則迂徐往復，深警可佳。進退操縱之權，完全在我，此其所以爲易也。然古詩五言，如陶之恬淡，李之超逸，七言如杜之沈雄，蘇之玄妙，亦豈易到者。嚴氏所謂易，不過謂成較之便，韻脚不甚拘，平仄不甚謂而已。」「總而論之，律詩難於古詩者，古詩法度寬，行動可以自如；律詩法度嚴，舉止不能率易也。」陶明濬也是從法度的角度理解嚴羽之説。律詩法度嚴，古詩法度寬，所以嚴羽以爲律詩難於古詩。而他本人則認爲古詩作得好也並不易。其思路與賀貽孫大致相同。

但這樣理解嚴羽之説似乎太簡單。嚴羽的時代存在著古詩與律詩的高下之争。在嚴羽之前，朱熹是尊古詩的，而葉適是崇律詩的。朱熹的觀點在理學家詩人羣體中影響甚大，而葉適的觀點在普通詩人中影響廣泛。與嚴羽同時的真德秀崇古詩，而江湖詩人多沿四靈，喜律詩。兩種傾向區别明顯。劉克莊説：「近世詩學有二：嗜古者宗《選》，縛律者宗唐。」（《後村先生大全集》卷九十七《宋希仁詩序》所説的正是這兩種傾向。嚴羽尊古體與崇律體之間並沒有明顯的偏向，可以看作是有意統一以上兩種傾向。

嚴羽並不把格律的精嚴作爲律詩高格的標準。在嚴羽看來，詩歌僅在格律方面達到精工，並非高格；晚唐律體格律精工，但嚴羽却認爲其只是小乘禪。律詩格律精嚴，但詩人要能在嚴密的格律中體現出創作的自由，顯得未曾受拘束似的，這才是律詩之高格。同時，律詩能在嚴密的格律中又具有古詩的風韻，這也是高格。嚴羽最推尊的律詩是崔顥的《黄鶴樓》，而非杜甫的律詩，即是明證。與律詩相比，古詩却没有受到嚴格的格律的約束，没有古典風韻與今體形式之間的矛盾，相對較易一些。

錢振鍠《詩話》卷上：「羽又云：『律詩難於古詩。』按袁枚亦有此論。然律詩不能詩者尚能支持，古體則勢窮情現。蓋古體者，席上之正菜也；律詩者，襯菜也。庖人之精神却全副在正菜，大家之精神却全副在古體，正不可如彼論詩，如彼論詩，則笨伯耳。」如果從最低層次言，古詩不善作詩者也能寫出來，非必律詩也。錢氏正菜、襯菜之説實際上涉及到古體、律體孰爲正宗的問題，與嚴羽所説的難易問題無涉。

〔二〕絶句難於八句：楊萬里《誠齋詩話》云：「五七字絶句最少而最難工，雖作者亦難得四句全好者。」劉克莊《後村先生大全集》卷一〇一《跋宋氏絶句詩》：「信矣，絶句之難工也！」

嚴羽所謂絶句難於律詩，並非就格律形式而言。如果就格律言，絶句之平仄限制雖與律詩同，但對仗可以有，也可以無，約束應比律詩少，更容易。嚴羽所謂難者應是指格律之外的因素。後來人對此一問題亦有討論。王世貞《藝苑卮言》卷一云：「絶句固自難，五言尤甚。離首即尾，離尾即首，而腰腹亦自不可少。妙在愈小愈大，愈促而緩。」王世貞所言有兩層涵義：一是從結構體製上言其難。絶句雖只有四句，但從結構上説也須要是一個完整體。這就增加了作者的創作難度。二是從絶句的審美價值標準上言其難。絶句篇幅小，却以容量大爲尚；絶句短促，却以舒緩爲高，故難度大。

〔三〕七言律詩難於五言律詩：關於七言律詩之難，范晞文《對牀夜語》卷二云：「七言律詩極不易，唐人以詩名家者，集中僅一二，且未見其可傳。蓋語長氣短者易流於卑，而事實意虚者又幾乎塞，用物而不爲物所贅，寫情而不爲情所牽，李、杜之後，當學者許渾而已。」劉壎《隱居通議》卷八云：「律詩始於唐，盛於唐。然合一代數十家，而選其精純高渺、首尾無瑕者，殆不滿百首，何其難也！」

至於七律與五律之難易，賀貽孫《詩筏》謂：「又謂『七言律難於五言律』。彼謂七言律格調易弱耳，而不知五言律音韻易促也。五字之中鏗然悠然，無懈可擊，有味可尋，一氣渾成，波瀾獨老，名爲堅城，實則化境，則五言律難於七言律也。」此與嚴羽之説相反。

陳僅《竹林答問》：問：「嚴滄浪有云：律詩難於古詩，七律難於五律。此語頗似駭俗。」答：「滄浪此語，深得詩中三昧，學者自昧昧耳。管韞山曰：『五律人可頓悟，七言則非積學攻苦不能致也。論者謂如挽百石弓，非腕中有神力者，止到八九分地位。此言最善名狀。』吾鄉先輩薛千仞先生曰：『七言律法度貴嚴，紀律貴整，音調貴響，不易染指。余見初學後生無不爲七言律，似反以此爲入門之路，宜其欲入而自迷其門，終身不得窺此道藩籬，無怪也。』兩先生之言旨哉！」此從學習之難易言，五律可以頓悟速成，七律則必須積學攻苦，故七律爲難。

〔四〕五言絶句難於七言絶句：五言絶句最難之説非止嚴羽言之。劉克莊已有此説，《後村先生大全集》卷九十四《中興五七言絶句序》：「五言最難工。」而稍後劉壎説：「五言絶句最難工，蓋字逾少而意逾長，乃爲有味。」（《隱居通議》卷十一「五言絶句難工」）五言絶字數最少，意却要長，這是一對矛盾。解決這對矛盾，非常困難。王士禛云：「五言絶近於樂府，七言絶近於歌行，五言難於七言，五言最難於渾成故也。」（《師友詩傳續録》）此又從另一角度言其難。

【附録】

胡應麟《詩藪》内編卷六：

謂七言律難於五言律，是也；謂五言絶難於七言絶，則亦未然。五言絶，調易古；七言絶，調易卑。五言絶，即拙匠易於掩瑕；七言絶，雖高手難於中的。

謝肇淛《小草齋詩話》卷一：

詩中諸體，惟七言律最難，非當家不能合作。盛唐惟王維、李頎頗臻其妙，然頎僅存七首，王亦止二十餘首，而折腰、迭字之病，時時見之，終非射雕手也。自少陵精粗雜陳，議論間出，後人效顰，反以是爲藏垢之府矣。今人初學爲詩，便作七言律，不知如蟻封盤馬，到此未有不踣者。噫！可歎也！

七言律詩，尚綺麗，則傷風骨；張氣格，則乏神情；鬭奇崛，則損天然之致；務清遠，則無金石之聲。意多則不流，景繁則無章。文質彬彬，庶幾近之。即全唐諸子，不數篇也。

賀貽孫《詩筏》：

若「絶句難於八句，五言絶難於七言絶」，二語甚當。惜未言五言古難於七言古耳。

又：七言絶所以難於七言律者，以四句中起承轉結如八句，而一氣渾成又如一句耳。若只作四句詩，易耳易耳。五言絶尤難於七言絶，蓋字句愈少，則巧力愈有所不及，此千里馬所以難於盤蟻封也。

黄生《詩麈》卷一：

嚴滄浪謂：「七律難於五律，五絶難於七絶。」近體四種，判若白黑，即唐人復起，不易其言。蓋七絶本七律而來，第主風神，不主氣格，故曰易。五絶則字句愈促，含藴愈深，故曰難。然七絶主風神是矣，或風神太露，意中言外無復餘地，則又失盛唐家法。故此體中、晚人多有妙者，直是風神太露，得在此，失亦在此。至如五絶，人多以小詩目之，故不求致工。然作家於此，務從小中見大，納須彌於芥子，現國土於毫端，以少少許勝人多多許。謂五絶難於七絶，豈欺我哉？

許印芳《詩法萃編》卷七：

滄浪所講詩法，指點親切，其論五、七律絶之難易，亦煞有見地，惟謂律詩難於古詩，則大謬不然。夫所謂律詩，即齊梁以來卑靡之古詩，唐人别之爲今體，勿容淆亂古體者也。周秦以上之詩，主四言體，其作者如周、召、吉甫、仍叔、家父，大都聖哲之徒。兩漢人詩，無體不備。魏晉宋人，多五言體。其作者如枚、馬、蘇、李，曹（植）、阮（籍）、陶（潛）、謝（靈運），亦皆淵雅之士。降而齊梁陳隋，人文凋敝，求如晉宋間左太沖、鮑明遠者，亦不可得。僅謝宣城一人，高出任、沈、陰、何之上。其詩多五言，又多律調。而沈休文浮聲切響之説，盛行於世，於是古詩亡而律詩興。唐人鋭意復古，始因齊梁體，定爲律詩，與古詩截然分界。盛唐人陳（子昂）、張（九齡）、王（維）、孟（浩然）、高、岑、李、杜，中唐人韓、孟（郊）、韋、柳諸公五言古詩，師法漢魏晉宋，七言古詩，各出機杼，卓然成家。韓、柳又古文大手，四言詩上追雅頌，詩道大昌。而陳、韋、韓、孟四家，鄙薄律詩，不多作。此外諸家，律詩較夥，往往參用拗調，不肯純作律體，律含古意，足爲百代楷模。晚唐律詩，日加細密，古詩又衰，李義山《韓碑》一篇外，類皆靡靡之音矣。綜覽列朝詩家，凡古學深邃者，律詩游刃有餘，專工律詩，則必不能兼工古體。故嘗謂律詩八句，限以五、七言，又限以平仄俳偶，縱然能爲老杜之連章大篇，長律百韻，究竟只如四瀆分流，峻湍疊浪之區，各有涯涘。古詩兼綜衆體，變動不居，自雅頌風騷，下迄漢魏晉唐，如四大海水，浮天無岸，萬怪惶惑，深求之則風波窮年，望洋興歎，淺嘗之則妙手偶得，一滴亦知鹹味，安得謂放棹江湖，難於乘桴溟渤耶？如以滄浪之言爲然，將使學者日惟斤斤於平仄相粘，俳偶相配，古學荒廢，根柢淺薄，齊梁陋習，復見於今，風氣又愈趨愈下矣，後學勿爲所惑可也。

近藤元粹《螢雪軒叢書》：

亦在人之能不能耳。

陶明濬《文藝叢考初編》卷二《詩説雜記》十三：

按所論難易，雖未必盡合，然大體尚無出入，總之詩法不同，而難易亦不同，要視人之性情爲斷。性情近於古詩，則以古詩爲易；性情近於律詩，則以律詩爲易。反而言之，凡性情不相近者，則必以爲難，此固一定之理也。

古詩之易處，惟在範圍較寬，限制極少。意有所得，則突然而屈起；意所不足，則戛然而竟止。才高學博，可以振筆而成。速則意思敏壯，流易有餘；緩則迂徐往復，深警可佳。進退操縱之權，完全在我，此其所以爲易也。然古詩，五言如陶之恬淡，李之超逸，七言如杜之沈雄，蘇之玄妙，亦豈易到者？嚴氏謂其易，不過謂成較之便，韻脚不甚拘，平仄不甚謂而已。（下略）

總而論之，律詩難於古詩者，古詩法度寬，行動可以自如；律詩法度嚴，舉止不能率易也。絶句難於八句者，八句字多，可以借其抒寫；絶句字少，如垂趾二分，難於爲射也。七言律詩難於五言律詩，五言委婉，用力少，七言沈雄，用力多也。五言絶句難於七言絶句者，七言字尚多，迴旋可以自然；五言字少，字字須警拔，語語須有意也。難易之别，大略如此，在作者神而言明之而已。

郭紹虞《校釋》：

案吴可《藏海詩話》云：「七言律詩極難做，蓋易得俗，是以山谷别爲一體。」又楊萬里《誠齋詩話》云：「五七字絶句最少而最難工，雖作者亦難得四句全好者。」此説即滄浪所本。大抵宋人風氣重在學唐，而於學唐之中又特别重在近體。故於律絶之難易，體會最深。滄浪於此，非無一得之見，但以各人才性不同，習學有殊，故後人於此，亦難得一致之論。其强調七言律體之難者，則謝肇淛《小草齋詩話》之言也。謝氏云：「五言古學漢魏足矣；即降而爲陳拾遺、韋蘇州，不失淡而遠也。七言古學李、杜足矣；即降而爲長吉、飛卿，不失奇而俊也。五言律學王、孟足矣；即降而爲幼公、承吉，不失警而則也。五、七言絶學太白、少伯足矣；即降而爲牧之、國鈞，不失婉而逸也。惟七言律未可專主，必也以摩詰、李頎爲正宗，而輔之以錢、劉之警鍊，高、岑之悲壯，進之少陵以大其規，參之中、晚以盡其變，如跨駿馬放神鷹，雖極翩躚遊颺，而羈紲在手，到底不肯放鬆一着，然後馳騁上下，無不如意，方是作手。胡元瑞謂開元之後便到嘉靖，嗚呼，談何容易！」（卷一）又云：「詩中諸體，惟七律最難，非當家不能合作。盛唐惟王維、李頎頗臻其妙，然頎僅存七首，王亦止二十餘首，而折腰、疊字之病，時時見之，終非射雕手也。自少陵精粗雜陳，議論間出，後人效顰，反以是爲藏垢之府矣。今人初學爲詩，便作七言律，不知如蟻封盤馬，到此未有不躓者。噫！可嘆也！」（卷一）類此之説在詩話中屢見，而其説實本於楊載《詩法家數》與王世貞《藝苑卮言》。楊氏謂「七言若可截作五言，便不成詩」。王氏謂「五言律差易得雄渾，加以二字，便覺費力」。此皆申嚴氏七言律詩難於五言律詩之説，而謝氏則認爲詩中諸體以七律爲最難，又稍不同。其後陳僅《竹林答問》亦言七律不易染指，並非入門之路。賀貽孫《詩筏》於滄浪此説獨持異議，謂：「嚴羽卿(儀)謂：七言律難於五言律，彼謂七言律格調易弱耳，而不知五言律音韻易促也。五字之中鏗然悠然，無懈可擊，有味可尋，一氣渾成，波瀾獨老，名爲堅城，實則化境，則五言律難於七言律也。」可知他們都在藝術上著眼，才會有此争論。

荒井健日譯《滄浪詩話》：「依嚴羽之見，作詩難度按照古詩、五律、七律、七絶、五絶的順序而依次增加，其論據不甚明了。近體詩較古詩篇幅短小、韻律整然，嚴氏重視近體的立場則是明確的。」

一七

學詩有三節〔一〕：其初不識好惡，連篇累牘，肆筆而成〔二〕；既識羞愧，始生畏縮，成之極難〔三〕；及其透徹，則七縱八横，信手拈來，頭頭是道矣〔四〕。

【校勘】

〔不識好惡〕「識」字，《適園叢書》本作「知」。

《玉屑》以上三條合作一條。《適園叢書》本此條與下條合。

【箋注】

〔一〕學詩有三節：此謂學詩有三個階段。近藤元粹《螢雪軒叢書》評：「三節亦大然。」

郭紹虞《校釋》：

作詩三境，昔人雖未明言，但亦未嘗不逗露此意。姜夔《詩集自序》云：「近過梁溪，見尤延之先生，問余詩自誰氏。余對以異時泛閱衆作，已而病其駁如也，三熏三沐，師黄太史氏，居數年，一語噤不敢吐，始大悟學即病，顧不若無所學之爲得，雖黄詩亦偃然高閣矣。」此所謂泛閱衆作，近滄浪「不識好惡」之意；所謂噤不敢吐，近滄浪「始生畏縮」之意；所謂學即病，近滄浪「及其透徹」之意。雖一重在學，一重在作，論點稍有不同，而三節之説則相一致。陸游《九月一日夜讀詩稿有感走筆作歌》云：「我昔學詩未有得，殘餘未免從人乞，力孱氣餒心自知，妄取虚名有慚色。四十從戎駐南鄭，酣宴軍中夜連日，打毬築場一千步，閲馬列廄三萬匹。華燈縱博聲滿樓，寶釵艷舞光照席，琵琶絃急冰雹亂，羯鼓手匀風雨疾。詩家三昧忽見前，屈賈在眼元歷歷。」此所謂「殘餘未免從人乞」及「妄取虚名有慚色」，似有滄浪前二節之意；至所謂「詩家三昧忽見前」，也正是滄浪所謂透徹的境界。雖所悟不同，一受現實啓發，一指工力自然變化，但達到的境地，也相一致。曾敏行《獨醒雜志》述徐師川之教汪彦章爲詩云：「汪彦章問師川曰：『作詩法門當如何入？』師川答曰：『即此席間杯柈果蔬使令，以至目力所及皆詩也，君但以意剪裁之，馳驟約束，觸類而長，皆當如人意，切不可閉門合目作鐫空妄實之想也。』彦章頷之。逾月復見師川曰：『自受教後，准此程度，一字亦道不成。』師川喜謂之曰：『君此後當能詩矣。』」此所謂此後能詩，亦即是滄浪所謂透徹之境。

〔二〕其初不識好惡三句：此論第一階段。不識好惡，謂不能辨别詩歌的好壞，缺乏識力。由於缺乏識力，不能對自己的創作水平做出正確的判斷，未免以惡爲好，以低爲高，故而頗具自信，連篇累牘，任筆而成。

〔三〕既識羞愧三句：此論第二階段。作者的識力提高了，對詩之好惡有了標準，以詩歌應有的標準衡量自己的作品，認識到自己的差距，便對自己的創作感到羞愧；但是，在創作上又不能迅速提高到應有的高水平，於是就有了知與能的矛盾、眼高與手低的矛盾，作者缺乏自信，怯於創作。在此一階段，作者的識力約束了其創作力，故成之極難。

【附録】

《唐子西語録》云：「詩最難事也。吾於他文不至蹇澁，惟作詩甚苦。悲吟累日，僅能成篇。初讀時未見可羞處，姑置之，明日取讀，瑕疵百出。輒復悲吟累日，反復改正，比之前時，稍稍有加焉。復數日，取出讀之，疵病復出。凡如此數四，方敢示人，然終不能奇。」（《苕溪漁隱叢話》前集卷八）

〔四〕及其透徹四句：透徹，荒井健日譯《滄浪詩話》注：「透徹與《詩辯》篇的『透徹之悟』相關。」七縱八横，縱横自由。頭頭是道，謂處處無不是道。《禪宗頌古聯珠通集》卷十八趙州從諗禪師：「會得頭頭皆是道，眼中童子面前人。」《續傳燈録·慧力洞源禪師》：「方知頭頭皆是道，法法本圓成。」《潛溪詩眼》：「老杜《櫻桃詩》云云。此詩如禪家所謂信手拈來，頭頭是道者。直書目前所見，平易委曲，得人心所同然，但他人艱難，不能發耳。」

到第三階段，作者的識力轉換成創造力，不僅了然於心，也了然於口與手；法則不再對創造力構成外在的束縛，而是內化爲創造力的有機組成部分；此時創作達到了自由境界，信手拈來，衝口而出，無不是好詩。

在嚴羽的詩學理論中，識作爲鑒賞力，不僅在批評論中處於中心地位，在創作論中也處於中心地位。在創作論中，才與識，創造力與鑒賞力，有著密切的關係。鑒賞力爲創造力提供法則。由鑒賞力而知道什麽樣的是好詩，是詩歌應有的樣子，於是就用來指導自己的創作。在嚴羽第一階段，作者「不識好惡」，對於作品的高下缺乏足够的鑒别能力，此時鑒賞力没有對創造力形成約束，只是任由自己的才力而創作，此時「肆筆而成」，但並不「頭頭是道」，在第三階段則是「信手拈來，頭頭是道」，兩者之間有著本質的差别。

【附録】

陶明濬《文藝叢考初編》卷二《詩説雜記》十：

蓋作詩之甘苦，盡於嚴氏數言之中，非閲歷有得，必不能言之親切如此。吾儕初學爲詩，不求其工，不求其出色，不過急於成章而已。所希望者既少，則所以成就之也自易，言達其心，書達其言，則欣欣然自足於己，以爲天下之能事，必且盡於此矣。於是綴筆加墨，洋洋灑灑，登高而能賦，見物而能詠。排比滑澤，則自詡爲機杼之已熟；連類比物，則自詡爲記誦之已多；

小談纖計，則自詡爲用心之細密；健敏辯給，則自詡爲用筆之無拖累。種種近於誇飾、似是而非之詞，皆發於本心之誠，故搔頭弄姿，覽鏡自臧，不恤乎人言，多自信之力。此正不足爲病，不過時期使然耳。如井蛙不九（當作「可」）語於海，夏蟲不可語於冰，篤時物墟，所處之地位使之如此，本不須深怪。雖然，世之穎發（疑缺「駿」字）爽之子，十室之邑，必有數人，始而軒然，繼而墨墨，抱可以成就之質，而坐廢於半途，旁人代爲可惜，而其人則晏然不自覺。揆厥所由，未必非自信力過度有以誤之也。若而人者，其姿稟之醲粹，頭角之崢嶸，得於天質者甚全，而又門望清絶，家庭雍肅，席父兄之餘蔭，承詩書之世澤，早歲蜚聲，多過情之譽，於是所以遣其心志，托爲風雅者，則舍詩詞之外，必不肯再爲精進，至其所爲詩詞，則大異於工力之士矣。風華旖旎，豪宕自喜，專取穠艷字句，以眩俗目，而盜才人之名，至於飲食聲色，爲濟勝之具，命儔嘯侶，爲延譽之方，計則誠工，故可以久也。至於科第時代，亦有早掇取，寵光已極，文采聲華，邦家所重，以金門玉堂爲誇耀之具，所作詩篇傳誦一時，所謂登高而呼，非加急也，而聞者遠，固宜乎其遠也。故南宮秘省，出入生光，神輔西京，指揮成俗，或羽儀乎振鷺，或黼藻於羣龍，翔照日門，撫翼天池。人生之樂，亦正人生之不幸也。所謂幸者何？早歲騰達，聲華奕奕，以視山澤癯儒，老死盡氣於著述者，勝强萬萬，得不謂之幸乎？及其長也，英華既竭，不過爾爾，文章氣節，兩無可稱，以視布易韋布之士，反有遜色，得不謂之不幸乎？蓋詩文之道，天下之公器。苟其拙也，帝王之尊，不能必天下之愛好；如其工也，雖仇怨之人，讀之而移情。故須純任自然，而不可加以掩飾，若用一毫私意於其間，則相率爲僞。彼夫趨嚴序，越下風，希口吻之芳音，候眉宇之陽氣者，固善於承志，善於頌禱，無如一人譽之，十人毀之，雖有權勢，豈能止後世億兆之詛，學者寧不悟乎？

嚴氏所謂不識好惡者，亦未必盡然。人之初學爲詩，非常枯窘，心有意而筆不能達，眼前有意，而道説不出。當此之時，寧敢自信？及乎名譽稍起，聲勢稍振，清思濃采，稍有可觀，而左右前後之人，又皆不如於己。立矮人之中，固易見長；在雞羣之内，儼然鶴立。而本心之中，未必好醜不辨，美惡易位也。顧以得名既早，姑以自欺，久假不歸，烏知非有？自問於心，雖覺有愧；竊號以娱，計亦良得。此其所以連篇累牘，肆筆而成也。豈盡不識好惡哉？

乃乎交遊既廣，聞道稍深，始知六經之表，固自有人，憬然有捐棄故技，更受要道之感，往往悔其少作，而思拉雜摧燒之。有不解事之人，再取吾前此所作，爲過情之譽，則必將汗流浹背，無地自容矣。此亦人之至情，而不須譁笑者。惟是説僅限於高明之人爲能如此，若在下愚陋之輩，方且自以爲是，抵死不悟，何能翻然改悔，更求進益乎？

至於透徹一説，乃作詩之結果。息之既深，通靈入妙，不必警佻言，不必防口訦，不必煩繩削，而自然合於道矣。所謂七縱八横者，言其飛動自如，毫無窘迫牽束之態。譬如作書，當心手不相應之時，則支離汗漫，如羅絥上馬，如嚴家餓隸，如牆角蝸牛，如貳負桎梏，種種可厭態度，不一而足。及其優入化境，心靈手敏，則揮毫落紙，煙雲飛騰，或春秋蛇，或聯綿一筆，不徒供人觀美，在自己亦覺快意也。

作詩至於純熟地位，其快意正與此等。所謂錦繡五藏，雕鏤萬化，明以物象之形容，幽以露鬼神之奇怪，小則詠歌乎蟲魚鳥獸之情，大則羽翼乎禮樂刑政之具，舉天下所有之妙理，皆可納入七五言句中，非純熟無滯，而能如是乎？又豈止叔夜失步，明遠變色而已也！惟此境往往在中年，蓋少時過於稚弱，而老年又往往頹唐也。

宇文所安《中國文學思想讀本》：

此節在《滄浪詩話》中更突出體現了後期古典詩歌教育之特徵，即自我意識與非自我意識在「第二自然」之概念中協調一致。首先是一個與判斷標準無涉的自發性階段。當詩人瞭解標準，便知道羞愧，這正表明其已能够置身己外而看自己，將自我作爲他人加以判斷，認識到自我之「局限」。此時，詩人始生畏縮，不欲其詩爲人所觀，以免被人譏彈。然正在此一階段，「學詩」活動才真正出現：各種法則被運用，被吸收，直至一個跳躍即妙悟。一旦達到妙悟，則此前外在於自我的規則就成爲「第二自然」。（四一八、四一九頁）

一八

看詩須着金剛眼睛〔一〕，庶不眩於旁門小法〔二〕。禪家有金剛眼睛之説。

【校勘】

〔須着〕《玉屑》作「當具」。

〔之説〕《螢雪軒叢書》本校：「説」一作「語」。

此條《玉屑》與下兩條合，爲第十四條。郭紹虞《校釋》：「此條，《玉屑》與下二條合，《螢雪軒》本從之。《詩法萃編》本與下一條合。《適園叢書》本又與前一條合。今從《説郛》、《津逮》及明嘉靖本析爲三條。」

【箋注】

〔一〕金剛眼睛：郭紹虞《校釋》注引《景德傳燈録・良匡禪師》：「唯有金剛眼睛，憑助汝發明真心。」荒井健日譯《滄浪詩話》注：「金剛眼，相當於前面的正法眼。」

金剛眼睛實乃其所謂「識」，是一種鑒别力。具有這種鑒别力，對詩道有正確的認識與把握，以詩道作爲標準，對各代詩人的作品加以鑒别，判斷高下，然後選擇最高格的作品作爲自己學習的對象。

〔二〕旁門：與正門相對，指非正宗的。小法：指小乘禪法。所謂旁門小法，指不符合詩道的，就唐詩而言，指晚唐詩。有了金剛眼，能够判斷邪正高下，自然不被旁門小法所迷惑。

【附録】

陶明濬《文藝叢考初編》卷二《詩説雜記》十二：

又曰：「看詩須著金剛眼，不可眩於旁門小法。」二語頗爲精當。古今來能詩者多矣，家家自以爲握靈蛇之珠，人人自以爲抱荆山之玉，以蕭艾爲蘭蓀，以康莊爲九折，固由其識理不超，有以致誤，然習氣深痼，往往以非爲是。如蹶叔好自信而違人言，三悔以没其齒，悔則悔矣，辨之不早，夫何及乎？

旁門小法，既非上乘，學之必敗，此固不待言。然古人限於此境，亦正有不得已，而不盡可非笑者。葉水心之言曰：「譬如人家觴客，雖或金銀器照座，然不免出於假借，惟自家羅列者，即僅磁缶瓦杯，都是自家物色。」就此數語，可知古人志各不同，自樹一幟，更不肯寄人離下，而其脱化町畦，獨運杼柚，縱使格力稍薄，而吐言天拔，氣象自殊，卓然有得，非豪傑之士不能辦，小家云乎哉！

宋四靈之詩，鏤心鉥腎，刻意雕琢，取徑太狹，有破碎尖酸之病，自以爲清雋，而不知其卑靡也。如徐照之「高樓望見船」，眼前事皆能道著；「梅遲思閏月，楓遠誤春花」，推敲不一。如翁卷之「梅花分地落，井氣隔簾生」，「千年流不盡，六月地常寒」，「一階春草碧，幾片落花輕」，「分石同僧坐，看松見鶴來」，「移花連舊土，買石帶新苔」，自吐性情，空所依傍，是其長處，敘千載事，衹在一聯，尤爲難能，而尖新刻畫，終有斧鑿之痕。又趙師秀之詩，其詩亦學晚唐，專以煉句爲工，而句法又專以煉字爲要。如《詩人玉屑》載其《冷泉夜坐》詩：「鐘樓晴更響，池水夜知深。」其後改「更」字爲「聽」字，改「知」字爲「觀」字。《病起》詩：「朝客偶知承送藥（當作「藥」），野僧相保爲持經。」後改「承」字爲「親」字，「爲」字爲「密」字。可以知其門徑矣。四靈之詩，毀譽參半，謂之名家固可，譏爲小家亦可，要爲傳世特出之作，不過俗手效之，則頤靡不堪矣。

唐至皮、陸而後，輕俗之作亦多。蓋歷朝毒當叔季，萬事俱廢，詩文亦應運與然。雖有一二豪傑之士，亦不能自振。即如皮氏《文藪》，時標偉論，閒情別致，自成一家。陸氏亦然。而後人論詩者，幾等諸自鄶，豈非旁門小法，果不足以傳世行遠乎？賢如皮、陸，不免爲識者所厭，而況末流之區區者，其聲澌影滅，自不消說。故學詩者，寧可誤用其心哉？

他若胡曾雜詠史事，各以地名爲題，自共工之不周山，迄隋之汴水，凡一百五十首。其詩興寄頗淺，格調亦卑，而其工力，則未爲不至。且追述興亡，意存勸戒，每首之下，又鈔撮史書，各爲之注，用心如此，可謂勤矣，而無能改於其陋。又鄭谷以《鷓鴣》詩得名，往往於風調之中，猶饒詩致，然終覺格調卑下。第七字相呼相喚，尤爲重複。又多用僧字，凡四十餘處，後世往往引以爲譏笑。人之取格，顧可不慎乎？

又如曹鄴，坎坷不遇，晚乃成名，故一生寄托，不出此意。及乎登第以後，則曰「忽忽出九衢，僮僕顏色異」，《獻恩門》詩則曰：「名字如鳥飛，數日便到越。」《寄友人》詩則曰：「椿林須産千秋桂，未解當天月影開。我到月中收得到，爲君移向故園栽。」觀其語意，過爲淺薄，區區一第，自以爲榮耀已極，逢人則道，究竟有何趣味？在科舉盛行時代，此種行爲，猶惹人厭。若在此世，更不知受何種譏笑矣。

又曹唐先爲道士，後舉進士，其《遊仙詩》頗著名。蓋學顏延之《爲織女贈牛郎詩》，而曼延至諸女仙，各擬贈答，諸篇姓名雖異，語意略同，論者謂非傑出之作。夫遊仙及詠古諸體，大家亦有爲之者，然李、杜爲之，則飄渺空靈，慷慨絶俗，此數君爲之，則太涉沾滯，不病其空泛，則惡其滯實。非題之不妥也，乃才力各有所限，而工拙亦因之而異也。大家小家豈有一定，亦在人爲而已。

又杜荀鶴有詩名，而詩多俗調，不稱其名。謂梁王朱全忠，雨作而天無雲，荀鶴賦詩曰：「若教陰翳都相似，爭表梁王造化功。」其爲人不足道如此。不過有「風暖鳥聲碎，日高花影重」一聯，足以傳於不朽耳。是知詩人之可取者，固在於品節，然品節雖墮，而清詞魔句，可以供人傳誦者，亦尚可借之而留一線之不朽。吾儕詩人，似可自壯，然平日存心，萬不可自信詩句足傳，遂置品節於不顧也。試觀荀鶴，雖有一聯之傳，終不免百世之譏責也。

又徐寅詩，字雕句琢，不出當時程試之格，惟可以鍛煉，時多秀句，而不出五代之格。五言如「白髮隨梳少，青山入夢多」，「歲計懸僧債，科名負國恩」，七言如「豐年甲子春無雨，良夜庚申夜足眠」，「月明南浦夢初斷，花落洞庭人未歸」，「鶻鳩聲中雙闕雨，牡丹花畔六街塵」，其詩未嘗不清妙，然刻意雕飾，毫無真趣，循斯道而不變，則徒有古人規橅，而一身之志意無矣。

又姚合所爲之詩，則刻意苦吟，冥搜物象，務求古人體貌所未到。至南宋永嘉四靈，始奉以爲宗。其末流，寫景於瑣屑，寄情於偏僻，由摹仿者滯於一家，趨而愈下，雖不必追究作始，懲羹吹虀，要其立法太狹，亦不能無弊。蓋恢而張之，則越世高談，自闢門户，猶之天馬（當作「焉」），則昭雲漢而揭日星，布煙霞而鼓風霆，猶之地焉，則山嶽峙而江河行，鳥獸蕃而草木榮，其氣象固極廣大也。

蘇、黄之詩，非特在宋爲宗匠，即以唐賢當之，亦允無愧色，而其雄奥之思，雅健之姿，瑰瑋之詞，雄肆之意，以視晚唐諸家，何啻黄鐘大吕之與匏宣瓦宣（「宣」當衍）奏，不可同日而語乎！至於冥搜物象，求古人體貌所未到，則蘇、黄諸公，實優爲之，安知非姚君肇其始，而諸公翼其終乎？故詩無定法，存乎其人，其人存則無法如有法，其人亡，則有法如無法，萬不宜拘執而論也。

唐李戡之言曰：「嘗病自元和以來，有元、白詩者，纖艷不逞，非莊士雅人，多爲其所彼（當作「破」）壞。流於民間，書於屏壁，子父女母，交口教授。淫言媟語，冬寒夏熱，入人肌骨，不可除去。吾無位，不得用法以治之。欲使後代如有發憤者，因集國朝以來，類於古詩得若干首，目爲唐詩，序以導其志云。」杜牧嘗稱其語，而爲之銘墓。惟牧之生平爲詩，風情不淺，如《杜秋娘》、《張好好》諸詩，以及「青樓薄倖」之句、「街吏平安」之報，未知去元、白幾何，比之以燕伐燕，非過苛之論也。

按杜氏好爲綺語，而乃不歉元、白，豈非以淫言媟語，鼓煽浮囂，去風雅甚遠，偶一爲之，未始不可見才托興，若連篇累牘，不出此體以外，則終屬小家數，與後世以理學入詩者，異曲而同拙也。此論出之吾人之口，則人笑其迂，今牧自狀其過，並引李氏之言，寓自悔之意，吾人豈可專學杜氏之短，而昧其經世謀國之長乎？

總之旁門小法，雖非詩之正軌，然作者自抒胸臆，自立面目，亦正有所不得已。譬之於人，孰不樂角犀豐盈，膩堙靡顔，足以取重於當世？然一受成形，不可復易，故魋顔曷鼻，仳倠顛醜，面如削瓜，身若斷菑之人，苟有才學氣識，言文行誼，則垂功當時，立名後世，誰復能禁之？惟詩亦然。學至李、杜地位，何嘗不佳？若面似形肖，精神不侔，尚得謂之取法乎上乎？吾恐其爲旁門小法所制也久矣。

孟子曰：「五穀者，種之美者也。苟爲不熟，不如稊稗。」夫李、杜，亦詩之美者也。苟爲不熟，不如四靈，其理則一也。今之冬烘先生，束髮受書，即學吟詠，所讀之詩，不出李、杜之外，其他名家之詩，尚且未見，何況旁門小法，安得有暇措意乎？及其成詩，非特去李、杜遠甚，即旁門小法，亦一毫無有，安望其弸於中形於外哉？故知學詩，亦須有真才實學，有閱歷，有研煉，而後可以奏效，否則用違其才，以樓航挹漿，以衝車載薺，以車馬守閭，未有不敗者也。

夫西崑、四靈，爲詩之末流，其誰不知？然彼之才氣，比李、杜固不足，比吾儕則有餘，吾儕尚知學李、杜，以自附於大家之後，彼豈見不到此乎？蓋彼自負才氣，不肯寄人籬下，所謂詩章，雖不能鐘鼎是勒，琬琰是刻，琨耀於百世，然亦不肯因人成事，茅屋建樹也。故運沉冥之思，褰幽闕之途，如張騫鑿空，專取古人所不到之處，而創獲之，豈得已哉？故李、杜取其大，吾取其細；李、杜所能者遠，吾所能者近；李、杜爲萬古正宗，吾爲旁門小法。各有所長，各不相犯，吾何歉乎哉？

……

自《三百篇》後，風雅頌，賦比興，亦形分殊，得其一端，即足豪於其曹。或吟寫性情，或模象物色，或聲沿勢順，或屬對穩切，體製既有不同，則其長處正宜兼取。如李、杜以豪邁沉摯、飄逸悱惻爲詩，元、白以平易近人、入人意中爲詩，温、李以濃郁芬芳、香艷綺麗爲詩，韓、孟以排奡雄奇、危辭苦語爲詩，蘇、黄以超妙神奇、勁拔生造爲詩，陸、楊以屬對自然、造意新遠爲詩。其他各家，不須枚舉，各人有各人精力獨到之處，果誰爲正宗，誰爲旁門小法乎？

一九

辨家數如辨蒼白，方可言詩〔一〕。荆公評文章，先體製而後文之工拙〔二〕。

【校勘】

郭紹虞《校釋》：「《玉屑》引此條小注作正文，並與下條合。」程至遠本小注亦作正文。

【箋注】

〔一〕辨家數二句：謂辨别詩人家數如能像辨别青白二色一樣分明，便是具有了很高的辨别力，這樣才可以談詩。蒼，青色。蒼白二色，分别顯然。蒼白又作蒼素。《答吳景僊書》：「於古今體製，若辨蒼素，甚者望而知之。」《歷代名臣奏議》一五二載南宋牟子才《除起居舍人進對值前奏劄》云：「夫君子、小人，如數一二，如別蒼素，辨之無難。」或將蒼理解爲灰白色，如此則蒼白色近，易混難辨，若能於此清晰辨別，足見識力之卓。此解亦可通。

關於家數，荒井健日譯《滄浪詩話》：「家數原有家傳的術數、秘術之意。作爲文藝批評術語，指形成個人樣式或一家樣式之文學家的等次。此詩話頻用的『氣象』乃『家數』之本源，更確切地說，氣象乃是各個主體之生氣，而以第三者的眼光冷靜地分析氣象的場合稱家數，兩者的差別不過是視角的不同。」（《文學論集》三一五頁）

龔鵬程《詩史本色妙悟》第三章本色論：「家數，是把家族觀念運用到風格判斷上的用語，凡創作活動，能顯出某種特殊成熟的風貌，就好像一個人已有能力自立門户一樣，可以自成一家了。因此，家，是個獨立的風格單位，凡風格路數相同、自成一類者，即爲一家。宋代宗族組織十分蓬勃昌盛，其觀念中也喜歡運用宗族結構來類秩事物，故『家』、『家數』普遍運用於各行業及詩文藝術活動之中。不但商行稱家，説話人也有四家。在論詩方面，如洪適《題信州吳傳朋郎中游絲書》『直欲名家自成體』（《盤州文集》卷一）、李洪《櫆株集序》『專於所長，乃能名家』（《芸庵類稿》卷六）、周必大《跋山谷書文賦》『前輩爲學，日益新而又新，晚欲自成一家』（《平園續稿》卷九）……概屬此類。」「所謂大家、小家，當然是在風格分類中蘊涵了價值判斷，在這種價值判斷下，創作者首先應分辨的，就是各家風格之異同，如嚴氏所説『辨家數如辨蒼白，方可言詩』；其次則須選定大家數去學習，才不會岔了路頭，墮入旁門左道或小家仄徑，嚴羽説『看詩須著金剛眼目，庶不眩於旁門小法』，即是此意。（一一二、一一三頁）」

健按：以「家」指學術流派淵源甚早。《漢書·藝文志》中分類如儒家、道家等，治《詩經》者有四家詩。一家云者，乃是一派。「家數」一語較後出，與「家」有聯繫也有區别，家數固然有家派的派别之意，但重指某一流派之特色。嚴羽《答吴景僊書》説：「世之技藝，猶各有家數。」某一技藝可以有不同的流派，各流派自有其技術傳統與特色。擬之於詩，作詩如同一技藝，也有各種流派，各流派有其特色。家數可以分大小，此與大家、小家同。

【附録】

陶明濬《文藝叢考初編》卷二《詩説雜記》十一：

嚴氏又曰：「辨家數如辨蒼白，方可言詩。」夫家數之於詩，關係極重，一涉混擾，則如蒼白之相混，色必不純。今人爲詩，多有不講家數，細大不捐，懷往迹，掠陳言，輕淺淫麗，雜亂無章，隨意拾取，皆可闌入。故一句似韓、杜，一句似温、李，截天吴而補紫鳳，斷鶴膝而續鳧脛，割裂支離，令人欲嘔。夫詩之一篇，用字不多，而氣格之高下，思致之淺深，神理之清濁，志意之通塞，昭昭然入人耳目，必不可掩。今取材不一，爲體不純，如人身臃腫鞅掌，魁形巨首，雖面目佼好，而上下不稱，亦難乎爲美也。如此雖縫煙綴雲，圖山畫水，駢枝儷葉，應有盡有，亦必不足以出色當行也。

惟是此種情弊，在初學詩者，容易犯之，何則？初學者對於古人之詩，閱歷最少，或好醜不辨，文既喧卑，見與俗儕，不聽淫哇，焉有雅音？若律之以家數，當然不純，如白屋布衣之士，責之以食單菜譜之講求、內裁內製之區別，彼委積尚不足掩口，襤褸尚不足蔽形，又何能屑屑然注意及此乎！

〔二〕荆公評文章二句：黄庭堅《山谷集》卷二十六《書王元之竹樓記後》：「或傳王荆公稱《竹樓記》勝歐陽公《醉翁亭記》，或曰：『此非荆公之言也。』某以爲荆公出此言未失也。荆公評文章，常先體製而後文之工拙。蓋嘗觀蘇子瞻《醉白堂記》，戲曰『文詞雖極工，然不是醉白堂記，乃是韓白優劣論耳』。以此考之，優《竹樓記》而劣《醉翁亭記》，是荆公之言不疑也。」所謂先體製而後文之工拙，即以爲體製優先於工拙，在價值的層次上，體製的位置高於工拙。

家數與體製二語之涵義有同有異。黄景進《嚴羽及其詩論之研究》第五章「嚴羽的實際批評」：「所謂家數，應指各時代，各重要詩人之特殊風格而言；辨家數即是分辨各時代、詩人的不同風格。……體製應是指一種較客觀的文章形式，它是超越於某一時代與某一作家之上的，應與家數有别。但是在歷史發展當中，某一時代或某一個别作家，因其特殊成就，其作品風格形成典範作用，也提昇爲一種客觀的體製（亦即具有形式與風格上的要求），如此家數即與體製無别。」（二一三—二一五頁）

一〇

詩之是非不必争，試以己詩置之古人詩中，與識者觀之而不能辨，則真古人矣〔一〕。

【校勘】

〔試以己詩句〕《玉屑》作「以己詩置古人詩中」。「古人詩中」，程至遠本作「古詩之中」。

〔則〕胡重器本、吳銓本、何望海本、周亮工本、朱霞本、《歷代詩話》本、徐幹本作「其」。

【箋注】

〔一〕詩之是非四句：此條在後世引起争議最大。馮班駁之，以爲嚴氏既然要辨體，正表明古人體各不同；既然古人詩體各不相同，照理今人作詩也應各異其體，而嚴氏却主張同於古人，豈不是自相矛盾？馮班論詩主變，他揭示嚴羽此説的邏輯矛盾，其實正爲説明變的合理性。錢振鍠主性靈，認爲性靈決定形式，性靈不同，形式風格自然有異。嚴羽固然認爲古人體各不同，但嚴氏又認爲古人之體價值有高低。他之所以要辨體，一方面固然是辨析古人之不同風格特徵，另一方面還要别高下，對古人不同之體作出價值評判。嚴羽論詩，主張創作者應該追求最高格，既然漢魏晉盛唐之作是最高格的，那麼自然應該學習最高格作品的特徵，故而以似古爲尚。宋以後復古派論詩的理論邏輯與嚴羽大體相同。復古與新變是古代詩學中兩個極其重要的價值取向，兩者各有其合理性。由前一取向保持了詩歌傳統的延續性，由後一取向使得詩歌得以向前發展。兩者之間存在著一定的緊張關係，當一種取向長期佔據支配地位，就會引起另種取向的反彈，從而形成中國詩歌史的一種糾偏機制。

宇文所安提出一個有意思的問題，就是嚴羽的理想詩歌是永恒的，是没有詩歌史的詩歌。他的理論是追求永恒性，而排斥歷史性。他之前的詩歌是有歷史性的，而通過他的理論是想建立永恒的超越歷史性的詩歌。

【附録】

馮班《鈍吟雜録》卷五《嚴氏糾謬》：

滄浪之論，惟此一節最爲誤人。滄浪云：「於古今體製，若辨蒼素。」又云：「作詩正須辨盡諸家體製。」滄浪言古人不同，非止一處。由此論之，古之詩人，既以不同可辨者爲詩，今人作詩，乃欲爲其不可辨者，此矛盾之説也。

錢振鍠《詩話》卷上：

夫我詩有我在，何必襲人面目，與古人争似不似？羽詩置之古詩中，一時真不能辨，然而好則未也。又自稱：「論詩如析骨還父，析肉還母。」夫人有父母，詩無父母也。詩之父母在性靈，性靈仍在我。羽作此污穢卑鄙之言，余直欲掩耳而走。

陶明濬《文藝叢考初編》卷二《詩説雜記》十二：

夫詩之是非，最不易辨，辨人之是非尚易，而辨一己之是非則難。良以人之恒情，憑愚護短，覽鏡自臧，每覺自己之詩，可以企及古人，他人之作，不足望吾項背，因驕矜而致沉迷，因自信而致諛詞，久假不歸，烏知非有，居之不疑，公然作者，詩人受病之深，正在此等處，焉得不引爲大戒哉！

荒井健日譯《滄浪詩話》：

古今東西的詩人，大致都是在前輩當中設定自己的目標或典範。嚴羽所謂「古人」，大體就是指唐人，尤其是盛唐詩人，此亦可視爲嚴氏心目中的理想形態。本條所言的也是向那種理想形態的無限接近。（《文學論集》，三一五頁）

宇文所安《中國文學思想讀本》：

《詩大序》以來的儒家詩學注重歷史性，而嚴羽則旨在制定永恒的詩學規則與之抗衡。其計劃固然誘人無比，却終不免於失敗。一如前文，此節中嚴羽也是訴諸閱讀過程中某些似乎是自明的因素以證其説。然而，越來越明顯的事實却是，雖然當代讀者或許不能辨明今人詩與古人詩，但後來的讀者却能辨之甚易：對於真盛唐詩與宋人有意效法所爲盛唐之詩，明代讀者可以瞭然其别，然而明代詩人却感覺自己所作的「盛唐詩」泯去了歷史之痕迹而爲真盛唐。到清代讀者，對於真盛唐與明人法盛唐之詩，却又會洞曉其别。

嚴羽希望有一種詩歌語言，可以永駐春天，在其中，當代詩人之作與古代詩人無别，有詩歌而無詩歌史。他當然也知道，此一春天尚未到來，故已往之詩，其語言都已著上歷史變化之迹。（四二〇、四二一頁）

詩評

【解題】 此篇在《詩人玉屑》被編入卷二「詩評」門，題「滄浪詩評」。其中論《楚辭》的第三七至四〇條及論唐人學《離騷》的第四一條，在《詩人玉屑》中不屬卷二「滄浪詩評」，而屬卷十三「楚詞」門，題「滄浪論楚詞」。元刊本、嘉靖刊本及古松堂本《詩人玉屑》均有脱葉，故缺「滄浪論楚詞」諸條，宋本及朝鮮本、寬永本《玉屑》則有之。元刊本《滄浪嚴先生吟卷》卷一列此篇爲第四，題「詩評」。通行本即從元刊本來。《玉屑》與通行本各條分合間有不同。

一

大曆以前〔一〕，分明别是一副言語〔二〕。晚唐，分明别是一副言語。本朝諸公，分明别是一副言語。如此見，方許具一隻眼〔三〕。

【校勘】

〔大曆〕《玉屑》、《適園叢書》本作「大歷」，下同。

〔如此見〕郭紹虞《校釋》：「《玉屑》卷二『見』下有『得』字。」

《玉屑》自「本朝諸公」以下別作一條。中華書局二〇〇七年版點校本《詩人玉屑》合作一條，與《玉屑》原本不同。

此條懷悦編集《詩家一指》本《嚴滄浪先生詩法》作：「大曆以前，別是一副言語；晚唐，分明別是一副言語。宋，分明別是一副言語。此説甚好，識得破，便是作者。後生晚進，不可輕易道我曉得了。有如此説者，請説幾個例頭來看。若涉思議，即於論詩之道遠之遠矣。」疑「此説甚好」以下乃後人評論之語。黄省曾《名家詩法》卷二《嚴滄浪詩體》此條作：「大曆以前，分明別是一副當言語。晚唐，分明別是一副當言語。宋，分明別是一副當言語。作説甚好，識得破，便是作者。後生晚進，不可輕易道我曉得也。有如此説者，請説幾個例頭來。若涉思議，即落妄誕自欺也。」

【箋注】

〔一〕大曆以前：此句與下句晚唐對言，所論的範圍是唐詩，故「大曆以前」乃指大曆以前之唐詩。嚴羽《詩體》篇於大曆以前列有唐初體、盛唐體，其於唐初體有注云：「唐初猶襲陳、隋之體。」故在他看來，唐初體尚未有唐詩之獨立面目，與盛唐體決然不同。此云「大曆以前分明別是一副言語」，「一副言語」不可能包括唐初體與盛唐體兩者。故此當指盛唐詩。

荒井健日譯《滄浪詩話》：「根據《詩辯》篇的説法，其説大曆以前，不涉初唐的問題，故事實上是指盛唐詩。此是再次確認盛唐與晚唐作爲唐詩的兩種典型樣式，嚴羽心目中對於此兩者之間的時期没有明確的意念，故也不用『中唐』之稱。」(《文學論集》三一七頁)宇文所安《中國文學思想讀本》注：「即盛唐。」(四二〇頁)

〔二〕一副：一套。一副言語，猶言一套言語，此謂各有自己的風格。荒井健日譯《滄浪詩話》：「一副，俗語，亦説一副當，聚合爲一之意。見於道學家語録等。」按黄省曾《名家詩法》本《嚴滄浪詩體》即作「一副當」。

〔三〕一隻眼：即頂門眼。摩醯首罗天(大自在天)有三目，其豎生额头的一隻眼，稱頂門眼。此眼乃是天眼，有超常的照察力。《景德傳燈録》卷八池州南泉普願禪師：「師云：『許爾具一隻眼。』」即指具此頂門眼。

理學家亦借以指高超的見識。朱熹《伊洛淵源録》卷十「龜山誌銘辯」：「宏又問：佛之徒既是直指人心，見性成佛，何故却言人人失其本心，莫知所止？答曰：釋氏自言直指人心，見性成佛，吾却言失其本心，莫知所止，大段懸遠。宏又問：何故懸遠？答曰：昔明道先生有言，以吾觀於儒釋，事事是，句句合，然而不同。宏又問：既云事事是，句句合，何故却不同？答曰：若于此見得，許汝具一隻眼。」

運用到詩歌中則指高超的鑒別力或見識。楊萬里《送彭元忠》詩：「學詩初學陳後山，霜皮脱盡山骨寒。近來别具一隻眼，要踏唐人最上關。」（《誠齋集》卷十六）劉克莊《二林詩後序》：「子真詩如靈芝醴泉，天地精英之氣融結而成，如德山、趙州機鋒，如寒山、梵志詩偈，不涉秀才家筆墨蹊徑，非頂門上具一隻眼未易觀。」（《後村先生大全集》卷九十八）嚴羽此處言只有能認識到大曆以前、晚唐、宋朝詩的分别，才算是具有高超的鑒别力。

【總説】

郭紹虞《校釋》：「案張戒《歲寒堂詩話》云：『國朝諸人詩爲一等，唐人詩爲一等，六朝詩爲一等，陶、阮、建安七子、兩漢爲一等，風、騷爲一等，學者須以次參究，盈科而後進可也。』此説即滄浪所本。但張戒分等，尚可包括内容；滄浪言别是一副言語，則純從藝術上着眼，又有不同。」

健按：將詩歌史劃分爲不同的時代，不同時代的詩歌又有價值的高下，一個是時代的劃分，一個是價值的評判。此在前人早已有之。郭紹虞先生《校釋》所舉張戒《歲寒堂詩話》將時代的前後與價值的高下相對應，時代愈早，價值愈高，反之，價值就愈低，詩歌史乃是一個價值遞降的歷史。嚴羽雖然也劃分時代，也論高下，但他並没有像張戒那樣認爲詩歌史在價值上是遞降的。他推崇漢魏晉與盛唐之詩，站在他的立場上是不能説六朝詩高於唐人詩一等的。而且張戒説「依次參究，盈科而後進」，是從宋詩往前參究，從低到高，這與嚴羽正好相反。在這種意義上，不能説張戒所言即是嚴羽之所本。又郭先生説張戒分等可包括内容,而滄浪所云則純從藝術著眼,其實未必。一副言語即一種風格,風格固然包括字詞句法等方面,但與内容亦密不可分。

【附録】

宇文所安《中國文學思想讀本》將此節置於《詩法》篇之末與其末條對照,稱:「這兩條的對照顯現出貫穿於《滄浪詩話》中的緊張關係:不容置辯的正統竟然成了對正確東西的直覺;沉潛於詩歌史,洞悉其差異,却引人超越歷史與差異,而進入一個時刻:將己詩置於古人詩中,『與識者觀之而不能辨』。」(四二〇頁)

二

盛唐人,有似粗而非粗處,有似拙而非拙處〔一〕。

【校勘】

〔粗〕底本及尹嗣忠本等作「麄」,《玉屑》作「粗」,《詩法萃編》本、《適園叢書》本作「麤」。「麄」乃「麤」之俗體,「粗」在粗俗、粗疏等意義上同「麤」,可以通用,兹從《玉屑》作「粗」。

〔有似拙而非拙處〕《玉屑》句首有「盛唐人」三字。

懷悅編集《詩家一指》本《嚴滄浪先生詩法》此條作：「古詩句語及盛唐句語，有似麄而非麄，似拙而非拙。」

【箋注】

〔一〕盛唐人三句：郭紹虞《校釋》：「案《漫叟詩話》云：『詩中有拙句不失爲奇作，若退之逸詩云「偶上城南土骨堆，共傾春酒兩三盃」，子美詩云「兩箇黃鸝鳴翠柳，一行白鷺上青天」之類是也。』又，張戒《歲寒堂詩話》云：『世徒見子美之詩麤俗，不知麤俗語在詩中最難；非麤俗，乃高古之極也。』此數説均滄浪所本。」

《後山詩話》云：「寧拙無巧，寧樸無華，寧粗無弱，寧僻無俗：詩文皆然。」陳師道認爲詩歌應該避免巧、華、弱、俗，爲了避免以上四者，寧可拙、樸、粗、僻，陳氏的這種選擇不僅代表了江西詩派詩歌的審美價值取向，也提出了一個重要的審美理論問題。嚴羽指出盛唐詩人「似粗非粗」、「似拙非拙」，言盛唐人之粗、拙，並非真正的粗與拙，其實是要在盛唐的粗、拙與江西詩派的粗、拙之間劃出界限，指出盛唐人之粗、拙並非真正的粗、拙，而江西詩派的粗與拙乃是真正的粗、拙。

粗有粗疏意，與精相對，指詩歌表現形式各層面的技巧上的粗疏；粗有粗俗意，與雅相對，指詩歌語言的粗俗。就前一方面言，詩歌表現形式技巧方面的粗是與精細相對的。詩歌的形式有不同的層面，在每一層面上，都有技巧所達到的程度的區别。高者爲精，低者爲粗。如《韻語陽秋》卷一：「近時論詩者，皆謂偶對不切，則失之粗；太切，則失之俗。如江西詩社所作，慮失之俗也，則往往不甚對，是亦一偏之見爾。」對偶切能見出精工，但這一層是詩人的共同價值標準，大家共同追求之，則就大衆化，一旦大衆化，人人爲之，就顯得俗了。江西詩派爲了避免俗，就有意打破之，寧粗勿俗。這裏的粗就是指對偶的切與不切即技巧層面而言的。就後一方面而言，粗是指詩歌中用粗俗語。張戒《歲寒堂詩話》卷上：「世徒見子美之詩麤俗，不知麤俗語在詩中最難；非麤俗，乃高古之極也。自曹、劉死，至今一千年，惟子美一人能之。」張氏所討論的就是詩歌用語粗俗的問題。

杜甫詩中用粗俗語可以有兩種截然相反的評價：一是言其詩粗俗，一是言其詩高古。粗俗與高古的區别在哪裏？一種詩歌形式從產生到成熟，從民間到文人化的過程，往往是從粗樸到精巧、從俗到雅的過程，在這個過程中，詩歌形成了自己的傳統，具體體現爲一套有形無形的法則和規範。從漢魏到唐代，詩歌語言也逐漸脱離了民間俗語而雅致化，杜甫詩歌用粗俗語放到當代的雅致的詩歌語言背景中去看的話，就是粗俗；但是，如果放到詩歌史中去看的話，這種粗俗語入詩正是詩歌史前期的特徵，就這一點上説，乃是繼承了古老的詩歌傳統，又可以説是高古。張戒將杜甫之用粗俗語上接曹、劉，就是此意。

拙與巧相對。巧一方面指人的技藝所達到的很高的熟練程度，另一方面指人創作出來的作品所達到的精妙的程度，在後一種意義上，巧與工同。就人習得某一種技藝而言，都必然要經歷一個從拙到巧的過程。在掌握技藝之前，是拙；熟練掌握了技藝，是巧。在這種意義上説，人追求的是巧，巧是肯定的評價，所謂巧匠是也。作詩在某種意義上也是一種技藝，詩歌作爲人創作出來的作品也有巧拙之分。巧本來是對人的構思及語言藝術精妙的肯定，何以巧却成爲負面的價值呢？就詩歌史而言，詩歌的發展經歷了從拙到巧的歷史過程，其初始階段，往往是自然樸拙的，其後形式技巧漸漸積累，逐漸走向工巧，當詩歌達到了工巧的階段之後，人們反覺得工巧是人工可及的，而初期的自然樸拙是難以達到的，因而反過來追求樸拙自然，拙與古相連，工與近相連，拙代表了一種審美價值上的復古傾向。在這種傾向之下，審美價值系統中工巧的價值就發生了變化，工巧不再是人們追求的最高審美價值，甚至不再是正面的價值。《後山詩話》説「寧拙勿巧」，巧就成了負面價值，而拙的價值高於巧。范温雖然没有像陳師道那樣主張「寧拙勿巧」，但也反對全面工巧，主張工拙相半。《潛溪詩眼》：「老杜詩，凡一篇皆工拙相半，古人文章類如此。皆拙固無取，使其皆工，則峭急無古氣，如李賀之流是也。」全工就會「峭急無古氣」。

從審美上説，精巧容易給人感覺缺乏渾厚感。古代人論詩重氣，氣則是以渾厚爲貴的，而精巧往往需要雕琢，雕琢容易傷渾厚之氣。晚唐詩追求精巧，就是如此。

正是由於以上的原因，晚唐詩尤其是律詩的工巧被認爲是品格低，歐陽修以來糾正晚唐詩，其取向之一就是從巧到拙。但是，這有個問題：一個初學者尚未掌握詩歌技巧，其作詩自然是拙，難道其作品的價值反而勝於熟練掌握了詩歌技巧的精巧的作品？非也。這裏所説的拙不是初學者之拙，而是超越了精巧階段之後的拙，是經歷了精巧之後的返樸歸拙，這是一種更高層次的拙，是自覺的審美追求。

【附録】

近藤元粹《螢雪軒叢書》：

是評固然。然亦有似非粗而粗處，似非拙而拙處。學者不可不知。

陶明濬《文藝叢考初編》卷二《詩説雜記》十：

嚴羽曰：「盛唐人，有似粗而非粗處，有似拙而非拙處。」此種疑似之辯，非深於此道者，決不能區分。夫粗拙本爲世人之所甚惡，有一於此，則必曲爲之諱，不知詩之此類，有甚於粗，甚於拙者，粗之反面曰精，拙之反面曰工。必體認準切，不稍誤謬，然後始可與言詩，否則以纖微爲精，以佻巧爲工，則未有不走入迷途者也。世有儇子淺子，附庸風雅，而毫無根蒂，既非離衆絶致之才，又無苕發穎豎之學，而酷慕才鶱氣雄者之爲，則未有不墜落此途者也。猶之溺者汩於其浪，涉者泫於其波，撓筋折骨，終身不寧，嘔心鏤神，毫無樂趣，此而謂之工，則拙者屬誰？此而謂之精，則粗者安在？真所謂不知本也。

若夫善爲詩者，則必不出此，以粗爲精，以拙爲工，不必斤然於表面，而底裏自然超妙也。夫車馬所以代勞，而騏驥之利在速，欵段之利在安；屋宇以庇風雨，而丹雘之美在莊嚴，蓬茅之美在閑雅；衣服以蔽形體，而綺紈之長在華目，韋布之長在適身；食粒以却饑餓，而粱肉之味宜偶然，菘韮之味在醇永。等而論之，則各有所用，正不得揚此而抑彼也。明乎此，則詩亦何獨不然？遇刻劃之題，則利在於工巧，利在於精細，若作平淡之韻，拙則近於古樸，粗則合於自然。彼至人之行，操竿投縷，泛然如寄，時正時行，無所不可。所謂一杯濁酒，陶然自得；一局殘棋，隨在可收。一枕鼾睡，身内自有乾坤；一篇吟成，工拙皆有樂趣者也。又誰復計其精粗，考其工拙哉？

世俗之子，多所計較，動則訾毀古人之工拙，其心豈不曰，以工拙精粗論，古人尚在吾之下乎？不知其卑鄙瑣屑，毫不足道，如童子燈下弄影，侏儒之場中争奇，在自己以爲極精極工矣，在旁人視之，則意殊漠然。詩之爲道在復如此，學者慎勿誤用其心哉！

評騭詩者，貴乎解事，不然則未有不誤謬者也。若徒以精粗工拙論，則古體詩較近體詩爲拙，較近體詩爲粗，可以廢古體而專作近體者乎？李、杜之詩似乎拙，似乎粗，比較温、李、西崑，似乎不及其工巧，然其價值究爲何若？且詩至試帖，可謂工巧之極矣，句句對仗，句句調平仄，且又必限韻，又必禁重字，又必句句且（切）題，刻劃必有精采，用筆必須烘托，且以今人而代古人造語，代古人發意，確切時境，恰合身分，其難人也，至於萬分；其工巧也，何啻十倍？雖以李、杜、蘇、黄之才，恐以此種種困難，亦必魚魚逐隊，而不復見長矣。然其詩何以不昌？廢科舉僅二十年，在當時得意之篇章，幾乎無人能誦；前此喬皇典麗，廟堂之文，在今日視之，幾乎程不識不值一錢。工而見惡，精而被棄，豈不大可異哉？於此可見人工之不如天巧也。故嚴氏謂似粗非粗，似拙非拙。二語真見道有得之言，古人境界正在此種。若以其爲粗爲拙，爲而他求，則冥行躑躅，安能得見天日之清澈也？

三

五言絶句〔一〕，衆唐人是一樣〔二〕，少陵是一樣〔三〕，韓退之是一樣〔四〕，王荆公是一樣〔五〕，本朝諸公是一樣〔六〕。

【箋注】

〔一〕五言絶句：此論唐宋諸家五言絶句之區别與高下。宋人論絶句，往往是五絶、七絶並論，而不甚强調兩種體裁之體製上的區别。如楊萬里《誠齋詩話》説：「五、七字絶句最少而最難工，雖作者亦難得四句全好者，晚唐人與介甫最工於此。」但他又説：「予之詩，始學江西諸君子，既又學後山五字律，既又學半山老人七字絶句，晚乃學絶句於唐人。」（《誠齋集》卷八十一《誠齋荆溪集序》）前論五、七言絶句而有取於王安石，後則云其有取於王安石的是七言絶句。至明人辨體，對五、七言絶句之特徵有清晰的分辨。如胡應麟《詩藪》内編卷六：「五言絶尚真切，質多勝文；七言絶尚高華，文多勝質。五言絶昉於兩漢，七言絶起自六朝，源流迥别，體製自殊。至意當含畜，務爲春容，則二者一律也。」胡氏從其源流而别其體製，認爲真切質樸是五絶之體製特徵，高華文才是七絶的體製特徵。

〔二〕衆唐人是一樣：嚴羽之前，對於唐人絶句的代表意見不一。如吴可、韓駒認爲劉禹錫、柳宗元絶句精妙。吴氏《藏海詩話》云：「劉禹錫、柳子厚小詩極妙，子美不甚留意絶句。子蒼亦然之。」此所謂小詩乃五七言絶句。至曾季貍、楊萬里諸人論唐絶句往往以晚唐爲代表。曾季貍《艇齋詩話》：「絶句之妙，唐則杜牧之，本朝則王荆公，此二人而已。」楊萬里《誠齋集》八《讀唐人及半山詩》云：「不分唐人與半山，無端横欲割詩壇。半山便遣能參透，猶有唐人是一關。」《誠齋集》卷三十五《答徐子材談絶句》：「受業初參王半山，終須投换晚唐間。國風此去無多子，關捩挑來祇等閒。」將楊氏兩詩相參，其所謂唐人其實就是晚唐。至於唐人五言絶句之特點，宋人絶少論及。

明人於唐人五言絶句之特徵則有論述，如胡應麟《詩藪》内編卷六謂：「唐五言絶，初、盛前多作樂府，然初唐只是陳、隋遺響，開元以後，句格方超。」又云：「五言絶二途：摩詰之幽玄，太白之超逸。子美於絶句無所解，不必法也。」（《詩藪》内編卷六）

〔三〕少陵是一樣：此謂杜甫五言絶句與唐人不同。吴可《藏海詩話》謂杜甫「不甚留意絶句」，實謂其没有留意到絶句作爲一種詩體所獨具的體製風格特點。吴氏雖然没有直説杜甫絶句不工，然上句言劉禹錫、柳宗元絶句極妙，相形之下，亦有嫌杜甫不妙之意。杜甫絶句與唐人之異何在？葉適《習學記言》卷四十七：「七言絶句，凡唐人所謂工者，今人皆不能到。惟杜甫功力氣勢之所掩奪，則不復在其繩墨中。」葉適將杜甫與唐人七絶區分開來，指出杜甫以「功力氣勢」勝，超出了唐人七絶的傳統法度，由此看來，葉適其實與吴可、韓駒一樣，也是主張絶句應該「風流醖藉」的。此雖是論七絶，亦可視爲其對杜甫絶句的整體特徵的論述。王世貞《藝苑卮言》：「五七言絶句，李青蓮、王龍標最稱擅塲，爲有唐絶唱。少陵雖工力悉敵，風韻殊不逮也。」（《李太白集注》附，未見今本《藝苑卮言》）此是站在辨體立場上認爲絶句應該有風韻，而杜甫絶句缺少風韻。胡應麟稱杜甫對絶句「無所解」（上注），即是謂其對於絶句獨特的體製特徵缺乏認識。胡氏又謂杜甫「五言絶失之太重」（《詩藪》内編卷六），太重也者，力量大，但乏風韻。其説實與王世貞相近。

〔四〕韓退之句：退之，韓愈字。吳可《藏海詩話》：「有大才，作小詩輒不工，退之是也。子蒼然之。」吳氏認爲絶句應該「風流醞藉」（《藏海詩話》），以之衡量韓愈絶句，自然嫌其不工。

〔五〕王荆公句：王荆公，王安石。嚴羽於《詩體》篇論荆公體：「公絶句最高，其得意處高出蘇、黄、陳之上，而與唐人尚隔一關。」事實上王安石絶句最受推崇者乃其七絶。楊萬里學王氏絶句者也是其七絶。葉適對王氏七絶並不推崇。其《習學記言》卷四十七云：「王安石七言絶句，人皆以爲特工。此亦後人貌似之論爾。七言絶句，凡唐人所謂工者，今人皆不能到。惟杜甫功力氣勢之所掩奪，則不復在其繩墨中。若王氏，則徒有纖弱而已。而今人絶句無不祖述王氏，則安能窺唐人之藩牆，況甫之所掩奪者，尚安得至乎？」在他看來，王安石雖然走的是這一路，却陷入了纖弱。按嚴羽應與楊萬里立場相近。

〔六〕本朝句：嚴羽所謂本朝諸公是以蘇軾、黄庭堅、陳師道諸人爲代表。吳可《藏海詩話》：「子蒼云：絶句如小家事，句中著大家事不得。若山谷《蟹》詩用『與虎争』及『支解』字，此家事大，不當入詩中。如『虎争』詩句亦怒張，乏風流醞藉之氣。」韓駒論絶句，以家什、器具（家事）爲喻，説一首絶句如果所寫對象是小的事物，詩句中不能寫及大的事物（著大家事不得）。他舉黄庭堅寫螃蟹的詩爲例。黄氏《秋冬之間鄂渚絶市無蟹今日偶得數枚吐沫相濡乃可憫笑戲成小詩三首》之一：「怒目横行與虎争，寒沙奔火禍胎成。雖爲天上三辰次，未免人間五鼎烹。」其三：「解縛華堂一座傾，忍堪支解見薑橙。東歸却爲鱸魚鱠，未敢知言許季鷹。」（《山谷内集詩注》卷十九）螃蟹物小，而前首却言「與虎争」，用了巨大的老虎；「支解」一詞，根據任淵注，出自《漢書·趙充國傳》「此坐支解羌虜之具也」，這個詞用在螃蟹身上，在韓駒看來也是太重了。韓駒亦批評黄氏詩句「怒張，乏風流醖藉之氣」，此實見出韓駒主張絶句應該風流醖藉。韓駒所論黄山谷絶句的缺點，大體也可視爲嚴羽所謂本朝諸公絶句之缺點。

沈德潛説：「少陵絶句，直抒胸臆，自是大家氣度，然以爲正聲則未也。宋人不善學之，往往流於粗率。」（《唐詩别裁集》卷二十）此所謂「直抒胸臆」是從正面説，若從負面説，則是不藴藉，不含蓄。沈氏認爲宋人絶句「粗率」，實與韓駒對黄山谷絶句的批評具有一致性，他認爲這是由宋人不善學杜所致，儘管説得委婉，但還是將宋人絶句之弊與杜甫絶句的傳統聯繫起來。

四

盛唐人詩，亦有一二濫觴晚唐者。晚唐人詩，亦有一二可入盛唐者。要當論其大概耳〔一〕。

【校勘】

〔要當論其大概〕 陳定玉輯校《嚴羽集》：「《玉屑》無『當』字。」按《玉屑》有「當」字，惟王仲聞點校本無。點校本所據清古松堂本亦有「當」字，乃點校本所脱漏。

【箋注】

〔一〕盛唐人詩五句：詩歌風格既有個人的特徵，即所謂個人風格，也有其時代的共同特徵，即所謂時代風格。這種理論觀念在嚴羽之前早已有之。嚴羽《詩體》中有以人而論者，即是論個人風格；有以時而論者，乃是論時代特徵。但嚴羽這裏提出的是個人風格與時代特徵的關係問題：一個時代的時代特徵是否必然在每一個詩人身上都體現出來？或者説，是否每一個詩人的風格都必然體現出其時代的時代特徵？具體到唐詩來説，每一個盛唐時代的詩人是否都必然體現出盛唐特徵，晚唐時代的詩人都必然具有晚唐特徵呢？嚴羽認爲不一定。他以爲盛唐詩人可能帶有晚唐詩的特徵，晚唐詩人也可能具有盛唐特徵，時代特徵只是論其大概，只是主流的特徵，不能代表全部詩人。嚴羽後面論大曆詩説：「大曆之詩，高者尚未失盛唐，下者漸入晚唐矣。」也是如此。

嚴羽對唐詩作出的這種「論其大概」的時代劃分，並非僅僅是個客觀的詩歌史分期，而是帶有價值判斷在内的，他認爲盛唐詩高於大曆、元和之詩，而大曆、元和又高於晚唐。不僅如此，他在作出高下的價值判斷之後，又主張在創作上應當以盛唐爲法。嚴羽的理論對明初高棅及七子派影響甚大，最終形成從理論到創作上的復古思潮。錢謙益抨擊七子派的復古，認爲七子派創作上摹擬盛唐，與其所尊奉的錯誤理論有關，而其理論的源頭則是嚴羽，於是對嚴羽大加撻伐。

【附録】

王世懋《藝圃擷餘》：

唐律由初而盛，由盛而中，由中而晚，時代聲調，故自必不可同。然亦有初而逗盛，盛而逗中，中而逗晚者，何則？逗者，變之漸也。非逗，故無由變。如詩之有變風、變雅，便是《離騷》遠祖。子美七言律之有拗體，其猶變風、變雅乎？唐律之由盛而中，極是盛衰之介。然王維、錢起實相倡酬，子美全集，半是大曆以後，其間逗漏，實有可言，聊指一二。如右丞「明到衡山」篇，嘉州「函谷」、「磻谿」句，隱隱錢、劉、盧、李間矣。至於大曆十才子，其間豈無盛唐之句？蓋聲氣猶未相隔也。學者固當嚴於格調，然必謂盛唐人無一語落中，中唐無一語入盛，則亦固乎其言詩矣。

錢謙益《有學集》卷十五《唐詩英華序》：

世之論唐詩者，必曰初、盛、中、晚，老師豎儒，遞相傳述。揆厥所由，蓋創于宋季嚴儀，而成于國初之高棅，承訛踵謬，三百年於此矣。夫所謂初盛中晚者，論其世也，論其人也。以人論世，張燕公、曲江，世所稱初唐宗匠也。燕公自岳州以後，詩章凄惋，似得江山之助，則燕公亦初亦盛；曲江自荆州已後，同調諷詠，尤多暮年之作，則曲江亦初亦盛。以燕公繫初唐也，溯岳陽唱和之作，則孟浩然應亦盛亦初。以王右丞系盛唐也，酬春夜竹亭之贈同左掖梨花之詠，則錢起、皇甫冉應亦中亦盛。一人之身更歷二時，詩以人次耶，抑人以時降耶？世之薦樽盛唐，開元、天寶而已。自時厥後，皆自鄶無譏者也。誠如是，則蘇、李、枚乘之後不應復有建安，有黄初，正始之後，不復應有太康、有元嘉，開元、天寶已往，斯世無煙雲風月，而斯人無性情，同歸於墨穴木偶而後可也。

朱彝尊《曝書亭集》卷三十八《王先生言遠詩序》：

正、嘉以後言詩者，本嚴羽、楊士弘、高棅之説，一主乎唐，而又析唐爲四，以初、盛爲正始、正音，以中、晚爲接武、遺響，斤斤權格律聲調之高下使出於一，吾言其志，將以唐人之志爲志，吾持其心，乃以唐人之心爲心，其于吾心性何與焉？

葉燏然《龍性堂詩話初集》：

論詩者謂初、盛、中、晚之目，始于嚴滄浪而成于高廷禮，承訛踵謬，三百年於兹，則大不然。夫初、盛、中、晚之詩具在，格調聲響，千萬人亦見，胡可溷也？又謂燕公、曲江亦初亦盛，孟浩然、王維亦盛亦初，錢起、皇甫冉亦中亦盛，如此論人論世，誰不知之？夫所謂初、盛、中、晚者，亦不過謂其篇什中同者十八，不同者十二，大概言之而已，非真有鴻溝之畫，改元之號也。學者謂有初、盛、中、晚之分，而過爲低昂焉，不可也。如謂無低昂而並無初、盛、中、晚之名焉，可乎哉？

近藤元粹《螢雪軒叢書》：

論得是。盛唐人詩，亦有似明清人詩者；明清人詩，亦非無一二似盛唐人詩者也。

錢鍾書《談藝録》一：

詩分唐宋，唐詩復分初盛中晚，乃談藝者之常言。……余竊謂就詩論詩，正當本體裁以劃時期，不必盡與朝政國事之治亂盛衰脗合。……詩自有初、盛、中、晚，非世之初、盛、中、晚。

（補訂本，第一、二頁）

郭紹虞《校釋》：

案就風格言，滄浪此説原無大謬。《文心雕龍·時序篇》謂「文變染乎世情」，論唐近體詩而分初、盛、中、晚，亦未可厚非；即昔人於此，也不曾拘泥着看。滄浪論詩，只逗露了一些初、盛、中、晚的分別，而且説明「要當論其大概」，立論原自通達。即高棅《唐詩品彙》確定了初、盛、中、晚的分期，也只説「略而言之」，並未教人死看。這在格調派中也見到這一點。王世懋《藝圃擷餘》説：「唐律由初而盛，由盛而中，由中而晚，時代聲調，故自必不可同。然亦有初而逗盛，盛而逗中，中而逗晚者。學者固當嚴於格調，然必謂盛唐人無一語落中，中唐無一語入盛，則亦固乎其言詩矣。」定初、盛、中、晚分别的，和宗主初、盛、中、晚之分的，都只是「論其大概」，但是錢謙益因爲反對前後七子之故，竭力否認初、盛、中、晚之分。《唐詩英華序》云：「世之論唐詩者必曰初、盛、中、晚，搜厥所由，蓋創於宋季之嚴儀（羽）而成於國初之高棅。」《唐詩鼓吹序》云：「三百年來詩學之受病深矣，館閣之教習，家塾之程課，咸禀承嚴氏之《詩法》、高氏之《品彙》。以初、盛、中、晚釐爲界分，又從而判斷之曰，此爲妙悟，彼爲二乘，此爲正宗，彼爲羽翼。甚矣詩道之窮也。」（均《有學集》卷十五）因此，他舉張燕公（説）、張曲江（九齡）二人之詩爲亦初亦盛，孟浩然應亦盛亦初，錢起、皇甫冉應亦中亦盛，實則正由他忽視了滄浪「論其大概」的意思。論其大概，則初、盛、中、晚之間，不妨有些小出入，若以此而抹煞這「大概」的區分，大可不必。

五

唐人與本朝人詩，未論工拙，直是氣象不同〔一〕。

【校勘】

〔本朝人詩〕郭紹虞《校釋》：「《歷代詩話》本無『人』字。」按胡重器本、吴銓本、何望海本、周亮工本、朱霞本、徐榦本亦無「人」字。

【箋注】

〔一〕唐人三句：嚴羽這裏是從氣象角度論唐宋之别。在《答吴景僊書》中説：「坡、谷諸公之詩，如米元章之字，雖筆力勁健，終有子路事夫子時氣象。盛唐諸公之詩，如顔魯公書，既筆力雄壯，又氣象渾厚，其不同如此。」蘇軾、黄庭堅詩在他看來其實是宋詩的代表，盛唐詩是唐詩的代表，因而此所謂坡、谷與盛唐詩之别其實就是宋與唐之别。在他看來，唐詩「既筆力雄壯，又氣象渾厚」，有大力量，但藴含不露；宋詩勁健有力，但力量外張，其氣象不渾厚。嚴羽雖只是説唐、宋氣象不同，其實亦含有著價值評判，即唐詩氣象高於宋詩。

嚴羽的這種觀點受到賀貽孫的批評，賀氏《詩筏》説：「嚴滄浪云：『唐人與宋人詩，未論工拙，直是氣象不同。』此語切中窾要。但余謂作詩未論氣象，先看本色，若貲郎效士大夫舉止，暴富兒效貴公子衣冠，縱氣象有一二相似，然村鄙本色自在。宋人雖無唐人氣象，猶不失宋人本色，若近時人氣象非不甚似唐人，而本色相去遠矣。」

嚴羽論詩也説本色，但他所謂本色是指詩歌作爲一個文類固有的審美特徵，而賀氏所謂本色是從性情與形式風格之關係角度説的，形式風格受性情決定，形式風格與性情必須相符，有什麼樣的性情就有什麼樣的形式風格，與性情相符的形式風格就是本色。形式風格不能脱離自己的性情而從外部襲取，脱離性情的形式風格就不是自己的，就不是本色。站在這種立場上看，氣象也是如此。氣象應該是性情的外在表現，什麼樣的性情就有什麼樣的氣象，脱離性情的氣象就不是本人的氣象，所以這種外在於性情的氣象就不是本色。賀貽孫强調性情對於形式風格的決定性的一面，而嚴羽則是强調形式風格獨立性的一面，認爲形式風格有其自身的傳統與規律，具有獨立的價值，可以獨立地進行評價，正因爲如此，所以唐人的氣象可以與宋人氣象作比較性的評價。不同時代的不同詩人在形式風格方面固然有自己的本色，有其獨特性，但並非所有的本色、獨特性都具有審美價值。後來詩人應該學習前人具有審美價值的形式風格。

嚴羽與賀貽孫的區别正反映出制約詩歌形式風格的兩種因素——性情與審美傳統——之間的緊張關係，任何詩人的創作，其形式風格都受到以上兩種因素的制約，只是不同的詩人或不同的時代可能有所偏重而已。

【附録】

郭紹虞《校釋》：

案自滄浪此論以後，分唐界宋，幾成風氣。其揚唐抑宋者則鎦績《霏雪録》之説可爲代表，而前後七子詩必盛唐之説亦如此。故謝榛《四溟詩話》卷一即引鎦氏《霏雪録》語。鎦氏云：「唐人詩一家自有一家聲調，高下疾徐，皆合律吕，吟而繹之，令人有聞《韶》忘味之意。宋人詩譬則村鼓島笛，雜亂無倫。」又云：「或問余唐宋詩之别，余答之曰，唐人詩純，宋人詩駁。唐人詩活，宋人詩滯。唐詩自在，宋詩費力。唐詩渾成，宋詩飣餖。唐詩縝密，宋詩漏逗。唐詩温潤，宋詩枯燥。唐詩鏗鏘，宋詩散緩。唐人詩如貴介公子，舉止風流。宋人詩如三家村乍富人，盛服揖人，辭容鄙俗。」此説即本滄浪之意而加發揮，不免更偏。蓋僅就氣象一端而論，當然不得要領。滄浪之説不加發揮，猶無大病，一經推闡，流弊更顯。因爲滄浪此語重在評詩，還不妨只就一端來評，而七子主張則是教人學詩，所以揚唐抑宋，就不免模形擬貌，而爲後人所詬病了。賀貽孫《詩筏》雖稱滄浪此語切中竅要，但進一步謂「作詩未論氣象，先看本色」，這就是要糾正七子模仿的風氣。後人之論唐宋詩分別者，如張蔚然《西園詩麈》云：「唐詩偏近《風》，故動人易；宋詩偏近《雅》，故入人難。」翁方綱《石洲詩話》云：「唐詩妙境在虛處，宋詩妙境在實處。」此二說就不限於氣象一端。所以比較全面。大抵唐代作家較多純粹之詩人，而宋之詩家多爲文人學士。翁方綱又謂「盛唐諸公全在興象超詣」，「宋人之學全在研理日精，觀書日富，因而論事日密」。以此分虛實，亦有見地。所以宋人詩不免以才學爲詩，以議論爲詩，而風格也就與《雅》近而與《風》遠了。滄浪從氣象來看，固然看出了宋人不及唐人處；同時也正因他只從氣象來看，所以就看不到宋人自有宋人本色處。

六

唐人命題，言語亦自不同。雜古人之集而觀之，不必見詩，望其題引，而知其爲唐人、今人矣〔一〕。

【校勘】

〔題引〕「引」字，《適園叢書》本作「別」。

懷悦編集《詩家一指》本《嚴滄浪先生詩法》此條作：「唐人命題，語亦不同。杜侍郎最把得此處重，又不輕易出個人名字。」此謂「杜侍郎」不知所指。若與黄省曾本對照，則指杜甫，然杜甫從未官侍郎。黄省曾《名家詩法》卷二《嚴滄浪詩體》作：「唐人命題，語亦不同。杜詩却最把得此處重，不輕易出個人名字。」

【箋注】

〔一〕唐人命題六句：題引，指詩題及序引。有些詩歌由詩題與詩句兩部分組成，有些詩歌除了詩題與詩句外，還有序或引。按照嚴羽的説法，命題包括詩題及序引。

荒井健日譯《滄浪詩話》：「『命題』，即製作詩歌的題名。『題引』的『引』原來與序同意，這裏『題引』二字似指詩題。實際上，比較一下唐宋任意兩詩人的詩集，能否看出如此明顯的差異是令人懷疑的。不過，在宋代，確實時可遇見很長的詩題——稱作序也未嘗不可。例如『楊叔明惠詩格律詩意皆薰沐去其舊習予爲之喜不能寐』。」荒井氏謂此處「題引」無「引」字意，僅指詩題，亦可通。

如果從詩歌史的角度看，嚴羽確實描述了詩歌史的事實。詩歌的時代差異也可以在題引上體現出來。唐人詩題引與宋人有不同。但嚴羽不僅僅是揭示這種不同，而且還帶有價值判斷，認爲唐人詩題引也高於宋人。這種價值判斷對於詩歌批評而言，自無不可，然而一旦落實到詩歌創作上，就會遇到一個問題：學習唐人詩，是否也要學習唐人詩歌的題引？如果答案是肯定的話，那麼所作的詩歌自會貌似唐人。但是，這樣的作品是真唐人呢？還是假唐人？錢振鍠所提的正是這樣的問題。事實上，明代的復古派學古從格調上摹擬古人，性靈派抨擊復古派，所問的就是這樣的問題。這一問題是復古派與性靈派的基本理論分界之一。

【附録】

錢振鍠《詩話》：

又云：「不必見其詩，望其題引而知爲唐人今人。」唐人題引有何難肖？何必滄浪始能之？且六朝人瑣碎不整題甚多，唐元、白、皮、陸題引瑣碎尤不一而足，得謂之非唐人乎？夫唐人題引有何難肖，如此摹古，三歲小兒優爲之。羽詩題引固式法唐人矣，而其詩則真唐人歟，抑摹唐人歟？

七

大曆之詩，高者尚未失盛唐，下者漸入晚唐矣〔一〕。

【校勘】

〔失〕《津逮祕書》本作「識」。

《玉屑》、尹嗣忠本、清省堂本、《寶顏堂祕笈》本、《津逮祕書》本、《説郛》本、《歷代詩話》、《詩法萃編》本、《三家詩話》本、《螢雪軒叢書》本此條與下條合。

【箋注】

〔一〕大曆之詩三句：此論大曆之詩有從盛唐到晚唐過渡的特徵。這些特徵放到嚴羽的價值系統中有高下之分，帶有盛唐特徵者高，帶有晚唐特徵者低。

八

晚唐之下者，亦墮野狐外道鬼窟中〔一〕。

【校勘】

郭紹虞《校釋》：「《津逮》本『墮』誤作『隨』，『狐』誤作『孤』。」

【箋注】

〔一〕晚唐之下者二句：野狐，即野狐禪，禪家指外道爲野狐禪。外道，謂邪道，不合佛教正道者。鬼窟，言幽鬼所居之處，喻盲昧無識。《碧巖録》第一則：「向鬼窟里作活計。」

嚴羽論詩有大小乘之分、第一義第二義之别，這些分别是其合於詩道之程度高低的差異。但野狐外道則性質完全不同，是完全背離詩道，不能放到前面的系列中去。嚴羽稱晚唐詩爲小乘禪，他稱「晚唐之下者」爲野狐外道，兩者是有區别的。

【附録】

近藤元粹《螢雪軒叢書》評：「野狐外道之語，可以評方今清人之詩。」

九

或問：唐詩何以勝我朝？唐以詩取士，故多專門之學，我朝之詩所以不及也〔一〕。

【校勘】

〔唐以詩取士〕《玉屑》作「唐人以詩取士」。

【箋注】

〔一〕或問五句：郭紹虞《校釋》：「案此説亦時人習見之論。李之儀《德循詩律甚佳》詩云：『唐人好詩乃風俗，語出工夫各一家。』（《姑溪居士文集》卷七）蔡絛《西清詩話》云：『唐人以詩爲專門之學。』滄浪此語當本此。但李、蔡二人之説，尚無語病，正可看出唐宋學術風氣之不同。滄浪本此而謂由於以詩取士之故，即不免稍偏，故後人多不主其説。如王世貞《藝苑卮言》云：『人謂唐以詩取士故詩獨工，非也。凡省試詩類鮮佳者，如錢起《湘靈》之詩，億不得一；李肱《霓裳》之製，萬不得一。』楊慎《升庵詩話》云：『詩之盛衰，係於人之才與學，不因上之所取也。唐人所取五言八韻之律，今所傳省題詩多不工，今傳世者非省題詩也。』錢振鍠《謫星説詩》云：『天生一種詩人，決不爲朝廷取士不取士所累。』斯言得之。」

案郭紹虞先生所舉李之儀、蔡絛語並非言科舉與詩之關係。科舉制度對於一個時代詩歌水平之高下究竟有無影響？楊萬里與劉克莊皆認爲有影響。楊氏《誠齋集》卷八十《黄御史集序》：「詩至唐而盛，至晚唐而工。蓋當時以此設科而取士，士皆争竭其心思而爲之，故其工後無及焉。時之所尚，而患無其才者，非也。」劉克莊《後村先生大全集》卷九九《李耘子詩卷》：「唐世以賦詩設科，然去取予奪一決於詩，故唐人詩工而賦拙。……本朝亦以詩賦設科，然去取予奪一決於賦，故本朝賦工而詩拙。」此與嚴羽觀點相類。科舉對於文體的影響很大。一旦詩歌成爲考試文體，因爲功利的關係，這種文體必然受到從官方到民間的普遍重視，必然有大量的人講習，推動人們去提高技巧，這會對提高詩歌創作的整體水平有作用。相反，如果詩歌在科舉考試中無關緊要，這樣士子應科舉就不重視習詩，不僅如此，還認爲作詩會影響科舉。與嚴羽同時稍早的劉宰《書碧嵓詩集後》：「年來詩社久廢，山川寂寞，後生束於科舉，不復爲詩。間有切切從事其間者，父兄師友争尤之，以爲用意不專，前輩風流盡矣。」林希逸《竹溪鬳齋十一藁續集》卷十三《林君合詩四六跋》：「今場屋之士爲詩文四六者，皆曰外學，固有哂其必荒舉業者。」二人都指出，當時人認爲作詩影響舉業。這也從另一面證明，當時人認爲科舉對詩歌是有影響的。

後來有持論近於嚴羽之説者，如明人胡儼説：「歷代之詩，惟唐稱最。蓋唐以詩制科取士，故海内

家傳户習，無敢草率。其鍊意、鍊格、鍊句，獨精工出諸代之首，有由然也。作者須步武盛唐始得。」（吳默《翰林詩法》卷一）

後來批評嚴羽之説者，認爲科舉對詩歌水平的提高没有正面作用，其證據就是唐人應舉所寫的省題詩大多都不好，郭紹虞所舉楊慎、王世貞都是持此觀點。許學夷也是如此。其《詩源辯體》卷三十四：「或言：『唐人以詩賦取士，故其詩獨工。』愚按：唐雖以詩賦取士，然但備制舉之一，亦猶今之表判耳，然又皆有程墨牽束，故中選者悉非佳製。試觀李、杜及韋應物諸名家，多不由於科目也。」省題詩的不工並不足以證明科舉對提高詩歌水平没有正面作用。因爲科舉對詩歌的影響不僅僅在具體的省題詩，更是整體上的，在省題詩之外。

還有人從另一角度提出問題，即決定詩歌水平高下的在科舉之外更有其他的因素。明觳齋主人《獨鑒録》：「或曰：『唐以詩取士，故多專門之學，此宋人所不及。』此語誠然。然不知《三百篇》上至卿士，下至閭巷，靡不可採。當是時，初未嘗以此取士，曷以獨至也？大較氣有醇漓，道有升降，而文章與之高下。不然，迹唐而論，貞元以下非不取士，非不專門，獨氣象衰薾，與盛唐不相類也。」此所謂氣是時代風氣，道是世道，這些都是文學之外的歷史社會因素，而正是這些因素決定了詩歌的高下盛衰。許學夷則從詩歌的内部找原因。其《詩源辯體》卷三十四：「唐詩之所以獨工者，蓋由齊、梁漸入於律，至唐而諸體具備，其理勢宜工。唐既極盛，至元和、宋人，其理勢自應入變耳。」他認爲詩歌内部有其發展之規律即理，既有其理，必有其發展的趨勢即勢。正是詩歌内部的理與勢決定了唐詩之工。

一〇

詩有詞理意興〔一〕。南朝人尚詞而病於理〔二〕，本朝人尚理而病於意興〔三〕，唐人尚意興而理在其中〔四〕。漢魏之詩，詞理意興，無迹可求〔五〕。

【校勘】

〔無迹可求〕 陳定玉輯校《嚴羽集》：「『求』，《玉屑》作『尋』」。

【箋注】

〔一〕詩有詞理意興：郭紹虞《校釋》：「張戒《歲寒堂詩話》謂：『阮嗣宗詩專以意勝。陶淵明詩專以味勝。曹子建詩專以韻勝。杜子美詩專以氣勝。』姜夔《白石道人詩説》謂：『詩自有氣象體面血脉韻度。』而論詩之高妙又分爲理、意、想與自然四種。其説均與滄浪所言相近，或滄浪用此而微變其説。」

荒井健日譯《滄浪詩話》：「詞、理、意、興四要件，分别見於各種文獻，如此組合的用例，則有唐詩選集《中興間氣集》。該書評朱灣詩云：『詩體幽遠，用興洪深，因詞寫意，窮理盡性，於詠物尤工。』」詞、理、意、興作爲詩歌的要素，分别言之，在嚴羽之前甚爲常見，如王昌齡《詩格》：「凡詩，物色兼意興爲好。若有物色，無意興，雖巧亦無處用之。」劉攽《中山詩話》論詩主張意深義高：「詩以意爲主，文詞次之，或意深義高，雖文詞平易，自是奇作。」但四者並列組合，一起作爲詩歌之要素，嚴羽之前未見其例。郭先生所尋出處，未免牽强。荒井氏所拈用例，雖然四者都出現了，但與嚴羽之用意亦相差甚遠。嚴羽將諸要素組合起來形成其獨特之理論內涵。

詞，指文詞，廣義指詩歌的藝術形式。理包括物理之理，是自然的理；人倫之理，是社會的倫理。在宋代理學家，理爲性理。但理的表現形態有不同，有的以抽象的邏輯的形態存在，有的則存在於感性的情感或形象之中，爲情感或形象的理性價值，如「發乎情，止乎禮義」，禮義存在於情感當中，而不是抽象地存在。

至於「意興」究竟是一個概念，還是兩個概念，前人理解有異。

許學夷認爲意、興爲兩個概念。他注意到《詩辯》説「盛唐諸公，惟在興趣」與此言「唐人尚意興」之差異，以爲興趣與意興有别。興趣相當於意興之興，指盛唐諸公詩的特點，而意則是指杜甫詩的特點。「盛唐諸公，惟在興趣，故體多渾圓，語多活潑。若子美則以意爲主，以獨造爲宗，故體多嚴整，語多沉着耳。」（《詩源辯體》卷十九）「盛唐諸公律詩，得風人之致，故主興不主意，貴婉不貴深。（謂用意深，非情深也。）馮元成謂『得風人之旨而兼詞人之秀』是也。子美雖大而有法，要皆主意而尚嚴密，故於《雅》爲近。」（《詩學辯體》卷十七）按照許學夷的理解，嚴羽所云「盛唐諸人，惟在興趣」之「盛唐諸人」（許稱「盛唐諸公」）不包括杜甫，而此處「唐人尚意興」則是兼指盛唐諸公及杜甫而言，《詩源辯體》卷十七：「前言興趣，而此言意興，正兼諸家與子美論也。」「意興」相當於意與興趣，尚意指杜甫，尚興指盛唐諸公。

許學夷這樣理解，根植於他本人的一個基本認識：杜甫與盛唐諸公詩分屬於兩個傳統。用《詩經》的傳統來概括，盛唐諸公是風的傳統，杜甫是雅的傳統。

陶明濬將意興理解爲一個概念，其《文藝叢考初編》卷二《詩説雜記》二十七：「詞也，理也，意興也，詩之三要素，缺一不可。」他將意興理解爲興會，認爲此三者是詩歌的基本要素（見【附録】）。

郭紹虞先生認爲意、興應爲兩個詞。他認爲意與理一樣都屬於詩歌的内容，只是理偏於邏輯思維，意偏於形象思維。興則是感興，不過意與興可以結合，故又以爲當作一個詞亦不爲錯。

荒井健日譯《滄浪詩話》曰：「詞謂語句及修辭。理，即貫通自然與倫理的統一原理。意，即主體的意向，或心理的意想。興即興趣，詩的快樂。在嚴羽看來，前二者是第二義的要素，後二者則是第一義的要素。」

陳伯海《嚴羽和滄浪詩話》：「『詞』是語言形式；『理』是思想内容；『意』即『言有盡而意無窮』的意，指詩歌形象所含蓄著的豐富的意念情趣；『興』當然就是『興趣』，也就是詩歌作品『言有盡而意無窮』的那種藝術特點和藝術韻味。『意』和『興』不可分割，故文中並連使用。」（五五、五六頁）

健按：意作爲主觀的内容，可以偏向於感性方面，與情相近；也可以偏向於理性方面，指意義。興可以指感興，也可以指興寄。意與興可以分，也可以合。一首詩可以有意而無興，只用賦法，意被直接地陳述出來；也可以意在興中，意被含蓄地表現出來。兩者事實上並非不可分割。而嚴羽本人則主張兩者結合。嚴羽這裏意興連説，是意在興中，兩者一體，與《詩辯》篇「興趣」意義相近。興趣不是空洞的，一定是含有主觀的内容的，興趣中一定蘊涵有意。《詩辯》篇謂「盛唐諸人，惟在興趣」，其妙處「言有盡而意無窮」，此正可證其所謂興趣中有意。

【附録】

陶明濬《文藝叢考初編》卷二《詩説雜記》二十七：

嚴滄浪云：「南朝人尚詞而病於理，宋人尚理而病於意興，唐人尚意興而理在其中。」此種評論，頗爲公允。詞也，理也，意興也，詩之三要素，缺一不可。詩苟無理，則是非不知，成敗不計，詆君子爲奸邪，頌小人爲有道，縱詞采絢爛，何異喪心病狂者之放言無忌乎？若有理而無情，則是司空城旦之書，成獄折獄之詞，堅白同異，剖析毫釐，焉得謂之詩乎？若夫興會者，猶不可少。夫天地之物多矣，不能一一題詠；天下之人亦多矣，不能一一酬酢，必興會之所屬，始吐詞而滂沛。不然，九萬巴箋，豈能盡染；董澤之蒲，可勝概乎？是興會一端，猶爲詩家所獨有，而不容抹煞者。然今人爲詩，分有兩種。任才氣者，純以興會爲主，不知選聲，不知潤色，矢口成吟，嘵嘵嚾咋，頃刻萬言，豈能有好語乎？又有矜學問者，則以詞理爲圭臬，談理則思入幽玄，逞詞則横堆錦繡，此對於風人之本旨，愈騖而愈遠矣，可不戒哉！

若夫知道之士，則必不然。方其博於學也，括綜羣言，馳騁百氏，纏絡乎羣倫，彌綸乎萬象，撮道藝之芳潤，搜義理之繁賾，事以羣分，物以類聚，無一毫凌亂之虞。及其入於性靈，達於興會也，則綜聲悅之詞華，而寓蘭芥之妙旨，拔擢詞林，翱翔筆海，接正始之音，取三唐之韻，而盡以宋人之理趣，舉動從容，何所不可哉！故曰闡理敷詞，成於意興，有本有末，固秩然而不紊者也。

郭紹虞先生《校釋》說：

前言興趣，而此言意興者，前重在論詩之氣象，而此則兼及詩之内容言也。氣象虛而内容實，故意興與興趣，雖有關聯，並不完全相同。一般人於此節，以滄浪連用意興二字遂看作一詞，視同「興趣」，似非滄浪原意。詩之内容，從滄浪看來，似有兩種分別：偏於邏輯思維者爲理，偏於形象思維者爲意。理不易與詞相結合，截然分明，故分開來講；意與興雖有興虛意實之分，而容易結合，故連綴用之。詞和理的結合或詞和意的結合，是形式和内容的統一問題，容易分別。意和興的結合，不是象被意化，便是意融於象，不是景被情化，便是情融於景，這是主觀和客觀的統一問題，非融而化，所以不容易分別。因此，把意興看作一個詞也不是什麼錯誤，不過對這一節不易理解而已。滄浪之意，只重在説明理和意興之不容易結合。意興虛而實，虛實之間，不是没有統一的可能性，但由於一屬邏輯思維，一屬形象思維，性質不同，所以宋詩會因尚理之故而病於意興。他是要求這方面的統一的，所以「唐人尚意興而理在其中」，就認爲是唐人高處。《白石道人詩説》已有「理高妙」與「意高妙」、「想高妙」之分，理和意與想本是可以有分別的。滄浪此點恐亦受白石影響，不過把「意高妙」與「想高妙」合而爲一而已。

合而爲一，於是滄浪之所謂意興，也就近於白石之所謂「自然高妙」了。白石謂「非奇非怪，剝落文采，知其妙而不知其所以妙，曰自然高妙」。滄浪也是這樣，知其然而説不出其所以然，於是只能拾些「無迹可求」「不可湊泊」的話頭，而説成迷離恍惚了。這正是古人不得已處。分開著講，别詞和理最容易偏於一端，也就是最有迹可求。意與興合，就好一些，也可以做到無迹可求。假使把意與興分開著講，那麽如白石之所謂「意高妙」與「想高妙」，也不是無迹可求的。只有「自然高妙」才近於無迹可求。這就是滄浪比白石更勘進一層的地方。所以把意興看成一個詞，未嘗不可以，但假使把它看成兩個詞時，那就更容易理解到理和意的不同，而對於所謂「詞理意興無迹可求」之説也可知是在意和興的統一之外，再要求與詞與理的四者統一了。詞理與意興相統一，才是無迹可求。意與興相統一，意象相化，情景相融，故盛唐諸公成爲透徹之悟；詞理意興相統一，則「知其妙而不知其所以妙」，故「漢魏尚矣，不假悟也」。總之白石滄浪都是離開了生活，離開了現實，而專從藝術上推究，所以也只能看到這一點。因許學夷提到前言興趣而此言意興的問題，故就所見爲發明如此。或以詞理與意興區而爲二，則更非滄浪原意。

〔二〕南朝人尚詞而病於理：許學夷《詩源辯體》卷十七：「謂多淫艷，不循義理也。」言南朝詩人崇尚文辭形式，而於理不合。病於理，謂在理方面有弊病。具體説來，在内容方面，謂其背離儒家的倫理標準；在形式方面，言其形式的華艷，不合乎儒家的審美價值標準。

近藤元粹《螢雪軒叢書》評：「南朝指東晉以下。漢人之詩，不可以詩人視；魏晉以下之詩，有何好處？蓋但有一陶淵明耳。嚴羽僻論，開明人之惡習，可厭。」

〔三〕本朝人尚理而病於意興：宋人尚理之説，非嚴羽獨見。劉克莊《後村先生大全集》卷一一一《恕齋詩存稿序》謂：「近世貴理學而賤詩，間有篇詠，率是語録講義之押韻者爾。」可與嚴説相參。

關於宋詩「病於意興」，前人因對意興的理解不同而解説有異。如果將意、興分開，則就等於説宋詩病於意、病於興，説宋詩病於興，固無問題，因爲嚴羽《詩辯》批評宋人不問興致。但宋人是主張作詩以意爲主的，如何能説宋人病於意呢？許學夷意識到了這一問題，《詩源辯體》卷十七説：「宋人尚意，而此言病於意興，蓋子美之意深，而宋人之意淺也。」此所謂意之深淺，並非指意義本身的深刻程度，而是指意義的表現方式及其效果。許學夷評杜甫五言古、七言歌行，説「子美以意爲主。然子美能以興御意，故見興不見意」（《詩源辯體》卷十八），杜甫雖然以意爲主，但並非無興，而是能以興御意，使意含興中。杜甫之以意爲主與宋人以意爲主之區别在於：杜甫有意有興，宋人則有意無興；杜甫詩見興不見意，故深，宋人詩有意無興，其意顯露，故淺。

許學夷如此理解，基於其對杜甫與盛唐諸公之間差異的認識，帶有强烈的許氏個人色彩。許氏認爲杜甫與王、孟是兩個傳統，王、孟諸公屬於風的傳統，杜甫屬於雅的傳統，興趣可以概括王、孟，不能概括杜甫。

〔四〕唐人尚意興而理在其中：唐人尚意興，與《詩辯》篇説「盛唐人惟在興趣」同意。興趣是有情意內涵的，只不過此情意不是直接地陳述出來，而是寄託於興象當中。所謂「理在其中」者，謂興象中所寄托的情意是具有理性内涵、合乎理的，但此理不是以一種邏輯化的形態呈現出來的。

〔五〕漢魏之詩三句：嚴羽認爲漢魏詩人没有自覺的創作意識，也不存在以上諸要素的分辨，其作品渾然天成，故亦無以上諸要素分别的痕迹。

【附録】

郭紹虞《校釋》：

至此節推尊漢魏之詩，時人亦多相近之論。吕本中《童蒙詩訓》謂：「讀《古詩十九首》及曹子建詩，如『明月入我牖，流光正徘徊』之類，皆致思深遠而有餘意，言有盡而意無窮也。學者當以此等詩常自涵養，自然下筆不同。」又謂：「學詩須以《三百篇》、《楚辭》及漢魏間人詩爲主，方見古人妙處。」他如徐俯論詩推重六朝（見曾季貍《艇齋詩話》），范温論詩，主學建安（見《潛溪詩眼》），而《朱子語録》更强調學《選》詩，如謂：「李太白終始學《選》詩，所以好；杜子美詩好者亦多是效《選》詩。」其《答鞏仲至詩》更屢言閑澹高遠之格，可知所謂從最上乘，悟第一義者，在滄浪以前亦已有與此相近之論。《師友詩傳録》，張實居論嚴氏此節謂：「善讀者三復厥詞，周知秘旨，目無全牛，心無留義，體各不同，理實一致，采其精華，皆成本領。」並據以推闡少陵「熟精《文選》理」之義，殆亦有見於此。

一一

漢魏古詩，氣象混沌，難以句摘〔一〕。晉以還方有佳句〔二〕，如淵明「採菊東籬下，悠然見南山」〔三〕，謝靈運「池塘生春草」之類〔四〕。謝所以不及陶者，康樂之詩精工〔五〕，淵明之詩質而自然耳〔六〕。

【校勘】

〔氣象混沌〕「混沌」二字，胡應麟《詩藪》内編卷二、許學夷《詩源辯體》卷二引作「渾淪」，許氏並注：「一本作混沌，非。」

〔如淵明〕郭紹虞《校釋》：「《玉屑》『如』下有『陶』字。」

〔之類〕郭紹虞《校釋》：「《玉屑》『類』作『句』」。按趙撝謙《學範·作範》所引無「之類」二字。《嚴滄浪先生詩法》引此條作：「漢魏古詩，氣象渾厚混沌，難以色摘。自晉已還，方論有佳句，詩道病矣。」

【箋注】

〔一〕漢魏古詩三句：氣象混沌，「混沌」一詞出自《莊子·應帝王》，中央之帝曰混沌，無七竅，因善待南海之帝儵與北海之帝忽，二人謀報混沌之恩，爲其「日鑿一竅，七日而混沌死」。氣象混沌，從審美感覺上説乃是渾然一體、不可分剖之感。

詩歌的美感可以從不同層面去感知，比如音調、字詞、句法、色彩等。一首詩的某些構成層面在整體中比較突出，就會給讀者以特出之感。比如一首詩中有佳句，這種佳句就從全體中凸顯出來，給人以特出之感，所以可以摘句。所謂混沌就是詩歌的各構成層面都處於一種渾然一體狀態，給人一種渾淪之感。但是渾然一體感有兩種，有本然而成的，有人爲造成的。所謂本然而成，即詩人對詩歌諸構成層面没有自覺的意識，在創作中並没有自覺地講求這些層面，因而在作品中這些層面自然處於一種混沌未分的狀態。而人爲造成的渾然一體感，則是當人們意識到這種特徵的價值之後，自覺追求這種美感，調動各種藝術手段和技巧以創造這種渾然的美感。嚴羽所説的氣象混沌乃是前一種。他更從詩歌史的角度看待此一問題，認爲漢魏詩氣象混沌，晉以後則否，這是詩歌史上的一個重要分界。他不止客觀地指出詩歌史上存在這種分界，還認爲渾然天成的境界在審美價值上更高，這從下文其對陶之自然與謝之精工的比較評價中可以明顯看出。雖然嚴羽在《詩辯》中漢魏晉並提，但具體而言，漢魏詩的地位還是高於晉詩。

對於嚴羽以氣象混沌作爲漢魏詩的共同特徵，胡應麟並不贊同，他以爲漢魏詩之間也有分界。其《詩藪》内編卷二云：「嚴謂建安以前，氣象渾淪，難以句摘。此但可論古詩。若『高臺多悲風』，『明月照高樓』，『思君如流水』，皆建安語也。子建、子桓工語甚多，如『丹霞夾明月，華星出雲間』、『秋蘭被長坂，朱華冒綠池』之類，句法字法，稍稍透露。仲宣、公幹以下寂寥，自是其才不及，非以渾淪難摘故也。」又云：「漢人詩不可句摘者，章法渾成，句意聯屬，通篇高妙，無一蕪蔓，不著浮靡故耳。子桓兄弟努力前規，章法句意，頓自懸殊，平調頗多，麗語錯出。王、劉以降，敷衍成篇。仲宣之淳，公幹之峭，似有可稱，然所得漢人氣象音節耳，精言妙解，求之邈如。嚴氏往往漢、魏並稱，非篤論也。」

胡應麟認爲氣象混沌只是漢代古詩（像《古詩十九首》）的特徵，而建安詩（建安雖是漢年號，然從文學時代上胡應麟已將之視爲魏）已經有句可摘，他舉出建安詩人的名句作爲例證。

許學夷則認同嚴羽之說，而不同意胡應麟的說法。其《詩源辯體》卷三：「《十九首》如『思君令人老』、『磊磊澗中石』、『同心而離居』、『秋草萋以綠』，與子建『高臺多悲風』等，本乎天成，而無作用之迹，作者初不自知耳。如子桓『丹霞夾明月』等語，乃是構結使然。必若陸士衡輩有意雕刻，始可稱佳句也。」在許學夷看來，有意雕琢出來的才稱佳句，按照他這種定義，胡應麟所舉曹丕、曹植兄弟以後名句都不是佳句。照他這樣理解，嚴羽之說自無可疑。其《詩源辯體》卷三：「漢魏五言，渾然天成，初未可以句摘。晉宋而下，工拙方可以句摘矣。嚴滄浪云：『漢魏古詩，氣象渾淪（一本作混沌，非），難以句摘。晉以還方有佳句。』是也。」許說當更符合嚴羽原意。

胡應麟、許學夷引嚴羽此句都作「渾淪」，許氏還特別指出作「混沌」爲非，未詳其版本依據。至少在許學夷的理解中，「渾淪」與「混沌」有別。按照其解釋，渾淪是渾然天成，或許在他看來，混沌有模糊一片之感，不能準確表達渾然天成之意。

〔一二〕晉以還方有佳句：佳句之說本出於晉代。謝安曾與謝玄談論佳句。《世說新語·文學》：「謝公因弟子集聚，問《毛詩》何句最佳？遏稱曰：『昔我往矣，楊柳依依。今我來思，雨雪霏霏。』公曰：『訏謨定命，遠猷辰告。』謂此句偏有雅人深致。」此以《詩經》中有佳句。王恭（孝伯）曾與王爽（睹）論佳句。《世說新語·文學》：「王孝伯在京行散，至其弟王睹户前，問：『古詩中何句爲最？』睹思未答，孝伯詠『所遇無故物，焉得不速老』，此句爲佳。」是以《古詩十九首》中有佳句。後來佳句成爲一詞，如杜甫《寄高三十五書記（適）》：「佳句法如何。」

在晉人的討論中，《詩經》中、《古詩十九首》中已經有佳句，何以嚴羽説晉以還方有佳句？這涉及到對佳句的定義問題。古人對於佳句的理解有角度之不同，標準亦有差異。王孝伯所説的佳句在許學夷看來是就内容説的。《詩源辯體》卷三説：「王孝伯稱古詩『所遇無故物，焉得不速老』爲佳句，蓋論理意耳。」許學夷如此説，意味著佳句有内容之佳，有文辭形式之佳。内容之佳在許學夷看來不能稱作佳句，文辭之佳才是佳句。而文辭之佳有天然而成者，有雕琢而成者，天然而成者也不是許氏所説佳句，雕琢而成者才是其所謂佳句。嚴羽説晉以還方有佳句，當即是指雕琢而成者。

〔三〕如淵明二句：陶淵明《飲酒》二十首之五：「結廬在人境，而無車馬喧。問君何能爾，心遠地自偏。采菊東籬下，悠然見南山。山氣日夕佳，飛鳥相與還。此中有真意，欲辯已忘言。」

蘇軾《東坡志林》卷七：「陶潛詩『採菊東籬下，悠然見南山』，採菊之次，偶然見山，初不用意，而景與意會，故可喜也。今皆作『望南山』。杜子美云：『白鷗没浩蕩，萬里誰能馴。』蓋滅没於煙波間耳，而宋敏求謂予云：『鷗不解没，改作波字。』二詩改此兩字，覺一篇神氣索然也。」

惠洪《冷齋夜話》卷四「詩話妄易句法之病」：「如淵明曰『採菊東籬下，悠然見南山』，其渾成風味，句法如生成，而俗人易曰『望南山』，一字之差，遂失古人情狀，學者不可不知也。」

〔四〕謝靈運句：《文選》卷二二謝靈運《登池上樓》：「潛虯媚幽姿，飛鴻響遠音。薄霄愧雲浮，棲川怍淵沉。進德智所拙，退耕力不任。徇祿反窮海，臥痾對空林。衾枕昧節候，褰開暫窺臨。傾耳聆波瀾，舉目眺嶇嶔。初景革緒風，新陽改故陰。池塘生春草，園柳變鳴禽。祁祁傷豳歌，萋萋感楚吟。索居易永久，離羣難處心。持操豈獨古，無悶徵在今。」

其中「池塘生春草」之句，謝靈運本人以爲是佳句。《南史》卷十九《謝惠連傳》：「惠連年十歲能屬文，族兄靈運加賞之，云：『每有篇章，對惠連輒得佳語。』嘗於永嘉西堂思詩，竟日不就，忽夢見惠連，即得『池塘生春草』，大以爲工，嘗云：『此語有神助，非吾語也。』」據此，此句是因夢見謝惠連而得，非苦思而成，所以稱有「神助」。

但對此句究竟佳與不佳、佳在何處，後人意見不同。皎然《詩式》卷二：「『池塘生春草』，情在言外。……詩有二義：一情一事。……情者，如康樂公『池塘生春草』是也。抑由情生言外，故其辭似淡而無味，常手攬之，何異文侯聽古樂哉！」是指出其妙處在於情生言外。

惠洪《冷齋夜話》卷三「池塘生春草」條：「晝公云：『「池塘生春草，園柳變鳴禽」之句，謂有神助，其妙意不可以言傳。』而古今文士多從而稱之，謂之確論。獨李元膺曰：『予反覆觀此句，未有過人處，不知晝公何從見其妙。』蓋古今佳句在此一聯之上者尚多，古之人意有所至，則見於情，詩句蓋其寓也。

謝公平生喜見惠連，夢中得之，蓋當論其情意，不當泥其句也。」（晝公，乃皎然。另本作舒公，乃王安石。此據張伯偉《稀見本宋人詩話四種》之日本五山版《冷齋夜話》，南京：江蘇古籍出版社，二〇〇二年）惠洪以爲佳句的標準有不同，有形式技巧之佳，有情意之佳，在他看來，李元膺所論是著眼於形式技巧，他與皎然（晝公）則是著眼於情意，而在他看來，佳句的標準應該是情意，而不是形式技巧。

王楙《野客叢書》卷九引《隱居詩話》云：「且如『池塘生春草』之句，亦甚平易，是人皆能道者，靈運至謂有神助，則靈運之意，有非他人所能知也。」是亦同於李元膺從形式技巧論佳句，對其何以爲佳不能理解。

葉夢得《石林詩話》：「『池塘生春草，園柳變鳴禽』，世多不解此語爲工。蓋欲以奇求之耳。此語之工，正在無所用意，猝然與景相遇，借以成章，不假繩削，故非常情所能到。詩家妙處，當須以此爲根本，而思苦難言者，往往不悟。」工本來是就人爲而言的，作爲一個審美價值範疇，指技藝上達到的精巧程度，葉夢得此所謂工已經超越了人工技巧的範疇，指一種興會式創作所具有的自然不經意的美感。

羅大經《鶴林玉露》卷三：「作詩必以巧進，以拙成，故作字惟拙筆最難，作詩惟拙句最難。至於拙，則渾然天全，工巧不足言矣。古人拙句，曾經拈出，如『池塘生春草』、『楓落吳江冷』、『澄江淨如練』、『空梁落燕泥』、『清暉能娛人，遊子澹忘歸』、『大江流日夜，客心悲未央』、『明月入高樓，流光正徘徊』、『採菊東籬下，悠然見南山』，如此等類，固已多矣。」羅大經把巧與拙看作不同層次的境界，所謂巧進是指人爲技巧的階段，而拙成乃是超越技巧之後的自然天成狀態，他對謝靈運詩句的肯定與葉夢得具有一致性。

〔五〕康樂句：黄庭堅《山谷外集》卷九《評詩》：「謝康樂、庾義城之於詩，爐錘之功不遺力也。然陶彭澤之牆數仞，謝、庾未能窺者，何哉？蓋二子有意於俗人贊毁其工拙，淵明直寄焉耳。」劉克莊《後村先生大全集》卷一二八《戊子答真侍郎論選詩》：「世以陶、謝相配。謝用功尤深，其詩極天下之工，然其品固在五柳之下，以其太工也。」

〔六〕淵明句：蘇軾《與蘇轍書》：「淵明作詩不多，然其詩質而實綺，癯而實腴，自曹、劉、鮑、謝、李、杜諸人，皆莫及也。」《蘇軾文集》卷六十七《評韓柳詩》：「柳子厚詩在陶淵明下、韋蘇州上，退之豪放奇險則過之，而温麗靖深不及也。所貴乎枯澹者，謂其外枯而中膏，似澹而實美，淵明、子厚之流是也。若中邊枯澹，亦何足道？」陳師道《後山詩話》：「陶淵明之詩切於事情，但不文耳。」朱熹曰：「淵明詩平淡出於自然。」（《朱子語類》卷一四〇《論文下》）

不過，明代王世貞《藝苑卮言》卷三説：「淵明托旨沖澹，造語有極工者，乃大入思來，琢之使無痕迹耳。」認爲陶淵明的平淡自然是經過人工雕琢的，而非本然的自然。許學夷不同意這種説法，稱「此唐人淘洗造詣之功，非所以論漢、魏、晉人，尤非所以論靖節也。」（《詩源辯體》卷六）他以爲「靖節詩初讀之甚平易，及其下筆，不得一語彷彿，乃是其才高趣遠使然，初非琢磨所至也。」（《詩源辯體》卷六）

【總説】

陶、謝並稱，蓋始於唐人。如杜甫《江上值水如海勢聊短述》：「焉得思如陶謝手，令渠述作與同遊。」（《全唐詩》卷二二六）白居易《哭王質夫》：「篇詠陶謝輩，風襟嵇阮徒。」（《白氏長慶集》卷十一）此種並稱沿至宋代。蘇軾《書黄子思詩集後》中説「陶謝之超然」，黄庭堅也有陶謝並稱的詩句，如「五言呻吟内，慚愧陶謝手」（《山谷外集》卷五《庚寅乙未猶泊大雷口》），又如「惜無陶謝揮斤手，詩句縱横付酒杯」（《山谷外集》卷七《出迎使客質明放船自瓦窑歸》）。

但是，蘇、黄在並稱陶、謝的同時，也意識到二人的差異。蘇軾稱陶詩「質而實綺，癯而實腴」，「外枯而中膏，似澹而實美」，高於曹（植）、劉（楨）、鮑（照）、謝（朓）、李（白）、杜（甫）。蘇軾所列舉的是各時期的代表性詩人，雖然没有提謝靈運，其實也應該包括謝靈運在内。黄庭堅則明確地以陶淵明與謝靈運、庾信作比較，陶是「不煩繩削」，謝、庾則是「爐錘之功不遺力」，前者是自然，後者是人工，前者高於後者。蘇、黄對陶、謝詩的評價體現出共同的審美價值取向，即自然平淡高於人工雕飾。這種價值取向遂成爲宋代詩學的主流傾向。朱熹推崇陶詩「平淡出於自然」，劉克莊指出謝詩「極天下之工」，却又以爲惟其太工，所以詩品在陶淵明之下。這些都體現出與蘇、黄相一致的審美價值觀。

嚴羽評陶、謝詩也是如此。他認爲陶詩的特徵是「質而自然」，謝詩則是「精工」。嚴羽對陶詩特徵的概括，與蘇軾所謂「質」、「外枯」，黄庭堅所謂「拙」，陳師道所謂「不文」，朱熹所謂「平淡」，具有一致性；嚴羽所説陶詩之自然，正與黄庭堅所謂「不煩繩削而自合」、朱熹所謂「出於自然」一脉相承。嚴羽雖然説謝詩「無一篇不佳」，却又認爲低於陶詩，此正體現出自然高於人工的價值取向，與蘇、黄以來的主流傾向是一致的。

【附録】

黄庭堅《山谷集》卷二十六《題意可詩後》：

寧律不諧而不使句弱，用字不工不使語俗，此庾開府之所長也，然有意於爲詩也。至於淵明，則所謂不煩繩削而自合者。雖然，巧於斧斤者多疑其拙，窘於檢括者輒病其放。孔子曰：「寧武子其智可及也，其愚不可及也。」淵明之拙與放，豈可爲不知者道哉！

許學夷《詩源辯體》卷六：

靖節與靈運詩，本不當並稱。東坡云「陶謝之超然」，但謂其意趣超遠耳。子美詩云：「爲人性僻耽佳句，語不驚人死不休」、「焉得思如陶謝手，令渠述作與同遊」，豈以靖節亦爲「性僻躭佳句」者乎？

近藤元粹《螢雪軒叢書》：

「採菊」句是神來之候，「池塘生春草」是千古惡詩，古今耳食之徒，極口讚揚，可笑又可憫。

程兆熊《中國詩學》第十三講「池塘生春草」：

關於淵明之「採菊東籬下，悠然見南山」句……此誠如儀卿所言，確是質而自然。惟「池塘生春草」語之所以卓絶，究亦在此「質而自然」之處，而非由於「精工」。康樂之詩精工，與此「池塘生春草」之質而自然，固不必相混。（三八頁）

一二

謝靈運之詩，無一篇不佳〔一〕。

【校勘】

〔之詩〕郭紹虞《校釋》：「《玉屑》無『之詩』二字。」

〔一篇〕郭紹虞《校釋》：「《玉屑》『篇』作『字』。」

此條《玉屑》與上條合。

【箋注】

〔一〕謝靈運句：謝氏之詩，鍾嶸《詩品》列之上品，評曰：「其源出於陳思，雜有景陽之體。故尚巧似，而逸蕩過之，頗以繁蕪爲累。嶸謂若人興多才高，寓目輒書，内無乏思，外無遺物，其繁富宜哉！然名章迥句，處處間起；麗典新聲，絡繹奔會。譬猶青松之拔灌木，白玉之映塵沙，未足貶其高潔也。」

郭紹虞《校釋》：「案此説實本於皎然。皎然爲靈運之後，又以靈運通内典，故倍加推崇。《詩式》

云：『康樂公早歲能文，性穎神徹，及通内典，心地更精，故所作詩發皆造極，得非空王之道助耶？』又云：『若遇高手如康樂公，覽而察之，但見情性不睹文字，蓋詣道之極也。』自皎然有此説，於是貫休《古意》詩亦有『嘗思謝康樂，文章有神力，是何清風清，凛然似相識』之語。此皆僧人之論，原無足怪。而嚴羽因以禪喻詩之故，習聞此種言論，甚至謂『無一篇不佳』，就難得人同意。許學夷《詩源辯體》、潘德輿《養一齋詩話》均加駁正，可參閲。《養一齋詩話》甚且摘謝詩累句，謂其『用事抒詞，湊補支絀，乃兒童裝字爲詩者耳』（卷九），亦非苛論。安磐《頤山詩話》，雖申嚴説，但亦只舉其《入彭蠡》、《華山崗》、《七里瀨》、《始寧墅》、《富春渚》等模山範水之作。此外復舉《初發石首城》一首，謂爲稍尚風骨，但也不是如滄浪所謂取其透徹之悟。」

對於郭紹虞此條本於皎然之説，陳慶元《嚴羽論謝靈運》認爲：「『無一篇不佳』之説，實未必本於皎然。……從南朝到宋，謝靈運這樣一位詩人一直受到相當的重視，儘管這種重視在各個階段仍然有程度上的差異，但是重視大謝畢竟是那個歷史時期的風尚。」又嚴羽在陶、謝對比時，認爲陶高於謝，但此又言謝無一篇不佳，這兩種評價間有無矛盾？陳氏認爲「在這個問題上，批評家（指嚴羽）是有矛盾的」，謝不及陶的觀點「更多地反映了宋代的風尚」，而「謝詩『無一篇不佳』之説，是受傳統學術觀念影響」，除此之外，也與嚴羽「提出的『妙悟』和『透徹之悟』有著極爲重要的關係。……謝靈運精通佛典，在禪悟的理論方面有所建樹，因此引起嚴羽的重視。但是，嚴羽不是就禪論禪，而是以禪喻詩，而靈運又是由南朝而唐，由唐而宋備受稱讚的重要詩人，他的創作實踐又可以和批評家的理論相印證，所以滄浪將他和盛唐諸公並提，稱爲『透徹之悟』。……嚴羽確看到了謝靈運詩的缺陷，但爲了論證『透徹之悟』論，將謝與盛唐諸公並稱，有意無意之間給謝以超乎陶淵明的榮譽。」（《嚴羽學術論文選》，二九三—三〇四頁。厦門：鷺江出版社，一九八七年）

荒井健日譯《滄浪詩話》：「《玉屑》本以外的文本俱作『謝靈運之詩無一篇不佳』。嚴羽於六朝詩人對謝靈運評價極高，但説謝詩無一篇不佳，從前後文看，還是稍欠妥當。」

「無一篇不佳」，《玉屑》作「無一字不佳」，兩者雖同爲讚美，然後者語氣更强。此條贊謝，與前謂陶高於謝之説並不矛盾。此條是獨立評價，上條是比較評價。嚴氏以爲謝詩固然無一篇不佳，但比起陶淵明還是有所不及。

【附録】

安磐《頤山詩話》：

謝康樂詩，雖是涉於對偶，然而森蔚璀瑋，繁密錯縟，一句一字，極其深思。昔人謂無一篇不佳，今觀其《入彭蠡》、《華山岡》、《七里瀨》、《始寧墅》、《富春渚》諸詩，模寫行役江山，歷歷如畫，信一代之偉作也。其中《初發石首城》一首尤妙，稍尚風骨，不類諸作，有建安之風。豈其被誣見釋之後，情發之真與？此詩之所以貴性情也。

潘德輿《養一齋詩話》卷九：

如謂「謝靈運詩，無一首不佳」，無論靈運他詩，蕪冗實多，即《擬鄴中集》詩，豈非索索無真氣者？摘其累句，如「忝此欽賢性，由來常懷仁」，「既作長夜飲，豈顧乘日養」，「哀哇動梁埃，急觴盪幽默」，「清論事究萬，美話信非一」，「朝遊牛羊下，暮坐括揭鳴」，「求涼弱水湄，違寒長沙渚」，「自從食蓱來，唯見今日美」，「良遊非晝夜，豈云晚與早」，用事抒詞，湊補支絀，乃兒童裝字爲詩者耳。以此爲美，直是怪事。《滄浪詩話》吾所最喜，然大體精切，微疵所在，亦誤後人，不可不與抉出，匪敢云好而知其惡也。

近藤元粹《螢雪軒叢書》：

靈運鄙夫，安知詩中之三昧！

一三

黄初之後〔一〕，惟阮籍《詠懷》之作，極爲高古，有建安風骨〔二〕。晉人舍陶淵明、阮嗣宗外〔三〕，惟左太沖高出一時〔四〕。陸士衡獨在諸公之下〔五〕。

【校勘】

〔阮嗣宗外〕《津逮祕書》本作「阮籍嗣宗」。《適園叢書》本無「外」字。

「黄初之後」至「有建安風骨」，《玉屑》與前兩條合爲一條。「晉人舍陶淵明」以下，《玉屑》、何望海本、《歷代詩話》另作一條。

【箋注】

〔一〕黄初：魏文帝曹丕年號，公元二二〇年至二二六年。

〔二〕惟阮籍三句：鍾嶸《詩品》列阮籍上品，評云：「其源出於小雅。無雕蟲之功。而《詠懷》之作，可以陶性靈，發幽思。言在耳目之内，情寄八荒之表。洋洋乎會於《風》、《雅》，使人忘其鄙近，自致遠大，頗多感慨之詞。厥旨淵放，歸趣難求。顏延注解，怯言其志。」

建安風骨，鍾嶸《詩品》稱「建安風力」，指漢末建安時代以曹氏父子、建安七子爲代表的詩歌傳統。

〔三〕晉人句：鍾嶸《詩品》列阮籍上品，陶在中品，阮高於陶。自蘇軾推尊陶詩，陶之地位上升。嚴羽未對陶、阮高下作評判，劉克莊則對陶、阮詩作了對比性評價。《後村先生大全集》卷九十四《趙寺丞和陶詩序》：「自有詩人以來，惟阮嗣宗、陶淵明自是一家，譬如景星慶雲、醴泉靈芝，雖天地間物，而天地亦不能使之常有也。然嗣宗跌蕩，棄禮矜法，傲犯世患，晚爲勸進表以求容，志行掃地，反累其詩。淵明多引典訓，居然名教中人，終其身不踐二姓之庭，未嘗諧世，而世故不能害。人物高勝，其詩遂獨步千古。唐詩人最多，惟韋、柳得(「得」字據四庫本補)其遺意。李、杜雖大家数，使爲陶體則不近矣。」劉氏以爲二人詩作難分高下，惟陶之人格遠高於阮，故人與詩俱高；阮詩則受其人品之累，不能與陶比肩。

〔四〕惟左太沖句：鍾嶸《詩品》列左思上品，評云：「其源出於公幹。文典以怨，頗爲精切，得諷喻之致。雖野於陸機，而深於潘岳。謝康樂嘗言：『左太沖詩，潘安仁詩，古今難比。』」

〔五〕陸士衡句：鍾嶸《詩品》列陸機上品，評云：「其源出於陳思。才高辭贍，舉體華美。氣少於公幹，文劣於仲宣。尚規矩，不貴綺錯，有傷直致之奇。然其咀嚼英華，厭飫膏澤，文章之淵泉也。張公嘆其大才，信矣！」

胡應麟《詩藪》外編卷二：「鍾記室以士衡爲晉代之英，嚴滄浪以士衡獨在諸公之下，二語雖各舉所知，咸自有謂。學者精心體味，兩得其説乃佳。」

許學夷《詩源辯體》卷五：「嚴滄浪云：『左太沖高出一時，陸士衡獨在諸公之下。』予嘗爲四家品第：太沖渾成獨冠；士衡雕刻傷拙，而氣格猶勝；景陽華彩俊逸，而氣稍不及；安仁體製既亡，氣格亦降，察其才力，實在士衡之下。元美謂『安仁氣力勝士衡』，誤矣。鍾嶸云：『陸才如海，潘才如江。』」鍾嶸評詩除風骨而外，華美也是一個重要的價值尺度。鍾氏稱陸機「才高詞贍，舉體華美」，然華美非嚴羽所尚。鍾嶸説陸機「氣少於公幹」，氣少則風骨必弱，這在崇尚氣格的嚴羽看來恰恰是陸機的致命弱點。

從詩歌史角度看，陸機變了建安體。許學夷謂「其體漸俳偶，語漸雕刻」，視之爲五言之「再變」（《詩源辯體》卷五），但畢竟還帶有某些古體的特徵，「其古體猶有存者」（《詩源辯體》卷六）。到謝靈運諸人，「其體盡俳偶，語盡雕刻，而古體遂亡矣」（《詩源辯體》卷六），惟較之謝朓等永明體詩人，還是帶有古拙的特徵。李夢陽論詩謂：「夫五言者不祖漢則祖魏，固也，乃其下者，即當效陸、謝矣，所謂畫鵠不成尚類鶩者也。」（《空同先生集》卷四十九《刻陸謝詩序》）仍給陸機以較高的地位。王士禛則受嚴羽之影響，貶斥陸機「乏風骨」（《帶經堂詩話》卷四），沈德潛對陸機詩亦加貶低。《古詩源》卷七：「士衡詩亦推大家。然意欲逞博，而胸少慧珠，筆又不足以舉之，遂開出排偶一家。西京以來，空靈矯健之氣，不復存矣。降自梁、陳，專工隊仗，邊幅復狹，令閱者白日欲卧，未必非士衡爲之濫觴也。」

【附録】

近藤元粹《螢雪軒叢書》：

晉以下六朝人舍陶淵明更無一人。蓋浮薄陋習使然耳。

郭紹虞《校釋》：

案昔人評詩，每好論其優劣，定其品第，實則標準不同，高下自别。安磐《頤山詩話》謂：「陸士衡之詩，鍾嶸謂太康之英，安仁、景陽爲輔，與陳思、謝客並稱。嚴羽謂士衡獨在諸公之下，二者孰是，試參之：蓋士衡綺練精絶，學富而辭贍，才逸而體華，嶸之論亦是；若以風骨氣格言之，是誠在曹、劉、二張、左、阮之下。」亦正説明此理。自滄浪有左太沖高出一時之論，後世論詩者大率宗之。王士禛《池北偶談》謂：「予撰五言詩於魏獨取阮籍爲一卷，而别於鄴中諸子，晉取左思、郭璞、劉琨爲一卷，而别於三張、二陸之屬。」自以爲獨見，實則正受滄浪影響。《漁洋詩話》謂「陸機宜在中品」，殆亦是滄浪影響。許學夷《詩源辯體》卷五謂：「滄浪《詩評》止稱太沖而不及景陽，未免爲過。」而王氏

《池北偶談》亦言：「晉人張、陸輩惟景陽殊勝，在太沖之下，諸家之上。」此則與滄浪微有不同。

一四

顏不如鮑，鮑不如謝〔一〕。文中子獨取顏，非也〔二〕。

【箋注】

〔一〕顏不如鮑二句：顏，顏延之。鮑，鮑照。謝，謝靈運。

劉克莊《戊子答真侍郎論選詩》：「顏不及謝遠甚。《五君詠》却是不易之論。鮑明遠詩體與左太沖相類，古意浸微矣。」

許學夷《詩源辯體》卷七：「謝靈運經緯綿密，鮑明遠步驟軼蕩。……靈運體盡俳偶，而明遠復漸入律體（凡不當對而對者爲漸入律體）。但靈運體雖俳偶，而經緯綿密，遂自成體。明遠本步驟軼蕩，而復入此窘步，故反傷其體耳。滄浪謂『顏不如鮑，鮑不如謝』，正以此也。」

〔二〕文中子二句：文中子，王通（五八四—六一七），字仲淹，河東龍門（今山西萬榮）人。卒，門弟子私謚爲「文中子」。王通《文中子·事君》：「謝靈運小人哉，其文傲；君子則謹。」「鮑照、江淹，古之狷人也，其文急以怨。」又謂：「子謂顔延之、王儉、任昉有君子之心焉，其文約以則。」王通以文章風格爲作家之道德人格之直接體現，因而他由文章之風格判斷作家之道德。

郭紹虞《校釋》：「案文中子以儒家思想論文，故其言如此。滄浪以藝術標準論詩，固宜與文中子不同。其謂『顔不如鮑』，後人固無異議；謂『鮑不如謝』，則未必盡同。或滄浪以受皎然影響之故，始終推尊謝詩，不免有些偏嗜。胡應麟《詩藪》之論鮑謝，謂：『康樂麗而能淡，明遠麗而稍靡，淡故居晉宋之間，麗故涉齊梁之軌。』(外編卷二)若就此點言，則鮑不如謝，亦可謂爲定論。但如《詩藪》所謂『上挽曹、劉之逸步，下開李、杜之先鞭』，則康樂又不免遜鮑。」

一五

建安之作，全在氣象〔一〕，不可尋枝摘葉〔二〕。靈運之詩，已是徹首尾成對句矣〔三〕，是以不及建安也〔四〕。

【箋注】

〔一〕全在氣象：即前所云「氣象混沌」。

〔二〕不可尋枝摘葉：即前文「不可句摘」之意。

〔三〕靈運之詩二句：此謂謝靈運詩全篇皆是對句。《文選》卷二十六謝靈運《登江中孤嶼》：「江南倦歷覽，江北曠周旋。懷雜道轉迥，尋異景不延。亂流趨正絶，孤嶼媚中川。雲日相暉映，空水共澄鮮。表靈物莫賞，藴真誰爲傳。想像崑山姿，緬邈區中緣。始信安期術，得盡養生年。」又《文選》卷二二載其《石壁精舍還湖中作》：「昏旦變氣候，山水含清暉。清暉能娱人，遊子憺忘歸。出谷日尚早，入舟陽已微。林壑斂暝色，雲霞收夕霏。芰荷迭映蔚，蒲稗相因依。披拂趨南徑，愉悦偃東扉。慮澹物自輕，意愜理無違。寄言攝生客，試用此道推。」幾乎全是對句，又如《登池上樓》（見本篇第一一條注四）、《於南山往北山經湖中瞻眺》（《文選》卷二十二）等，亦是如此。

譚浚《説詩》卷中「古律排律」：「滄浪曰：靈運詩首尾對，是以不及建安也。以謝詩爲古，則多有對；爲律，則對不嚴。」

〔四〕是以不及建安：毛先舒《詩辯坻》卷二云：「謝康樂去西晉已有數十年，而能標準潘、陸，篤尚鎔裁，故稱振起。嚴羽儀卿評云：『靈運徹首尾對句，是以不及建安。』殊可笑也。謝之不爲建安久矣，何勞滄浪道？」

郭紹虞《校釋》：「案此節對靈運似有貶辭，但只是與氣象渾淪難以句摘之建安詩相比，則謝詩精工，長處在排，有句可摘，就此點言，不免稍遜耳，並不是輕視靈運詩。毛先舒《詩辯坻》卷二云（見上，略）。似未見及滄浪此意。」

謝靈運精工，嚴羽稱其詩無一篇不佳者，當即指此。然在嚴氏，質樸自然的審美價值高於精工，由此而言，謝靈運不僅不如建安，而且低於陶淵明。毛先舒對嚴羽的批評看似有理，然一個詩人可以有自己的風格特徵，謝靈運固可以不爲建安；批評家亦可以有自己之詩歌史觀，有自己的價值立場，嚴羽以建安詩作爲價值標準衡量謝靈運，亦無不可。

一六

謝朓之詩，已有全篇似唐人者〔一〕，當觀其集方知之。

【箋注】

〔一〕謝朓二句：全篇似唐人，言其格律上已似唐人律詩。如《送江兵曹檀主簿朱孝廉還上國詩》：「方舟泛春渚，攜手趨上京。安知慕歸客，詎憶山中情。香風蕊上發，好鳥葉間鳴。揮袂送君已，獨此夜琴聲。」全篇八句，有對偶，平仄基本合律。從風格上説，已經從古質典重轉向清綺。

王世貞《藝苑卮言》卷三：「玄暉不唯工發端，撰造精麗，風華映人，一時之傑。……特不如靈運者，匪直材力小弱，靈運語俳而氣古，玄暉調俳而氣今。」許學夷《詩源辯體》卷八云：「滄浪嘗謂『謝朓之詩，已有全篇似唐人者』，此即所謂『調俳而氣今』也。」所謂「語俳而氣古」，是指謝靈運詩雖有對句，但音調猶古；所謂「調俳而氣今」，是指謝朓詩講求聲律，音調已有唐人之特徵。《詩源辯體》卷八：

「元嘉五言，再流而爲永明，然元嘉體雖盡入俳偶，語雖盡入雕刻，其聲韻猶古，至玄暉、休文則風氣始衰，其習漸卑，故其聲漸入律，語漸綺靡，而古聲漸亡矣。」此言可視爲「語俳氣古」、「調俳氣今」的注脚。

【附録】

郭紹虞《校釋》：

案宣城詩工於發端，清新麗密，當時沈約常云：「二百年來無此詩也。」鍾嶸《詩品》亦稱其：「奇章秀句，往往警遒。」其爲時人推崇如此。許學夷《詩源辯體》歷舉玄暉五言之警策者，均與唐人相近。李白嘗謂：「自從建安來，奇麗不足珍。」(《古風》)而獨心折謝朓，集中多追慕之作。故王士禛《論詩絶句》云：「青蓮才筆九州横，六代淫哇總廢聽。白紵青山魂魄在，一生低首謝宣城。」是亦謝詩開唐風之證。《詩藪》外編卷四云：「唐人鮮爲康樂者，五言短古，多法宣城，亦以其朗艷近律耳。」《詩源辯體》卷八云：「王元美云，玄暉詩不如靈運者，匪直才力小弱，靈運語俳而氣古，玄暉詞俳而氣今。愚按滄浪嘗謂謝朓之詩，已有全篇似唐人者，此即所謂詞俳而氣今也。」蓋均就藝術一點言之。

一七

戎昱在盛唐爲最下，已濫觴晚唐矣〔一〕。戎昱之詩，有絶似晚唐者。權德輿之詩，却有絶似盛唐者〔二〕。權德輿或有似韋蘇州、劉長卿處〔三〕。

【校勘】

〔戎昱之詩〕《適園叢書》本作「昱詩」。

〔權德輿或有似韋蘇州劉長卿處〕《唐詩品彙》卷十九引此句作「或有似韋蘇州處、劉長卿處者」，《適園叢書》本無「權德輿」三字。又，《玉屑》此句别作一條。

【箋注】

〔二〕戎昱二句：戎昱，荆南（今湖北江陵）人，憲宗時人，虔州、辰州刺史。兩《唐書》著録《戎昱集》五卷，《全唐詩》卷二七〇載其詩一卷。

《唐才子傳》卷三《戎昱傳》：「昱詩在盛唐格氣稍劣，中間有絶似晚作，然風流綺麗，不虧政化，當時賞音，喧傳翰苑，固不誣矣。」此評當受嚴羽影響。

關於戎昱濫觴晚唐之説，荒井健日譯《滄浪詩話》舉《又玄集》所載其《聞笛》爲例説明，其詩曰：「入夜思歸切，笛聲寒更哀。愁人不願聽，自到枕前來。風起塞云斷，夜深關月開。平明獨惆悵，落盡一庭梅。」荒井氏謂：「於其清楚、線條過細處，見出晚唐之特徵。」

戎昱詩除了刻畫細緻有晚唐詩之特徵外，其情調的凄涼也有類於晚唐。如《羅江客舍》：「山縣秋雲闇，茅亭暮雨寒。自傷庭葉下，誰問客衣單。有興時添酒，無聊懶整冠。近來鄉國夢，夜夜到長安。」

盛唐詩也有悲哀，但嚴羽認爲盛唐詩的主調是悲壯，戎昱詩有悲而無壯，在嚴羽看來不符合盛唐詩的主流特徵，而有晚唐詩的特徵。

〔二〕權德輿二句：權德輿（七五九—八一八），字載之，天水（今屬甘肅）人，憲宗元和年間，官禮部尚書、同中書門下平章事，有《權文公集》五十卷，佚。《四庫全書》著録其集十卷。《全唐詩》卷三二〇至卷三二九編其詩十卷。

許學夷《詩源辯體》卷二十二：「權德輿（字載之），貞元時人，五言古雖不甚工，然雜用律體者少，中有四五篇，氣格絶類盛唐。七言古，語雖綺艷而格亦不卑。律詩，五言聲氣實勝，而七言則未爲工。滄浪云：『大歷以後，吾所深取者，權德輿、李益。』又云：「李益、權德輿在大歷之後，而其詩氣格有類盛唐者，乃是其氣質不同，非有意復古也。」（同上）

按高棅《唐詩品彙》卷十九五言古詩類引嚴羽評權德輿語，而其所選權氏五言古詩當是能够體現嚴羽所論者。如《雜詩》：「淇水春正綠，上宫蘭葉齊。光風兩摇蕩，鳴珮出中閨。一顧授横波，千金呈瓠犀。徒然路傍子，怳怳復悽悽。」又如《月夜江行》：「扣舷不能寐，浩露清衣襟。彌傷孤舟夜，遠結萬里心。幽興惜瑶草，素懷寄鳴琴。三奏月初上，寂寥寒江深。」

〔三〕權德輿或有二句：韋蘇州，韋應物。劉長卿，字文房，開元二十一年（七三三）進士，官終隨州刺史。自稱「五言長城」（《新唐書》卷一九六《秦系傳》）。

《瀛奎律髓》卷十三劉長卿《碧澗别墅喜皇甫侍郎相訪》：「荒村帶返照，落葉亂紛紛。古路無行客，空山獨見君。野橋經雨斷，澗水向田分。不爲憐同病，何人到白雲。」方回評：「劉隨州號五言長城，答皇甫詩如此，句句明潤，有韋蘇州之風，他詩爲嘗貶謫，多凄怨語。」按照方回的説法，明潤乃韋應物、劉長卿之共同特徵。上注所舉權德輿之五言古詩就與韋應物、劉長卿有相似處。

【附録】

郭紹虞《校釋》：「案此節後人無異議。楊慎《升庵詩話》宗此説，謂：『薛逢、戎昱乃盛唐中之晚唐。』（案升庵以薛、戎爲盛唐，均誤。）毛先舒《詩辯坻》宗此説，亦謂：『元和詩響不振已極，惟權文公乃頗見初唐遺構。此滄浪論詩具隻眼處。』翁方綱《石洲詩話》謂：『元和間權、武二相，詞並清越，可接錢、劉。武公之死，有關疆場，而文詞復清雋不羈，可稱中唐時之劉越石。嚴滄浪但舉權相，猶未盡也。』」

一八

顧況詩多在元、白之上，稍有盛唐風骨處〔一〕。

【校勘】

此條底本及各本無，惟《玉屑》有，茲據補。

【箋注】

〔一〕顧況二句：顧況，字逋翁，蘇州（今屬江蘇）人。肅宗至德二年（七五七）進士，性恢諧，與柳渾、李泌爲友。德宗時，渾輔政，薦爲秘書郎。李泌爲相，自謂得達官，久之遷著作郎。坐詩語嘲誚貶饒州司户，居華山以老壽終。有集二十卷。《舊唐書》卷一三〇附李泌傳。

《舊唐書》卷一六六《白居易傳》：「居易幼聰慧絶人，襟懷宏放，年十五六時，袖文一編，投著作郎吳人顧況。況能文，而性浮薄，後進文章無可意者。覽居易文，不覺迎門禮遇曰：『吾謂斯文遂絶，復得吾子矣。』」

荒井健日譯《滄浪詩話》：「唐末人張爲所作《詩人主客圖》，排列詩人位次，將唐代詩人分爲『廣大教化』、『高古奥逸』等六種類型，分别選取一人爲各類型的代表人物，定爲主，其以下諸詩人按照入室、升堂、及門三個等級排列。然而白樂天爲『廣大教化主』，元稹爲『入室』，顧況則僅列其下位的『升堂』。嚴羽所論顧況與元、白優劣云云，大概是對《主客圖》的反撥。」

趙昌平校編《顧況詩集·前言》：「顧況身歷玄、肅、代、德、順、憲六朝，而其主要的社會與創作活動則在大曆至貞元期間。……這一時期唐詩發展存在有兩種不同的創作傾向。乾元三年，元結編次《篋中集》，以反對『喜尚形似，拘限聲病』爲主旨。……强調詩歌的氣骨、風力，從而繼承了陳子昂以來的傳統，但是元結及《篋中集》作者也同時發展了陳子昂的不足之處，他們的詩作質木無文，往往近於枯拙。大曆末高仲武以大曆十才子一派作者爲主體編纂《中興間氣集》，標舉『體狀風雅，理致清新』。……然而『理致』之説興起，詩歌風力漸衰，他們的作品大多存在篇幅狹小，氣格衰颯的通病。……以狂放不羈之氣，嘻笑怒駡，大膽地批判現實，抒寫不平就是顧况詩的鮮明的個性特徵之一。……顧况詩歌對以後唐詩發展的影響是多方面的。……除了現實主義的側面外，如就詩歌發展的内在聯繫來看，顧况詩最重要的影響是在大曆十才子詩風籠罩一時之際……創出一種狂放新奇而又真率自然的氣格，一種曠野高遠、幽而不冷的藝術境界。……如就放與新而言，顧况詩已預示了貞元元和間元白、韓孟二大詩派的共同特點：就真率、自然而言，元白、韓孟兩大派又從不同方面發展了顧况詩的特色：前者就其通俗坦易大而揚之，後者則即共以俗爲奇又變本加厲。而就表觀手法的總體而言，縱横不羈的顧况詩更接近於從李白到韓愈這一系列。」（二一一六頁。南昌：江西人民出版社，一九八三年）其論述顧况詩之特徵與地位頗爲精當。嚴羽將顧况與元、白相比，當是更著眼於顧况詩之與元、白相同的關注現實的一面，但他以爲顧况高於元、白，有盛唐風骨，當是因爲顧况詩中所表現的狂放的精神，有一種奇氣，凝結在詩歌中乃爲骨力。

一九

冷朝陽在大曆才子中爲最下〔一〕。

【校勘】

〔爲最下〕 郭紹虞《校釋》：「『爲最』，《玉屑》作『最爲』」。

自此條至第二十四條「薛逢最淺俗」，尹嗣忠本、清省堂本、《津逮祕書》本合作一條。

【箋注】

〔一〕冷朝陽句：冷朝陽，金陵（今江蘇南京）人，大曆四年（七六九）進士。《全唐詩》卷三〇五録其詩十一首。

郭紹虞《校釋》云：「案《唐書·文藝傳》及江鄰幾《雜志》所舉大曆十才子之名，均無冷朝陽，滄浪所言，當是泛指一般才子。」

冷朝陽雖不在大曆十才子之列，然與大曆十子中李端、韓翃、錢起諸子亦有交往。《唐才子傳》卷四謂其進士及第，「不待調官，言歸省覲。自狀元以下，一時名士大夫，及詩人李嘉祐、李端、韓翃、錢起等，大會賦詩攀餞。以一布衣，才名如此，人皆羨之。」可見其在當時亦被視爲才子。《唐才子傳》又云：「朝陽工詩，在大曆諸才子，法度稍弱，字韻清越不減也。」兹舉其詩一首。《宿柏巖寺》：「幽寺在巖中，行唯一徑通。客吟孤嶠月，蟬噪數枝風。秋色生苔砌，泉聲入梵宮。吾師修道處，不與世間同。」（《全唐詩》卷三〇五）此詩首尾句語率易平常，嚴羽之所以認爲其在大曆才子中最差，緣由或在於此。

二〇

馬戴在晚唐諸人之上〔一〕。

【箋注】

〔一〕馬戴句：馬戴，字虞臣，華州（今陝西華縣）人。《唐才子傳校箋》考證其爲兗海（山東兗州）人。唐武宗會昌四年（八四四）進士，與項斯、趙嘏同榜。又曾與賈島等唱和。官至國子博士。《新唐書·藝文志》著録《馬戴詩》一卷，《全唐詩》五五五、五五六編其詩二卷。《唐才子傳》卷七有傳。

嚴羽謂馬戴在晚唐諸人之上，當是著眼於其詩帶有盛唐特徵而言。《唐才子傳》卷七謂：「戴詩壯麗，居晚唐諸公之上，優游不迫，沉著痛快，兩不相傷，佳作也。」此論顯然受嚴羽影響。壯麗帶有盛唐詩的特徵，故被置於晚唐之上。

楊慎《升庵詩話》卷七「馬戴詩」條：「嚴羽（當作「儀」）卿云：『馬戴之詩，爲晚唐之冠。』信哉！其《薊門懷古》云：『荆卿西去不復返，易水東流無盡時。日暮蕭條薊城北，黄沙白草任風吹。』雅有古調。至如『猿啼洞庭樹，人在木蘭舟』，雖柳吴興（引者按：梁詩人柳惲），無以過也。」此言其在晚唐中而有古調，故在晚唐之上。

許學夷《詩源辯體》卷三十一：「馬戴（字虞臣）集，古詩略見數篇，律詩七言亦甚少。五言如『火發龍山北』、『北風吹別思』、『處處松蔭滿』三篇，氣格有類初唐；如『斜日掛邊樹』、『別離楊柳陌』、『堯女樓西望』三篇，聲氣亦類盛唐，惜結局多弱；如『斗酒故人同』、『緣危路忽窮』、『野風吹蕙帶』、『洞庭人夜別』、『離人非逆旅』等篇，亦似大曆；如『廣漠雲凝慘』、『金甲耀兜鍪』二篇，體雖闊大，而聲韻俊朗，語意精切，自是晚唐高調，學者於此能別，方是法眼。至『金陵山色裏』、『長亭晚送君』、『洞庭秋色起』、『故人今在剡』四篇，便是晚唐；如『語別在中夜』、『灞原風雨定』、『雲門秋却入』、『朝與城闕別』四篇，語出賈島；如『君生遊俠地』、『閒想白雲外』、『黯黯抱離念』、『帝鄉歸未得』、『天涯秋色盡』、『野人閒種樹』六篇，格類于武陵；又『猿啼洞庭樹，人在木蘭舟』一聯，元美謂『不減柳吳興』，然全篇則實中唐。嚴滄浪云『馬戴在晚唐諸人之上』是也。」此分別指出馬戴詩之類初、盛、中唐者，是其高出晚唐諸人之由。

許學夷所舉馬戴與初唐相類的作品之一是《關山曲二首》之二：「火發龍山北，中宵易左賢。勒兵臨漢水，驚鴈散胡天。木落防河急，軍孤受敵偏。猶聞漢皇怒，按劍待開邊。」（《全唐詩》卷五五五）按照許學夷的説法，「雄偉者，初唐本相也」。（《詩源辯體》卷十二）此詩確實有雄偉之特徵。

許氏謂盛唐五七言律詩的特點是「融化無迹而入於聖」（《詩源辯體》卷十四），亦即由人工而臻化境，無人爲之痕迹，有興趣之特徵。其所舉馬戴類盛唐者三首：一、《隴上獨望》：「斜日挂邊樹，蕭蕭獨望間。陰雲藏漢壘，飛火照胡山。隴首行人絶，河源夕鳥還。誰爲立勳者？可惜寶刀閒。」（《全唐詩》卷五五五)二、《送人游蜀》:「别離楊柳陌,迢遞蜀門行。若聽清猿後,應多白髮生。虹霓侵棧道,風雨雜江聲。過盡愁人處,煙花是錦城。」(同上)三、《鸛雀樓晴望》:「堯女樓西望,人懷太古時。海波通禹鑿,山木閉虞祠。鳥道殘虹掛,龍潭返照移。行雲如可馭,萬里赴心期。」(同上)此三詩全是由眼前之景物興起,境界闊大,而不精細刻劃,此即所謂盛唐興趣的特徵。

許氏所舉馬戴帶有晚唐特徵的作品之一是《送僧歸金山寺》:「金陵山色裏,蟬急向秋分。迥寺横洲島,歸僧渡水雲。夕陽依岸盡,清磬隔潮聞。遥想禪林下,爐香帶月焚。」秋色、夕陽、鳴蟬,這些意象疊加起來呈現出晚唐詩的衰颯特徵。

王士禛《古夫于亭雜録》卷一:「余嘗謂唐末詩人馬戴爲冠,其行誼亦不可及。《摭言》記戴佐大同軍幕,許棠往謁之,流連數月,但詩酒而已。忽一旦大會賓友,出棠家書授之,啟緘乃知潛遣一介恤其家矣。此事亦古人所少。」此則不僅取其詩,亦稱其爲人。

二二

劉滄〔一〕、吕温〔二〕,亦勝諸人。

【箋注】

〔一〕劉滄(八〇〇—八六五?):字藴靈,魯國人。今人考證爲今山東臨朐人,見《唐才子傳校箋》卷八。唐宣宗大中八年（八五四）進士，調華原尉。《新唐書·藝文志》著録《劉滄詩》一卷，《全唐詩》卷五八六載其詩一卷。《唐才子傳》卷八有傳。

稍後於嚴羽的范晞文在《對牀夜語》卷二中云：「七言律詩極不易，唐人以詩名家者，集中十僅一二，且未見其可傳。蓋語長氣短者易流于卑，而事實意虚者又幾乎塞，用物而不爲物所贅，寫情而不爲情所牽，李、杜之後，當學者許渾而已。……趙嘏、劉滄七言，間類許渾，但不得其全耳。」宋末元初劉壎《隱居通議》卷八謂：「律詩始於唐，盛於唐。然合一代數十家，而選其精純高渺、首尾無瑕者，殆不滿百首，何其難也。劉長卿、杜牧、許渾、劉滄，實爲巨擘。極工而全美者，亦自有數。」都對劉滄律詩評價頗高。明王世貞則稱其絶句，《藝苑卮言》卷四：「絶句，李益爲勝，韓翃次之。權德輿、武元衡、馬戴、劉滄五言，皆鐵中錚錚者。」

許學夷《詩源辯體》卷三十一：「劉滄集，七言律之外，惟五言律一篇。其詩氣格聲韻與于武陵五言相類，而意亦多露，亦晚唐一家，嚴滄浪云『劉滄亦勝諸人』是也。然以二集觀，雖調多一律，却少斧鑿痕。」按許氏評于武陵云：「其詩氣格遒緊，故爲矯激，而聲韻急促，語意快露。」許氏亦舉出劉滄七律中二聯詩例以證其説：「劉七言如『千年事往人何在，半夜月明潮自來。白鳥影從江樹没，清猿聲入楚雲哀』，『青山空出禁城日，黄葉自飛宫樹霜。御路幾年香輦去，天津終日水聲長』，『花開忽憶故山樹，月上自登臨水樓。浩浩晴原人獨去，依依春草水分流』，『秋風漢水旅愁起，寒木楚山歸思遥。獨夜猿聲和落葉，晴江月色帶回潮』，『風生寒渚白蘋動，霜落秋山黄葉深。雲盡獨看晴塞鴈，月明遥聽遠村砧』等句，雖氣格遒緊而實出於矯，非若盛唐諸公以古爲律者出於才力之自然也。」（《詩源辯體》卷三十一）這些詩句境界都比較闊大，情調比較蒼涼，呈現出相當的力度感，但聲調又顯得有些急促，此即所謂「氣格遒緊」。其「遒」的特徵有同於盛唐詩的一面，此或是嚴羽推崇他的原因。但許學夷認爲，這是有意造作而然，不像盛唐詩人那樣出於才力之自然。胡震亨《唐音癸籤》卷八説：「劉滄詩長於懷古，悲而不壯，語帶秋意，衰世之音也歟！」指出其晚唐的風格特徵。

〔二〕吕温（七七二—八一一）：字和叔，一字光化，河中（今山西運城）人。唐德宗貞元十四年（七九八）進士。中博學宏詞科。與王叔文善，遷左拾遺。除侍御使，出使吐蕃。遷户部員外郎，後貶筠州刺史，再貶道州，詔徙衡州，卒。《新唐書·藝文志》著録《吕温集》十卷，《四部叢刊》影印鈔本十卷。《舊唐書》卷一三七、《新唐書》卷一六〇附其父吕渭傳。《全唐詩》卷三七〇、三七一編其詩兩卷。

吕温論詩一方面主張真，一方面强調詩歌與政治、道德的關係。其《吕衡州文集》卷三《裴氏海昏集序》：「詩不可以爲僞。魏公子爲南皮之遊，以浮華相高，故其詩傲蕩驕志，勝而專，勤而不安；晉名士爲金谷之讌，以邪侈相扇，故其詩濫溺淫志，冶而緩，往而不返。正平公爲海昏之會，以禮義相誨，故其詩恬淡退志，莊直立志，退以獨全其道，立以兼濟於時，立而不矜，退而不悲，適而不放，樂而不荒，親而不比，數而不黷。如切如磋，婉而有直體；曰比曰興，近而有深致。仁者見之，遯世而無憂；智者見之，愛身而有待。曖乎若冬陽之煦，油乎若春澤之浸。其誘人也易，其感人也深，卒不知其所以終也。」

劉克莊《後村詩話》卷一：「吕温坐伾、文黨，黜守道、衡二州，卒於衡。柳子厚誄之曰：『遷理於道，民服休嘉，賦無吏迫，威不刑加。』又言二州之人哭者逾月。坡公謂温小人，何以得此？然余觀温集《送江華毛令》絶句云：『布帛精麤任土宜，疲人識信每先期。今朝臨别無他囑，雖是蒲鞭也莫施。』太守送縣令之言如此，則子厚所書非溢美矣。今世士大夫笑温者比肩，及爲二千石，屬縣能督賦者蒙殊奬，負殿者受嚴譴，有能爲温此言，未見其人也。」

嚴羽將吕温當作晚唐詩人。事實上，吕温進士及第尚在元和（八〇六—八二〇）之前，從時代上説，他當屬於嚴羽所謂「大曆體」與「元和體」之間的時期。荒井健日譯《滄浪詩話》：「吕温作爲中唐的文章家爲人所知，此與晚唐詩人劉滄並列令人有奇怪之感。」

二二

李濒不全是晚唐，間有似劉隨州處〔一〕。

【校勘】

〔濒〕何望海本、《適園叢書》本作「頻」。

【箋注】

〔一〕李濒二句：李濒，又作李頻，字德新，睦州壽昌人，今人考證其爲睦州清溪（今浙江淳安）人，見《唐才子傳校箋》卷八。少有詩名，給事中姚合以詩名當世，瀕走千里乞其品第，姚合大加獎掖，以女妻之。宣宗大中八年（八五四）進士。調秘書郎，累遷建州刺史，卒於官。民思其德，爲立廟梨山，尊之爲神。《新唐書》卷二〇三有傳。李氏著作，《新唐書·藝文志》著録《李頻詩》一卷，其集又名《梨嶽集》、《建州刺史集》，《全唐詩》編其詩三卷。

劉隨州，劉長卿。《唐才子傳》卷七《李頻傳》：「頻詩雖出萬年，體製多與劉隨州相抗，騷嚴風謹，慘慘逼人。」此説受嚴羽影響。李頻詩類劉長卿者，如《春日南遊寄浙東許同年》：「孤帆處處宿，不問是誰家。南國平蕪遠，東風細雨斜。旅懷多寄酒，寒意欲留花。更想前途去，茫茫滄海涯。」（《全唐詩》卷五八八）李東陽《懷麓堂詩話》：「劉長卿集悽婉清切，盡羇人怨士之思，蓋其情性固然，非但以遷謫故，譬之琴有商調，自成一格。」李頻此詩亦有此特徵。

二三

陳陶之詩，在晚唐人中最無可觀〔一〕。

【校勘】

〔在晚唐人中最無可觀〕 日本《三家詩話》本校：「『人中』一無『人』字。『可觀』下一有『矣』字。」近藤元粹

《螢雪軒叢書》校：「一本無『人』字，『觀』下有『矣』字。」

【箋注】

〔一〕陳陶三句：陳陶，字嵩伯，劍浦（今福建漳州）人。進士不第，自稱「三教布衣」。唐宣宗大中（八四七—八六〇）年間，避亂入洪州西山中，學神仙。尚書嚴宇鎮豫章，遣妓蓮花侍陶，陶不顧。後不知所終。宋龍袞《江南野史》卷八、《南唐書》卷十五有傳。《新唐書·藝文志》著録陳陶《文録》十卷，《全唐詩》卷七四五、七四六録其詩兩卷。

在嚴羽之前史乘的敘述中，陳陶是個自視高、不諧俗、懷才不遇之士，他先是隱以待時，後見唐將亡，則真隱不出。《南唐書》卷十五本傳：「陳陶世居嶺表，以儒業名家。陶挾册長安，聲詩歷象，無不精究，常以台鉉之器自負，恨世亂不得逞。昇元中，至南昌，將詣建康，聞宋齊邱秉政，凡所進擢，不愜士論，自料與齊邱不合，乃築室於西山，日以詩酒爲事。會宋齊邱出鎮南昌，陶志不屈，而齊邱亦不爲之薦辟，陶作詩自詠曰：『一顧成周力有餘，白雲閑釣五溪魚。中原莫道無麟鳳，自是皇家結網疏。』陶少與水部員外郎任畹相善，嘗以詩遺之云：『好向明朝薦遺逸，莫教千古弔靈均。』元宗雖聞其詩名，而未及召之。會有星孛，陶嘆曰：『國家其幾亡乎！』既而果失淮甸。陶所居幽邃，性尤嗜鮓，元宗南遷，至落星灣，欲有所問，而恐陶不盡言，因僞使人賣鮓，至陶門，陶果出，啗鮓喜甚。賣者曰：『官舟抵落星矣，翁知之乎？』陶笑曰：『星落不還。』元宗至南都，未幾殂，不還之説果驗。陶後以修養煉丹爲事，有詩云：『乾坤見了文章懶，龍虎成來印綬疏。』又云：『長愛真人王子喬，五松山月伴吹簫。任他浮世悲生死，獨駕蒼龍入九霄。』……」無名氏《釣磯立談》、《江南野史》等也有類似的敘述。

宋人詩話中亦稱其佳句。《蔡寬夫詩話》：「世傳陳陶詩數百篇，間有佳語，如『中原不是無麟鳳，自是皇家結網疏』，『可憐無定河邊骨，猶是春閨夢裏人』之類，人多傳誦之。」（《苕溪漁隱叢話》前集卷十八）《苕溪漁隱叢話》前集卷十八引《隱居詩話》云：「詩惡蹈襲古人之意，亦有襲而愈工，若出於己者。蓋思之愈精，則造語愈深也。李華《弔古戰場文》曰：『其存其没，家莫聞知。人或有言，將信將疑。娟娟心目，夢寐見之。』陳陶則云：『可憐無定河邊骨，猶是春閨夢裏人。』蓋工於前也。」

嚴羽以盛唐標準衡量晚唐詩，則前人所舉佳句就缺乏盛唐詩的渾厚氣象，自然不受其肯定。《唐才子傳》卷八：「陶工賦詩，無一點塵氣。於晚唐諸人中，最得平淡，要非時流所能企及者。」此亦不同於嚴羽。

二一四

薛逢最淺俗〔一〕。

【校勘】

《玉屑》本此條與下條合。

【箋注】

〔一〕薛逢句：薛逢，字陶臣，蒲州（今山西永濟）人。唐武宗會昌元年（八四一）進士。累官給事中，遷秘書監，卒。《舊唐書》卷一九〇下、《新唐書》卷二〇三有傳。《新唐書·藝文志》著録《薛逢詩集》十卷，《别紙》十三卷，《賦集》十四卷。多散佚。《全唐詩》卷五四八編其詩一卷。

曾慥《類説》卷三十一「同是沙堤避路人」條：「薛逢與劉瑑相善，瑑詞藝不逮逢，逢每侮之。後瑑作相，逢爲郎官，有薦逢知制誥者，瑑以故事給舍須歷郡縣，出逢爲巴州刺史。楊收作相，逢詩云：『須知金印朝天客，同是沙堤避路人。』收啣之。王鐸作相，逢又作詩嘲之曰：『昨日鴻毛萬鈞重，今朝山岳一毫輕。』鐸亦怨。恃才褊忿，終於祕書監。」

薛逢詩不僅内容俗，語言也淺白。其古詩有《鑷白曲》云：「去年鑷白鬢，鏡裏猶堪認年少；今年鑷白髮（一作髭），兩眼昏昏手戰跳。」乃寫拔白髮（或白鬍鬚），感嘆衰老。又如《老去也》：「惆悵人生不滿百，一事無成頭雪白。迴看幼累與老妻，俱是途中遠行客。匣中舊鏡照膽明，昔曾見我髭未生。朝巾暮櫛不自省，老皮皺皺文縱横。合掌髻子蒜許大，此日方知非是我。暗數七旬能幾何，不覺中腸熱如火。老去也，争奈何？敲酒盞，唱短歌。短歌未竟日已没，月映西南庭樹柯。」律詩如《九日郡齋有感》：「白日貪長夜更長，百般無意更思量。三冬不見秦中雪，九日唯添鬢畔霜。霞泛水文沉暮色，樹凌金氣發秋光。樓前野菊無多少，一雨重開一番黄。」其詩中帶有濃厚的衰暮之氣，且語句比較率易。嚴羽批評薛逢淺俗，當是指此。

《唐才子傳》卷七薛逢傳論曰：「逢天資本高，學力亦贍，故不甚苦思，而自有豪逸之態，第長短皆率然而成，未免失淺露俗，蓋亦當時所尚非離羣絶俗之詣也。」此謂薛逢詩淺俗，當是受嚴羽影響。

楊慎《升庵詩話》卷四「劣唐詩」條：「學詩者動輒言唐詩，便以爲好，不思唐人有極惡劣者，如薛逢、戎昱，乃盛唐之晚唐。」此言薛逢爲盛唐詩人，誤。然其貶斥薛逢，亦與嚴羽相同。

許學夷則指出其七言律「老聽笙歌」一篇「聲氣亦勝」，以聲調、氣格勝者。按其《醉中聞甘州》：「老聽笙歌亦解愁，醉中因遣合甘州。行追赤嶺千山外，坐想黄河一曲流。日暮豈堪征婦怨，路旁能結旅人愁。左綿刺史心先死，淚滿朱絃催白頭。」（《全唐詩》卷五四八）此詩情雖悲愁，但聲調頗壯。《唐才子傳》所謂豪逸之態，亦當指此一類詩。

【附録】

郭紹虞《校釋》評「戎昱以下」至此條云：「案滄浪此節所評，亦純從藝術言，昔人於此，異議不多。尤以推崇馬戴之詩如楊慎《升庵詩話》卷七，許學夷《詩源辯體》卷三十一，喬億《劍溪説詩》卷下，翁方綱《石洲詩話》卷二，馬星翼《東泉詩話》卷一，均以爲然。又貶薛逢詩，《升庵詩話》亦有此言。即於劉滄諸人，高棅《唐詩品彙》既言『劉滄、馬戴、李頻等，尚能黽勉氣格，埒邁時流』，許學夷《詩源辯體》亦稱『劉滄詩氣格聲韻與于武陵五言相類』，均與滄浪所言不相矛盾。惟稱陳陶爲最無可觀，則謝榛《四溟詩話》不然其説。以爲陳陶《送沈以魯詩》有太白聲調，《隴西行》『可憐無定河邊骨，猶是深閨夢裏人』之語，亦悽惋味長，均非無可觀者。」

一二五

大曆以後，吾所深取者，李長吉、柳子厚、劉言史、權德輿、李涉、李益耳〔一〕。

【校勘】

《玉屑》本此條與上條合併作一條。

【箋注】

〔一〕劉言史（？—八一二）：趙州（今河北趙縣）人，一説邯鄲（今屬河北）人，爲成德軍節度使王武俊門下客，王氏好文學，奏爲棗强令，劉辭不受，人稱「劉棗强」。山南東道節度使李夷簡迎至襄陽，署司空掾。《新唐書》著録《劉言史歌詩》六卷，《全唐詩》四六八編其詩一卷。

皮日休《皮子文藪》卷四《劉棗强碑》：「吾唐來有是業者，言出天地外，思出鬼神表，讀之則神馳八極，測之則心懷四溟，磊磊落落，真非世間語者，有李太白。百歲有是業者，彫金篆玉，牢奇籠怪，百鍜爲字，千鍊成句，雖不在躅太白，亦後來之佳作也。有與李賀同時，有劉棗强焉。先生姓劉氏，名言史，不詳其鄉里，所有歌詩千首，其美麗恢贍，自賀外，世莫得比。」根據皮日休的評論，劉言史與李賀成就相當，上繼李白。

李涉：字清溪，洛陽（今屬河南）人。官太學博士。《全唐詩》卷四七七編其詩一卷。

李涉絶句甚受推崇，其《竹枝詞》四首之四：「十二峰頭月欲低，空聆（一作濛，又作澪）灘上子規啼。孤舟一夜東歸客，泣向東風（一作春風）憶建溪。」其他絶句亦有竹枝詞之特徵。如《題鶴林寺僧舍》：「終日昏昏醉夢間，忽聞春盡强登山。因過竹院逢僧話，又（一作偷）得浮生半日閒。」《井欄砂宿遇夜客》：「暮（一作春）雨蕭蕭江上村，緑林豪客夜知聞（一作敲門）。他時不用逃名姓（一作他時不用相迴避，一作相逢不必論相識），世上如今半是君。」

胡震亨《唐音癸籤》卷七：「李涉爲人傾斜，無大異。《井欄》、《君子》諸絶，間有可觀，古風概多疎莽。嚴滄浪深取之，不知何解。」按嚴羽深取者當在絶句。

李益（七四八—八二九）：字君虞，姑臧（今甘肅武威）人。大曆四年（七六九）進士，「大曆十才子」之一。《全唐詩》卷二八二、二八三編其詩二卷。

劉克莊《後村詩話》卷三：「盧綸、李益，善爲五言絶句，意在言外。」胡應麟《詩藪》内編卷六：「七言絶句，開元之下，便當以李益爲第一。如《夜上西城》、《從軍》、《北征》、《受降城》、《春夜聞笛》諸篇，皆可與太白、龍標競爽。」

許學夷《詩源辯體》卷二十二：「李益（字君虞），貞元時人，五言古多六朝體，傚永明者，酷得其風神。七言古，氣格絶類盛唐。《塞下曲》本一首，今集中作四絶句者，非。……五言律，氣格亦勝。『白馬羽林兒』一篇，可配開、寶。『霜風先獨樹，瘴雨失荒城』一聯，雄偉亦類初唐。七言絶，開、寶而下，足稱獨步。」又云：

「李益、權德輿在大曆之後，而其詩氣格有類盛唐者，乃是其氣質不同，非有意復古者。」（同上）

二六

大曆後，劉夢得之絶句〔一〕，張籍、王建之樂府〔二〕，吾所深取耳。

【校勘】

〔張籍〕「籍」，《津逮祕書》本作「藉」。

【箋注】

〔一〕劉夢得句：劉禹錫（七七二—八四二），字夢得，中山（今河北定縣）人，有《劉賓客文集》三十卷。其絶句以《竹枝詞》最有特色。《竹枝詞》九首：

白帝城頭春草生，白鹽山下蜀江清。南人上來歌一曲，北人莫上動鄉情。

山桃紅花滿上頭，蜀江春水拍山流。花紅易衰似郎意，水流無限似儂愁。

江上朱樓新雨晴，瀼西春水縠紋生。橋東橋西好楊柳，人來人去唱歌行。

日出三竿春霧消，江頭蜀客駐蘭橈。憑寄狂夫書一紙，家住成都萬里橋。

兩岸山花似雪開，家家春酒滿銀盃。昭君坊中多女伴，永安宫外踏青來。

城西門前灧澦堆，年年波浪不能摧。懊惱人心不如石，少時東去復西來。
瞿塘嘈嘈十二灘，人言道路古來難。長恨人心不如水，等閑平地起波瀾。
巫峽蒼蒼煙雨時，清猿啼在最高枝。個裏愁人腸自斷，由來不是此聲悲。
山上層層桃李花，雲間煙火是人家。銀釧金釵來負水，長刀短笠去燒畬。

黄庭堅《跋劉夢得竹枝歌》云：「劉夢得《竹枝》九章，詞意高妙，元和間誠可獨步，道風俗而不俚，追古昔而不愧，比之杜子美《夔州歌》，所謂同工而異曲也。」（《山谷集》卷二十六）郭紹虞《校釋》稱：「滄浪所言或本此。」

〔二〕張籍句：張籍（七六八—八三〇），字文昌，吳郡（今屬江蘇蘇州）人。有《張嗣業集》。王建（七六六—八三二？），字仲初，潁川（今河南許昌）人。有《王建詩集》。

張籍樂府詩當時既已有名。白居易《讀張籍古樂府》：「張君何爲者？業文三十春。尤工樂府詩，舉代少其倫。爲詩意如何？六義互鋪陳。風雅比興外，未嘗著空文。」（《白氏長慶集》卷一）至《新唐書》本傳，亦稱張籍「長於樂府」。劉攽《中山詩話》：「張籍樂府詞，清麗深婉。」周紫芝《竹坡詩話》説：「唐人作樂府詩甚多，當以張文昌爲第一。」

宋人往往以張、王並稱。許顗《彦周詩話》云：「張籍、王建樂府宮詞皆傑出。」張戒《歲寒堂詩話》卷上：「張籍、王建樂府，轉以道得人心中事爲工。」時天彝則更論二人之關係：「建樂府固仿文昌，然文昌姿態橫生，化俗爲雅，建則從俗而已。」（元吳師道《吳禮部詩話》引）

元稹、白居易亦以樂府著稱，故宋人或以元、白與張、王並稱。魏泰《臨漢隱居詩話》：「唐人亦多爲樂府。若張籍、王建、元稹、白居易以此得名。」嚴羽論樂府，不言元、白，郭紹虞《校釋》云：「滄浪只言張、王，而不言元、白，則知其於元、白新樂府仍不予重視，故其論詩，亦與白氏不同。此節與前一節兩言『大曆後』，兩言『吾所深取』而别爲二條，知其前一條純指藝術言，而此條則於藝術外兼及内容。但所謂内容，也只如山谷所謂『詞意高妙』之意，故與元、白論旨仍有出入。張戒《歲寒堂詩話》云：『張司業詩與元、白一律，皆以道得人心中事爲工，但白才多而意切，張思深而語精，元體輕而詞躁爾。』滄浪論唐樂府取張、王而不及元、白，或以此。」

二七

李、杜二公，正不當優劣〔一〕。太白有一二妙處，子美不能道；子美有一二妙處，太白不能作〔二〕。

【校勘】

〔太白有一二妙處〕 陳定玉輯校《嚴羽集》：《適園叢書》本「『妙』訛作『好』」。

〔太白不能作〕 日本《三家詩話》本校：「『作』一作『道』」。郭紹虞《校釋》：「《螢雪軒》本云：一本『作』作

『道』，非也。」

《嚴滄浪先生詩法》作：「李、杜二家，不當優劣。二家各有妙處，彼此都不可互能也。」

【箋注】

〔一〕李杜二句：李、杜並稱，據元稹《杜子美墓係銘》謂在當時已然，然唐人論李、杜之優劣，始自元稹。元稹《元氏長慶集》卷五十六《唐故工部員外郎杜君墓係銘并序》：「至於子美，蓋所謂上薄《風》、《騷》，下該沈、宋，古傍蘇、李，氣奪曹、劉，掩顔、謝之孤高，雜徐、庾之流麗，盡得古今之體勢，而兼昔人之所獨專矣。……則詩人以來，未有如子美者。時山東人李白，亦以奇文取稱，時人謂之李、杜。予觀其壯浪縱恣，擺去拘束，摸寫物象，及樂府歌詩，誠亦差肩於子美矣，至若鋪陳終始，排比聲韻，大或千言，次猶數百，詞氣豪邁，而風調清深，屬對律切，而脱棄凡近，則李尚不能歷其藩翰，況堂奥乎？」

元稹此一節論李杜之語，《舊唐書·杜甫傳》謂「論李杜之優劣」，宋人稱爲「李杜優劣論」。

魏泰《臨漢隱居詩話》：「元稹作李杜優劣論，先杜而後李，韓退之不以爲然，詩曰：『李杜文章在，光焰萬丈長。不知羣兒愚，何用故謗傷。蚍蜉撼大木，可笑不自量。』爲微之發也。」此以韓愈詩所針對的乃是元稹之論。

周紫芝《竹坡詩話》謂：「元微之作李杜優劣論，謂太白不能窺杜甫之籓籬，況堂奥乎？唐人未嘗有此論，而稹始爲之。至退之云：『李杜文章在，光焰萬丈長。不知羣兒愚，那用故謗傷。』則不復爲優劣矣。洪慶善作《韓文辨證》，著魏道輔之言，謂退之此詩爲微之作也。微之雖不當自作優劣，然指稹爲愚兒，豈退之之意乎？」韓愈詩究竟是否針對元稹？周紫芝持懷疑態度。

李杜優劣論提出了李杜評價的大問題。宋代，李杜優劣的討論並没有止息。西崑派的楊億不喜杜甫，歐陽修喜歡李白，不喜杜甫，此人所熟知。然《六一詩話》亦李杜並稱，謂「唐之晚年，無復李、杜豪放之格。」王安石尊杜而抑李，蘇轍亦是如此。

具體説來，李、杜優劣的討論涉及詩人人格性情與審美藝術形式兩個方面。元稹的優劣論是藝術上的，他認爲杜甫的長篇律詩（排律）高於李白。楊億稱杜甫爲「村夫子」，是嫌其村俗，這是審美上的。歐陽修亦是如此。至王安石論李白，認爲李白「識見污下，十首九説婦人與酒」（《鍾山語録》，《苕溪漁隱叢話》前集卷六引）；又稱「白之歌詩，豪放飄逸，人固莫及，然其格止於此而已，不知變也。至於甫，則悲歡窮泰，發斂抑揚，疾徐縱横，無施不可。故其詩有平淡簡易者，有綺麗精確者，有嚴重威武若三軍之帥者，有奮迅馳驟若泛駕之馬者，有淡泊閑静若山谷隱士者，有風流醖藉若貴介公子者。蓋其詩緒密而思深，觀者苟不能臻其閫奥，未易識其妙處。夫豈淺近者所能窺哉？此甫所以光掩前人，而後來無繼也。元稹以謂兼人所獨專，斯言信矣。」（《苕溪漁隱叢話》前集卷六引《遯齋閑覽》）王安石無論在思想上還是在藝術上都崇杜貶李。

蘇軾雖然没有直接優劣李杜，但其《王定國詩集敘》云：「太史公論《詩》，以爲『《國風》好色而不淫，《小雅》怨悱而不亂』。以余觀之，是特識變風、變雅爾，烏睹《詩》之正乎？……若夫發於性止於忠孝者，其詩豈可同日而語哉！古今詩人衆矣，而杜子美爲首，豈非以其流落饑寒，終身不用，而一飯未嘗忘君也歟？」(《蘇軾文集》卷十)此是從思想内容方面肯定杜甫爲古今詩人之首，李白在此方面自然低於杜甫。蘇轍《詩病五事》批評李白華而不實，不識義理，而杜甫則有好義之心。其崇杜貶李，著眼的是詩人的爲人及詩歌内容。羅大經《鶴林玉露》丙編卷六：「李太白當王室多難，海宇横潰之日，作爲歌詩，不過豪俠使氣，狂醉於花月之間耳。社稷蒼生，曾不繫其心胸，其視杜少陵之憂國憂民，豈可同年語哉！」所論的也是内容。

嚴羽之前，張戒明確主張李、杜不當優劣。《歲寒堂詩話》卷上：「至于李、杜，尤不可輕議。歐陽公喜太白詩，乃稱其『清風明月不用一錢買，玉山自倒非人推』之句，此等句雖奇逸，然在太白詩中，特其淺淺者。魯直云：『太白詩與漢魏樂府争衡。』此語乃真知太白者。王介甫云：『白詩多説婦人，識見污下。』介甫之論過矣。孔子删詩三百五篇，説婦人者過半，豈可亦謂之識見污下耶？元微之嘗謂自詩人以來未有如子美者，而復以太白爲不及。故退之云：『不知羣兒愚，那用故謗傷。』退之于李、杜，但極口推尊，而未嘗優劣。此乃公論也。」

【附録】

劉攽《中山詩話》：

楊大年不喜杜工部詩，謂爲村夫子。鄉人有强大年者，續杜句曰「江漢思歸客」，楊亦屬對，鄉人徐舉「乾坤一腐儒」，楊默然若少屈。歐公亦不甚喜杜詩，謂韓吏部絶倫。吏部於唐世文章，未嘗屈下，獨稱道李杜不已。歐貴韓而不悦子美，所不可曉；然於李白而甚賞愛，將由李白超趠飛揚爲感動也。

〔二〕太白四句：嚴羽所謂李、杜各自的妙處，即下條所云李白「飄逸」，杜甫「沉鬱」。後人對李、杜的妙處亦有對比分析。王世貞《藝苑卮言》卷四：「李、杜光焰千古，人人知之。滄浪並極推尊，而不能致辨。元微之獨重子美，宋人以爲談柄。近時楊用脩爲李左袒，輕俊之士往往傳耳。要其所得，俱影響之間。五言古、選體及七言歌行，太白以氣爲主，以自然爲宗，以俊逸高暢爲貴；子美以意爲主，以獨造爲宗，以奇拔沉雄爲貴。其歌行之妙，咏之使人飄揚欲仙者，太白也；使人慷慨激烈，歔欷欲絶者，子美也。選體，太白多露語率語，子美多穉語累語，置之陶、謝間，便覺傖父面目，乃欲使之奪曹氏父子位耶？五言律、七言歌行，子美神矣，七言律，聖矣。五七言絶，太白神矣，七言歌行，聖矣，五言次之。太白之七言律，子美之七言絶，皆變體，間爲之可耳，不足多法也。」許學夷《詩源辯體》卷十八：「韓退之云：『李杜文章在，光焰萬丈長。』然二公之詩又各不同。太白以天才勝，子美以人力勝。太白光焰在外，子美光焰在内。」

二八

子美不能爲太白之飄逸〔一〕，太白不能爲子美之沉鬱〔二〕。太白《夢遊天姥吟》、《遠離別》等〔三〕，子美不能道；子美《北征》、《兵車行》、《垂老别》等〔四〕，太白不能作。論詩以李、杜爲準，挾天子以令諸侯也〔五〕。

【校勘】

〔子美不能爲太白之飄逸二句〕《嚴滄浪先生詩法》作：「子美沉鬱，太白飄逸。」《唐詩品彙》卷四上條與此條合，作：「李、杜二公，不當優劣。子美沉鬱，太白飄逸。太白《夢遊天姥吟》、《蜀道難》等篇，子美不能道；子美《北征》、《兵車行》、《垂老别》等作，太白不能作。後之論詩，以李杜爲準，挾天子以令諸侯也。」

「太白《夢遊天姥吟》」以下，《玉屑》、何望海本、周亮工本、朱霞本、徐榦本、《適園叢書》本别作一條。

【箋注】

〔一〕子美句：《蘇軾文集》卷六十七《書學李太白詩》：「李白詩飄逸絶塵，而傷於易。」陳正敏《遯齋閒覽》引王安石云：「白之歌詩豪放飄逸，人固莫及，然其格止于此而已，不知變也。」(《苕溪漁隱叢話》前集卷六)

〔二〕沉鬱：言情思沉潛鬱積於中，深沉厚重。杜甫《進雕賦表》：「臣之述作，雖不能鼓吹六經，先鳴數子，至於沉鬱頓挫，隨時敏捷，揚雄、枚臯之徒，庶可企及也。」(仇兆鰲《杜詩詳注》卷二十四)仇注引劉歆《求方言書》：「子雲澹雅之才，沉鬱之思。」陸機《思歸賦》：「伊我思之沉鬱，愴感物而增悲。」

【附録】

近藤元粹《螢雪軒叢書》評：「人各有長處，不可互相强也。」

〔三〕太白夢句：《全唐詩》卷一七四李白《夢遊天姥吟留别》：「海客談瀛洲，煙濤微茫信難求。越人語天姥，雲霓明滅或可睹。天姥連天向天横，勢拔五嶽掩赤城。天台四萬八千丈，對此欲倒東南傾。我欲因之夢吴越，一夜飛度鏡湖月。湖月照我影，送我至剡溪。謝公宿處今尚在，渌水蕩漾清猿啼。脚著謝公屐，身登青雲梯。半壁見海日，空中聞天雞。千巖萬轉路不定，迷花倚石忽已暝。熊咆龍吟殷巖泉，栗深林兮驚層巔。雲青青兮欲雨，水澹澹兮生煙。列缺霹靂，丘巒崩摧。洞天石扇，訇然中開。青冥浩蕩不見底，日月照耀金銀臺。霓爲衣兮風爲馬，雲之君兮紛紛而來下。虎鼓瑟兮鸞回車，仙之人兮列如麻。忽魂悸以魄動，怳驚起而長嗟。惟覺時之枕席，失向來之煙霞。世間行樂亦如此，古來萬事東流水。别君去時何時還，且放白鹿青崖間，須行即騎訪名山。安能摧眉折腰事權貴，使我不得開心顔。」

胡應麟《詩藪》内編卷三：「太白《蜀道難》、《遠别離》、《老姥吟》、《堯祠歌》等，無首無尾，變幻錯綜，窈冥昏默，非其才力，學之立見顛踣。」

《唐宋詩醇》卷六評：「七言歌行本出楚騷、樂府，至於太白，然後窮極筆力，優入聖域，昔人謂其以氣爲主，以自然爲宗，以俊逸高暢爲貴，咏之使人飄揚欲仙，而尤推其《天姥吟》、《遠别離》等篇，以爲雖子美不能道。蓋其才横絶一世，故興會標舉，非學可及，正不必執此謂子美不能及也。此篇夭矯離奇，不可方物，然因語而夢，因夢而悟，因悟而別，節次相生，絲毫不亂，若中間夢境迷離，不過詞意偉怪耳。胡應麟以爲無首無尾，窈冥昏默，是真不可以説夢也，特謂非其才力，學之立見顛踣，則誠然耳。」

《全唐詩》卷一六二李白《遠別離》：「遠別離，古有皇英之二女，乃在洞庭之南，瀟湘之浦。海水直下萬里深，誰人不言此離苦。日慘慘兮雲冥冥，猩猩啼煙兮鬼嘯雨。我縱言之將何補，皇穹竊恐不照余之忠誠。雲憑憑兮欲吼怒，堯舜當之亦禪禹。君失臣兮龍爲魚，權歸臣兮鼠變虎。或言堯幽囚，舜野死。九疑聯綿皆相似，重瞳孤墳竟何是。帝子泣兮綠雲間，隨風波兮去無還。慟哭兮遠望，見蒼梧之深山。蒼梧山崩湘水絶，竹上之淚乃可滅。」

何汶《竹莊詩話》卷五：「《樂府録》云：李白樂府有《遠別離》，其言深哀而思切，吳邁、江文通之作皆不及也。」

王世懋《藝圃擷餘》：「太白《遠別離》篇，意最參錯難解，小時誦之，都不能尋意緒。范德機、高廷禮勉作解事語，了與詩意無關。細繹之，始得作者意。其太白晚年之作邪？先是肅宗即位靈武，玄宗不得已稱上皇，迎歸大内，又爲李輔國劫而幽之，太白憂憤而作此詩，因今度古，將謂堯舜事亦有可疑。曰堯舜禪禹，罪肅宗也。曰龍魚鼠虎，誅輔國也。故隱其辭，托興英皇，而以『遠別離』名篇，風人之體善刺，欲言之無罪耳。然幽囚野死，則已露本相矣。古來原有此種傳奇議論，曹丕下壇曰：『舜禹之事，吾知之矣。』太白故非創語，試以此意尋次讀之，自當手舞足蹈。」

嚴羽列舉此二詩作爲李白飄逸風格的代表。

〔四〕《全唐詩》卷二一七杜甫《北征》：「皇帝二載秋，閏八月初吉。杜子將北征，蒼茫問家室。維時遭艱虞，朝野少暇日。顧慚恩私被，詔許歸蓬蓽。拜辭詣闕下，怵惕久未出。雖乏諫諍姿，恐君有遺失。君誠中興主，經緯固密勿。東胡反未已，臣甫憤所切。揮涕戀行在，道途猶恍惚。乾坤含瘡痍，憂虞何時畢。靡靡踰阡陌，人煙眇蕭瑟。所遇多被傷，呻吟更流血。回首鳳翔縣，旌旗晚明滅。前登寒山重，屢得飲馬窟。邠郊入地底，涇水中蕩潏。猛虎立我前，蒼崖吼時裂。菊垂今秋花，石戴古車轍。青雲動高興，幽事亦可悦。山果多瑣細，羅生雜橡栗。或紅如丹砂，或黑如點漆。雨露之所濡，甘苦齊結實。緬思桃源内，益嘆身世拙。坡陀望鄜時，巖谷互出没。我行已水濱，我僕猶木末。鴟鳥鳴黄桑，野鼠拱亂穴。夜深經戰場，寒月照白骨。潼關百萬師，往者散何卒。遂令半秦民，殘害爲異物。況我墮胡塵，及歸盡華髮。經年至茅屋，妻子衣百結。慟哭松聲回，悲泉共幽咽。平生所嬌兒，顔色白勝雪。見耶背面啼，垢膩脚不韈。牀前兩小女，補綻才過膝。海圖坼波濤，舊繡移曲折。天吴及紫鳳，顛倒在裋褐。老夫情懷惡，嘔泄卧數日。那無囊中帛，救汝寒凜慄。粉黛亦解苞，衾裯稍羅列。瘦妻面復光，癡女頭自櫛。學母無不爲，曉妝隨手抹。移時施朱鉛，狼藉畫眉闊。生還對童稺，似欲忘飢渴。問事競挽鬚，誰能即嗔喝。翻思在賊愁，甘受雜亂聒。新歸且慰意，生理焉能説。至尊尚蒙塵，幾日休練卒。仰觀天色改，坐覺妖氛豁。陰風西北來，慘澹隨回鶻。其王願助順，其俗善馳突。送兵五千人，驅馬一萬匹。此輩少爲貴，四方服勇決。所用皆鷹騰，破敵過箭疾。聖心頗虛佇，時議氣欲奪。伊洛指掌收，西京不足拔。官軍請深入，蓄鋭何俱發。此舉開青徐，旋瞻略恒碣。昊天積霜露，正氣有肅殺。禍轉亡胡歲，勢成擒胡月。胡命其能久，皇綱未宜絶。憶昨狼狽初，事與古先别。姦臣竟葅醢，同惡隨蕩析。不聞夏殷衰，中自誅褒妲。周漢獲再興，宣光果明哲。桓桓陳將軍，仗鉞奮忠烈。微爾人盡非，于今國猶活。淒涼大同殿，寂寞白獸闥。都人望翠華，佳氣向金闕。園陵固有神，埽灑數不缺。煌煌太宗業，樹立甚宏達。」

范温《潛溪詩眼》云：「孫莘老嘗謂老杜《北征》詩勝退之《南山》詩，王平甫以謂《南山》勝《北征》，終不能相服。時山谷尚少，乃曰：『若論工巧，則《北征》不及《南山》；若書一代之事，以與《國風》、《雅》、《頌》相爲表裏，則《北征》不可無，而《南山》雖不作未害也。』二公之論遂定。」

葉夢得《石林詩話》：「長篇最難，晉魏以前詩，無過十韻者。蓋嘗使人以意逆志，初不以序事傾盡爲工。至老杜《述懷》、《北征》諸篇，窮極筆力，如太史公紀傳，此固古今絶唱。」

按前人對《北征》詩的評價一是論其表現形式，一是論其敘述時事。就其敘述時事而言，正如黄庭堅所云「書一代之事」，放到詩歌傳統裏看，可以上承《詩經》，前人稱其「詩史」，也主要是指此。就表現形式而言，又有兩點，一是長篇，一是敘事，此兩者結合起來，在前人看來，是在詩歌中繼承了史傳的傳統，具有創造性，故葉夢得稱其「古今絶唱」。

《全唐詩》卷二一六杜甫《兵車行》：「車轔轔，馬蕭蕭，行人弓箭各在腰。耶孃妻子走相送，塵埃不見咸陽橋。牽衣頓足闌道哭，哭聲直上干雲霄。道傍過者問行人，行人但云點行頻。或從十五北防河，便至四十西營田。去時里正與裹頭，歸來頭白還戍邊。邊亭流血成海水，武皇開邊意未已。君不聞漢家山東二百州，千村萬落生荊杞。縱有健婦把鋤犂，禾生隴畝無東西。況復秦兵耐苦戰，被驅不異犬與雞。長者雖有問，役夫敢申恨。且如今年冬，未休關西卒。縣官急索租，租税從何出？信知生男惡，反是生女好。生女猶是嫁比鄰，生男埋没隨百草。君不見，青海頭，古來白骨無人收。新鬼煩冤舊鬼哭，天陰雨濕聲啾啾。」

《蔡寬夫詩話》云：「齊梁以來，文士喜爲樂府辭，然沿襲之久，往往失其命題本意。……雖李白亦不免此。惟老杜《兵車行》、《悲青坂》、《無家别》等數篇，皆因事自出己意立題，略不更蹈前人陳迹，真豪傑也。」

胡應麟《詩藪》内編卷三：「樂府則太白擅奇古今，少陵嗣迹風雅。《蜀道難》、《遠别離》等篇，出鬼入神，惝恍莫測；《兵車行》、《新婚别》等作，述情陳事，懇惻如見。張、王欲以拙勝，所謂差之毫釐；温、李欲以巧勝，所謂謬以千里。」

《全唐詩》卷二一七杜甫《垂老别》：「四郊未寧静，垂老不得安。子孫陣亡盡，焉用身獨完。投杖出門去，同行爲辛酸。幸有牙齒存，所悲骨髓乾。男兒既介胄，長揖别上官。老妻卧路啼，歲暮衣裳單。孰知是死别，且復傷其寒。此去必不歸，還聞勸加餐。土門壁甚堅，杏園度亦難。勢異鄴城下，縱死時猶寬。人生有離合，豈擇衰老端。憶昔少壯日，遲回竟長嘆。萬國盡征戍，烽火被岡巒。積屍草木腥，流血川原丹。何鄉爲樂土，安敢尚盤桓。棄絶蓬室居，塌然摧肺肝。」

劉克莊《後村詩話》卷九：「《新安吏》、《潼關吏》、《石壕吏》、《新婚别》、《垂老别》、《無家别》諸篇，其述男女怨曠，室家離別，父子夫婦不相保之意，與《東山》、《采薇》、《出車》、《杕杜》數詩，相爲表裏。唐自中葉以徭役調發爲常，至于亡國，肅、代而後，非復貞觀、開元之唐矣。新舊唐史不載者，略見杜詩。」

胡震亨《唐音癸籤》卷九：「擬古樂府，至太白幾無憾，以爲樂府第一手矣，誰知又有杜少陵出來，嫌模擬古題爲贅剩，别製新題，詠見事以合風人刺美時政之義，盡跳出前人圈子，另换一番鉗鎚，覺在古題中翻弄者，仍落古人窠臼，未爲好手，『盡道胡鬚赤，又有赤鬚胡』，兩公之謂矣。」

按前人評杜甫《兵車行》、《垂老别》之類新樂府詩，一方面稱其敍述時事，肯定其詩史的價值，另一方面則是肯定其自創新題，在形式方面有創造性。

〔五〕論詩二句：挾天子以令諸侯，《戰國策·秦策》：「據九鼎，按圖籍，挾天子以令天下，天下莫敢不從。」《後漢書·袁紹傳》：「今州城粗定，兵强士附，西迎大駕，即宫鄴都，挾天子以令諸侯，蓄士馬以討不庭，誰能禦之？」嚴羽以李、杜詩爲最高典範，故謂論詩要以李、杜爲標準，以李、杜詩爲標準去衡量其他詩人的作品，那些詩人應該信服。

近藤元粹《螢雪軒叢書》：「妙論解頤。」

二九

少陵詩法如孫、吳〔一〕，太白詩法如李廣〔二〕。少陵如節制之師〔三〕。

【校勘】

〔太白〕 古松堂本《詩人玉屑》作「李白」。

〔少陵如節制之師〕 元刊本此句未另行，然在「李廣」後有空格。胡重器本、吴銓本同元本。尹嗣忠本、清省堂本、何望海本、《津逮祕書》本、《寶顔堂祕笈》本、周亮工本、朱霞本、徐榦本不空。《玉屑》、《適園叢書》本另作一條。

【箋注】

〔一〕少陵句：孫吴，孫武、孫臏與吴起，三人俱長兵法，孫武法度尤嚴。見《史記・孫子吴起列傳》。此言杜甫詩法度嚴密。

黄庭堅認爲杜甫夔州以後詩達到「不煩繩削而自合」之境地。《山谷集》卷十九《與王觀復書》：「觀杜子美到夔州後詩，韓退之自潮州還朝後文章，皆不煩繩削而自合矣。」繩削就是準繩法度，不煩繩削而自合，就是不遵循法度却自然合乎法度，也就是自由而合乎法則之意。

陳師道《後山詩話》：「學詩當以子美爲師，有規矩，故可學。」此强調杜詩有規矩，與黄庭堅有所不同。

〔二〕太白句：李廣用兵，不以法度。《史記・李將軍列傳》：「程不識故與李廣俱以邊太守將軍屯。及出擊胡，而廣行無部伍行陳，就善水草屯，舍止，人人自便，不擊刀斗以自衛，莫府省約文書籍事，然亦遠斥候，未嘗遇害。程不識正部曲行伍營陳，擊刀斗，士吏治軍簿至明，軍不得休息，然亦未嘗遇害。不識曰：『李廣軍極簡易，然虜卒犯之，無以禁也；而其士卒亦佚樂，咸樂爲之死。我軍雖煩擾，然虜亦不得犯我。』」

黄庭堅《山谷集》卷二十六《題李白詩草後》：「余評李白詩，如黄帝張樂於洞庭之野，無首無尾，不主故常，非墨工槧人所可擬議。……及觀其藁書，大類其詩，彌使人遠視慨然，曰在開元、至德間，不以能書傳，今其行草，殊不減古人，蓋所謂不煩繩削而自合者歟。」

朱熹强調李白詩有法度。《朱子語類》卷一四〇：「李太白詩非無法度，乃從容於法度之中，蓋聖於詩者也。」

許學夷《詩源辯體》卷十八：「或問予：朱子云：『太白詩如無法度，乃從容於法度之中。』今觀太白歌行，大小短長，錯綜無定，其法度安在？曰：太白天縱絶世，其歌行雖漫衍縱横，靡不合於天成，所謂『從心所欲，不踰矩』是也。若必求其法度所在而學之，則捕風捉影，反爲虚誕矣。」

〔三〕節制之師：法度紀律嚴明之軍隊，此指杜甫詩法度嚴密。劉克莊《後村先生大全集》卷九十四《退庵集序》：「古文鍛鍊精粹，一字不可增損，在人其禮法之士，在兵其節制之師歟！」

明彭大翼《山堂肆考》卷九十：「齊桓公用管仲之説，作内政而寓軍，令五家爲軌，軌爲之長。十軌爲里，里有司，四里爲連，連爲之長。十連爲鄉，鄉有良人以爲軍令。居處同樂，死生同憂，其教已成，外攘夷狄，内尊天子，以安諸夏。世稱節制之師。」

【總説】

此條以兵法爲喻論李、杜詩法。從嚴羽的比喻中可以看出其觀點，即杜甫法度嚴密，李白乃無法之法。

關於李、杜之詩法，嚴羽之前實有不同的説法。黄庭堅認爲李白書法與其詩一樣「不煩繩削而自合」（《題李白詩草後》），而他論杜甫夔州以後詩也是如此（《答王觀復書》）。在他看來，杜甫後期詩與李白詩達到了相同的境界。

朱熹對黄庭堅的「不煩繩削」之説甚不滿，稱「學者其毋惑於不煩繩削之説而輕爲放肆以自欺也哉！」（《晦庵集》卷八十四《跋病翁先生詩》）朱熹論詩主法度，在他看來，黄氏不煩繩削之説乃是主張不要法度。朱子以爲李白詩是有法度的，「李太白詩非無法度，乃從容於法度之中，蓋聖於詩者也。」（《朱子語類》卷一四〇）其所謂聖乃是《孟子》所謂「大而化之」之境界，是達到人爲的頂點而無人爲之痕迹。在朱子看來，杜甫前期詩合法度，而後期則變多，不合法度，故朱子對杜甫夔州以後詩不滿。

嚴羽從法度角度論李、杜詩，其觀點與黄庭堅、朱熹皆不同。他强調杜甫法度嚴密的一面，不同於黄庭堅認爲李、杜都是「不煩繩削而自合」；他强調李白的無法之法，不同於朱熹强調李白守法度。

陳衍《石遺室詩話》謂杜如孫、吳者是「有實在工夫」，李白如李廣者是「全靠天分」，以爲杜甫靠後天工夫，李白靠先天才分。不論是杜甫的法度嚴密，還是李白的無法之法，其創作出來的都是入神的作品，都達到了最高的境界，嚴羽對他們並没有優劣高下之分。

【附録】

朱熹《晦庵集》卷八十四《跋病翁先生詩》：

此病翁先生少時所作《聞筝》詩也，規模意態，全是學《文選》樂府諸篇，不雜近世俗體，故其氣韻高古，而音節華暢，一時輩流少能及之。逮其晚歲，筆力老健，出入衆作，自成一家，而已稍變此體矣。然余嘗以爲天下萬事皆有一定之法，學之者須循序而漸進，如學詩則且當以此等爲法，庶幾不失古人本分體製，向後若能成就變化，固未易量，然變亦大是難事，果然變而不失其正，則縱横妙用，何所不可，不幸一失其正，却似反不若守古本舊法以終其身之爲稳也。李、杜、韓、柳，初亦皆學《選》詩者。然杜、韓變多，而柳、李變少，變不可學，而不變可學，故自其變者而學之，不若自其不變者而學之，乃魯男子學柳下惠之意也。嗚呼！學者其毋惑於不煩繩削之説，而輕爲放肆以自欺也哉！

陳衍《石遺室詩話》卷一〇：

嚴滄浪云：「少陵詩法如孫、吳，太白詩法如李廣。」殊爲得之。孫、吳有實在工夫，李廣則全靠天分，不可恃也。

近藤元粹《螢雪軒叢書》：

確評。比喻尤妙。

三〇

少陵詩憲章漢魏，而取材於六朝〔一〕。至其自得之妙，則前輩所謂集大成者也〔二〕。

【校勘】

《玉屑》此條下接「人言太白仙才，長吉鬼才，不然。太白天仙之詞，長吉鬼仙之詞耳」合作一條。此以下數條，《玉屑》本次序不同。《玉屑》先「李、杜數公」條、次「觀太白詩者」條、次「少陵詩憲章漢魏」條。

【箋注】

〔一〕少陵二句：憲章，效法。《中庸》：「仲尼祖述堯舜，憲章文武。」憲章漢魏，乃是以漢魏爲法之意。取材六朝，謂詩材有取於六朝。兩者實有主次、輕重之分，憲章漢魏是主，是整體上的，取材六朝是次，是局部的，僅限於詩材方面。正因爲杜甫廣泛繼承了漢魏六朝詩的傳統，所以有集大成之譽。

〔二〕集大成：郭紹虞《校釋》：「案元稹謂子美：『盡得古今之體勢而兼人人之所獨專。』宋祁謂甫：『渾涵汪茫，千彙萬狀，兼古今而有之。』已有集大成之意，但未明言耳。及蘇軾、秦觀始有集大成之語。蘇語見《後山詩話》，秦語見《韓愈論》，滄浪所言本此。」

按陳師道《後山詩話》：「蘇子瞻曰：子美之詩，退之之文，魯公之書，皆集大成者也。」

秦觀《淮海集》卷二十二《韓愈論》：「杜子美之於詩，實積衆家之長，適當其時而已。昔蘇武、李陵之詩長於高妙，曹植、劉公幹之詩長於豪逸，陶潛、阮籍之詩長於冲澹，謝靈運、鮑照之詩長於峻潔，徐陵、庾信之詩長於藻麗，於是杜子美者，窮高妙之格，極豪逸之氣，包冲澹之趣，兼峻潔之姿，備藻麗之態，而諸家之作所不及焉，然不集諸家之長，杜氏亦不能獨至於斯也，豈非適當其時故耶？孟子曰：『伯夷，聖之清者也；伊尹，聖之任者也；柳下惠，聖之和者也；孔子，聖之時者也。孔子之謂集大成。』嗚呼！杜氏、韓氏，亦集詩文之大成者歟！」

張戒《歲寒堂詩話》卷上：「子美詩奄有古今，學者能識《國風》、騷人之旨，然後知子美用意處；識漢、魏詩，然後知子美遺詞處。至于掩顔、謝之孤高，雜徐、庾之流麗，在子美不足道耳。」

按以杜甫爲集大成之説，元稹乃至秦觀都是著眼在其形式風格上，言其具備前人各種形式及風格。張戒亦兼及其内容。至嚴羽，則是强調他對漢魏傳統的繼承關係，似乎也兼及到内容與形式風格兩方面。

三一

觀太白詩者，要識真太白處〔一〕。太白天材豪逸〔二〕，語多率然而成者〔三〕。學者於每篇中，要識其安身立命處可也〔四〕。

【校勘】

〔率然〕「率」，尹嗣忠本、清省堂本、《津逮祕書》本、《詩法萃編》本、《三家詩話》本、《螢雪軒叢書》本作「卒」。

懷悦編集本《詩家一指》本《嚴滄浪先生詩法》作：「學者識得他安身立命處，方有與共語之分。今人只學他許多妄誕夢寐雲霞飛仙耳。」

黄省曾《名家詩法》卷二《嚴滄浪詩體》作：「學者要識他安身立命處，今人學他，只學他許多妄誕夢寐雲霞飛仙耳。」

【箋注】

〔一〕觀太白二句：宋人對李白詩評價，差異極大，皆緣於對李白及其作品的不同理解。蘇轍《欒城集》第三集卷八《詩病五事》：「李白詩類其爲人，駿發豪放，華而不實，好事喜名，不知義理之所在也。語用兵，則先登陷陣，不以爲難；語游俠，則白晝殺人，不以爲非。此豈其誠能也哉？白始以詩酒奉事明皇，遇譴而去，所至不改其舊。永王將竊據江淮，白起而從之不疑，遂以放死。今觀其詩固然。唐詩人，李杜稱首，今其詩皆在，杜甫有好義之心，白所不及也。漢高帝歸豐沛，作歌曰：『大風起兮雲飛揚，威加海内兮歸故鄉，安得猛士兮守四方？』高帝豈以文字高世者哉？帝王之度固然，發於其中而不自知也。白詩反之曰：『但歌大風雲飛揚，安用猛士守四方。』其不識理如此。老杜贈白詩，有『細論文』之句，謂此類也哉！」

《苕溪漁隱叢話》前集卷五引黄庭堅語：「太白豪放，人中鳳凰麒麟，譬如生富貴人，雖醉着瞑暗噤囈中作無義語，終不作寒乞聲耳。」

劉克莊《後村詩話》新集卷二：「楊大年、歐陽公皆不喜杜子美詩，王介甫不喜太白詩，殊不可曉。介甫之説云：『白詩十句九句説婦人酒耳。』獨不思命高將軍脱韡，識郭汾陽於貧賤時，比開元貴妃於飛燕，豈説婦人酒者所能爲耶！晦翁亦云：『近時詩人何曾夢見太白脚後板！』」

許學夷《詩源辯體》卷十八：「太白雖短篇，氣象自是不同，興趣自是超遠。……黄山谷云（見前引，略。）滄浪亦云：『觀太白詩，要識真太白處。』」

〔二〕太白句：張戒《歲寒堂詩話》卷上：「李太白喜任俠，喜神仙，故其詩豪而逸。」

〔三〕語多率然而成：謂詩句多不經意，乃臨時揮筆而成。蘇軾《書李白集》：「今太白集中有《歸來乎》、《笑矣乎》及《贈懷素草書》數詩，決非太白作，蓋唐末五代間貫休、齊己輩詩也。余舊在富陽，見國清院太白詩，絶凡。近過彭澤唐興院，又見太白詩，亦非是。良由太白豪俊，語不甚擇，集中亦往往有臨時率

然之句，故使妄庸輩敢耳。」（《蘇軾文集》卷六十七）

〔四〕安身立命處：指一個人賴以生存的根本，主要指支撐一個人思想精神的根本性的東西。《古尊宿語録》卷三十九智門祚禪師語録：「向什麽處安身立命？」《大慧普覺禪師語録》卷十六：「敢保諸人十二時中未有安身立命處。」朱熹《晦庵集》卷三十二《答張敬夫》：「乃知浩浩大化之中，一家自有一個安宅，正是自家安身立命主宰直覺處。」

郭紹虞《校釋》：「安身立命之語，道學家雖常用之，而其語亦本於禪宗。……滄浪所用語，若求其出處，往往從禪家語録中來。惟滄浪所謂太白安身立命處究何指，殊暗晦不易解。潘德輿本其自己論詩宗旨謂：『吴子華所謂太白詩氣骨高舉，不失頌詠風刺之遺者，即其安身立命處矣。』（《養一齋李杜詩話》卷二）此與滄浪論詩之旨，恐不盡合。滄浪所言，係於每篇中求，恐仍不外范温《潛溪詩眼》所謂古人用意處之意。」

按嚴羽所謂太白安身立命處，亦即李白詩中的根本旨趣。元人編的《嚴滄浪先生詩法》説：「今人只學他許多妄誕夢寐雲霞飛仙耳。」此句當是元人所附，然亦反映出元人對於嚴羽所謂太白安身立命處的理解。蓋謂太白詩中固然有妄誕夢寐雲霞飛仙之描寫，然這些不是太白的真正旨趣所在，詩人應該透過這些而理解其真正要表達的意旨，那就是其安身立命處。

【總説】

此一節提出了如何認識李白詩的問題。嚴羽提出「要識真太白處」，要認識真正的李白，言下之意乃謂太白詩所呈現出的太白有表面的太白、現象的太白，有内在的太白、實質的太白。表面的、現象的太白與内在的、實質的太白並不一致，如果内外一致，呈現在外面的太白就是一個本真的太白，那麽嚴羽就没有必要提出要識真太白的問題。

李白詩中所呈現出來的李白究竟是一個什麽樣的人？宋人看法頗異。蘇轍説：「李白詩類其爲人，駿發豪放，華而不實，好事喜名，不知義理之所在也。」（《欒城集》第三集卷八《詩病五事》）這是蘇轍所認識的李白。王安石説李白詩「多説婦人，見識污下」，這是王安石認識的李白。他們所認識的是「真太白」嗎？如果就蘇、王二人所舉李白詩的内容而言，他們所言的是事實，李白詩中確實説殺人，確實説婦人。但這只是李白詩歌的表層。嚴羽説李白「天材豪逸，語多率然而成者」，天材豪逸的詩人率然出語，其語亦是衝破常規的，讀者不能將李白詩歌中的話當作事實來認定，以爲其詩中所説的殺人等事就是他所親爲的事實。李白詩固然表現的是真李白，詩與人固然一致，但是，這種一致不是表層的細節的一致，而是内在的根本精神的一致，讀者應該透過率然而成的豪逸語，透過李白詩的表面，來把握語言表層背後的詩人的真正意旨，「識其安身立命處」，把握那個「真太白」。

所謂真太白還有另外一個問題，即李白詩的真僞問題。蘇軾指出，李白詩集中有僞作，其原因是「太白豪俊，語不甚擇，集中亦往往有臨時率然之句，故使妄庸輩敢耳」。由於李白詩有率然之句，這種詩句成之不難，故别人可以摹仿。

三一

太白發句，謂之開門見山〔一〕。

【校勘】

〔發句〕《嚴滄浪先生詩法》、《唐詩品彙》引作「發語」。

此條《玉屑》無。尹嗣忠本、清省堂本、《津逮祕書》本、《三家詩話》本、《螢雪軒叢書》本此條與上條合爲一條。按元刊本各條皆以頂格始，上條末句滿行，此條另行頂格，故此條既可以視爲與上條合，也可視爲獨立之一條。明正德本中尹嗣忠本與上條合，胡重器本獨作一條，其後或從尹本、或從林本。

【箋注】

〔一〕太白二句：郭紹虞《校釋》：「案明正德本、嘉靖本、《説郛》本、《津逮》本等均以此句附前條後，合爲一條，然語意不相倫貫。《歷代詩話》本及《適園叢書》本别爲一條，是也。但《玉屑》無此句，竊以爲當從《玉屑》爲是。或後人讀《滄浪詩話》者附加識語，因以闌入，亦未可知。潘德輿《養一齋李杜詩話》云：『滄浪又謂「太白發句，謂之開門見山」。夫詩有通體貴含蓄者，有通體貴發露者，豈有發句必求開門見山之理？此可以論唐人試帖之破題，而不可以論太白詩也。誤傳惑人，莫此爲甚，故附辨之。』(卷二)潘氏雖知此語之非,尚不知此語未必出於滄浪。安磐《頤山詩話》云:『太白詩起句,古人謂之開門見山。其實初若稍緩,至結束處,便峻絶不可當。』亦與滄浪所言相反。大抵後人以滄浪有『發句好尤難得』之語,遂以開門見山許太白。其實好的發句,亦不一定是開門見山的。」

按郭紹虞根據《詩人玉屑》無此句而疑此句非出滄浪,以爲或後人所附加。事實上《詩人玉屑》無,通行本有者並不止此條,亦有可能是《玉屑》遺漏。郭先生所以致疑的主要原因其實是他受潘德輿等人影響,對此條内容不以爲然。其實,李白詩確有發句開門見山、劈面而來者。如《行路難》「大道如青天,我獨不得出」之類,即是開門見山。嚴羽主張「發端忌作舉止」,反對發句做作,李白之「開門見山」正符合嚴羽之主張。嚴羽肯定李白開門見山,然並不等於主張所有詩歌都應開門見山。

三三

李、杜數公,如金鳷擘海〔一〕,香象渡河〔二〕,下視郊、島輩,直蟲吟草間耳〔三〕。

【校勘】

〔金鳷〕 郭紹虞《校釋》:「《玉屑》『鳷』作『翅』」。

〔直蟲吟草間耳〕「直」，胡重器本、何望海本、周亮工本、朱霞本、徐榦本作「真」。郭紹虞《校釋》：「《玉屑》『蟲』作『蛩』」。

此條《嚴滄浪先生詩法》作：「李杜韓三公詩，如金翅擘海，香象渡河，龍奮虎咆，濤翻鯨擲，長槍大劍，君王親征之氣象，自是各別。」高棅《唐詩品彙·五言古詩叙目》第二十四卷長篇：「嚴滄浪有云：李杜韓三公之詩，如金鵾擘海，香象渡河，龍吼虎哮，鼍翻鯨躍，大槍大刃，君王親征，氣象各別。」郭紹虞注引清馬時芳《挑鐙詩話》卷二：「嚴滄浪云……李杜韓三公如金翅擘海，香象渡河，龍吼虎哮，濤翻鯨躍，又如長槍大劍，君王親征，氣象自別。余謂只是識力宏闊，鏞鐘大吕，自無細響，故非比字切聲、組織雕繪者所敢望，此其所以爲大家也。然韓公矻矻，未免遲鈍，似爲少遜耳。」郭先生謂馬氏所引「不知所據」。按馬氏所引實自《唐詩品彙》來，惟「余謂」以下乃馬氏本人評論，非所引嚴滄浪語。

【箋注】

〔一〕李杜二句：金鵄（chì翅），亦作金翅，金翅鳥，翅金色，兩翅展開廣三百六萬里，以龍爲食。舊《華嚴經》卷三十六曰：「佛子譬如金翅鳥王，飛行虛空，以清淨眼觀察大海龍王宫殿。奮勇猛力，以左右力搏開海水，悉令兩辟，知龍男女有命盡者而撮取之。」佛家以金翅鳥王譬佛，有巨力能撥開生死愛欲之海水，而度衆生。

郭紹虞《校釋》：「此喻『筆力雄壯』。」

〔二〕香象渡河：香象，青色帶香氣之象。佛家用兔、馬、香象渡河來比喻聲聞、緣覺、菩薩三乘證道的淺深。

三獸俱渡恒河水，兔不能著至河底，僅浮水而過；馬有時能著河底，有時不能；象則可以著至河底。涉水越深，喻證道越深。説見《優婆塞戒經・三種菩提品》。

郭紹虞《校釋》：「此喻『氣象雄渾』。」

〔三〕下視郊島二句：郊，孟郊。島，賈島。歐陽修《讀李白集》：「下視區區郊與島，螢飛露濕吟秋草。」郭紹虞《校釋》謂此即滄浪所本。又《歐陽修全集・試筆・郊島詩窮》：「唐之詩人，類多窮士。孟郊、賈島之徒，尤能刻篆（一作琢）窮苦之言以自喜。或問二子其窮孰甚？曰：閬仙甚也。何以知之？曰：以其詩見之。郊曰：『種稻耕白水，負薪斫青山。』島云：『市中有樵山，我舍朝無煙。井底有甘泉，釜中乃空然。』蓋孟氏薪米自足，而島家柴水俱無。此誠可嘆（一作笑），然二子名稱高於當世。」

許尹《黄陳詩集序》：「孟郊、賈島之詩，酸寒儉陋，如蝦、蟹、蜆、蛤，一啖便了，雖咀嚼終日，而不能飽人。」

【總説】

此條的關鍵是李、杜與郊、島的比較。這種比較是歐陽修提出來的。歐陽修比較的是李白與孟郊、賈島。歐氏《讀李太白集效其體》：「醉裏詩成醒不記，忽然乘興登名山。龍咆虎嘯松風寒，山頭婆娑弄明月。九域塵土悲人寰，吹笙飲酒紫陽家。紫陽真人駕雲車，空山流水空流花，飄然已去凌青霞。下看區區郊與島，螢飛露濕吟秋草。」（《文忠集》卷五）龍咆虎嘯，比喻李白詩的境界；蟲鳴秋草間，則是比喻孟郊、賈島詩的境界。蘇軾《讀孟郊詩》亦將孟詩比作「寒蟲號」。

此節實是承歐陽修之説而來，嚴氏將歐陽修詩中的龍咆虎嘯換成佛經的金鳷擘海、香象渡河。歐陽修原本是以李白與郊、島對照，嚴羽則换成李、杜諸公與郊、島相較，而其所表達的意思其實是一致的，不外説李、杜諸公雄豪，郊、島窮苦；李、杜氣魄大、力量大，郊、島氣魄小、力量小；李、杜境界大，郊、島境界小。郭紹虞先生《校釋》説金鳷擘海是比喻「筆力雄壯」，香象渡河是「喻氣象渾厚」，這樣解釋其實是强作分别，以照應《答吴景僊書》謂盛唐人詩既筆力雄壯、又氣象渾厚之説。胡才甫《箋注》謂金鳷擘海、香象渡河皆是「喻文字透徹之意」，乃是依據香象渡河在佛經中的意義，但放到此條的語境中意思不相合，因爲此語與下文郊、島如「蟲吟草間」相對，而後者並無文字不透徹之意。

孟郊、賈島深受韓愈的推重，然自歐陽修、蘇軾以來，多貶抑之。嚴羽所論，亦受其影響。許印芳爲郊、島辯護，錢振鍠謂嚴羽既然認爲盧仝之怪、李賀之瑰詭，「天地間自欠此體不得」，那麽郊、島的草蟲之鳴也是一體，何以就不能有呢？其實嚴羽也承認郊、島各是一體，《詩體》篇既列有李長吉體、盧仝體，也列有賈浪仙體、孟東野體，但在嚴羽看來，各種體的審美價值不是相等的，郊、島之詩不僅低於李、杜，甚至低於盧仝、李賀。嚴羽之如此貶斥郊、島詩，恐怕也與當時詩壇風尚有關。四靈及江湖詩人崇尚賈島、姚合一類苦吟派的作品，嚴羽對此不滿，故其貶斥郊、島，試圖對抗當時詩壇風氣。

值得注意的是，此條有異文。此言「李杜諸公」，則所指應不止李、杜二人，《嚴滄浪詩法》及高棅

《唐詩品彙》均作「李、杜、韓三公」，恐怕不符合嚴羽原意。在嚴羽，韓愈詩總體上低於孟浩然，根本不能與李、杜並列，疑此條異文屬於竄改。

【附録】

劉克莊《後村先生大全集》卷一一二《黄有容字説》：

古今詩人多如麻粟，惟唐李、杜，本朝歐、梅、半山、玉局，南渡放翁、誠齋，號爲大家數。蓋語意深淺，規模闊狹，士終身之通塞榮悴繫焉，詩云乎哉！郊云：「出門即有礙，誰謂天地寬」，島云「我要見白日，雪來塞青天」。嗟乎！礙郊、島者誰歟？二子自礙塞之爾。前輩論李、杜，云「與元氣侔」，又云「横破六合，力敵造化」；於歐、梅云「自從二子死，天地收雷聲」；至半山、玉局，何止平生三千篇哉！楊、陸二老，放翁萬首，誠齋亦數千，未有繼者。此諸老先生耳目口鼻與人同，而氣魄力量與人異，以其大足以容之也。

劉克莊《後村詩話》後集卷一：

文字意脉，人生通塞繫焉。東野詩云：「萬物皆及時，獨余不覺春。」又云：「妾恨比斑竹，下盤煩冤根。有筍未出土，中已銜淚痕。」又云：「無子鈔文字，老吟多飄零。有時吐向牀，枕席不解聽。」又云：「山壯馬力短，路行石齒中。」又云：「後路起夜色，前山聞虎聲。」其《峽哀》、《杏殤》、《哭劉言史》、《盧殷》諸篇極其詭怪幽憤。所謂《峽哀》者，似爲逐客而作，如云：「沙棱箭箭急，波齒斷斷開。呀彼無底阬，待此不測災。谷號相噴激，石怒争旋迴。古罪有復鄉，今纍多爲能。」其辭可以痛哭，不知哀何人也。屈宋《大招》、《招魂》等作，雖窮極天地之外，龍蛇鬼魅，千變萬態，然又稱述宗國宫室鐘鼓歌舞之樂以返之。孟生純是苦語，略無一點温厚之意，安得不窮？此退之所以欲和其聲歟？

許印芳《詩法萃編》卷七下：

孟貞曜詩，從變風、變雅中來，其才力與昌黎相敵，讀兩人聯句詩乃知之。昌黎《薦士》推重，正非漫然。因生李、杜諸人後，欲自成一家，避而走孤高峭嶮之路，刻意苦吟，遂病艱澀。其神來之作，如《游子吟》、《列女操》、《遊終南山》、《聞砧》、《送蕭錬師》（以上是古詩）、《送遠吟》（此是律詩）之類，簡練超拔，古味盎然，幾乎一字千金。浪仙在元和中，元、白詩體尚輕淺，乃獨變格入僻，以矯艷俗，較諸弟靡波流者（語出《莊子》，弟與頹通，或作茅，又作草，皆誤）相去遠矣。昌黎奇其才，贈詩云：「天恐文章中斷絶，再生賈島在人間。」豈妄許之哉！其詩艱澀如貞曜，人謂孟長五古，賈長五律，而賈《寄遠》篇，刻摯拗折，字字沈著，乃五古之極工者，《寄韓潮州》、《寄題靈隱寺》，又七律之工者，是無體不工矣。五律《憶江上吳處士》、《寄田中丞》，皆顥氣流行，置盛唐人中，亦推高唱。此外佳章凡數十，其句法如「身事幾時遂，蘭花又已開」、「日午路中客，槐花風處蟬」，與「秋風落葉」

之句，皆對偶一氣，而「捲簾黄葉落，鎖印子規啼」，從老杜「鉤簾宿鷺起，丸藥流鶯囀」一聯化出，尤耐咀嚼。至如「吳山侵越衆，隋柳入唐疏」、「旅情斜日後，春色早燕中」、「地侵山影掃，葉帶露痕書」，皆大方家數。「怪禽啼曠野，落日恐行人」、「流星透疏木，走月逆行雲」、「獨行潭底影，數息樹邊身」，則戛戛生新，自饒奇趣。惟「螢從枯樹出，蛩入破堦藏」、「歸吏封宵鑰，行蛇入古桐」，此類意境太狹，乃賈詩下乘，他人效之，作細碎詩，賈之真面，不如是也。貞曜集中，更無此種。孫僅敘少陵詩云「郊得其氣焰，島得其奇僻」，可謂知言。嚴氏未窺二家堂奥，信口詆諆，斥爲蟲吟草間，何啻夢囈！

錢振鍠《謫星説詩》卷上：

羽云：「李杜詩如金鳷擘海，香象渡河。」此二語已屬膚庸無謂。又云：「下視郊島，真蟲吟草間。」夫天下豈可有鳳鸞之類，便可無鷺鷥鸛鶴哉？羽既以玉川、昌谷謂天地間欠此體不得，亦知東野、閬仙，天地間亦欠此體不得耶？

近藤元粹《螢雪軒叢書》：

李、杜知己。

郭紹虞《校釋》：

案歐陽修《讀李白集》云：「下視區區郊與島，螢飛露濕吟秋草。」即滄浪此語所本。但後人論郊、島詩，每斥滄浪之謬，不舉永叔此語，亦未公。……實則滄浪此語，也只是説就雄壯渾厚二點言之，郊、島不及李、杜罷了，並不是説天地間不應有此體。

三四

人言太白仙才，長吉鬼才〔一〕，不然。太白天仙之詞〔二〕，長吉鬼仙之詞耳〔三〕。

【校勘】

此條底本、胡重器本、吳銓本、何望海本、周亮工本、朱霞本、徐幹本與上條合，《玉屑》接「少陵詩憲章漢魏」後作一條，從語義上看，都不合理。尹嗣忠本、清省堂本、《津逮祕書》本、《寶顔堂祕笈》本、《歷代詩話》本、《詩法萃編》本、《適園叢書》本、《三家詩話》本、《螢雪軒叢書》本獨作一條。兹從之。

【箋注】

〔一〕人言太白仙才二句：此語出宋祁。王得臣《麈史》卷二：「慶曆間，宋景文諸公在館嘗評唐人之詩云：『太白仙才，長吉鬼才。』其餘不盡記也。然長吉才力奔放，不驚衆絶俗不下筆。有《鴈門太守》詩曰：『黑雲壓城城欲摧，甲光向日金鱗開。』王安石曰：『是兒言不相副也。方黑雲護此，安得向日之甲光乎？』」

按胡才甫《箋注》引宋人錢易《南部新書》：「李白爲天才絶，白居易爲人才絶，李賀爲鬼才絶。」見該書卷二。然宋人葉廷珪《海録碎事》卷十八謂是唐人語。又《海録碎事》卷十九引《迂齋詩話》云：「世傳：杜甫詩，天才也；李白詩，仙才也；李賀詩，鬼才也。」

仙才、鬼才之説偏向於先天的才分，謂其才分天生具有仙與鬼之特徵。

〔二〕太白天仙之詞：李陽冰《草堂集序》：「太白不讀非聖人之書，耻爲鄭衛之作，故其言多似天仙之辭。凡所著述，言多諷興。自三代以來，風騷之後，馳驅屈、宋，鞭撻揚、馬，千載獨步，唯公一人。」（王琦《李太白集注》卷三十一）張戒《歲寒堂詩話》卷上：「杜子美、李太白、韓退之三人，才力俱不可及。而就其中，退之喜崛奇之態，太白多天仙之詞；退之猶可學，太白不可及也。」

仙才是指天生具有的才分，而天仙之詞，據李陽冰的説法，則不是李白先天才能的表現，而是後天的修養使然。因爲李白不讀非聖之書，耻爲鄭衛之作，故其所作超越塵俗，乃天仙之詞。

〔三〕長吉鬼仙之詞：鬼仙，謂鬼中之仙，人死爲鬼，於鬼中又成仙。相傳鬼仙能做詩，《古詩紀》卷一四四載有《鬼仙歌謡》（登阿儂孔雀樓，遥聞鳳凰鼓。下我鄒山頭，彷彿見梁魯）。歐陽修《六一詩話》載詩人石延年（字曼卿）卒後成鬼仙作詩的故事。

許學夷《詩源辯體》卷二十六：「嚴滄浪云：『人言太白仙才，長吉鬼才。不然，太白天仙之詞，長吉鬼仙之詞耳。』愚按：賀樂府七言，如『茂陵劉郎秋風客，夜聞馬嘶曉無跡』，『大江翻瀾神曳煙，楚魂尋夢風颸然』，『秋墳鬼唱鮑家詩，恨血千年土中碧』，『西山日没東山昏，旋風吹馬馬踏雲』，『百年老鴞成木魅，嘯聲碧火巢中起』，『石脈水流泉滴沙，鬼燈如漆照松花』，『呼星召鬼歆杯盤，山魅食時人森寒』，『蟲棲鴈病蘆筍紅，迴風送客吹陰火』等句，皆鬼仙之詞也。又『啾啾赤帝騎龍來』，真仙而鬼耶？」

對於李賀而言，無論是鬼才，還是鬼仙，落實到詩歌上都是指其詩寫牛鬼蛇神。鬼才是就先天才分言，但鬼仙之詞可以是後天有意爲之。鬼仙亦是鬼中之脱俗者。故劉克莊《後村集》卷三《哭周晉仙》：「古如神禹鑄，清似鬼仙吟。」李白、李賀雖然有天仙、鬼仙之異，但二人詩同入仙境，亦具有一致性。

三五

玉川之怪〔一〕，長吉之瑰詭〔二〕，天地間自欠此體不得〔三〕。

【校勘】

《嚴滄浪先生詩法》作：「玉川子詭怪，他有所托意耳。」

郭紹虞《校釋》：「《玉屑》此條在下條後，並與下條合。」

【箋注】

〔一〕玉川之怪：盧仝（七九五？—八三五），號玉川子，濟源（今屬河南）人。韓愈《寄盧仝》稱其「先生事業不可量，惟用法律自繩己。春秋五傳束高閣，獨抱遺經究終始。往年弄筆嘲同異，怪辭驚衆謗不已。」

蘇軾《東坡志林》卷二：「徐積……其詩文則怪而放，如玉川子。」則蘇軾以盧仝爲怪。

王觀國《學林》卷八《月食詩》：「韓退之《月食詩》一篇，大半用玉川子句，或者謂玉川子《月食詩》豪怪奇挺，退之深所嘆伏，故退之所作盡摘玉川子佳句而補成之。觀國竊以爲不然也。……玉川子詩雖豪放，然太怪險，而不循詩家法度，退之乃摘其句而約之以禮。」

《朱子語類》卷一四〇：「詩須是平易不費力，句法混成。如唐人玉川子輩，句語雖險怪，意思亦自有混成氣象。」

劉克莊《後村先生大全集》卷一〇九《跋梅窗程公坦詩卷》：「郊以寒，島以瘦，盧仝、劉叉以怪，皆名家。」

盧仝詩以《月蝕詩》著稱，韓愈曾仿其體作《月蝕詩》，人多以爲是韓愈對盧仝詩之肯定。如《新唐書》稱「仝嘗爲《月蝕詩》以譏切元和逆黨，愈稱其工」（卷一六七《韓愈傳》附）。蘇軾以怪而放目之，但並無貶低之意。王觀國論其詩，已加貶抑。王氏認爲韓愈仿其體作《月蝕詩》，是因爲盧仝「詩雖豪放，然太怪險，而不循詩家法度，退之乃摘其句而約之以禮」。法度是正，不合乎法度是怪。然朱熹則看到了盧仝之險怪句語後面渾成的一面。嚴羽雖認爲其怪，但也承認其價值，不過不能與其所推尊的漢魏盛唐詩並列。

〔二〕長吉之瑰詭：瑰謂瑰麗。沈亞之《沈下賢文集》卷九《敘詩送李膠秀才》：「余故友李賀，善擇南北朝乐府故詞，其所賦亦多怨鬱凄艷之巧。」所謂詭者，謂奇詭。出《新唐書》卷二〇三《李賀傳》：「辭尚奇詭，所得皆驚邁，絶去翰墨畦逕，當時無能效者。」

杜牧《樊川文集》卷七《李賀集序》：「賀字長吉，元和中，韓吏部亦頗道其歌詩。雲煙綿聯，不足爲其態也；水之迢迢，不足爲其清也；春之盎盎，不足爲其和也；秋之明潔，不足爲其格也；風檣陣馬，不足爲其勇也；瓦官篆鼎，不足爲其古也；時花美女，不足爲其色也；荒國陊殿，梗莽丘壠，不足爲其恨怨悲愁也；鯨呿鼇擲，牛鬼蛇神，不足爲其虛荒誕幻也。蓋騷之苗裔，理雖不及，辭或過之。」

劉辰翁《須溪集》卷六《評李長吉詩》：「舊看長吉詩，固喜其才，亦厭其澀。落筆細讀，方知作者用心。料他人觀不到此也，是千年長吉猶無知己也。以杜牧之鄭重爲叙，直取二三歌詩而止，始知牧亦未嘗讀也，即讀亦未知也，微一二歌詩，將無道長吉者矣。謂其理不及《騷》，未也，亦未必知《騷》也。《騷》之荒忽，則過之矣，更欲僕《騷》，亦非也。千年長吉，余甫知之耳。詩之難讀如此，而作者常嘔心何也？樊川反復稱道形容，非不極至，獨惜理不及《騷》。不知賀所長正在理外，如惠施堅白，特以不近人情，而聽者惑焉，是爲辯。若眼前語，衆人意，則不待長吉能之，此長吉所以自成一家與！」

〔三〕天地間句：嚴羽肯定了盧仝、李賀獨特性風格的價值，但並不認爲一切獨特的風格都是有價值的。下條對孟郊之獨特風格就持貶斥態度。

三六

高、岑之詩悲壯，讀之使人感慨〔一〕；孟郊之詩刻苦，讀之使人不懽〔二〕。

【校勘】

〔高岑二句〕《嚴滄浪先生詩法》「感慨」後有「悲嘆」二字。

〔孟郊二句〕《嚴滄浪先生詩法》作「東野之詩刻苦，讀之令人不悦。」《唐詩品彙》卷二十孟郊總評引嚴滄浪云：「孟郊之詩刻苦，其句法格力可以見矣。讀之令人不歡。」

【箋注】

〔一〕高岑之詩二句：高適（七〇二？—七六五），字達夫，德州蓨（今河北景縣）人。天寶八年（七四九）舉有道科中第，曾任左散騎常侍，有《高常侍集》。《舊唐書》卷一一一、《新唐書》卷一四三有傳。岑參（七一五？—七七〇），荆州江陵（今湖北荆州）人。天寶五年（七四六）進士。曾任嘉州刺史。有《岑嘉州詩集》，《唐才子傳》卷三有傳。

許學夷《詩源辯體》卷十五：「五言古……（高、岑）皆豪蕩感激，以氣象勝。嚴滄浪云：『高、岑之詩悲壯，讀之令人感慨』是也。」

按悲壯是《詩辯》所列九品之一，是嚴氏所推崇的風格。在他看來，高、岑是悲壯風格的代表詩人。

〔二〕孟郊之詩二句：孟郊爲詩苦思。韓愈《貞曜先生墓誌銘》：「及其爲詩，劌目鉥心，刃迎縷解。」《新唐書》卷一七六《孟郊傳》：「郊爲詩有理致，最爲愈所稱，然思苦奇澀。」

蘇軾《讀孟郊詩二首》之一曰：「夜讀孟郊詩，細字如牛毛。寒燈照昏花，佳處時一遭。孤芳擢荒穢，苦語餘詩騷。水清石鑿鑿，湍激不受篙。初如食小魚，所得不償勞。又似煮蟚蠘，竟日嚼空螯。要當鬭僧清，未足當韓豪。人生如朝露，日夜火銷膏。何苦將兩耳，聽此寒蟲號。不如且置之，飲我玉卮醪。」（《蘇軾詩集合注》卷十六）此所謂「何苦將兩耳，聽此寒蟲號」，可與嚴説相參。

許學夷《詩源辯體》卷二十五：「《隱居詩話》云：『孟郊詩蹇澀窮僻，琢削不暇，真苦吟而成。』嚴滄浪云：『孟郊之詩刻苦，讀之令人不歡。』愚按：郊五言古，以全集觀，誠蹇澀費力，不快人意；然其入録者，語雖琢削，而體甚簡當。故其最上乘者不能竄易其字，其次者亦不能增損其句也。本傳謂其詩有理致，信哉。」

三七

楚詞〔一〕，惟屈、宋諸篇當讀之〔二〕。外此，惟賈誼《懷長沙》、淮南王《招隱》、嚴夫子《哀時命》宜熟讀〔三〕。此外亦不必也。

【校勘】

〔當讀之〕　宋本及寬永本《玉屑》作「當熟讀」。

〔外此〕　尹嗣忠本、清省堂本、《津逮祕書》本、《寶顔堂祕笈》本、《歷代詩話》本、《三家詩話》本、《螢雪軒叢書》本無「此」字。

〔懷長沙〕　宋本及寬永本《玉屑》作「懷沙」。按《楚辭》中無《懷長沙》，有《懷沙》。《懷沙》乃《九章》之一篇，屈原作，非賈誼所作。

〔招隱〕　底本及各本作「招隱操」，郭紹虞《校釋》：「各本『招隱』下有『操』字。胡鑑注：『按《楚辭》題《招隱》，無「操」字，疑衍。』案日本寬永本《玉屑》引《滄浪詩話》亦無『操』字，今據删。」按宋本《玉屑》亦作「招隱」。《楚辭》有《招隱士》，無《招隱操》，兹從《玉屑》。

〔宜熟讀〕　宋本及寬永本《玉屑》作「宜熟之」。

〔此外亦不必也〕　宋本《玉屑》作「其他亦不必也」，寬永本《玉屑》作「其他亦不必」，《詩法萃編》本作「餘篇亦不必讀也」。

此條元刊本、胡重器本、尹嗣忠本、清省堂本、吴銓本、何望海本、《津逮祕書》本及周亮工本、朱霞本、徐榦本、《三家詩話》本皆與上條合作一條，《歷代詩話》、《適園叢書》本另作一條，就所論内容上説，此條與上條不相關聯，兹從《歷代詩話》、《詩法萃編》本、《適園叢書》本單作一條。近藤元粹《螢雪軒叢書》：「諸本『楚詞』以下連上文，不空一字，非也。今訂正。」

此條載宋本《詩人玉屑》卷十三「楚詞」門「滄浪論楚詞」中，而不在卷二《滄浪詩評》中，日本寬永本《玉屑》同。郭紹虞《校釋》：「嘉靖本《玉屑》無此條。日本寬永本有之。」按經與宋本《玉屑》比勘，明嘉靖本、《四庫全書》本及清道光古松堂本《玉屑》卷十三缺六葉，以「兩漢」門始，前面缺「三百篇」、「楚詞」兩門。元刊本《玉屑》卷十三則缺十一葉，滄浪論《楚詞》諸條亦無。

【箋注】

〔一〕楚詞：《楚辭》十七卷，漢劉向集，漢王逸章句。劉向集屈原《離騷》、《九歌》、《天問》、《九章》、《遠遊》、《卜居》、《漁父》，宋玉《九辯》、《招魂》，景差（或說屈原）《大招》，以及賈誼、淮南小山、東方朔、嚴忌、王褒、劉向本人之作品，共十六篇，爲《楚辭》。王逸補入自己作品《九思》及班固二序，共十七卷，並爲各篇作章句。王逸於屈原作品概稱「離騷」，宋玉以下作品稱「楚辭」。是爲《楚辭章句》。然王逸舊本篇次爲宋人改動，故今存本已非其舊。宋洪興祖爲補注，是爲《楚辭補注》十七卷。朱熹則有《楚辭集注》八卷。

按此處「楚詞」或亦可理解爲楚辭體，而不是特指劉向集、王逸章句之《楚辭》，這樣「楚詞」可以包括《楚辭章句》之外的楚辭體作品。

〔二〕屈宋諸篇：指屈原、宋玉的作品。見上注。

〔三〕賈誼懷長沙：賈誼（前二〇〇—前一六八），洛陽（今屬河南）人，曾爲長沙王太傅，有《新書》。《漢書》卷四十八有傳。

胡鑑注：「按賈誼爲賦以弔屈原，不名《懷長沙》。王逸《楚辭》並未著録。其著録者惟《惜誓》一篇，注云不知誰所作，或曰賈誼，猶疑而未定之詞。惟《九章》中有《懷沙》，然作者屈原，非賈誼也，疑誤。」

按嚴羽所謂《懷長沙》，或即指《史記·賈誼傳》所載賈誼《弔屈原賦》。本條所謂「楚詞」或可理解爲楚辭體，而不必爲王逸《楚辭》。這樣楚辭體可以包括《楚辭》一書之外的作品。

《史記·賈誼傳》：「乃以賈生爲長沙王太傅。賈生既辭往行，聞長沙卑濕，自以壽不得長，又以適去，意不自得。及渡湘水，爲賦以弔屈原。其辭曰：

共承嘉惠兮，俟罪長沙。側聞屈原兮，自沉汨羅。造托湘流兮，敬弔先生。遭世罔極兮，乃殞厥身。嗚呼哀哉，逢時不祥！鸞鳳伏竄兮，鴟梟翱翔。闒茸尊顯兮，讒諛得志；賢聖逆曳兮，方正倒植。世謂伯夷貪兮，謂盜跖廉；莫邪爲頓兮，鉛刀爲銛。於嗟嚜嚜兮，生之無故！斡棄周鼎兮寶康瓠，騰駕罷牛兮驂蹇驢，驥垂兩耳兮服鹽車。章甫薦屨兮，漸不可久；嗟苦先生兮，獨離此咎！

訊曰：已矣，國其莫我知，獨堙鬱兮其誰語？鳳漂漂其高遰兮，夫固自縮而遠去。襲九淵之神龍兮，沕深潛以自珍。彌融爚以隱處兮，夫豈從蟻與蛭螾？所貴聖人之神德兮，遠濁世而自藏。使騏驥可得係羈兮，豈云異夫犬羊！般紛紛其離此尤兮，亦夫子之辜也。瞝九州而相君兮，何必懷此都也？鳳皇翔于千仞之上兮，覽悳煇焉下之；見細德之險微兮，摇增翮逝而去之。彼尋常之汙瀆兮，豈能容吞舟之魚！ 横江湖之鱣鱏兮，固將制於蟻螻。」

淮南王《招隱》：淮南王謂淮南王劉安。《招隱》，指《招隱士》，載《楚辭章句》卷十二，王逸《楚辭章句》謂淮南小山作：「《招隱士》者，淮南小山之所作也。 昔淮南王安博雅好古，招懷天下俊偉之士。 自八公之徒，咸慕其德而歸其仁，各竭才智，著作篇章，分造辭賦，以類相從。 故或稱小山，或稱大山，其義猶《詩》有《小雅》、《大雅》也。 小山之徒，閔傷屈原，又怪其文昇天乘雲，役使百神，似若仙者，雖身沈没，名德顯聞，與隱處山澤無異，故作《招隱士》之賦，以章其志也。」王逸云「淮南小山之所作」，淮南是指淮南王，小山似是淮南王之賓客，然後面却又稱小山、大山是辭賦的分類之名，作者究竟是誰，不詳。李善注《文選》卷三十三收録此篇，作者爲劉安。 嚴羽説「淮南王《招隱》」，或是據此。

嚴夫子哀時命：嚴忌（約前一八八—前一〇五），本姓莊，東漢時因避明帝劉莊諱，改爲嚴，人稱嚴夫子。 爲梁孝王客，辭賦現存《哀時命》一篇。《楚辭章句》卷十四：「《哀時命》者，嚴夫子之所作也。 夫子名忌，與司馬相如俱好辭賦，客遊於梁。 梁孝王甚奇重之。 忌哀屈原受性忠貞，不遭明君而遇暗世，斐然作辭，嘆而述之，故曰《哀時命》也。」文長不録。

【附録】

許學夷《詩源辯體》卷二「嚴滄浪云：『《楚辭》惟屈、宋諸篇當讀，外惟賈誼《懷長沙》（不見《楚辭》）、淮南王《招隱操》、嚴夫子《哀時命》，此外亦不必也。』愚按：諸篇而外，尚有賈誼《惜誓》可讀，其他摹倣盜襲，無一警語。 至如方朔《初放》、王逸《逢尤》，益又卑下矣。」

馮班《鈍吟雜録》卷五《嚴氏糾謬》：「按《九章》有《懷沙》，賈太傅無《懷沙》也。《招隱》亦非操。……滄浪云『須熟《楚詞》』，今觀此言，《楚詞》殊未熟，亦恐是未曾看。彼聞賈生爲長沙王傅自傷而死，遂以爲有《懷長沙》，不知《懷沙》非長沙也。」

三八

《九章》不如《九歌》〔一〕，《九章·哀郢》尤妙〔二〕。

【校勘】

〔九章哀郢〕底本作「九歌哀郢」，諸本同。宋本及寬永本《玉屑》卷十三作「九章哀郢」。按《哀郢》乃《九章》之一篇，故《玉屑》不誤，兹據改。

《嚴滄浪先生詩法》作：「《九章》不如《九歌》，《九歌》不如《哀郢》尤妙。」

此條嘉靖本、《四庫全書》本、古松堂本《玉屑》缺。

【箋注】

〔一〕九章：屈原作，包括《惜誦》、《涉江》、《哀郢》、《抽思》、《懷沙》、《思美人》、《惜往日》、《橘頌》、《悲回風》九篇。王逸《楚辭章句》：「《九章》者，屈原之所作也。屈原放於江南之壄，思君念國，憂心罔極，故復作《九章》。章者，著明也，言己所陳忠信之道甚著明也。卒不見納，委命自沉。楚人惜而哀之。世論其詞以相傳焉。」

九歌：屈原所作，包括《東皇太一》、《雲中君》、《湘君》、《湘夫人》、《大司命》、《少司命》、《東君》、《河伯》、《山鬼》、《國殤》、《禮魂》。王逸《楚辭章句》：「《九歌》者，屈原之所作也。昔楚國南郢之邑，沅、湘之間，其俗信鬼而好祠。其祠，必作歌樂鼓舞以樂諸神。屈原放逐，竄伏其域，懷憂苦毒，愁思沸鬱。出見俗人祭祀之禮，歌舞之樂，其詞鄙陋，因爲作《九歌》之曲，上陳事神之敬，下見己之冤結，托之以風諫。故其文意不同，章句雜錯，而廣異義焉。」

胡應麟比較《九歌》與《九章》云：「和平婉麗，整暇雍容，讀之使人一唱三嘆者，《九歌》等作是也；惻愴悲鳴，參差繁複，讀之使人涕泣沾襟者，《九章》等作是也。《九歌》託於事神，其詞不露，故精簡而有條；《九章》迫於戀主，其意甚傷，故總雜而無緒。」（《詩藪》内編卷一）胡氏雖然兩者並列，但言辭之中帶有《九章》低於《九歌》之意。

至許學夷則明顯受嚴羽影響，以爲《九歌》高於《九章》。其《詩源辯體》卷二：「屈原《九章》不如《九歌》，《九章》《涉江》、《哀郢》爲勝。《文選》録《涉江》，而滄浪取《哀郢》，各有意。然《九章》較《離騷》、《九歌》，制作多有不類，即《涉江》、《哀郢》最工而文又甚顯，疑未必皆屈子所爲。至如《惜往日》云『不畢辭而赴淵兮，惜壅君之不識』。《悲回風》云『驟諫君而不聽兮，任重石之何益』！是豈屈子口語耶？蓋必唐勒、景差之徒爲原而作，一時失其名，遂附入屈原耳。」許氏不僅認爲《九章》低於

《九歌》，甚至懷疑《九章》非屈原所作，而其質疑的理由就是《九章》與《離騷》、《九歌》等作風格上的差異。

沈德潛《説詩晬語》卷上：「《九歌》哀而豔，《九章》哀而切。《九歌》託事神以喻君，猶望君之感悟也。《九章》感悟無由，沈淵已決，不覺其激烈而悲愴也。」此比較兩者之特徵，而不作高下之論。

古人論楚辭以《離騷》爲最高，若從風格上看，古人以爲《九歌》與《離騷》呈現出更多的一致性，如果以《離騷》作爲評價的標準，則肯定《九歌》高於《九章》有其必然性。《文選》於《九歌》選四首，而《九章》選一首，這種數量上的差異似亦可看作蕭統對兩者有高下的區別。

〔二〕九章句：《哀郢》爲《九章》之一篇：

皇天之不純命兮，何百姓之震愆？民離散而相失兮，方仲春而東遷。
去故鄉而就遠兮，遵江夏以流亡。出國門而軫懷兮，甲之鼂吾以行。
發郢都而去閭兮，荒忽其焉極？楫齊揚以容與兮，哀見君而不再得。
望長楸而太息兮，涕淫淫其若霰。過夏首而西浮兮，顧龍門而不見。
心嬋媛而傷懷兮，眇不知其所蹠。順風波以從流兮，焉洋洋而爲客。
淩陽侯之氾濫兮，忽翺翔之焉薄。心絓結而不解兮，思蹇産而不釋。
將運舟而下浮兮，上洞庭而下江。去終古之所居兮，今逍遥而來東。
羌靈魂之欲歸兮，何須臾而忘反。背夏浦而西思兮，哀故都之日遠。

登大墳以遠望兮，聊以舒吾憂心。哀州土之平樂兮，悲江介之遺風。當陵陽之焉至兮，淼南渡之焉如？曾不知夏之爲丘兮，孰兩東門之可蕪？心不怡之長久兮，憂與愁其相接。惟郢路之遼遠兮，江與夏之不可涉。忽若去不信兮，至今九年而不復。慘鬱鬱而不通兮，蹇侘傺而含慼。外承歡之汋約兮，諶荏弱而難持。忠湛湛而願進兮，妒被離而鄣之。堯舜之抗行兮，瞭杳杳而薄天。衆讒人之嫉妒兮，被以不慈之僞名。憎愠惀之脩美兮，好夫人之忼慨。衆踥蹀而日進兮，美超遠而逾邁。亂曰：曼余目以流觀兮，冀壹反之何時。鳥飛反故鄉兮，狐死必首丘。信非吾罪而棄逐兮，何日夜而忘之！

在《九章》諸篇中，司馬遷《史記·屈原列傳》中列舉《哀郢》，而《文選》所選爲《涉江》一篇，嚴羽認爲《哀郢》爲好，許學夷則兼取兩篇。

針對通行本作「《九歌》《哀郢》」，馮班痛加詆諆。《鈍吟雜録》卷五《嚴氏糾謬》：「《哀郢》是《九章》，《九歌》是祀神之詞，何得有《哀郢》？……彼知屈子不得志於懷、襄而死，意《哀郢》必妙，不知《九歌》無《哀郢》也。望影亂言，世爲所欺，何哉？」

郭紹虞《校釋》：「案馮班《糾謬》云：『《哀郢》是《九章》，《九歌》是祀神之詞，何得有《哀郢》？滄浪云，須熟《楚詞》，今觀此言，《楚詞》殊未熟。』錢曾《讀書敏求記》亦有此語。《四庫全書提要》謂：『此或一時筆誤，或傳寫有譌，均未可定。遽加輕詆，未免佻薄。」案滄浪論《楚詞》各條，嘉靖本《玉屑》均失載，惟日本寬永本有之。」

三九

前輩謂《大招》勝《招魂》〔一〕，不然〔二〕。

【校勘】

郭紹虞《校釋》：「嘉靖本《玉屑》無此條。」按此條載宋本、寬永本《玉屑》卷十三，嘉靖本、《四庫全書》本、古松堂本《玉屑》缺。

【箋注】

〔一〕前輩句：《大招》，王逸《楚辭章句》卷十曰：「《大招》者，屈原之所作也，或曰景差，疑不能明也。屈原放流九年，憂思煩亂，精神越散，與形離别，恐命將終，所行不遂，故憤然大招其魂。盛稱楚國之樂，崇懷襄之德，以比三王，能任用賢公卿明察，能薦舉人宜輔佐之，以興至治，因以風諫達己之志也。」後人多以爲非屈原作。

《招魂》，宋玉作，《楚辭章句》卷九：「《招魂》者，宋玉之所作也。招者，召也。以手曰招，以言曰召。魂者，身之精也。宋玉憐哀屈原忠而斥棄，愁懣山澤，魂魄放佚，厥命將落，故作《招魂》，欲以復其精神，延其年壽，外陳四方之惡，内崇楚國之美，以諷諫懷王，冀其覺悟而還之也。」《文選》李善注又稱爲《小招魂》，以與《大招》相對。（見《文選注》卷六左思《魏都賦》注）

〔二〕不然：郭紹虞《校釋》：「案滄浪論詩多取朱熹説。此所謂前輩，即指朱熹，語見朱氏《楚辭集注》。」

按朱熹《楚辭集注》卷七《大招》題解：「《大招》不知何人所作，或曰屈原，或曰景差，自王逸時已不能明矣。其謂原作者，則曰詞義高古，非原莫及。其不謂然者，則曰《漢志》定著原賦二十五篇，今自《騷》經以至《漁父》，已充其目矣。其謂景差，則絶無左驗。是以讀書者往往疑之。然今以宋玉《大》、《小言賦》考之，則凡差語皆平淡醇古，意亦深靖閑退，不爲詞人墨客浮夸艷逸之態，然後乃知此篇決爲差作無疑也。雖其所言，有未免於神怪之惑、逸欲之娱者，然視《小招》，則已遠矣。其於天道之詘伸動静，蓋若粗識其端倪；於國體時政，又頗知其所先後。要爲近於儒者窮理經世之學。予於是竊有感焉，因表而出之，以俟後之君子云。」

朱熹認爲《大招》是景差的作品，其依據是宋玉《大言賦》、《小言賦》中載景差之語皆「平淡醇古，意亦深靖閑退」，《大招》風格上正與景差相似。朱熹又站在理學立場，謂《大招》所體現出的有關天道、政治方面的見解勝過《招魂》，故有《大招》勝《招魂》之説。

嚴羽不認同朱熹的觀點，許學夷則贊同嚴羽之説。《詩源辯體》卷二云：「宋玉《招魂》語語警絶，唐勒《大招》（舊以爲景差作，胡元瑞考定以爲唐勒。）雖倣其體製，而文采不及。《文選》取《招魂》而遺

《大招》，是也。朱子謂：『《大招》於天道詘伸動静，若粗識其端倪，於國體時政，又頗知所先後。』遂以爲勝《招魂》。此儒者之見，非詞家定論也。」此或能解釋嚴羽不認同朱熹之説的緣由。

四〇

讀《騷》之久〔一〕，方識真味。須歌之抑揚〔二〕，涕洟滿襟〔三〕，然後爲識《離騷》〔四〕。否則如戛釜撞甕耳〔五〕。

【校勘】

〔真味〕　宋本及寬永本《玉屑》均作「其味」。

〔涕洟〕　郭紹虞《校釋》：「《歷代詩話》本『洟』作『淚』」。按何望海本、周亮工本、朱霞本、徐幹本「洟」均作「淚」。

〔然後爲識離騷〕　郭紹虞《校釋》：「日本寬永本《玉屑》引滄浪語，『識』上有『真』字。」按宋本《玉屑》亦然。

此條《嚴滄浪先生詩法》作：「讀《離騷》之人，方識真味，須歌之涕淚滿襟，不然，戛釜扣甕耳。」

郭紹虞《校釋》：「嘉靖本《玉屑》無此條。」按此條載宋本及寬永本《玉屑》卷十三，嘉靖本、《四庫全書》本、古松堂本《玉屑》無。又按《玉屑》本條與上兩條合爲一條。

【箋注】

〔一〕騷：按《騷》或《離騷》在指稱屈原作品時有廣狹二義，其狹義單指《離騷》一篇，其廣義則指屈原本人的全部作品。王逸《楚辭章句》將屈原所有作品均稱作《離騷》。荒井健日譯《滄浪詩話》：「本條的《騷》指廣義的《離騷》，即屈原全部七篇作品。」其説可取。然與上面諸條聯繫起來看，嚴羽提到屈原本人作品，已經分别稱呼篇名，如《九章》、《九歌》，此處所説之《離騷》亦可理解爲單篇。

〔二〕歌之抑揚：謂歌詠《離騷》，隨著作品的情感的變化，聲調或低沉，或高昂。

〔三〕涕洟（tì替）：眼淚和鼻涕。《禮記・檀弓上》：「主人深衣練冠，待於廟，垂涕洟。」陸德明釋文：「自目曰涕，自鼻曰洟。」

郭紹虞《校釋》：「何文煥《歷代詩話考索》：『滄浪謂讀《騷》者須歌之抑揚，涕淚滿襟，乃識《騷》之真味。不知涕淚滿襟，殊失雅度，恐當日屈子未必作是形容也。』錢振鍠《謫星説詩》：『又云：讀《騷》之久，方識真味；須歌之抑揚，涕洟滿襟，然後識《騷》。此語真可供人嘔吐。試思對書哭泣，是何景象，無所感觸，而强作解人，豈非裝哭！』」

按讀屈原作品而慟哭流涕，朱熹已有此説。《楚辭辯證下》論《九章》云：「原之作，其志之切而詞之哀，蓋未有甚於此數篇者，讀者其深味之，真可爲慟哭而流涕也。」嚴羽之説或從朱説引申而出。

〔四〕識離騷：《離騷》之藴含，漢以來讀者解讀就有不同，劉安、司馬遷贊之，班固貶之，王逸又尊之，至劉勰《文心雕龍・辨騷》，以爲與經典相比，有四同四異。正因爲解者紛紜，才會有誰所得爲《離騷》的真髓問題，即嚴羽所謂「真味」。

朱熹作《楚辭集注》，其序云：「自原著此詞，至漢未久，而説者已失其趣，如太史公蓋未能免，而劉安、班固、賈逵之書，世復不傳。及隋唐間，爲訓解者尚五六家，又有僧道騫者，能爲楚聲之讀，今亦漫不復存，無以考其説之得失。而獨東京王逸《章句》與近世洪興祖《補注》，並行於世。其於訓詁名物之間，則已詳矣。……至其大義，則又皆未嘗沉潛反復、嗟嘆詠歌以尋其文詞指意之所出，而遽欲取喻立説，旁引曲證，以强附於其事之已然，是以或以迂滯而遠於性情，或以迫切而害於義理，使原之所爲抑鬱而不得伸於當年者，又晦昧而不見白於後世。予於是益有感焉。」（《晦庵集》卷七十六《楚辭集注序》）朱熹謂漢以來「説者已失其趣」，則屈原作品之真正旨趣並不易明，而他自己之作《集注》，正是要彰明屈原之真正旨趣。

但是，朱熹所發明的屈原之旨趣，嚴羽未必認同。故他在朱熹之後還是提出要識「真味」。嚴羽之意，《離騷》之真味並不易識，但他没有説真味是什麽，只是給出了理解真味的方法：就是要反復地讀，要放聲地詠歌。讀者被作品感染，甚至融入作品中，與抒情主人公合爲一體，讀者的情感邏輯與抒情主人公的情感邏輯相契合，達到這種境界，讀者所感受到的就是《離騷》的真味。嚴羽所謂「涕洟滿襟」，就是形容讀者達到與作品抒情主人公合一時的狀態。

〔五〕戛（jiá）釜撞甕：敲擊瓦釜及陶罐。戛，同「戞」，敲擊。釜，炊器。甕，陶製水罐，口小腹大。蘇軾《書鮮于子駿楚詞後》：「鮮于子駿作楚詞《九誦》以示軾，軾讀之茫然而思，喟然而嘆，曰：嗟乎！此聲之不作也久矣，雖欲作之，而聽者誰乎？譬之於樂，變亂之極，而至於今，凡世俗之所用，皆夷聲夷器也，求所謂鄭衛者，且不可得，而況於雅音乎？學者方欲陳六代之物，絃匏《三百五篇》，犂然如戛釜竈，撞甕盎，未有不坐睡竊笑者也。好之而欲學者無其師，知之而欲傳者無其徒，可不悲哉？」（《蘇軾文集》卷六十六）蘇軾謂楚辭體乃極古之詩體，少有人作之，更少人聽之。今有人作此體，就像在今人面前擊釜撞甕以爲音樂一樣，聽者一定會睡覺或譏笑。

嚴羽以爲，對於《離騷》（屈原全部作品），一定要反復諷詠才能得其真味。得其真味的標志，是讀者被作品深深地感染，乃至於痛哭流涕。如果不能被其感染，不得其真味，那麽讀《騷》就如今人而聽擊釜撞甕之聲一樣，没有味道。

【附録】

荒井健日譯《滄浪詩話》：「上條不贊同朱子之説，本條則申述朱子之論。朱子在《楚辭集注序》中稱，古來注者『皆未嘗沉潛反復、嗟嘆詠歌以尋其文詞指意之所出』。『戛釜撞甕』恐怕就是上述的意思，其出處未知，未詳。」（《文學論集》，三六二頁）

四一

唐人惟柳子厚深得騷學〔一〕，退之、李觀皆所不及〔二〕。若皮日休《九諷》，不足爲騷〔三〕。

【校勘】

郭紹虞《校釋》："「嘉靖本《玉屑》無此條。」按此條在宋本、日本寬永本《玉屑》卷十三，元本、嘉靖本《玉屑》有缺葉，故無此條。

【箋注】

〔一〕唐人句：此謂柳宗元深得屈原作品之精神。《舊唐書》卷一六〇《柳宗元傳》："「再貶永州司馬。既罹竄逐，涉履蠻瘴，崎嶇堙厄，藴騷人之鬱悼，寫情敘事，動必以文。爲騷文十數篇，覽之者爲之悽惻。」郭紹虞《校釋》："「滄浪所謂深得騷學者殆本此。」

許學夷《詩源辯體》卷二十三："「嚴滄浪云：『唐人惟柳子厚深得騷學。』愚按：子厚騷辭，惟《懟螭》、《哀溺》、《弔萇弘》、《弔屈原》、《弔樂毅》、《招海賈》諸文爲勝，而《招海賈》則又《招魂》之變，較諸篇爲尤勝。然諸篇雖爲騷之正派，而無漢武、小山、摩詰、太白詩趣，故《品彙》不録。」

荒井健日譯《滄浪詩話》："「柳宗元由於自己的不幸命運而對屈原有强烈的同感，所存作品，多有騷體。其作品之優秀，宋初以來已有定評。尤其是南宋學者沈作喆説：『柳子厚作楚詞，卓詭譎怪，韓退之不能及。』（《寓簡》卷五）（按：檢《四庫全書》等本在卷四）」

〔二〕退之李觀句：韓愈有《感二鳥賦》、《復志賦》、《閔己賦》、《別知賦》。《五百家注昌黎文集》卷一《感二鳥賦》題注：「公之賦，見於集者四，大抵多有取於《離騷》之意。」

李觀（七六六—七九四），字元賓。趙州贊皇（今屬河北）人。李華之從子，貞元八年（七九二）登進士第，九年，復中博學鴻詞科。官至太子校書郎。《新唐書》卷二〇三有傳。有《李元賓文編》。李觀騷體有《交難》、《東還賦》，載《李元賓文編》卷二。

〔三〕若皮日休二句：皮日休（八三三—八八三），字襲美，襄陽（今屬湖北）人。隱居鹿門山，自號醉翁先生。咸通八年（八六七）進士，官太常博士。有《皮子文藪》十卷。

《皮子文藪》卷二有《九諷》，包括《正俗》、《遇謗》、《見逐》、《悲遊》、《憫邪》、《端憂》、《紀祀》、《捨慕》、《潔死》九篇。前有《九諷系述》云：「在昔屈平既放，作《離騷經》。正詭俗而爲《九歌》，辨窮愁而爲《九章》。是後詞人摭而爲之，皆所以嗜其麗詞，撢其逸藻者也。至若宋玉之《九辨》、王褒之《九懷》、劉向之《九歎》、王逸之《九思》，其爲清愁素豔，幽抉古秀，皆得芝蘭之芬芳，鸞鳳之毛羽也。然自屈原以降，繼而作者，皆相去數百祀，足知其文難述，其詞罕繼者矣。大凡有文人，不擇難易，皆出於毫端者，乃大作者也。揚雄之文，邱、軻乎？而有《廣騷》也；梁竦之詞，班、馬乎？其有《悼騷》也。又不知王逸奚罪其文，不以二家之述爲《離騷》之兩派也。昔者聖賢不偶命，必著書以見志。况斯文之怨抑歟？噫！吾之道不爲不明，吾之命未爲未偶，而見志於斯文者，懼來世任臣之君，因謗而去賢，持禄之士，以猜而遠德，故復嗣數賢之作，以九爲數，命之曰《九諷》焉。嗚呼！百世之下，復有脩《離騷章句》者乎？則吾之文，未過不爲乎《廣騷》、《悼騷》也。」

晁補之《雞肋集》卷三十七《變離騷序上》：「皮日休《九諷》，專效《離騷》，其《反招魂》靳靳如影守形，然非也，竟離去，畫者謹毛而失貌，嗚呼！《離騷》自此散矣。」

四二

韓退之《琴操》極高古〔一〕，正是本色〔二〕，非唐賢所及。

【校勘】

〔唐賢〕　郭紹虞《校釋》：「《玉屑》『唐』下有『諸』字。」

《嚴滄浪先生詩法》作：「韓文《琴操》不可及，唐賢皆亞之。其語徑而簡，雅而文。」

【箋注】

〔一〕韓退之琴操：琴操，古琴曲。蔡邕《琴操》列有十二操之名：一曰將歸操，二曰猗蘭操，三曰龜山操，四曰越裳操，五曰拘幽操，六曰岐山操，七曰履霜操，八曰朝飛操，九曰别鶴操，十曰殘形操，十一曰水仙操，十二曰襄陵操。韓愈《琴操》十首：

《將歸操》：

孔子之趙，聞殺鳴犢作。（《全唐詩》注：趙殺鳴犢，孔子臨河，嘆而作歌曰：「秋之水兮風揚波，舟楫顛倒更相加，歸來歸來胡爲期。」）

秋之水兮，其色幽幽。我將濟兮，不得其由。涉其淺兮，石齧我足。乘其深兮，龍入我舟。我濟而悔兮，將安歸尤。歸兮歸兮，無與石鬬兮，無應龍求。

《猗蘭操》：

孔子傷不逢時作。（《全唐詩》注：古琴操云：「習習谷風，以陰以雨。之子于歸，遠送于野。何彼蒼天，不得其所。逍遥九州，無有定處。世人暗蔽，不知賢者。年紀逝邁，一身將老。」）

蘭之猗猗，揚揚其香。不採而佩，於蘭何傷。今天之旋，其曷爲然。我行四方，以日以年。雪霜貿貿，薺麥之茂。子如不傷，我不爾覯。薺麥之茂，薺麥之有。君子之傷，君子之守。

《龜山操》：

孔子以季桓子受齊女樂，諫不從，望龜山而作。（《全唐詩》注：龜山在太山博縣。古琴操云：「予欲望魯兮，龜山蔽之。手無斧柯，奈龜山何。」）

龜之氛兮，不能雲雨。龜之枿兮，不中樑柱。龜之大兮，祇以奄魯。知將隳兮，哀莫余伍。周公有鬼兮，嗟餘歸輔。

《越裳操》：

周公作。（《全唐詩》注：古琴操云：「於戲嗟嗟，非旦之力，乃文王之德。」）

雨之施物以孳，我何意於彼爲。自周之先，其艱其勤。以有疆宇，私我後人。我祖在上，四方在下。厥臨孔威，敢戲以侮。孰荒於門，孰治於田。四海既均，越裳是臣。

《拘幽操》：

文王羑里作。（《全唐詩》注：古琴操云：「殷道溷溷，浸濁煩兮。朱紫相合，不別分兮。迷亂聲色，信讒言兮。炎炎之虐，使我愆兮。幽閉牢阱，由其言兮。遘我四人，憂勤勤兮。」）

目窈窈兮，其凝其盲。耳肅肅兮，聽不聞聲。朝不日出兮，夜不見月與星。有知無知兮，爲死爲生。嗚呼，臣罪當誅兮，天王聖明。

《岐山操》：

周公爲太王作。（《全唐詩》注：本詞云：「狄戎侵兮，土地遷移。邦邑適於岐山，烝民不憂兮誰者知。嗟嗟奈何兮，予命遭斯。」）

我家於豳，自我先公。伊我承序，敢有不同。今狄之人，將土我疆。民爲我戰，誰使死傷。彼岐有岨，我往獨處。爾莫余追，無思我悲。

《履霜操》：

尹吉甫子伯奇無罪，爲後母譖而見逐，自傷作。（《全唐詩》注：本詞云：「朝履霜兮採晨寒，考不明其心兮信讒言。孤恩别離兮摧肺肝，何辜皇天兮遭斯愆。痛殁不同兮恩有偏，誰能流顧兮知我冤。」）

父兮兒寒，母兮兒饑。兒罪當笞，逐兒何爲。兒在中野，以宿以處。四無人聲，誰與兒語。兒寒何衣，兒饑何食。兒行於野，履霜以足。母生衆兒，有母憐之。獨無母憐，兒寧不悲。

《雉朝飛操》：

牧犢子七十無妻，見雉雙飛，感之而作。（《全唐詩》注：本詞云：「雉朝飛兮鳴相和，雌雄羣遊兮山之阿。我獨何命兮未有家，時將暮兮可奈何，嗟嗟暮兮可奈何。」）

雉之飛，於朝日。羣雌孤雄，意氣横出。當東而西，當啄而飛。隨飛隨啄，羣雌粥粥。嗟我雖人，曾不如彼雉雞。生身七十年，無一妾與妃。

《别鵠操》：

商陵穆子，娶妻五年無子。父母欲其改娶，其妻聞之，中夜悲嘯，穆子感之而作。（《全唐詩》注：本詞云：「將乖比翼隔天端，山川悠遠路漫漫，攬衾不寐食忘飧。」）

雄鵠銜枝來，雌鵠啄泥歸。巢成不生子，大義當乖離。江漢水之大，鵠身鳥之微。更無相逢日，且可繞樹相隨飛。

《殘形操》：

曾子夢見一狸，不見其首作。

有獸維狸兮，我夢得之。其身孔明兮，而頭不知。吉凶何爲兮，覺坐而思。巫咸上天兮，識者其誰。

嚴羽以爲韓氏之《琴操》超出衆作，上合古人。劉克莊《後村詩話》卷一：「謝康樂有《擬鄴中詩》八首，江文通有《擬雜體》三十首，名曰擬古，往往奪真，亦猶退之《琴操》，真可以絃廟瑟，子厚《天對》，真可以答《天問》。今人號爲摹擬其作，求其近似者少矣。」此論韓愈《琴操》，亦言其似古，與嚴羽高古之評可以相參。

〔二〕正是本色：謂韓氏所作符合琴操作爲一個詩歌體裁類別所固有的特徵。唐庚《唐子西語録》：「古樂府命題皆有主意，後之人用樂府爲題者，直當代其人而措辭，如《公無渡河》須作妻止其夫之辭，太白輩或失之，惟退之《琴操》得體。《琴操》，柳子厚不能作；子厚《皇雅》，退之亦不能作也。」（《苕溪漁隱叢話》前集卷十八，《説郛》本作：「《琴操》非古詩，非騷詞，惟韓退之爲得體。退之《琴操》，柳子厚不能作；子厚《皇雅》，退之亦不能作。」郭紹虞《校釋》謂「此爲滄浪所本。」）

所謂「得體」，乃謂韓愈《琴操》符合此體固有的特徵，亦即符合琴操體的傳統。嚴羽所謂「本色」，正是指此。韓愈此作能上合於古之《琴操》，故謂之「高古」。

琴操作爲一個文類，其特徵究竟是什麽？按照唐庚之説，其體既不同於古詩，也不同於騷詞，似乎是介於兩者之間。但晁補之却以爲琴操最近於騷。朱熹《楚辭後語》卷四韓愈《琴操》解題引晁補之語曰：「晁氏曰：《琴操》者，韓退之所作也。韓博學羣書，奇辭奧義，如取諸室中物，以其所涉博，故能約而爲此也。夫孔子於《三百篇》皆絃歌之，操，亦絃歌之辭也。其取興幽眇，怨而不言，最近《離騷》。《離騷》，本古詩之衍者，至漢而衍極，故《離騷》、《琴操》，與詩賦同出而異名，蓋衍復於約者，約故去古不遠，然則後之欲爲《離騷》者，惟約猶近之。十操取其四，以近楚辭，其删六首者，詩也。」按晁補之有

《續楚辭》，僅選録了接近楚辭的《將歸操》、《龜山操》、《拘幽操》、《殘形操》四篇。

毛先舒《詩辯坻》卷三以爲：「昌黎《琴操》，以文爲詩，非絶詣，昔人嘗賞之過當，未爲知音。」

四三

釋皎然之詩，在唐諸僧之上〔一〕。唐詩僧有法震、法照、無可、護國、靈一、清江、無本、齊己、貫休也〔二〕。

【校勘】

〔唐詩僧句〕《玉屑》本作：「唐詩僧有法震、法照、無可、護國、靈一、清江，不特無本、齊己、貫休也。」又《玉屑》此句作小注。郭紹虞《校釋》：「似以《玉屑》爲是。」

【箋注】

〔一〕釋皎然二句：皎然：名清晝，俗姓謝氏，長城（今浙江長興）人，謝靈運十世孫。早年出家，然喜吟詠，與顔真卿、韋應物有酬唱。有《杼山集》十卷，《詩式》五卷，《詩議》一卷。

郭紹虞《校釋》：「此則亦有所本。葉夢得《石林詩話》卷中謂：『唐詩僧自中葉以後，其名字班班爲當時所稱者甚多，然詩皆不傳。如「經來白馬寺，僧到赤烏年」數聯，僅見文士所録而已。陵遲至貫休、齊己之徒，其詩雖存，然無足言矣。中間皎然最爲傑出，故其詩十卷獨全，亦無甚過人者。』滄浪所言當本此。」

按於唐詩僧中推尊皎然，在唐人已然。劉禹錫《劉賓客文集》卷十九《澈上人文集紀》：「世之言詩僧多出江左，靈一導其源，護國襲之，清江揚其波，法振沿之，如么弦孤韻，瞥入人耳，非大樂之音，獨吳興畫公能備衆體。」此顯然以皎然爲優。

《唐才子傳》卷八：「皎然……初入道，肄業杼山，與靈徹、陸羽同居妙喜寺，羽於寺傍創亭，以癸丑歲癸卯朔癸亥日落成，湖州刺史顏真卿名以三癸，皎然賦詩，時稱三絶。真卿嘗於郡齋集文士撰《韻海鏡源》，與其論著，由是聲價籍甚。貞元中，集賢御書院取高僧集，得上人文十卷藏之，刺史于頔爲之序。李端在匡岳，依止稱門生，一時名公俱相友善，題云清晝上人是也。時韋應物以古淡矯俗，公嘗擬其格，得數解爲贄，韋心疑之，明日，又録舊製以見，始被領略曰：『人各有長，蓋自天分，子而爲我失故步矣，但以所詣自名可也。』公心服之。往時住西林寺，定餘多暇，因撰序作詩體式，兼評古今人詩，爲《晝公詩式》五卷，及撰《詩評》三卷，皆議論精當。……公外學超然，與會閑適，居第一流不疑也。」

〔二〕法震：一作法振，亦作法貞，《全唐詩》卷八一一載其詩十六首，小傳：「大曆、貞元間以詩名。」《唐詩紀事》卷七十三舉其《月夜泛舟》云：「西塞長雲盡，南湖片月斜。漾舟人不見，卧入武陵花。」

法照：《全唐詩》卷八一〇載其詩三首，小傳：「大曆、貞元間僧。」

無可：《全唐詩》卷八一一編其詩兩卷，小傳：「范陽人，姓賈氏，島從弟，居天仙寺。詩名亦與島齊。」

護國：計有功《唐詩紀事》卷七十三：「護國，江南人，攻詞翰。」《唐詩品彙・詩人爵里詳節》：「江南人，大曆時人。」《全唐詩》卷八一一載其詩一二首，小傳：「護國，江南人，工詞翰，有聲大曆間。」《唐詩紀事》卷七十三載其《題醴陵玉仙觀歌》云：「王喬一去空仙觀，白雲至今凝不散。星垣松殿幾千秋，往往笙歌下天半。瀑布西行過石橋，黄精採根還採苗。路逢一人擎藥椀，松花夜雨風吹滿。又言家住在東坡，白犬相隨邀我過。南山石上有棋局，曾使樵夫爛斧柯。」又其《臨川道中》：「出谷入谷路回轉，秋風已至歸期晚。舉頭何處望來蹤，萬仞千山鳥飛遠。」

靈一（七二七—七六二）：俗姓吴，廣陵（今江蘇揚州）人。《唐詩品彙·詩人爵里詳節》：「越中雲門寺律師，持律甚嚴，以清高爲世所推。尤善聲詩，與劉長卿、皇甫冉、嚴維相倡和。」《全唐詩》卷八〇九載其詩一卷，小傳：「靈一，姓吴氏，廣陵人，居餘杭宜豐寺，禪誦之暇，輒賦詩歌，與朱放、張繼、皇甫曾諸人爲塵外友，詩一卷。」宋贊寧《宋高僧傳》卷十五有傳。

高仲武《中興間氣集》選其詩四首，評云「自齊、梁以來，道人工文多矣，罕有入其流者。一公乃能刻意精妙，與士大夫更唱迭和，不其偉歟！如『泉涌堦前地，雲生户外峰』，則道猷、寶月曾何及此？」兹録一首。《酬皇甫冉赴無錫於雲門寺贈詩别》：「湖南通古寺，來往意無涯。欲識雲門路，千峰到若耶。春山子猷宅，古木謝敷家。自可長偕隱，那云相去賒。」

清江：《唐詩品彙·詩人爵里詳節》：「大曆時人，與章八元同倡和。」《全唐詩》卷八一二編其詩一卷，小傳：「清江，會稽人，善篇章，大曆、貞元間，與清晝齊名，稱爲會稽二清。」

無本：即賈島。初爲僧，後舉進士。

齊己：《唐才子傳》卷八：「齊己，長沙人，早失怙恃，七歲穎悟，爲大潙山寺司牧，往往抒思，取竹枝畫牛背爲小詩，耆宿異之，遂共推挽入戒。風度日改，聲價益隆。過豫章時，陳陶近已仙去，已留題有云：『夜過修竹寺，醉打老僧門。』至宜春，投詩鄭都官云：『自封修藥院，别下著僧牀。』谷曰：『善則善矣，一字未安。』經數日，來曰：『别埽如何？』谷嘉賞，結爲詩友。」

貫休（八二三—九一二），俗姓張，字德隱，婺州蘭谿（今浙江蘭溪）人。有《禪月集》。《全唐詩》卷八二六至八三七編其詩十一卷。

四四

集句惟荆公最長〔一〕。《胡笳十八拍》混然天成〔二〕，絶無痕迹〔三〕，如蔡文姬肝肺間流出〔四〕。

【校勘】

〔混然天成〕　陳定玉輯校《嚴羽集》：「『混』，《歷代詩話》作『渾』。」

〔肝肺間流出〕　郭紹虞《校釋》：「『肺肝』，《玉屑》作『肝肺』。」

【箋注】

〔一〕集句惟荆公最長：集句，集他人詩句成詩。周紫芝《竹坡詩話》：「集句近世往往有之，惟王荆公得此三昧。前人所傳，如『雨荒深院菊，風約半池萍』之句，非不切律，但苦無思耳。」惠洪《冷齋夜話》卷三：「集句詩，山谷謂之百家衣體，其法貴拙速而不貴巧遲。」

〔二〕《胡笳十八拍》：見載於郭茂倩《樂府詩集》卷五十九，題漢蔡琰作。朱熹《楚辭後語》卷三亦載之。學術界認爲實是唐人的作品。此指王安石有集句詩《胡笳十八拍》，載《王安石集》卷三十七。詩云：

中郎有女能傳業，顏色如花命如葉。命如葉薄將奈何，一生抱恨常諮嗟。良人持戟明光裏，所慕靈妃媲簫史。空房寂寞施繐帷，弃我不待白头時。

天不仁兮降亂離，嗟余去此其從誰。自胡之反持干戈，翠蕤雲旓相蕩摩。流星白羽腰間插，疊鼓遥翻瀚海波。一門骨肉散百草，安得無淚如黄河。我生之初尚無爲，嗚呼吾意其蹉跎。

身執略兮入西關，關山阻修兮行路難。水頭宿兮草頭坐，在野只教心膽破。更鞲雕鞍教走馬，玉骨瘦來無一把。幾回拋鞚抱鞍橋，往往驚墮馬蹄下。

漢家公主出和親，御廚絡繹送八珍。明妃初嫁與胡時，一生衣服盡隨身。眼長看地不稱意，同是天涯淪落人。我今一食日還併，短衣數挽不掩脛。乃知貧賤别更苦，安得康强保天性。

十三學得琵琶成，繡幕重重卷畫屏。一見郎來雙眼明，勸我酤酒花前傾。齊言此夕樂未央，豈知此聲能斷腸。如今正南看北斗，言語傳情不如手。低眉信手續續彈，彈看飛鴻勸胡酒。

青天漫漫復長路，一紙短書無寄處。月下長吟久不歸，當時還見雁南飛。彎弓射飛無遠近，青塚路邊南雁盡。兩處音塵從此絶，唯向東西望明月。

明明漢月當相識，道路只今多擁隔。去住彼此無消息，時獨看雲淚横臆。豺狼喜怒難姑息，自倚紅顔能騎射。千言萬語無人會，漫倚文章真末策。

死生難有却回身，不忍重看舊寫真。暮去朝來顔色改，四時天氣總愁人。東風漫漫吹桃李，盡日獨行春色裏。自經喪亂少睡眠，鶯飛燕語長悄然。

柳絮已將春去遠，攀條弄芳畏晼晚。憂患衆兮歡樂鮮，一去可憐終不返。日夕思歸不得歸，山川滿目淚沾衣。華圭苑裏西風起，歎息人間萬事非。

寒聲一夜傳刁斗，雲雪埋山蒼兕吼。詩成吟詠轉淒涼，不如獨坐空搔首。漫漫胡天叫不聞，胡人高鼻動成羣。寒盡春生洛陽殿，回首何時復來見。

晚來幽獨恐傷神，唯見沙蓬水柳春。破除萬事無過酒，虜酒千杯不醉人。含情欲説更無語，一生長恨奈何許。饑對酪肉兮不能餐，强來前帳臨歌舞。

歸來輾轉到五更，起看北斗天未明。秦人築城備胡處，擾擾唯有牛羊聲。萬里飛蓬映天過，風吹漢地衣裳破。欲往城南望城北，三步回頭五步坐。

自斷此生休問天，生得胡兒擬棄捐。一始扶牀一初坐，抱攜撫視皆可憐。寧知遠使問名姓，引袖拭淚悲且慶。悲莫悲兮生别離，悲在君家留二兒。

鞠之育之不羞恥，恩情亦各言其子。天寒日暮山谷裏，腸斷非關隴頭水。兒呼母兮啼失聲，依然離别難爲情。灑血仰頭兮訴蒼蒼，知我如此兮不如無生。

當時悔來歸又恨，洛陽宫殿焚燒盡。紛紛黎庶逐黄巾，心折此時無一寸。慟哭秋原何處村，千家今有百家存。争持酒食來相饋，舊事無人可共論。

此身飲罷無歸處，心懷百憂復千慮。天翻地覆誰得知，魏公垂淚嫁文姬。天涯憔悴身，托命于新人。念我出腹子，使我嘆恨勞精神。新人新人聽我語：我所思兮在何所？母子分離兮意難任，死生不相知兮何處尋？

燕山雪花大如席，與兒洗面作光澤。怳然天地半夜白，閨中只是空相憶。點注桃花舒小紅，與兒洗面作華容。欲問平安無使來，桃花依舊笑春風。

春風似舊花仍笑，人生豈得長年少。我與兒兮各一方，憔悴看成兩鬢霜。如今豈無騕褭與騂騮，安得送我置汝傍。胡塵暗天道路長，遂令再往之計墮眇芒。

胡笳本出自胡中，此曲哀怨何時終。笳一會兮琴一拍，此心炯炯君應識。

〔三〕絶無痕迹：集句詩乃集他人詩句而成，因爲詩句來源不一，故易於給人以拼湊生硬之感。若能使來歷不同的詩句組合起來如出一手，顯得自然天成，就是佳作。嚴羽以爲王安石集句詩達到了這種境界。《詩話總龜》卷八引《王直方詩話》：「荆公始爲集句，多者至數十韻，往往對偶親切，蓋以其誦古人詩多，或坐中率然而成，始可爲貴。其後多有人效之者，但取數部詩，集諸家之善耳。」

《苕溪漁隱叢話》前集卷三十五引《遯齋閑覽》云：「荆公集句詩，雖累數十韻，皆頃刻而成，詞意相屬，如出諸己，他人極力效之，終不及也。如……《胡笳十八拍》云：『欲往城南望城北，三步回頭五步坐。』此皆集老杜句也。」

〔四〕如蔡文姬句：蔡琰（一七七—？），蔡邕女，原字昭姬，晉時避司馬昭諱，改字文姬，陳留圉（今河南杞縣）人，初嫁衛仲道，夫亡無子，董卓亂，陷匈奴十二年，生二子，後爲曹操遣使贖還。再嫁陳留董祀。琰有《悲憤詩》。此言王安石《胡笳十八拍》寫蔡琰經歷及情感真切，如出自其本人之心中口中。

【總説】

集句詩的價值問題在宋代就有爭議。從嚴格的意義上來説，集句不是創作，只能算是一種遊戲。黄庭堅對集句詩就持此態度。陳師道《後山詩話》：「王荆公暮年喜爲集句，唐人號爲四體，黄魯直謂正堪一笑爾。」但是，也有不少宋代詩人很嚴肅地對待集句，甚至有以集句得官者。《永樂大典》卷七八九四「汀」字目引《臨汀志·李元白傳》：「李元白，名齊，以字行，寧化縣人。博覽强識，不能俛就舉子業，乃大肆其力於詩，出入少陵集中，幾逼真，既纂杜詩爲《押韻》，又集其句爲一編，皆行於世。嘗集《大觀昇平詞》十首以進，得初品官，即歸故廬，笑傲泉石而終老焉。集句始於王文公，而孔毅甫、葛亞卿及元白相繼而作，俱有聞於時。」

四五

擬古惟江文通最長〔一〕，擬淵明似淵明〔二〕，擬康樂似康樂〔三〕，擬左思似左思〔四〕，擬郭璞似郭璞〔五〕。獨擬李都尉一首，不似西漢耳〔六〕。

【箋注】

〔一〕擬古句：江淹（四四四—五〇五），字文通，濟陽考城（今河南蘭考）人。江氏有《雜體詩》三十首，乃擬古詩。其序云：「夫楚謠漢風，既非一骨；魏製晉造，固亦二體。譬猶藍朱成彩，雜錯之變無窮；宫商爲音，靡曼之態不極。故蛾眉詎同貌，而俱動於魄；芳草寧共氣，而皆悦於魂。不其然歟！至於世之諸賢，各滯所迷，莫不論甘而忌辛，好丹而非素，豈所謂通方廣恕，好遠兼愛者哉？及公幹、仲宣之論，家有曲直；安仁、士衡之評，人立矯抗，況復殊於此者乎？又貴遠賤近，人之常情；重耳輕目，俗之恒弊。是以邯鄲託曲於李奇，士季假論於嗣宗，此其效也。然五言之興，諒非敻古。但關西鄴下，既已罕同；河外江南，頗爲異法。故玄黄經緯之辨，金碧沈浮之殊，僕以爲亦合其美，並善而已。今作三十首詩，敩其文體，雖不足品藻淵流，庶亦無乖商搉云爾。」（六臣注《文選》卷三十一）

鍾嶸《詩品》：「文通詩體總雜，善於摹擬。」

劉克莊《後村詩話》卷一：「謝康樂有《擬鄴中詩》八首，江文通有《擬雜體》三十首，名曰擬古，往往奪真。」

〔二〕擬淵明句：《雜體詩》三十首有擬陶淵明詩《陶徵君田居》：「種豆在東皋，苗生滿阡陌。雖有荷鉏倦，濁酒聊自適。日暮巾柴車，路闇光已夕。歸人望煙火，稚子候檐隙。問君亦何爲，百年會有役。但願桑麻成，蠶月得紡績。素心正如此，開徑望三益。」

〔三〕擬康樂句：《雜體詩》有擬謝靈運（康樂）詩《謝臨川遊山》：「江海經邅迴，山嶠備盈缺。靈境信淹留，賞心非徒設。平明登雲峯，杳與廬霍絶。碧鄣長周流，金潭恒澄澈。桐林帶晨霞，石壁映初晰。乳竇既滴瀝，丹井復寥泬。嵒崿轉奇秀，岑崟還相蔽。赤玉隱瑶溪，雲錦披沙汭。夜聞猩猩啼，朝見鼯鼠逝。南中氣候暖，朱華凌白雪。幸遊建德鄉，觀奇經禹穴。身名竟誰辨，圖史終磨滅。且泛桂水潮，映月遊海澨。攝生貴處順，將爲智者説。」

〔四〕擬左思句：《雜體詩》有擬左思（記室）詩《左記室詠史》：「韓公淪賣藥，梅生隱市門。百年信荏苒，何用苦心魂。當學衛霍將，建功在河源。珪組賢君眄，青紫明主恩。終軍才始達，賈誼位方尊。金張服貂冕，許史乘華軒。王侯貴片議，公卿重一言。太平多歡娱，飛蓋東都門。顧念張仲蔚，蓬蒿滿中園。」

〔五〕擬郭璞句：《雜體詩》有擬郭璞（弘農）詩《郭弘農遊仙》：「崦山多靈草，海濱饒奇石。偃蹇尋青雲，隱淪駐精魄。道人讀丹經，方士鍊玉液。朱霞入窗牖，曜靈照空隙。傲睨摘木芝，陵波採水碧。眇然萬里遊，矯掌望煙客。永得安期術，豈愁濛汜迫。」

〔六〕獨擬二句：《文選》卷二十九載李陵《與蘇武三首》，江氏《雜體詩》有擬李陵詩《李都尉從軍》：「樽酒送征人，踟躕在親宴。日暮浮雲滋，握手淚如霰。悠悠清川水，嘉魴得所薦。而我在萬里，結髮不相見。袖中有短書，願寄雙飛燕。」嚴羽以爲不似李陵。

【總説】

江淹作《雜體詩》與其文學觀念有密切關係。江氏認識到自古以來，詩人風格各有不同，所謂「楚謠漢風，既非一骨；魏製晉造，固亦二體」，認爲各種風格都有其價值，因而主張風格多樣化，「蛾眉詎同貌，而俱動於魄；芳草寧共氣，而皆悦於魂」。但是，在他看來，世人卻各隨所好，陷於一偏，不能公正對待各種風格，「世之諸賢，各滯所迷，莫不論甘而忌辛，好丹而非素，豈所謂通方廣恕，好遠兼愛者哉」？他之所以要作《雜體詩》，正是要呈現自古以來詩人風格的多樣性，並表明對各種風格的肯定。他是自覺地以創作來作文學批評。

但是，後人卻將其這些作品放到擬古詩的傳統中來評論。既然是擬古詩，追求的就是與所擬對象的相似性，所以「似」就成爲評價這一類作品的價值標準。嚴羽評江淹，所持的正是此一標準。然似有形似，有神似。體格聲調相似是形似，韻味相似是神似。嚴羽尚未有從理論上作出這種分辨，而他這裏所强調的實質上是體格聲調之似。到明清時代，七子派從格調上擬古，受到批判，王士禛出來，提倡神韻，强調學古要得古人之神。這樣學古中的形似與神似問題就被凸顯出來了。

自晚明以後，擬古詩的價值就受到質疑甚至否定。在傳統詩學的理論框架中，對擬古的質疑主要有兩方面的理據：一、詩歌應該抒寫性情，而風格與詩人的性情相關，古人的詩歌是性情與風格的統一體，後人擬古，無古人之性情，而擬古人之風格，其作品是缺乏真性情的僞作；二、風格上必須有自己的獨特性才有價值。潘德輿《養一齋詩話》卷九云：

嚴滄浪謂：「擬古惟江文通最長，擬淵明似淵明，擬康樂似康樂，擬左思似左思，擬郭璞似郭璞，獨擬李都尉一首，不似西漢。」吾取江詩，反覆細讀，如擬左記室詩，只是數史中典故；擬郭弘農詩，只是砌道書景物；擬謝臨川詩，只是狀山水奇奥。此爲神似，吾亦能之，何必五色筆也？若擬陶徵君詩，氣味去之亦遠，惟剌取陶集「東皋舒嘯」、「稚子候門」、「或巾柴車」、「種豆南山下」、「帶月荷鋤归」、「濁酒聊自持」、「但道桑麻長」、「聞多素心人」諸字句，能爲貌似而已，豈獨不似李都尉哉？文通一世儁才，何不自抒懷抱，乃爲贋古之作，以供後人嗤點。滄浪回護，仍是爲古人大名所壓。

潘氏對江淹擬古及嚴羽評論的批評正基於以上兩點。

郭紹虞《校釋》：「昔人擬古，乃古人用功之法，是入門途徑，而非最後歸宿，與後人學古優孟衣冠者不同。……大抵後世文勝，逐漸趨於形式主義，則摹擬自會成爲一時風氣。自陸機擬古之後，或稱『效』，或稱『代』，或稱『學』，或稱『紹』，甚有稱爲擬某某擬古者。此種風氣，在後世固視爲可笑，在當時亦有其需要。」郭先生對昔人擬古詩作了一定程度的辯護。他以爲古人只是將擬古當作入門的途徑，然這只是古人擬古動機的一個側面。江淹擬古就不是這種動機，鍾嶸《詩品》中肯定陸機及江淹等人擬古作品，《文選》中收入相當多的擬古作品，嚴羽亦肯定擬古詩，顯然並不是把擬古作品當作入門習作看待。

事實上，在中國文學傳統中，擬古是繼承傳統的一種方式。在中國文學價值系統中，古、傳統，本身就是一種很高的價值，在有些時代或流派中甚至是最高的價值。擬古作爲復現傳統的一種方式，其在傳統詩學中的價值實與傳統詩學的價值觀有密切關聯。不過，傳統詩學的價值系統中還有肯定變的一面，若站在變的立場上，擬古的價值就受到否定，而其評價擬古作品也不以似爲高，反以不似爲高。

四六

雖謝康樂擬鄴中諸子之詩〔一〕，亦氣象不類〔二〕。至於劉休玄《擬行行重行行》等篇〔三〕，鮑明遠《代君子有所思》之作〔四〕，仍是其自體耳。

【校勘】

〔鄴〕底本及胡重器本、吳銓本作「業」，其他各本均作「鄴」，是，據改。

〔休玄〕底本作「玄休」，諸本同。《歷代詩話》作「休玄」。許印芳《詩法萃編》校：「玄休，他處作『休玄』。」《螢雪軒叢書》：「休玄，諸本皆誤倒，今訂正。」郭紹虞《校釋》：「《宋書》卷七十二《文九王傳》：『南平穆王鑠，字休玄，文帝第四子也。』各本作玄休，誤。今從《歷代詩話》本改正。」郭說是，茲從之。又按《文選》卷三十一載劉氏《擬行行重行行》詩，亦作休玄。

【箋注】

〔一〕雖謝康樂句：《文選》卷三十謝靈運《擬魏太子鄴中集詩八首》序：建安末，余時在鄴宮，朝遊夕讌，究歡愉之極。天下良辰美景，賞心樂事，四者難并。今昆弟友朋，二三諸彥，共盡之矣。古來此娱，書籍未見，何者？楚襄王時有宋玉、唐景，梁孝王時有鄒、枚、嚴、馬，遊者美矣，而其主不文。漢武帝徐樂諸才，備應對之能，而雄猜多忌，豈獲晤言之適，不誣方將，庶必賢於今日爾。歲月如流，零落將盡，撰文懷人，感往增愴，其辭曰：

魏太子

百川赴巨海，衆星環北辰。照灼爛霄漢，遥裔起長津。天地中横潰，家王拯生民。區宇既滌蕩，羣英必來臻。忝此欽賢性，由來常懷仁。況值衆君子，傾心隆日新。論物靡浮説，析理實敷陳。羅縷豈闕辭，窈窕究天人。澄觴滿金罍，連榻設華茵。急絃動飛聽，清歌拂梁塵。何言相遇易，此歡信可珍。

王粲

家本秦川，貴公子孫。遭亂流寓，自傷情多。

幽厲昔崩亂，桓靈今板蕩。伊洛既燎煙，函崤没無像。整裝辭秦川，秣馬赴楚壤。沮漳自可美，客心非外獎。常歎詩人言，式微何由往。上宰奉皇靈，侯伯咸宗長。雲騎亂漢南，紀郢皆掃盪。排霧屬盛明，披雲對清朗。慶泰欲重疊，公子特先賞。不謂息肩願，一旦值明兩。併載遊鄴京，方舟汎河廣。綢繆清讌娱，寂寥梁棟響。既作長夜飲，豈顧乘日養。

陳琳

袁本初書記之士，故述喪亂事多。

皇漢逢屯邅，天下遭氛慝。董氏淪關西，袁家擁河北。單民易周章，窘身就羈勒。豈意事乖已，永懷戀故國。相公實勤王，信能定蝥賊。復覩東都輝，重見漢朝則。餘生幸已多，矧迺值明德。愛客不告疲，飲讌遺景刻。夜聽極星闌，朝遊窮曛黑。哀哇動梁埃，急觴盪幽默。且盡一日娱，莫知古來惑。

徐幹

少無宦情，有箕潁之心事，故仕世多素辭。

伊昔家臨淄，提攜弄齊瑟。置酒飲膠東，淹留憩高密。此歡謂可終，外物始難畢。搖蕩箕濮情，窮年迫憂慄。末塗幸休明，棲集建薄質。已免負薪苦，仍游椒蘭室。清論事究萬，美話信非一。行觴奏悲歌，永夜繫白日。華屋非蓬居，時髦豈余匹。中飲顧昔心，悵焉若有失。

劉楨

卓犖偏人，而文最有氣，所得頗經奇。

貧居晏里閈，少小長東平。河兗當衝要，淪飄薄許京。廣川無逆流，招納厠羣英。北渡黎陽津，南登紀郢城。既覽古今事，頗識治亂情。歡友相解達，敷奏究平生。矧荷明哲顧，知深覺命輕。朝遊牛羊下，暮坐桔槔鳴。終歲非一日，傳卮弄新聲。辰事既難諧，歡願如今并。唯羨肅肅翰，繽紛戾高冥。

應瑒

汝潁之士，流離世故，頗有飄薄之嘆。

嗷嗷雲中鴈，舉翮自委羽。求涼弱水湄，違寒長沙渚。顧我梁川時，緩步集潁許。一旦逢世難，淪薄恒羇旅。天下昔未定，托身早得所。官渡厠一卒，烏林預艱阻。晚節值衆賢，會同庇天宇。列坐廕華榱，金樽盈清醑。始奏延露曲，繼以闌夕語。調笑輒酬答，嘲謔無慙沮。傾軀無遺慮，在心良已敘。

阮瑀

管書記之任，故有優渥之言。

河洲多沙塵，風悲黄雲起。金羈相馳逐，聯翩何窮已。慶雲惠優渥，微薄攀多士。念昔渤海時，南皮戲清沚。今復河曲游，鳴葭泛蘭汜。躧步陵丹梯，並坐侍君子。妍談既愉心，哀弄信睦耳。傾酤係芳醑，酌言豈終始。自從食蓱來，唯見今日美。

平原侯植

公子不及世事，但美遨遊，然頗有憂生之嗟。

朝遊登鳳閣，日暮集華沼。傾柯引弱枝，攀條摘蕙草。徙倚窮騁望，目極盡所討。西顧太行山，北眺邯鄲道。平衢修且直，白楊信褭褭。副君命飲宴，歡娛寫懷抱。良遊匪晝夜，豈云晚與早。衆賓悉精妙，清辭灑蘭藻。哀音下迴鵠，餘哇徹清昊。中山不知醉，飲德方覺飽。願以黄髮期，養生念將老。

〔二〕氣象不類：方回《文選顏鮑謝詩評》卷四：「所擬八篇，於曹丕云：『天地中横潰，家王拯生民。』於王粲云：『排霧屬盛明，披雲對清朗。』此全是晉、宋詩，建安無此。於陳琳云：『夜聽極星闌，朝廷窮曛黑。』於徐幹云：『華屋非蓬居，時髦豈余匹。』皆不似建安。……於應瑒云：『官渡厠一卒，烏林預艱阻。』頗合實事。於阮瑀云：『河洲多沙塵，風悲黄雲起。』此兩句頗哀壯。於曹植云：『徙倚窮騁望，目極盡所討。西顧太行山，北眺邯鄲道。』此四句亦高古，然他皆規行矩步，甃砌粧點而成，無可圈點，全無所謂建安風調。故予評其詩，而不書其全篇，陳琳、徐幹、阮瑀三子，《文選》無其詩，似不似固難懸斷，然建安詩有《古詩十九首》規格，晉人至高，莫如阮籍《詠懷》，尚有徑庭，靈運山水之作，細潤幽怨，紓餘開爽，則有之矣，非建安手也。近世有《休齋詩話》者，謂靈運《擬鄴中》八首，無一語可稱，誠哉是言。」

胡才甫《箋注》：「《文選》孫月峰評《擬鄴中》諸詩曰：『此諸作非若士衡之句字皆擬，只是代爲之詞，兼微效其體耳。細玩亦不甚似。』又評《擬魏太子詩》：『亦只是康樂體。』又評《擬徐幹詩》曰：『究萬、非一作對，乃康樂本色，建安無此等句。』」

郭紹虞《校釋》：「胡應麟《詩藪》外編卷二云：『靈運《鄴中》不惟不類，并其故武失之。』毛先舒《詩辯坻》卷二云：『靈運《鄴中八子詩》，是擬建安，却得太康之調。』此即滄浪所謂氣象不類也。」

按照嚴羽的觀點，不同時代的詩歌各有其氣象，不同的詩人亦有其氣象。氣象是整體的感覺，站在嚴羽擬古求似的立場，要求整體上要似古人，故他批評謝靈運擬古氣象不類。

〔三〕至於劉休玄句：劉鑠（四三一—四五三），字休玄，南朝宋文帝劉義隆第四子，少好學，有文才。封南平王。後被毒死。《宋書》卷七十二有傳。存詩十首。

《文選》卷三十一劉休玄《擬行行重行行》：「眇眇陵上道，遥遥行遠之。迴車背京里，揮手從此辭。堂上流塵生，庭中綠草滋。寒螿翔水曲，秋兔依山基。芳年有華月，佳人無還期。日夕涼風起，對酒長相思。悲發江南調，憂委子衿詩。卧覺明燈晦，坐見輕紈緇。淚容不可飾，幽鏡難復治。願垂薄暮景，照妾桑榆時。」

又《擬明月何皎皎》：「落宿半遥城，浮雲藹曾闕。玉宇來清風，羅帳延秋月。結思想伊人，沈憂懷明發。誰爲客行久，屢見流芳歇。河廣川無梁，山高路難越。」

〔四〕鮑明遠句：《文選》卷三十一鮑照《代君子有所思》：「西出登雀臺，東下望雲闕。層閣肅天居，馳道直如髮。繡甍結飛霞，璇題納行月。築山擬蓬壺，穿池類溟渤。選色遍齊代，徵聲匝邛越。陳鍾陪夕讌，笙歌待明發。年貌不可還，身意會盈歇。蟻壤漏山河，絲淚毀金骨。器惡含滿攲，物忌厚生没。智哉衆多士，服理辯昭昧。」

四七

和韻最害人詩〔一〕。古人酬唱不次韻〔二〕，此風始盛於元、白、皮、陸〔三〕，而本朝諸賢，乃以此而鬭工，遂至往復有八九和者〔四〕。

【校勘】

〔古人酬唱句〕《適園叢書》本句首有「如」字。

【箋注】

〔一〕和韻句：和韻，謂和他人詩時用其詩之韻。其方式有不同，徐師曾《詩體明辯》卷十四：「和韻詩有三體：一曰依韻，謂同在一韻中，而不必用其字也。二曰次韻，謂和其原韻，而先後次第皆因之也。三曰用韻，謂有其韻，而後先不必次也。」參見《詩體》「和韻」條箋注。

王若虚《滹南詩話》卷二：「鄭厚云：魏晉已來，作詩唱和，以文寓意，近世唱和皆次其韻，不復有真詩矣。詩之有韻，如風中之竹，石間之泉，柳上之鶯，墻下之蛩，風行鐸鳴，自成音響，豈容擬議！夫笑而呵呵，歎而唧唧，皆天籟也，豈有擇呵呵聲而笑，擇唧唧聲而嘆者哉？ 慵夫曰：鄭厚此論，似乎太高，然次韻實作者之大病也。詩道至宋人已自衰弊，而又專以此相尚，才識如東坡，亦不免波蕩而從之。集中次韻者，幾三之一，雖窮極技巧，傾動一時，而害於天全多矣。使蘇公而無此，其去古人何遠哉！」

王世貞《藝苑卮言》卷一：「和韻、聯句，皆易爲詩害而無大益，偶一爲之可也。然和韻在於押字渾成，聯句在於才力均敵，聲華情實中不露本等面目，乃爲貴耳。」

許印芳《詩法萃編》卷七下：「和韻惡習，近世尤甚。和之不已，號爲疊韻，牽强支湊，在所不免，情志既失，面目亦非。滄浪謂其最害人詩，真藥石之言。」

近藤元粹《螢雪軒叢書》評：「詩貴適意，興到筆隨，和韻亦可，次韻亦可，唯不欲拘拘束縛焉耳。古人或以不次韻謂得意之論，未免爲僻論也。」

元、白之前，和詩和意不和韻，和詩與來詩之間是意義上的聯繫，而和韻使得和詩與來詩之間多了一層形式上的關聯。如果從抒情的角度説，和韻對情感的自由抒發多了一層限制，作詩者可能因爲嚴格的用韻限制而影響情感的抒發。但是，從另一種角度説，詩歌就是形式法則與自由抒情之間的對立統一，只是由於詩體不同，法則與自由之間的比例不同而已。既嚴守法度，又能自由抒情，這是詩歌創作的理想境界，而在嚴格的法度中所體現出的自由感也是詩歌美感的一個層面。從最理想的層面説，雖和韻而無妨自由，有王世貞所謂「渾成」之感，如此則和韻作爲一種形式因素並不必然有害於詩，近藤氏所持正是此觀點。但在現實的創作中，衆多詩人不能達到理想境界，往往爲了和韻而影響抒情，而就用韻本身言，也有牽强之感，這樣和韻就對詩有害。嚴羽所言，正是指此。

〔二〕次韻：謂和詩不僅韻脚用字與來詩相同，而且次序亦同。

洪邁《容齋隨筆》卷十六「和詩當和意」：「古人酬和詩，必答其來意，非若今人爲次韻所局也。觀《文選》所編何劭、張華、盧諶、劉琨、二陸、三謝諸人贈答可知已。唐人尤多，不可具載。姑取杜集數篇，略紀於此。高適寄杜公云『媿爾東西南北人』，杜則云『東西南北更堪論』。高又有詩云『草玄今已畢，此外更何言』，杜則云『草玄吾豈敢，賦或似相如』。嚴武寄杜云：『興發會能馳駿馬，終須重到使君灘』，杜則云『枉沐旌麾出城府，草茅無徑欲教鋤』。杜公寄嚴詩云：『何路出巴山，重巖細菊斑。遥知簇鞍馬，回首白雲間。』嚴答云：『卧向巴山落月時……籬外黄花菊對誰。……跂馬望君非一度。』杜送韋迢云：『洞庭無過雁，書疏莫相忘』，迢云：『相憶無南雁，何時有報章』。杜又云：『雖無南去雁，看取北來魚』。郭受寄杜云：『春興不知凡幾首』，杜答云：『藥裹關心詩揔廢』。皆如鐘磬在簴，扣之則應，往來反復，於是乎有餘味矣。」

〔三〕此風句：謂元稹、白居易、皮日休、陸龜蒙。張表臣《珊瑚鉤詩話》卷一：「前人作詩未始和韻，自唐白樂天與元微之爲二浙觀察，往來置郵筒，倡和始依韻，而多至千言，少或百數十言，篇章甚富，其自耀云：『曹公謂劉玄德曰：天下英雄唯使君與操耳。予於微之亦云。』豈詩人豪氣，例愛矜誇耶？安知後世士有異論！」

顧炎武《日知録》卷二十一「次韻」條：「《嚴滄浪詩話》曰（略）。按唐元稹《上令狐相公啓》曰：『稹與同門生白居易友善，居易雅能爲詩，就中愛驅駕文字，窮極聲韻，或爲千言，或爲五百言律詩以相投寄。小生自審不能有以過之，往往戲排舊韻，别創新詞，名爲次韻。蓋欲以難相挑耳。江湖間爲詩者或相倣斆，或力不足，則至於顛倒語言，重複首尾，韻同意等，不異前篇，亦目爲元和詩體。而司文者考變雅之由，往往歸咎於稹。』是知元、白作詩次韻之初，本自以爲戲，而當時即已取譏於人，今人乃爲之而不厭，又元、白之所鄙而不屑者矣。」

皮、陸唱和次韻，見《松陵集》。劉克莊《後村詩話》卷十四：「昔之和詩者，和意而已，惟皮、陸必和韻，有累至百韻者。」

〔四〕而本朝三句：楊萬里《誠齋集》卷八十《陳晞顔和簡齋詩集序》：「古之詩，倡必有賡，意焉而已矣。韻焉而已矣，非古也，自唐人元、白始也。然猶加少也，至吾宋蘇、黄，倡一而十賡焉。然猶加少也，至於舉古人之全書而盡賡焉，如東坡之和陶是也。……昔韓子蒼答士友書謂：『詩不可賡也，作詩則可矣。』故蘇、黄賡韻之體，不可學也，豈不以作焉者安，賡焉者勉故歟？不惟勉也，而又困焉。意流而韻止，韻所有，意所無也，夫焉得而不困。」

郭紹虞《校釋》：「《陵陽室中語》謂：『公（韓駒）平日雖有次韻詩，然性不喜爲，嘗云：古人不和，況次韻乎？』（《詩人玉屑》卷五引）又張戒《歲寒堂詩話》謂：『蘇、黄用事押韻之工，乃詩人中一害。』雖不專指次韻，然亦逗露此意。滄浪所言，或亦本此。」若尋滄浪言之所本，楊萬里《陳晞顔和簡齋詩集序》恐較郭先生所説有更直接聯繫。

四八

孟郊之詩，憔悴枯槁〔一〕，其氣局促不伸〔二〕，退之許之如此，何邪〔三〕？詩道本正大，孟郊自爲之艱阻耳。

【校勘】

〔何邪〕《玉屑》作「何耶」。

《唐詩品彙》卷二十孟郊總評引嚴滄浪云：「孟郊之詩刻苦，其句法格力可以見矣。讀之令人不歡。」

【箋注】

〔一〕孟郊二句：荒井健日譯《滄浪詩話》：「憔悴、枯槁，都是與人物有關的形容詞。《楚辭·漁父》篇有『顔色憔悴，形容枯槁』之語。」按：現實中的孟郊是個「窮者」，其情感通過「苦淡」之語表現於詩歌當中，給人以憔悴枯槁之感。

〔二〕其氣句：謂其心胸狹窄，意氣不舒展。

〔三〕退之二句：韓愈推崇孟郊。其《薦士》云：「有窮者孟郊，受材實雄驁。冥觀洞古今，象外逐幽好。横空盤硬語，妥帖力排奡。」《醉贈張祕書》云：「東野動驚俗，天葩吐奇芬。」《送孟東野序》曰：「唐之有天下，陳子昂、蘇源明、元結、李白、杜甫、李觀，皆以其所能鳴。其存而在下者，孟郊東野始以其詩鳴。其高出魏晉，不懈而及於古，其他浸淫乎漢氏矣。」

對於韓愈推崇孟郊，嚴羽感到不解，劉克莊則曾有論説。其《後村詩話》後集卷一云：「退之以師道自任，自李翺、張籍、皇甫湜輩皆名之，惟推伏孟郊，待以畏友。世謂謬敬，非也。其《自歎》云：『愁與髮相形，一愁白數莖。有髮能幾多，禁愁日日生。古若不置兵，天下無戰争。古若不置名，道路無敧傾。太行聳巍峩，是天産不平。黄河奔濁浪，是天産不清。四蹄日日多，雙輪日日成。二物不在天，安能免營營。』《弔國殤》云：『徒言人最靈，白骨亂縱横。如何當春死，不及羣草生。堯舜宰乾坤，器農不器兵。秦漢盜山岳，鑄殺不鑄耕。天地莫生金，生金人競争。』《灞上輕薄行》云：『自歎方拙身，忽逢輕薄倫。常恐失所避，化爲車轍塵。』《遊子吟》云：『慈母手中絲，遊子身上衣。臨行密密縫，意恐遲遲歸。誰言寸草心，報得三春暉。』《去婦》云：『君心匣中鏡，一破不復全。妾心藕中絲，雖斷猶牽連。安知御輪士，今日翻迴轅。一女事一夫，安可再移天。君聽去鶴言，哀哀七絲絃。』《教坊歌兒》云：『小小十歲兒，能歌得朝天。六十孤老人，能詩獨臨川。去年西京寺，衆伶集講筵。能嘶竹枝詞，供養繩牀禪。能詩不如歌，悵望三百篇。』《長安旅情》云：『盡説青雲路，有足皆可至。我馬亦四蹄，出門似無地。玉京十二樓，峩峩倚青翠。下有千朱門，何門薦孤士。』《秋懷》云：『詈言不見血，殺人何紛紛。聲如窮家犬，吠竇何狺狺。古詈舌不死，至今書云云。秦火不爇舌，秦火空爇文。』《贈無本》云：『詩骨聳東野，詩濤湧退之。有時踉蹡行，人驚鶴阿師。可惜李杜死，不見此狂癡。』又云：『拾月鯨口邊，何人免爲吞。』《游俠行》云：『平生無恩讐，劍閒一百月。』《弔元魯山》云：『黄犢不知孝，魯山自駕車。非閑不可妻，魯山竟無家。將謡魯山德，頤海誰能涯。』當舉世競趨浮艷之時，雖豪傑不能自拔，孟生獨爲一種苦淡不經人道之語，固退之所深喜，何謬敬之有！」按照劉克莊的説法，韓、孟時代，詩人競尚浮艷，而孟郊獨追求苦淡，不同時流，故爲韓愈所喜愛。

近藤元粹則别有説。《螢雪軒叢書》評：「東野狹中，故其詩不免寒。退之之時，别無知己之人，故特愛焉耳。」此説僅從知己角度説，缺乏説服力。

四九

孟浩然之詩，諷詠之久，有金石宫商之聲〔一〕。

【校勘】

〔孟浩然之詩〕　郭紹虞《校釋》：「《玉屑》於『浩然』下有『諸公』二字。」

〔諷詠〕　《玉屑》作「諷味」。

【箋注】

〔一〕孟浩然三句：金石，指兩類樂器，金謂鐘，石謂磬。宫商，古代有五聲，爲宫、商、角、徵、羽。按宫聲的音高如果用絃來表示，其數爲八十一，於聲爲最濁。商，五聲之第二聲，其音高用絃表示，數七十二，次濁。其後角爲數六十四，半清半濁，徵爲數五十四，次清，羽爲數四十八，清。從宮到羽，其音由濁到清，由洪到細。

金石之樂與絲竹之樂相對，金石之聲洪，絲竹之音清。宮商之聲與角徵羽相比音洪大與濁重。金石宮商之聲比較洪大低沉，而與絲竹的清音相對。《文選》卷二十九蘇武詩有「幸有絃歌曲，可以喻中懷。請爲游子吟，泠泠一何悲。絲竹厲清音，慷慨有餘哀。」即以絲竹之音爲清音。左思《招隱士》：「非必絲與竹，山水有清音。」（《文選》卷二十二）此實以山水之清音可以代絲竹，則知絲竹之音爲清音。孟浩然《宿終南翠微寺》：「風泉有清音，何必蘇門嘯。」（《孟浩然集》卷一）是以泉水聲爲清音。王士源序孟浩然集，稱其詩「製思清美」（《孟浩然集》卷首），其實擬之於音樂，當屬於絲竹之清音。嚴羽認爲孟浩然詩有「金石宮商之聲」，但這種聲音乃是隱含在清音背後的，故要諷詠之久才能體會出來。

郭紹虞《校釋》：「皮日休《郢州孟亭記》云：『明皇世章句風大得建安體，論者推李翰林、杜工部爲之尤，介其間能不愧者，唯吾鄉之孟先生也。』（《皮子文藪》卷七）呂本中《童蒙詩訓》云：『浩然詩「掛席幾千里，名山都未逢；泊舟潯陽郭，始見香爐峰」，但詳看此等語，自然高遠。』滄浪所謂『有金石宮商之聲』者，殆指此。」郭說非是。

五〇

唐人七言律詩，當以崔灝《黄鶴樓》爲第一〔一〕。

【校勘】

〔崔灝〕「灝」，郭紹虞《校釋》：「《玉屑》作『顥』。」何望海本、周亮工本、朱霞本、《歷代詩話》本、徐幹本、《詩法萃編》本均作「顥」。

《玉屑》此條與下條合。

【箋注】

〔一〕唐人二句：崔顥（顥又作灝，七〇四？—七五四），汴州（今河南開封）人。開元十一年（七二三）進士及第，《全唐詩》卷一三〇編其詩一卷。《舊唐書》卷一九〇下、《新唐書》卷二〇三有傳。

崔顥《黄鶴樓》：「昔人已乘白雲（一作黄鶴）去，此（一作兹）地空餘（一作留）黄鶴樓。黄鶴一去不復返，白雲千載空悠悠。晴川歷歷漢陽樹，春草（一作芳草）萋萋（一作青青）鸚鵡洲。日暮鄉關何處是（一作在），煙波江上使人愁。」

胡仔《苕溪漁隱叢話》前集卷六引《該聞録》云：「唐崔顥題武昌黄鶴樓詩云……李太白負大名，尚曰：『眼前有景道不得，崔顥題詩在上頭。』欲擬之較勝負，乃作《金陵登鳳皇臺》詩。」

按李白《登金陵鳳凰臺》：「鳳凰臺上鳳凰遊，鳳去臺空江自流。吳宮花草埋幽徑，晉代衣冠成古丘。三山半落青天外，二水中分白鷺洲。總爲浮雲能蔽日，長安不見使人愁。」

許學夷《詩源辯體》卷十七：「崔顥七言律有《黄鶴樓》，於唐人最爲超越。太白嘗作《鸚鵡州》、《鳳凰臺》以擬之，終不能及，故滄浪謂『唐人七言律當以崔顥《黄鶴樓》爲第一』。」

許學夷認爲嚴羽是受了李白影響，故有此論。郭紹虞《校釋》亦認同其説：「滄浪此語，當以崔顥題詩，李白廢筆，故推爲第一。」然嚴羽如此評，恐非單單是受李白的影響，也應與嚴羽的律詩觀念有關。

崔顥此詩雖是律體，但實有古詩之特徵，而非典型的律體。嚴羽之所以推崇這種類型的律詩，與當時人關於律詩的觀念有關，尤其是受了朱熹的影響。

在嚴羽之前，詩學領域有古、律之争。劉克莊説：「近世詩學有二：嗜古者宗《選》，縛律者宗唐。」(《後村先生大全集》卷九十七《宋希仁詩》)兩種傾向都與理學家有關。尊崇古體的是朱熹，推崇律體的是葉適。

朱熹站在理學家的立場上反對詩歌的形式技巧，在他看來，形式技巧的因素愈多，其價值就愈低。律體講求格律，其價值低於古詩。朱氏《答鞏仲至》第四書論古今詩有三變三等，愈古而愈高，愈今而愈下。其中最大的變化是律詩的出現，詩法大變，「無復古人之風」。三變三等之説體現出明顯的崇古貶律傾向。

朱熹雖然在總體上貶低律詩，但他又認爲「律詩則如王維、韋應物輩，亦自有蕭散之趣，未至如今日之細碎卑冗，無餘味也」（《晦庵集》卷六十四）。所謂「蕭散之趣」，出自蘇軾《書黄子思詩集後》，言鍾繇、王羲之書法「蕭散簡遠，妙在筆劃之外」，於詩則相當於魏晉詩的「高風絶塵」的傳統。朱熹用之，亦指魏晉傳統。如他評梅堯臣詩「至於寂寥短章，閑暇蕭散，猶有魏晉以前高風餘韻」（《答鞏仲至》第二書，《晦庵集》卷六十四）。朱熹説王維、韋應物的律詩有「蕭散之趣」，乃是謂其律詩繼承了古詩的傳統，有「古人之風」，因而二人的律體又高於其他人的作品。説王維、韋應物律詩有古詩特徵，這就意味著將唐代的律詩作了分辨，一是體現古詩精神的作品，一是不體現古詩精神的作品，前者從價值上高於後者。這些表明，在朱熹看來，律詩審美價值的高下取決於其所包涵古詩精神的多少，律詩的價值標準不在律詩特徵本身，而是古詩精神。

葉適則崇尚唐律，四靈深受其影響，詩宗賈島、姚合，也主要是律體。江湖詩人頗受其影響。

以上兩種傾向在嚴羽時代都有很大影響，然亦有調和者。包恢就是其人。《敝帚藁略》卷五《書撫州呂通判（開）詩藁後》：「説詩者以古體爲正，近體爲變，古體尚風韻，近體尚格律，正變不同調也。然或者於格律之中而風韻存焉，則雖曰近體而猶不失古體，特以入格律爲異爾。」他認爲律詩的格律與古詩的風韻可以統一，其統一的途徑是在律詩中注入古詩精神。

將嚴羽對崔顥律詩的評價放到以上背景中看，可以發現其關於律詩的價值取向與朱熹、包恢具有一致性。嚴氏肯定的是具有古詩精神的律詩，儘管他所肯定的具體對象與朱熹、包恢並不相同。

嚴羽對崔顥律詩的評價在後來引起了巨大的争議。究竟誰是唐人律詩第一？後人有不同的説法。這些説法的背後隱含著有關律詩的價值標準，而價值標準的背後又是對律詩特徵的認識，因爲律詩的評價基於對律詩應有特徵的認識。

何景明、薛蕙以沈佺期《獨不見》爲第一，其審美取向與嚴羽具有一致性，都是肯定具有古詩特徵的律詩。至王世貞，則提出最好的律詩應於杜甫四首律詩中求之；及胡應麟，乃以杜甫《登高》爲第一。王、胡二人之説，顯示出審美價值取向的轉變。二人重視的是律詩作爲一種體裁形式的特殊性，他們將杜甫作爲體現律詩獨特性的代表。他們所選杜甫詩，一方面因爲杜詩將律詩的格律精嚴體現到了極致，另一方面它又能够自由地抒情，不受格律的束縛，兩者達到了理想的統一。

【附録】

楊慎《升庵詩話》卷十：

宋嚴滄浪取崔顥《黄鶴樓》詩爲唐人七言律第一，近日何仲默、薛君采取沈佺期「盧家少婦鬱金堂」一首爲第一。二詩未易優劣。或以問予，予曰：「崔詩賦體多，沈詩比興多。以畫家法論之，沈詩披麻皴，崔詩大斧劈皴也。」

王世貞《藝苑卮言》卷四：

何仲默取沈雲卿《獨不見》，嚴滄浪取崔司勛《黄鶴樓》，爲七言律壓卷，二詩固甚勝，百尺無枝，亭亭獨上，在厥體中要不得爲第一也。沈末句是齊、梁樂府語，崔起法是盛唐歌行語。如織官錦間一尺繡，錦則錦矣，如全幅何？老杜集中，吾甚愛「風急天高」一章，結亦微弱；「玉露凋傷」、「老去悲秋」，首尾匀稱，而斤兩不足；「昆明池水」，穠麗沈切，惜多平調，金石之聲微乖耳。然竟當於四章求之。

《詩藪》内編卷五：

七言律濫觴沈、宋。其時遠襲六朝，近沿四傑，故體裁明密，聲調高華，而神情興會，縟而未暢。「盧家少婦」，體格丰神，良稱獨步，惜頷聯偏枯，結非本色。崔顥《黄鶴》，歌行短章耳。太白生平不喜俳偶，崔詩適與契合。嚴氏因之，世遂附和，又不若近推沈作爲得也。

胡應麟《詩藪》内編卷五：

杜「風急天高」一章五十六字，如海底珊瑚，瘦勁難名，沈深莫測，而精光萬丈，力量萬鈞。通章章法、句法、字法，前無昔人，後無來學。微有説者，是杜詩，非唐詩耳。然此詩自當爲古今七言律第一，不必爲唐人七言律第一也。

《黄鶴樓》、「鬱金堂」，皆順流直下，故世共推之。然二作興會適超，而體裁未密。丰神故美，而結撰非艱。若「風急天高」，則一篇之中，句句皆律，一句之中，字字皆律，而實一意貫串，一氣呵成。驟讀之，首尾若未嘗有對者，胸腹若無意於對者。細繹之，則錙銖鈞兩，毫髮不差，而建瓴走坂之勢，如百川東注於尾閭之窟。至用句用字，又皆古今人必不敢道，決不能道者，真曠代之作也。然非初學士所當究心，亦匪淺識所能共賞。

此篇結句，似微弱者，第前六句，既極飛揚震動，復作峭快，恐未合張馳之宜，或轉入別調，反更爲全首之累，只如此軟冷收之，而無限悲涼之意溢於言外，似未爲不稱也。「昆明池水」雖極精工，然前六句力量皆微減，一結奇甚，竟似有意湊砌而成，益見此超絶云。

胡震亨《唐音癸籤》卷十：

七言律壓卷，迄無定論。宋嚴滄浪推崔顥《黄鶴樓》，近代何仲默、薛君采，推沈佺期「盧家少婦」，王弇州則謂當從老杜「風急天高」、「老去悲秋」、「玉露凋傷」、「昆明池水」四章中求之。今觀崔詩自是歌行短章，律體之未成者，安得以太白嘗效之，遂取壓卷？沈詩篇題原名《獨不見》，一結翻題取巧，六朝樂府變聲，非律詩正格也。不應借材，取冠兹體。若杜四律，更尤可議。「風急天高」篇，無論結語膇重，即起處「鳥飛迴」三字，亦勉强屬對，無意味。「老去悲秋」篇，本一落帽事，又生冠字爲對，無此用事法。「藍水」一聯，尤乏生韻，類許用晦「塞白」語，僅一結思深耳。可因之便浪推耶？「玉露凋傷」篇較前二作似匀稱，然斤兩自薄。況「一繫」對「兩開」，「一」字甚無着落，爲瑕不小。「昆明池水」前四語故自絶，奈頸聯肥重，「墜粉紅」尤俗。況律詩凡一題數篇者，前後皆有微度脈絡。此《秋興》八首，首咏夔府，二三從夔府漸入京華，四方概言長安，五、六、七、八又各言長安一景。八首只作一首，若相次相引者。通讀之，始知其命篇之意，與一切貫穿暎帶之法。未有於中獨摘其第一首及第六首，能悉其妙，可詑爲壓卷者。取及此，尤無謂也。吾謂好詩自多，要在明眼略定等差，不誤所趨，足耳。轉益多師是汝師，何必取宗一篇，效痴人作此生活？

趙文哲《媕雅堂詩話》：

七言律最難。鄙意先不取《黄鶴樓》詩，以其非律也。當以右丞、東川、嘉州數篇爲準的。然如王之「人情翻覆似波瀾」、「看竹何須問主人」等句，已嫌稍率。太白不善兹體，《鳳凰臺》詩亦强顔耳。惟工部千古推重。如《諸將》、《登高》、《登樓》、《野望》十餘首，洵推絶唱。若《秋興》八首，中多句病，其他頽然自放之作，遂爲放翁、誠齋之濫觴。世人震於盛名，每首稱佳，良可一笑。

潘德輿《養一齋詩話》卷八：

嚴滄浪謂崔郎中《黄鶴樓》詩爲唐人七律第一，何仲默、薛君采則謂沈雲卿「盧家少婦」詩爲第一。人決之楊升庵，升庵兩可之。愚謂沈詩純是樂府，崔詩特參古調，皆非律詩之正。必取壓卷，惟老杜「風急天高」一篇，氣體渾雄，翦裁老到，此爲弁冕無疑耳。王元美謂沈末句方是齊、梁樂府，「風急天高」篇結亦微弱。既不解沈詩起轉風情，又不識杜詩煞筆深重，皆非確論。至沈、崔二詩，必求其最，則沈詩可以追摹，崔詩萬難嗣響。崔詩之妙，殷璠所謂「神來氣來情來」者也。升庵不置優劣，由其好六朝、初唐之意多耳。尤西堂乃謂崔詩佳處止五六一聯，猶恨以「悠悠」、「歷歷」、「萋萋」三疊爲病；太白不長於律，故賞之，若遇子美，恐遭小兒之呵。嘻！亦太妄矣！

周勛初《從「唐人七言律第一」之争看文學觀念的演變》：

前人早就指出，崔顥此詩，全仿沈佺期《龍池篇》。沈詩云：「龍池躍龍龍已飛，龍德先天天不違。池開天漢分黄道，龍向天門入紫微。邸第樓臺多氣色，君王鳧雁有光輝。爲報寰中百川水，來朝此地莫東歸。」……（嚴羽）挑出來的這首《黄鶴樓》詩，並不是七律的典範作品。因此只收古詩的《唐文粹》中也將這詩收入。許印芳於《詩法萃編》本《滄浪詩話·詩體》内此詩之下加按語曰：「此舉前半散行，用古調作律體者。」這是不難看出的。此詩前半是古風的格調，後半才是律詩的格調。前面四句中，平仄與正規的平起式不合，三、四句不用對仗，『黄鶴』一詞又連用了三次，這些都是與律詩，甚至是一般的詩歌，在體式和作法上不能相容的。但這四句『詞理意興』俱臻上乘，所以仍然被人嘆爲絶唱。……他提倡盛唐詩，實際説來，可並不贊成杜甫那種精工的當純熟之極的七律，而是欣賞那種保持著漢魏古詩中渾樸氣象的詩歌。李白的詩歌中保留漢魏的成分要比杜甫的詩歌多得多，所以嚴羽一而再地稱讚李白這方面的優點。崔顥的詩歌，從總體來説，其水準自不如李白之作，然而《黄鶴樓》詩却是集中地體現出了這方面的長處，所以李白表示欽佩，嚴羽則譽之爲唐人七律第一了。（《文學評論》，一九八五年第五期，一一九頁）

五一

唐人好詩，多是征戍、遷謫、行旅、離別之作，往往能感動激發人意〔一〕。

【校勘】

〔往往能句〕郭紹虞《校釋》：「《玉屑》『往往』下有『尤』字。」「《玉屑》無『激發』二字。」

《玉屑》此條與上條合，《適園叢書》本此條與下條合。

【箋注】

〔一〕唐人三句：郭紹虞《校釋》：「葛立方《韻語陽秋》云：『老杜寄身於兵戈騷屑之中，感時對物則悲傷繫之，如「感時花濺淚」是也。』此説或爲滄浪所本。錢振鍠《謫星説詩》又駁嚴説，以爲：『後世無征役，便無好詩耶？』此亦過於苛刻之論。」近藤元粹《螢雪軒叢書》評云：「征戍等之詩，不假修飾，有天真爛漫處，故能動人，不啻唐人詩也。」

郭先生所指出處未必是。此條是從題材内容角度論唐詩之佳，指出唐人好詩與某些特定的題材内容有關。嚴羽當然不是説這些題材内容直接决定詩歌的價值，但這些題材内容的性質却是影響詩歌價值的重要因素。

五二

蘇子卿詩：「幸有絃歌曲，可以喻中懷。請爲遊子吟，泠泠一何悲。絲竹厲清聲，慷慨有餘哀。長歌正激烈，中心愴以摧。欲展清商曲，念子不能歸。」〔一〕今人觀之，必以爲一篇重複之甚〔二〕，豈特如《蘭亭》「絲竹管絃」之語耶〔三〕！古詩正不當以此論之也。

【校勘】

〔泠泠〕底本作「冷冷」。郭紹虞《校釋》：「各本『泠泠』作『冷冷』，《玉屑》作『泛泛』，均誤。」按《文選》作「泠泠」，《適園叢書》本亦作「泠泠」，兹據改。

〔絲竹厲清聲〕「厲」，底本作「屬」。郭紹虞《校釋》：「各本『厲』作『屬』，今從《玉屑》改。」按《文選》作「厲」，《詩法萃編》本、《適園叢書》本同，兹據改。

〔絲竹管絃〕《玉屑》作「絲竹絃歌」。

〔之語耶〕「耶」，《適園叢書》本作「邪」。

〔不當以此論之也〕陳定玉輯校《嚴羽集》：「《玉屑》無『之』字。」

【箋注】

〔一〕蘇子卿十一句：蘇子卿：蘇武，字子卿。《文選》卷二十九蘇武《古詩四首》之二：「黄鵠一遠别，千里顧徘徊。胡馬失其羣，思心常依依。何况雙飛龍，羽翼臨當乖。幸有絃歌曲，可以喻中懷。請爲遊子吟，泠泠一何悲。絲竹厲清聲，慷慨有餘哀。長歌正激烈，中心愴以摧。欲展清商曲，念子不能歸。俯仰内傷心，淚下不可揮。願爲雙黄鵠，送子俱遠飛。」

〔二〕今人觀之二句：《蔡寬夫詩話》：「晉、宋間詩人造語雖秀拔，然大抵上下句多出一意。如『魚戲新荷動，鳥散餘花落』，『蟬噪林逾静，鳥鳴山更幽』之類，非不工矣，終不免此病。其甚乃有一人名而分用之者，如劉越石『宣尼悲獲麟，西狩泣孔丘』，謝惠連『雖好相如達，不同長卿慢』等語，若非前後相映帶，殆不可讀，然要非全美也。唐初餘風，猶未殄陶冶，至杜子美，始净盡矣。」（《苕溪漁隱叢話》前集卷一引）郭紹虞《校釋》：「滄浪所論，或正對此而言。」

〔三〕豈特句：王羲之《蘭亭集序》：「永和九年，歲在癸丑暮春之初，會於會稽山陰之蘭亭，修禊事也。羣賢畢至，少長咸集。此地有崇山峻嶺，茂林修竹，又有清流激湍，映帶左右，引以爲流觴曲水。列坐其次，雖無絲竹管絃之盛，一觴一咏，亦足以暢叙幽情。是日也，天朗氣清，惠風和暢，仰觀宇宙之大，俯察品類之盛，所以游目騁懷，足以極視聽之娱，信可樂也。……」

按此文未入《文選》，其故宋人曾有討論。理由之一乃是「絲竹管絃」語涉重複，因爲絲竹與管絃所指是相同的樂器。王得臣《麈史》卷二：「王羲之蘭亭三日序，世言昭明不以入《選》者，以其『天朗氣清」。或曰：《楚辭》「秋之爲氣也，天高而氣清」，似非清明之時。然「管絃絲竹」之病語衍，而復爲逸少之累矣。」

韓駒對此説不以爲然，指出「絲竹管絃」出自《漢書》。范季隨《陵陽室中語》：「范季隨一日謁陵陽公。……一客輒曰：常聞人言，王右軍《蘭亭敘》不入《選》，蓋爲不合有『絲竹管絃』之語，『絲竹』即『管絃』也。又『天朗氣清』不當於春時言。公笑不答。客退，叩之。公曰：春多氣昏，是日天氣清朗，故可，如子美詩『六月風日冷』之義。『絲竹管絃』四字，乃班孟堅《西漢》中語。梁以前古文不在《選》中者至多，何特此敘耶！安可便出議論。」（宋桑世昌《蘭亭考》卷八引）

王楙《野客叢書》卷一：「《遯齋閑覽》云：『季父虚中謂：「王右軍《蘭亭序》以天朗氣清自是秋景，以此不入《選》。」余亦謂絲竹管絃，亦重複。』僕謂不然。『絲竹管絃』，本出《前漢·張禹傳》；而『三春之季，天氣肅清』，見蔡邕《終南山賦》；『熙春寒往，微雨新晴，六合清朗』，見潘安仁《閑居賦》；『仲春令月，時和氣清』，見張平子《歸田賦》：安可謂春間無天朗氣清之時？右軍此筆，蓋直述一時真率之會趣耳。修禊之際，適值天宇澄霽，神高氣爽之時，右軍亦不可得而隱，非如今人綴緝文詞，强爲春間華麗之語，以圖美觀。然則斯文之不入《選》，往往搜羅之不及，非固遺之也。僕後觀吳曾《漫録》亦引《張禹傳》爲證，正與僕意合。但謂右軍承《漢書》誤，此説爲謬耳。《漢書》之語豈誤邪？」

【總説】

此條討論的是詩歌中重複的問題。重複有字句的重複，有意思的重複。前者是指一首詩中出現相同的字句。此條所言王羲之《蘭亭集序》中「絲竹管絃」之語，字詞本身並不重複，但由於絲竹與管絃所指的是同樣的樂器，語義相同，這是語義重複。意義重複除指異詞同義外，還指一首詩中不同的詩句表達相同或相近的意思。嚴羽此條所言即屬此類。「幸有絃歌曲」諸句言以歌曲表現離別之悲情，但此意却反復申説。

隨著詩歌的趨向近體化，詩歌創作的總體傾向是避免重複。在這種背景之下，有人將近體詩的這種傾向作爲標準去衡量古體詩，嚴羽則認爲不能以近體詩的標準來衡量古詩。然胡應麟却對嚴氏之説持不同看法。《詩藪》外編卷二：「嚴謂古詩不當較量重複，而引屬國數章見例，是則然矣。古人佳處，豈在是乎？觀少卿三章及兩漢諸作，足知冗非所貴，第信筆天成，間遇一二，不拘拘竄定耳。『青青河畔草』一章，六用疊字而不覺，正古詩妙絶處，不可概論，然亦偶爾，未必古人用意爲之。」

五三

《十九首》：「青青河畔草，鬱鬱園中柳。盈盈樓上女，皎皎當窗牖。娥娥紅粉粧，纖纖出素手。」一連六句，皆用疊字，今人必以爲句法重複之甚。古詩正不當以此論之也[一]。

【校勘】

〔皆用疊字〕　陳定玉輯校《嚴羽集》:「《玉屑》『疊字』下有『在首』二字。」

〔論之〕　陳定玉輯校《嚴羽集》:「《玉屑》無『之』字。」

【箋注】

〔一〕一連四句:此所謂句法重複,言以上六句都是前二字重疊,句式上没有變化。這種句式在近體中詩是忌諱的,嚴羽以爲不應以近體標準衡量古體。

五四

任昉《哭范僕射》詩〔一〕,一首中凡兩用「生」字韻,三用「情」字韻。「夫子值狂生」,「千齡萬恨生」,猶是兩義〔二〕。「猶我故人情」,「生死一交情」,「欲以遣離情」,三「情」字皆用一意。

【校勘】

〔三情字皆用一意〕「情」字,《玉屑》無;「用」字,《玉屑》作「同」,《適園叢書》本作「是」。

【箋注】

〔一〕任昉句：任昉（四六〇—五〇八），字彦昇，樂安（今山東壽光）人。《梁書》卷十四有傳。范雲（四五一—五〇三），字彦龍，南鄉（今河南淅川）人。參見《詩體》「有古詩一韻三用者」條。《文選》卷二十三《出郡傳舍哭范僕射》：「平生禮數絶，式瞻在國楨。一朝萬化盡，猶我故人情。待時屬興運，王佐俟民英。結懽三十載，生死一交情。攜手遁衰孽，接景事休明。運阻衡言革，時泰王階平。濬冲得茂彦，夫子值狂生。伊人有涇渭，非余揚濁清。將乖不忍別，欲以遣離情。不忍一辰意，千齡萬恨生。已矣平生事，詠歌盈篋笥。兼復相嘲謔，常與虚舟值。何時見范侯，還敘平生意。與子別幾辰，經塗不盈旬。弗覩朱顔改，徒想平生人。寧知安歌日，非君撤瑟晨。已矣余何嘆，輟舂哀國均。」

〔二〕夫子值狂生三句：「狂生」意狂放之人，「生」是名詞。「千齡萬恨生」之「生」意産生，是動詞。

五五

《天廚禁臠》謂：「平韻可重押，若或平或仄，則不可。」〔一〕彼但以《八仙歌》言之耳，何見之陋邪〔二〕？《詩話》謂：「東坡兩『耳』韻，兩『耳』義不同，故可重押。」〔三〕要之亦非也。

【校勘】

〔或平或仄〕　郭紹虞《校釋》：「《玉屑》『仄』下有『韻』字。」

〔彼但以八仙歌言之〕　陳定玉輯校《嚴羽集》：「《玉屑》無『但』字。」

〔何見之陋邪〕　陳定玉輯校《嚴羽集》：「『邪』，《玉屑》作『耶』。」按胡重器本、吴銓本、何望海本、周亮工本、朱霞本、徐榦本、《詩法萃編》本均作「耶」。

〔東坡兩耳韻〕　陳定玉輯校《嚴羽集》：「《玉屑》『耳』下有『字』字。」

〔兩耳義不同〕　陳定玉輯校《嚴羽集》：「『兩』，《玉屑》作『二』。」

〔要之亦非也〕　郭紹虞《校釋》：「《玉屑》無『要之』二字。」

《玉屑》「天廚禁臠謂」至「何見之陋邪」與上條合爲一條。「詩話謂」以下獨爲一條。

【箋注】

〔一〕天廚禁臠句：惠洪《天廚禁臠》卷下「四平頭韻法」：「『知章騎馬似乘船，眼花落井水底眠。汝陽三斗始朝天，道逢麯車口流涎，恨不移封向酒泉。左相日興費萬錢，飲如長鯨吸百川，銜杯樂聖稱世賢。宗之瀟灑美少年，舉觴白眼望青天，皎如玉樹臨風前。蘇晉長齋繡佛前，醉中往往愛逃禪。李白一斗詩百篇，長安市上酒家眠。天子呼來不上船，自稱臣是酒中仙。張旭三杯草聖傳，脱帽露頂王公前，揮毫落紙如雲煙。焦遂五斗方卓然，高談雄辨驚四筵。』此杜甫作《八仙歌》。凡押兩『天』字，兩『眠』字，兩

『船』字，三『前』字，唯平頭可重押，若或平或側韻則不可押。』李商隱亦用此體作《九日詩》曰：『羸童瘦馬行荒陂，正是龍山落帽時。丹楓殞葉紛隨飛，黃花年年負歸期。此生半世走路岐，歸心自逐霜鴻飛。故園秋風黍離離，想見父老相追隨。乞將問路知何時，功名未就鬢成絲，解鞍地坐長嗟咨。』」

重押，謂用相同的字押韻。按可以重押的條件，嚴羽所引《天廚禁臠》與今傳本不同。嚴羽引作「平韻可重押」，今本作「平頭可重押」。按照嚴羽所引，意謂只有詩用平聲韻時，才可以重押。如《飲中八仙歌》的韻脚全是平聲，故可以重押。如果韻脚不全是平声，即或平或仄，或者全是仄聲，就不可以重押。但按照今本《天廚禁臠》，是説平頭可重押。郭紹虞《校釋》：「似《天廚禁臠》只指四平頭句，並不指平韻。」荒井健日譯《滄浪詩話》：「文中的平頭，是指句子第一字平聲，但其與重押有何聯繫，不明。」

〔二〕彼但以八仙歌言之二句：嚴羽之前已有人指出重押韻自古有之，杜甫乃繼承前人傳統。王觀國《學林》卷八「詩重韻」條云：「杜子美《飲中八仙歌》曰『知章騎馬似乘船』，又曰『天子呼來不上船』；一曰『眼花落井水底眠』，又曰『長安市上酒家眠』；一曰『汝陽三斗始朝天』，又曰『舉觴白眼望青天』；一曰『皎如玉樹臨風前』，又曰『蘇晉長齋繡佛前』，又曰『脱帽露頂王公前』。此歌三十二句，而押二『船』字、二『眠』字、二『天』字、三『前』字。近時論詩者曰：此歌一首是八段，不嫌於重用韻也。某案：子美此歌以『飲中八仙歌』五字爲題，則是一歌也。此歌首尾於『船』字韻中押，未嘗移別韻，則非分爲八段。蓋子美古律詩重用韻者亦多，況於歌乎？……雖然，子美非創意爲此者，蓋有所本也。案《文選》載

《古詩》曰『晨風懷苦心，蟋蟀傷局促』，又曰『音響一何悲，絃悲知柱促』，一篇押二『促』字也。曹子建《美女篇》曰『明珠交玉體，珊瑚間木難』，又曰『佳人慕高義，求賢良獨難』，一篇押二『難』字也。謝靈運《述祖德》詩曰『段生蕃魏國，展季救魯人』，又曰『外物辭所賞，勵志故絶人』，一篇押二『人』字也。又《南圃》詩曰『樵隱俱在山，由來事不同』，又曰『賞心不可忘，妙善冀皆同』，一篇押二『同』字也。又《初去郡》詩曰『或可優貪競，豈足稱達生』，又曰『畢娶類尚子，薄遊似邴生』，一篇押二『生』字也。……古人詩自有此體格，杜子美亦效古人之作耳。」

〔三〕東坡三句：蘇軾《送江公著知吉州》：「三吳行盡千山水，猶道桐廬更清美。豈惟濁世隱狂奴，時平亦出佳公子。初冠惠文讀城旦，晚入奉常陪劍履。方將華省起彈冠，忽憶釣臺歸洗耳。未應良木棄大匠，要使名駒試千里。奉親官舍當有擇，得郡江南差可喜。白粲連檣一萬艘，紅粧執樂三千指。簿書期會得餘閑，亦念人生行樂耳。」自注：「二耳義不同，故得重用。」

郭紹虞《校釋》：「《王直方詩話》曾舉此詩及注，知滄浪所謂『詩話』，當即指《王直方詩話》，但以東坡自注之語，謂爲詩話之語，亦誤。」

王觀國《學林》卷八「詩重韻」條：「子瞻《送江公著》詩曰『忽憶釣臺歸洗耳』，又曰『亦念人生行樂耳』。自注曰：『二耳義不同，故得重用。』蓋子瞻自不必注。」

【總説】

以上兩條都涉及一首詩重複押韻問題。郭紹虞《校釋》：「重複押韻亦至宋以後始嚴。古人作詩不以辭害志，不以韻害辭，本不拘泥於重韻與否。即唐人除近體外亦不必以此爲病。宋人學古，始以律嚴相矜。」從詩歌史的角度看，詩人對形式的自覺有一個歷史過程，詩歌的押韻也是從不自覺而到自覺，押韻的規則也是逐漸建立起來的。其中一條規則就是不重押，律詩尤其如此。蘇軾詩用二「耳」字，要自注「義不同」，可以重用。可見他自覺以此規則自律。惠洪指出杜甫《八哀詩》重押是有條件的，其實正説明他認爲不重押是普遍性規則。嚴羽之前已經有人指出古詩不避重押，嚴羽在《詩體》中也指出此點。

五六

劉公幹《贈五官中郎將》詩：「昔我從元后，整駕至南鄉。過彼豐沛都，與君共翱翔。」〔一〕元后，蓋指曹操也〔二〕。至南鄉，謂伐劉表之時〔三〕。豐沛都，喻操譙郡也〔四〕。王仲宣《從軍詩》云：「籌策運帷幄，一由我聖君。」〔五〕聖君，亦指曹操也〔六〕。又曰：「竊慕負鼎翁，願厲朽鈍姿。」〔七〕是欲效伊尹負鼎干湯以伐桀也〔八〕。是時漢帝尚存〔九〕，而二子之言如此，一曰元后，一曰聖君，正與荀彧比曹操爲高、光同科〔一〇〕。或以公幹平視美人爲不屈〔一一〕，是未爲知人之論。《春秋》誅心之法〔一二〕，二子其何逃〔一三〕？

【校勘】

〔蓋指曹操也〕　陳定玉輯校《嚴羽集》：「《玉屑》無『也』字。」

〔喻操譙郡〕　「操」字《適園叢書》本無。

〔聖君亦指曹操〕　郭紹虞《校釋》：「《玉屑》無『曹』字。」

〔負鼎干湯以伐桀〕　「干」，尹嗣忠本、何望海本作「于」，《津逮祕書》本、周亮工本、朱霞本、徐榦本作「於」。「桀」，《玉屑》作「夏」。

〔一曰〕　《玉屑》、吳銓本、何望海本、周亮工本、朱霞本、《歷代詩話》本、徐榦本、《螢雪軒叢書本》作「一日」。

〔或以公幹二句〕　《玉屑》無。

《玉屑》此條與下條合。

【箋注】

〔一〕劉公幹五句：《文選》卷二十劉楨《贈五官中郎將四首》之一：「昔我從元后，整駕至南鄉。過彼豐沛都，與君共翺翔。四節相推斥，季冬風且凉。衆賓會廣坐，明鐙熺炎光。清歌製妙聲，萬舞在中堂。金罍含甘醴，羽觴行無方。長夜忘歸來，聊且爲大康。四牡向路馳，歡悦誠未央。」

〔二〕元后二句：《文選》李善注：「元后，謂曹操也。」劉良注：「元，大。后，君也。謂武帝。」

〔三〕至南鄉二句：《文選》李善注：「至南鄉，謂征劉表也。」按「南鄉」出《詩經·商頌·殷武》：「維女荆楚，居國南鄉。」劉表爲荆州牧，故南鄉此指荆州。漢獻帝建安十三年(二〇八)，曹操征劉表。見《三國志·魏書·劉表傳》。

〔四〕豐沛都二句：《文選》李善注：「豐沛，漢高祖所居，以喻譙也。」吕向注：「從武帝至舊鄉，如漢高過故國豐沛之都。」按譙縣(今安徽亳州)乃曹操故鄉。

〔五〕王仲宣三句：《文選》卷二十七王粲《從軍詩五首》之四：「朝發鄴都橋，暮濟白馬津。逍遥河隄上，左右望我軍。連舫踰萬艘，帶甲千萬人。率彼東南路，將定一舉動。籌策運帷幄，一由我聖君。恨我無時謀，譬諸具官臣。鞠躬中堅内，微畫無所陳。許歷爲完士，一言猶敗秦。我有素餐責，誠愧伐檀人。雖無鉛刀用，庶幾奮薄身。」

〔六〕聖君二句：《文選》吕向注：「聖君，謂曹公。」

〔七〕又曰三句：《文選》卷二十七王粲《從軍詩五首》之一：「從軍有苦樂，但問所從誰。所從神且武，焉得久勞師。相公征關右，赫怒震天威。一舉滅獯虜，再舉服羌夷。西收邊地賊，忽若俯拾遺。陳賞越丘山，酒肉踰川坻。軍中多飫饒，人馬皆溢肥。徒行兼乘還，空出有餘資。拓地三千里，往返速如飛。歌舞入鄴城，所願獲無違。晝日處大朝，日暮薄言歸。外參時明政，内不廢家私。禽獸憚爲犧，良苗實已揮。竊慕負鼎翁，願厲朽鈍姿。不能效沮溺，相隨把鋤犂。孰覽夫子詩，信知所言非。」按「竊慕」二句，李善注《文選》無，載五臣注本。

〔八〕是欲句：《史記·殷本紀》：「伊尹名阿衡。阿衡欲奸湯而無由，乃爲有莘氏媵臣，負鼎俎，以滋味説湯，致于王道。」奸，干求。有莘氏，湯妃乃有莘氏女。媵臣，隨嫁的臣僕。伊尹后隨湯伐夏桀。

〔九〕漢帝：指漢獻帝。当时献帝尚在位，曹操爲丞相。建安二十五年(二二〇)十月，獻帝遜位。

〔一〇〕一曰三句：謂王粲、劉楨稱曹操「元后」、「聖君」，與荀彧將曹操比作漢高祖、光武帝一樣。荀彧，字文若，潁川潁陰人。曹操謀士。《三國志·魏書·荀彧傳》：「彧曰：『昔高祖保關中，光武據河内，皆深根固本以制天下，進足以勝敵，退足以堅守，故雖有困敗而終濟大業。將軍本以兖州首事，平山東之難，百姓無不歸心悦服。……』」同科，同等。

〔一一〕或以句：《三國志·魏志·王粲傳》注引《文士傳》：「楨辭旨巧妙皆如是。由是特爲諸公子所親愛。其後太子嘗請諸文學，酒酣坐歡，命夫人甄氏出拜，坐中衆人咸伏，而楨獨平視。太祖聞之，乃收楨，減死，輸作。」

《韻語陽秋》卷二十：「建定七子，惟劉公幹獨爲諸王子所親。曹操威焰蓋世，甄夫人出拜，諸人皆伏，而公幹獨平視，雖輸作而不悔，亦可嘉矣。故梅聖俞詩云：『公幹才俊或欺事，平視美人曾不起。自兹不得爲故人，輸作左校瀕於死。』公幹嘗有《贈從弟》詩云：『亭亭山上松，瑟瑟谷中風。風聲一何盛，松枝一何勁。』其寄意如是，豈肯少屈於操哉？末篇又託興鳳凰，有『何時當來儀，將須聖明君』之句，則不以聖明待操矣。」

〔一二〕誅心之法：指《春秋》對人不良思想動機的揭露譴責方式。如《春秋》於宣公二年書：「秋九月乙丑，晉趙盾弒其君夷皋。」根據《左傳》，晉靈公無道，趙盾諫，靈公欲殺趙盾，趙盾逃走。靈公後被趙穿所殺。

因趙盾出逃没有出晉之國境，回來也没有討伐趙穿，故當時太史直書「趙盾弑其君」，而《春秋》繼承了當時太史的記録。以爲趙盾雖然没有弑君之實事，但實有弑君的思想動機。《春秋》通過「弑其君」的歷史書寫方式旨在譴責這種動機。

〔一三〕二子句：謂王粲、劉楨在漢獻帝尚在位時，却以「元后」、「聖君」這種僅可以用於皇帝的稱呼來稱曹操，目無漢帝，如果用《春秋》誅心之法以對待之，可以説其有篡弑之動機。

【附録】

張溥《漢魏六朝百三家集》卷三十一《魏劉楨集題詞》：

劉公幹《贈五官中郎將》詩有云：「昔我從元后，整駕至南鄉。過彼豐沛都，與君共翱翔。」王仲宣《從軍詩》亦云：「籌策運帷幄，一由我聖君。」嚴滄浪黜之，謂「元后」、「聖君」並指曹操，心敢無漢。大義批引，二子固當叩頭伏罪。然詩頌鋪張，詞每過實，文人之言，豈必盡由中情哉？公幹平視甄夫人，操收治罪，文帝獨不見怒，死後致思悲傷絶絃，中心好之，弗聞其過也。其知公幹，誠猶鍾期伯牙云。

薛雪《一瓢詩話》：

劉公幹詩「昔我從元后」，王仲宣詩「一由我聖君」，嚴滄浪云：「元后、聖君，皆指曹操也。」是則二子全無心肝者，當相戒此等詩斷不可讀，讀之恐壞人心術。

宋長亭《柳亭詩話》卷五「元后聖君」條，先引此條，謂：

立論甚正，而張天如《題辭》乃曲爲之誨，何耶？

五七

古人贈答，多相勉之詞。蘇子卿云：「願君崇令德，隨時愛景光。」〔一〕李少卿云：「努力崇明德，皓首以爲期。」〔二〕劉公幹云：「勉哉修令德，北面自寵珍。」〔三〕杜子美云：「君若登台輔，臨危莫愛身。」〔四〕往往是此意。有如高達夫贈王徹云：「我知十年後，季子多黄金。」〔五〕金多何足道，又甚於以名位期人者。此達夫偶然漏逗處也〔六〕。

【校勘】

〔努力〕「努」，底本作「弩」，兹據《玉屑》、胡重器本、尹嗣忠諸本改。

〔往往是此意〕郭紹虞《校釋》：「《玉屑》無『是』字。」

〔有如〕郭紹虞《校釋》：「《玉屑》無『有如』二字。」

〔金多〕陳定玉輯校《嚴羽集》：「《玉屑》無『多』字。」

〔漏逗處也〕「也」字《詩文軌範》無。

高棅《唐詩品彙》卷二十四高適《别王徹》引：嚴滄浪云：古人贈送，多相勉之詞。如蘇子卿云：「願君崇令德。」李少卿云：「努力崇明德。」劉公幹云：「勉哉修令德。」杜子美：「君若登台輔，臨危莫愛身。」往往是此意。如高達夫：「我知十年後，季子多黄金。」蓋金多何足道，又甚於以名期人者。此達夫偶然漏逗處也。

【箋注】

〔一〕願君二句：《文選》卷二十九蘇武《古詩四首》之四詩句。

〔二〕努力二句：《文選》卷二十九李陵《與蘇武三首》之三詩句。

〔三〕勉哉二句：《文選》卷二十三《贈五官中郎將四首》之二詩句，全詩：「余嬰沉痼疾，竄身清漳濱。自夏涉玄冬，彌曠十餘旬。常恐遊岱宗，不復見故人。所親一何篤，步趾慰我身。清談同日夕，情眄敘憂勤。便復爲别辭，遊車歸西隣。素葉隨風起，廣路揚埃塵。逝者如流水，哀此遂離分。追問何時會，要我以陽春。望慕結不解，貽爾新詩文。勉哉修令德，北面自寵珍。」

〔四〕君若二句：《全唐詩》卷二二七杜甫《奉送嚴公入朝十韻》：「鼎湖瞻望遠，象闕憲章新。四海猶多難，中原憶舊臣。與時安反側，自昔有經綸。感激張天步，從容静塞塵。南圖迴羽翮，北極捧星辰。漏鼓還思晝，宫鶯罷囀春。空留玉帳術，愁殺錦城人。閣道通丹地，江潭隱白蘋。此生那老蜀，不死會歸秦。公若登台輔，臨危莫愛身。」

〔五〕我知二句：《全唐詩》卷二一一高適《别王徹》：「歸客自南楚，悵然思北林。蕭條秋風暮，迴首江淮深。留君終日歡，或爲梁父吟。時輩想鵬舉，他人嗟陸沉。載酒登平臺，贈君千里心。浮雲暗長路，落日有歸禽。離別未足悲，辛勤當自任。吾知十年後，季子多黃金。」

〔六〕漏逗：泄露。

【總説】

此條論贈答詩，先言古人之傳統，乃是在贈答中有所勸勉，以道德人格上的進益、政治上的直道相期，前半所舉蘇武、李陵、劉楨、杜甫詩即屬此類。此是嚴羽所推崇者。其下者乃是以名位相期，更下者乃是以金錢相期。嚴羽以爲高適《别王徹》即屬最下者。高適詩末句「季子多黃金」，用蘇秦典。秦早年外出遊説，窮困而歸，家人恥笑之。後佩六國相印，兄弟妻嫂不敢仰視。秦問其嫂曰：「何前倨而後恭也？」嫂答：「見季子位高金多也。」高適用此典故，言料定十年之後，王徹必位高金多。在嚴羽看來，高適對友人的這種祝願與期待也恰恰透露出高適本人的心志所在。

【附録】

郭紹虞《校釋》：

《苕溪漁隱叢話·前集》卷十三述其父三山老人語録云：「杜子美送嚴武還朝詩：『公若登台輔，臨危莫愛身。』勸以仗節死義也。近世士人與上官詩，無非諛詞，未聞有規勸之語如此者。」滄浪此節所言，或受此啓發。

考證

【解題】

此篇在元刊本《滄浪嚴先生吟卷》卷一列爲第五篇,《吟卷》目録篇名題「詩證」,而卷一正文篇名則爲「考證」,兩者不同。考目録所以題「詩證」者,很可能是因爲編者欲與前四篇篇名「詩辯」、「詩體」、「詩法」、「詩評」保持一致的緣故。明正德尹嗣忠校本、清康熙朱霞《樵川二家詩》本、民國張鈞衡《適園叢書》本皆是目録題「詩證」,正文題「考證」,明嘉靖吳銓跋本、明何望海編本、清順治周亮工本目録及正文均題「詩證」,徐榦《樵川二家詩》本卷三載《滄浪詩話》,卷端無目録,正文題「詩證」。

此篇在《詩人玉屑》中屬卷十一「考證」門,然「考證」門僅此一篇,故此篇篇題亦爲「考證」。特別值得注意的是,《詩人玉屑》編入嚴羽論詩著作,皆標滄浪之名,獨此篇既未標滄浪之名,亦未注出處。考宋以來各種刊本《玉屑》,皆是如此。其所以如此,可能有兩種情況:一、嚴羽是此篇作者,《玉屑》脱去了作者;二、此篇非嚴羽所作。再考元刊本《滄浪嚴先生吟卷》,刊刻在嚴羽卒數十年之後,其將此篇列入嚴羽著作,依據不得而知。不過,此篇有謂「近寶慶間,南海漕臺開杜集」,寶慶爲理宗年號(一二二五—一二二七),則此人寶慶以後尚在世,其文也當作於寶慶以後,又此篇收入《詩人玉屑》中,而《玉屑》有黄昇淳祐四年(一二四四)序,則此文當作於該年以前。以嚴羽生平考之,嚴羽在時間上有作此文的可能性。

此篇收入十卷本《詩人玉屑》補遺,十卷本目録云:「釐訂古今詩凡三十一條。」實則爲三十三條。

一

少陵與太白,獨厚於諸公,詩中凡言太白十四處〔一〕,至謂「世人皆欲殺,吾意獨憐才」〔二〕,「醉眠秋共被,攜手日同行」〔三〕,「三夜頻夢君,情親見君意」〔四〕。其情好可想。《遯齋閑覽》謂:「二人名既相逼,不能無相忌。」〔五〕是以庸俗之見而度賢哲之心也,予故不得不辨。

【校勘】

〔至謂〕郭紹虞《校釋》:「《玉屑》『謂』作『云』。」

〔吾意〕十卷本《玉屑》作「我意」。

【箋注】

〔一〕少陵與太白三句：洪邁《容齋四筆》卷三「李杜往來詩」條：「李太白、杜子美在布衣時，同遊梁、宋，爲詩酒會心之友。以杜集考之，其稱太白及懷贈之篇甚多。如『李侯金閨彦，脱身事幽討』，『南尋禹穴見李白，道甫問訊今何如』，『李白一斗詩百篇，自稱臣是酒中仙』，『近來海内爲長句，汝與山東李白好』，『昔者與高李，晚登單父臺』，『李侯有佳句，往往似陰鏗』，『憶與高李輩，論交入酒壚』，『白也詩無敵，飄然思不羣』，『昔年有狂客，號爾謫仙人』，『落月滿屋梁，猶疑照顔色』，『三夜頻夢君，情親見君意』，『秋來相顧尚飄蓬，未就丹砂愧葛洪』，『寂寞書齋裏，終朝獨爾思』，『涼風起天末，君子意如何』，『不見李生久，佯狂真可哀』，凡十四五篇。至於太白與子美詩，略不見一句。或謂《堯祠亭别杜補闕》者是已，乃殊不然。杜但爲右拾遺，不曾任補闕，兼自諫省出爲華州司功，迤邐避難入蜀，未嘗復至東州，所謂『飯顆山頭』之嘲，亦好事者所撰耳。」按洪氏所列舉共十五篇，胡才甫《箋注》：「亦可作十四篇，因月落屋梁，三夜夢君，乃是一題二首。」「落月滿屋梁」二句、「三夜頻夢君」二句同出《夢李白二首》。

〔二〕至謂二句：杜甫《不見》詩句，載《全唐詩》卷二二九。

〔三〕醉眠二句：杜甫《與李十二白同尋范十隱居》詩句，載《全唐詩》卷二二四。

〔四〕三夜二句：杜甫《夢李白二首》之二詩句，載《全唐詩》卷二一八。

〔五〕遯齋閑覽三句：《遯齋閑覽》，陳正敏撰。郭紹虞《校釋》據《説郛》作范正敏撰，誤。《郡齋讀書志》著録此書謂「皇朝陳正敏崇觀間撰。」鄭慶雲等纂《嘉靖延平府志》卷十六《人物志》卷之二《名臣》陳瓘傳：

「兄子正敏，朝奉郎，有《遯齋閑覽》行世。」知正敏乃陳瓘兄之子。《遯齋閑覽》：「或者又曰：評詩者謂甫期白太過，反爲白所誚。公（按謂王安石）曰：不然。甫贈白詩，則曰：『清新庾開府，俊逸鮑參軍。』但比之庾信、鮑照而已。又曰：『李侯有佳句，往往似陰鏗。』鏗之詩又在鮑、庾下矣。『飯顆』之嘲，雖一時戲劇之談；然二人者，名既相逼，亦不能無相忌也。」（《苕溪漁隱叢話》前集卷六引）

二

《古詩十九首》，非止一人之詩也〔一〕。「行行重行行」〔二〕，《樂府》以爲枚乘之作〔三〕，則其他可知矣。

【校勘】

〔之作〕陳定玉輯校《嚴羽集》：「《玉屑》無『之』字。」

【箋注】

〔一〕古詩二句：《文選》卷二十九《雜詩上》載《古詩一十九首》，編在李陵、蘇武詩之前，未題作者。李善注云：「並云古詩，蓋不知作者。或云枚乘，疑不能明也。詩云『驅馬上東門』，又云『遊戲宛與洛』，此則辭兼東都，非盡是枚乘明矣。昭明以失其姓氏，故編在李陵之上。」

〔二〕行行重行行：《古詩一十九首》之一：「行行重行行，與君生别離。相去萬餘里，各在天一涯。道路阻且長，會面安可知。胡馬依北風，越鳥巢南枝。相去日已遠，衣帶日已緩。浮雲蔽白日，遊子不顧反。思君令人老，歲月忽已晚。棄捐勿復道，努力加飱飯。」

〔三〕樂府句：郭茂倩《樂府詩集》不載《古詩十九首》，惟徐陵《玉臺新詠》卷一載枚乘《雜詩九首》，其中有「行行重行行」。

郭紹虞《校釋》：「考《樂府詩集》不載古詩，而《玉臺新詠》中則兼採樂府。滄浪所謂樂府以爲枚乘之作，當指《玉臺新詠》，未必是郭茂倩《樂府詩集》。」此處《樂府》固然不是指郭茂倩《樂府詩集》，但也不是指《玉臺新詠》。下條稱《玉臺新詠》爲《玉臺》，而不稱《樂府》。考宋祝穆《古今事文類聚别集》卷二十五《人事部·别離》在「古詩」類列「古樂府」四首，即「行行重行行」、「明月何皎皎」、「涉江採芙蓉」、「庭中有奇樹」四詩，此表明《古詩十九首》亦有古樂府之稱。唐吴兢有《古樂府》，宋劉次莊有《樂府集》，嚴羽或指其書。

【附録】

《直齋書録解題》卷十五著録《樂府集》十卷《題解》一卷，解題云：「題劉次莊。《中興書目》直云次莊撰。取前代樂府，分類爲十九門，而各釋其命題之意。按《唐志》樂類有《樂府歌詩》十卷者二，有吴兢《樂府古題要解》一卷。今此集所載，止於陳、隋人，則當是唐集之舊。而序文及其中頗及杜甫、韓愈、元、白諸人，意者次莊因舊而增廣之歟？然《館閣書目》又自有吳兢《題解》，及别出《古樂府》十卷《解題》一卷，未可考也。」

三

《古詩十九首》「行行重行行」，《玉臺》作兩首。自「越鳥巢南枝」以下，别爲一首〔一〕。當以《選》爲正。

【校勘】

〔行行重行行玉臺作兩首〕　此十字《適園叢書》本作小注。

【箋注】

〔一〕古詩四句：「行行重行行」載《玉臺新詠》卷一。按今存南宋嘉定八年（一二一五）陳玉父刊本《玉臺新詠》乃爲一首，而非兩首。陳玉父《玉臺新詠跋》：「幼時至外家李氏，於廢書中得之，舊京本也。宋失一葉，間復多錯謬，版亦時有刓者，欲求他本是正，多不獲。嘉定乙亥，在會稽，始從人借得豫章刻本，財五卷，蓋至刻者中徙，故弗畢也。又聞有得石氏所藏録本者，復求觀之，以補亡校脱，於是其書復全，可繕寫。」據此序，知此書宋代傳本非一，嚴羽所見或另一刊本。《四庫全書總目》卷一八六《玉臺新詠》

提要：「此本爲趙宧光家所傳宋刻，末有嘉定乙亥永嘉陳玉父重刻跋，最爲完善。……觀劉克莊《後村詩話》所引《玉臺新咏》，一一與此本吻合，而嚴羽《滄浪詩話》謂：《古詩》『行行重行行』篇，《玉臺新咏》以『越鳥巢南枝』以下另爲一首，此本仍聯爲一首……蓋克莊所見即此本，羽等所見者又一别本，是宋刻已有異同，非陵之舊矣。」

馮班《鈍吟雜録》卷五《嚴氏糾謬》：「按《玉臺集》北宋本正作一首。永嘉陳玉甫本誤耳。」馮班並未見北宋本，只是推測之辭。

紀容舒《玉臺新詠考異》卷一：「《滄浪詩話》謂《玉臺新詠》以『越鳥巢南枝』以下另爲一首，與此宋刻又不同。觀陳玉父跋，宋時已多别本矣。」

四

《文選》長歌行，只有一首《青青園中葵》者〔一〕，郭茂倩《樂府》有兩篇，次一首乃《仙人騎白鹿》者〔二〕。《仙人騎白鹿》之篇，予疑此詞「岧岧山上亭」以下，其義不同，當又别是一首，郭茂倩不能辨也〔三〕。

【校勘】

〔兩篇〕「篇」，《玉屑》作「首」。

〔予疑此詞〕「予」，十卷本《玉屑》作「余」。

〔岧岧山上亭〕「上」，十卷本《玉屑》作「下」。

【箋注】

〔一〕青青園中葵：《文選》卷二十七樂府古辭《長歌行》：「青青園中葵，朝露行日晞。陽春布德澤，萬物生光輝。常恐秋節至，焜黃華葉衰。百川東到海，何時復西歸。少壯不努力，老大乃傷悲。」

〔二〕郭茂倩二句：郭茂倩《樂府詩集》卷三十《相和歌辭》載《長歌行》古辭兩首，其一爲《青青園中葵》，其二乃《仙人騎白鹿》：「仙人騎白鹿，髮短耳何長。導我上太華，攬芝獲赤幢。來到主人門，奉藥一玉箱。主人服此藥，身體日康强。髮白復更黑，延年壽命長。岧岧山上亭，皎皎雲間星。遠望使心思，遊子戀所生。驅車出北門，遥觀洛陽城。凱風吹長棘，夭夭枝葉傾。黄鳥飛相追，咬咬弄音聲。佇立望西河，泣下沾羅纓。」

〔三〕予疑四句：按「岧岧山上亭」以下明馮惟訥《古詩紀》卷十六別爲一首，即依嚴羽之說。點校本《樂府詩集》據《古詩紀》作兩首，不符合《樂府詩集》之原本矣。

馮班《嚴氏糾謬》：「按此本二詩，樂工合之耳。樂府或一篇，詩止截半首，或合二篇爲一，或一篇之中，增損其字句，蓋當時歌謡，出於一時之作，樂工取以爲曲，增損以協律。故陳王、陸機之詩，時謂之乖調，未命樂工也。具在諸史樂志，滄浪全不省，乃云郭茂倩不辨耶。」

五

《文選》《飲馬長城窟》〔一〕，古詞，無人名〔二〕，《玉臺》以爲蔡邕作〔三〕。

【箋注】

〔一〕飲馬長城窟：《文選》卷二十七樂府古辭《飲馬長城窟行》：「青青河邊草，綿綿思遠道。遠道不可思，夙昔夢見之。夢見在我傍，忽覺在佗鄉。佗鄉各異縣，輾轉不可見。枯桑知天風，海水知天寒。入門各自媚，誰肯相爲言。客從遠方來，遺我雙鯉魚。呼兒烹鯉魚，中有尺素書。長跪讀素書，書上竟如何。上有加餐食，下有長相憶。」

《文選》李善注：「酈善長《水經》曰：『余至長城，其下往往有泉窟，可飲馬。古詩《飲馬長城窟行》，信不虚也。』然長城，蒙恬所築也。言征戍之客，至於長城而飲其馬，婦思之，故爲長城窟行。」

〔二〕古詞二句：此詩《文選》題「古辭」，李善注：「言古詩不知作者姓名。」

〔三〕玉臺句：郭紹虞《校釋》：「《玉臺新詠集》卷一有《飲馬長城窟行》二首，一蔡邕作，一陳琳作。蔡作，即《文選》所載古辭。吴兢《樂府古題要解》卷下：『古詞「青青河畔草，綿綿思遠道」，傷良人流宕不歸，或云蔡邕之詞。』」

蔡邕(一三二—一九二),字伯喈,陳留圉(今河南杞縣)人。《後漢書》卷九十下有傳。

六

古詞之不可讀者,莫如《巾舞歌》,文義漫不可解〔一〕。

【箋注】

〔一〕古詞三句:《樂府詩集》卷五十四舞曲歌辭三《巾舞歌》:「吾不見公莫時吾何嬰公來嬰姥時吾哺聲何爲茂時爲來嬰當思吾明月之土轉起吾何嬰土來嬰轉去吾哺聲何爲土轉南來嬰當去吾城上羊下食草吾何嬰下來吾食草吾哺聲汝何三年針縮何來嬰吾亦老吾平平門淫涕下吾何嬰何來嬰涕下吾哺聲昔結吾馬客來嬰吾當行吾度四州洛四海吾何嬰海何來嬰四海吾哺聲熇西馬頭香來嬰吾洛道吾治五丈度汲水吾噫邪哺誰當求兒母何意零邪錢健步哺誰當吾求兒母何吾哺聲三針一發交時還弩心意何零意弩心遥來嬰弩心哺聲復相頭巾意何零何邪相哺頭巾相吾來嬰頭巾母何何吾復來推排意何零相哺推相來嬰推非母何吾復車輪意何零子以邪相哺轉輪吾來嬰轉母何吾使君去時意何零子以邪使君去時使來嬰去時母何吾思君去時意何零子以邪思君去時思來嬰吾去時母何何吾吾。」其文不可句讀。

《樂府詩集》卷五十四《巾舞歌》解題:

《唐書·樂志》曰：「《公莫舞》，晉、宋謂之《巾舞》。其説云：漢高祖與項籍會鴻門，項莊舞劍，將殺高祖，項伯亦舞，以袖隔之，且語莊云：『公莫』。（苦）〔古〕人相呼曰公，言公莫害漢王也。漢人德之，故舞用巾以像項伯衣袖之遺式。」《宋書·樂志》曰：「按《琴操》有《公莫渡河》，然則其聲所從來已久。俗云項伯，非也。」《古今樂録》曰：「《巾舞》，古有歌辭，訛異不可解。江左以來，有歌舞辭。沈約疑是《公無渡河曲》，今三調中自有《公無渡河》，其聲哀切，故入瑟調，不容以瑟調離於舞曲。惟《公無渡河》，古有歌有弦，無舞也。」

七

又古《將進酒》〔一〕、《芳樹》〔二〕、《石榴》〔三〕、《豫章行》〔四〕等篇，皆使人讀之茫然。

【校勘】

〔又古〕底本作「文古」，《玉屑》、尹嗣忠本、清省堂本、《津逮祕書》本、《三家詩話》本、《螢雪軒叢書》本作「又古」，是，據改。按胡重器本、吴銓本、何望海本、周亮工本、朱霞本、《歷代詩話》本、徐榦本、《適園叢書》本作「古文」，蓋以「文古」不通，遂改「古文」，誤。

〔石榴〕「榴」，寬永本《玉屑》作「留」。

按尹嗣忠本、清省堂本、《津逮祕書》本、《三家詩話》本、《螢雪軒叢書》本此條及下條並與上條合。

【箋注】

〔一〕將進酒：《樂府詩集》卷十六《鼓吹曲辭》一《漢鐃歌》古辭《將進酒》：「將進酒，乘大白。辨加哉，詩審搏。放故歌，心所作。同陰氣，詩悉索。使禹良工觀者苦。」

《樂府詩集》卷十六《將進酒》解題云：「古詞曰：『將進酒，乘大白。』大略以飲酒放歌爲言。宋何承天《將進酒》篇曰：『將進酒，慶三朝。備繁禮，薦嘉肴。』則言朝會進酒，且以濡首荒志爲戒。若梁昭明太子云『洛陽輕薄子』，但叙遊樂飲酒而已。」

〔二〕芳樹：《樂府詩集》卷十六《鼓吹曲辭》一《漢鐃歌》古辭《芳樹》：「芳樹日月，君亂如於風。芳樹不上無心温而鵠，三而爲行。臨蘭池，心中懷我悵。心不可匡，目不可顧，妬人之子愁殺人。君有他心，樂不可禁。王將何似，如孫如魚乎？悲矣。」

《樂府詩集》卷十六古辭《芳樹》解題：「《樂府解題》曰：『古詞中有云：「妬人之子愁殺人，君有他心，樂不可禁。」若齊王融「相思早春日」，謝朓「早翫華池陰」，但言時暮、衆芳歇絶而已。』」

〔三〕石榴：《樂府詩集》卷十六《鼓吹曲辭》一《漢鐃歌》古辭《石留》：「石留涼陽涼石水流爲沙錫以微河爲香向始冷將風陽北逝肯無敢與于揚心邪懷蘭志金安薄北方開留離蘭」。其詩不可句讀。

〔四〕豫章行：《樂府詩集》卷三十四《相和歌辭》九古辭《豫章行》：「白楊初生時，乃在豫章山。上葉摩青雲，下根通黄泉。涼秋八九月，山客持斧斤。我□何皎皎，梯落□□。根株已斷絶，顛倒巖石間。大匠持斧繩，鋸墨齊兩端。一驅四五里，枝葉自捐□。□□□□□，會爲舟船燔。身在洛陽宫，根在豫章山。多謝枝與葉，何時復相連。吾生百年□，自□□□俱。何意萬人巧，使我離根株。」《樂府詩集》卷三十四《豫章行》解題云：「《古今樂録》曰：『《豫章行》，王僧虔云《荀録》所載《古白楊》一篇，今不傳。』《樂府解題》曰：『陸機「汎舟清川渚」，謝靈運「出宿告密親」，皆傷離別，言壽短景馳，容華不久。傅玄《苦相篇》云「苦相身爲女」，言盡力於人，終以華落見棄。亦題曰《豫章行》也。』豫章，漢郡邑地名。」

八

又《朱鷺》〔一〕、《雉子斑》〔二〕、《艾如張》〔三〕、《思悲翁》〔四〕、《上之回》〔五〕等，只一二三句可解，豈非歲久文字舛訛而然耶？

【校勘】

〔朱鷺〕《玉屑》作「露」。

〔斑〕《玉屑》作「班」。

〔豈非〕《玉屑》作「寧非」。

〔耶〕《適園叢書》本作「邪」。

《玉屑》此條與上條合，尹嗣忠本、清省堂本、《津逮祕書》本、《三家詩話》本、《螢雪軒叢書》本以上三條合作一條。

【箋注】

〔一〕朱鷺：《樂府詩集》卷十六《鼓吹曲辭》一《漢鐃歌》古辭《朱鷺》：「朱鷺，魚以烏。路訾邪，鷺何食？食茄下。不之食，不以吐，將以問誅（一作諫）者。」

《樂府詩集》卷十六《朱鷺》解題云：「《儀禮·大射儀》曰：『建鼓在阼階西南鼓。』傳云：『建猶樹也，以木貫而載之，樹之跗也。』《隋書·樂志》曰：『建鼓，殷所作。又棲翔鷺於其上，不知何代所加。或曰，鵠也，取其聲揚而遠聞。或曰，鷺，鼓精也。或曰，皆非也。《詩》云：「振振鷺，鷺于飛。鼓咽咽，醉言歸。」言古之君子，悲周道之衰，頌聲之息，飾鼓以鷺，存其風流，未知孰是。』孔穎達曰：『楚威王時，有朱鷺合沓飛翔而來舞，舊鼓吹《朱鷺曲》是也。』然則漢曲蓋因飾鼓以鷺而名曲焉。宋何承天《朱路篇》曰：『朱路揚和鸞，翠蓋曜金華。』但盛稱路車之美，與漢曲異矣。」

〔二〕雉子斑：《樂府詩集》卷十六《鼓吹曲辭》一《漢鐃歌》古辭《雉子斑》：「雉子，斑如此。之干（于）雉梁，無以吾翁孺，雉子。知得雉子高蜚止，黃鵠蜚，之以（重）千里，王可思。雄來蜚從雌，視子趨一雉。雉子，車大駕馬滕，被王送行所中。堯羊蜚從王孫行。」

〔三〕艾如張：《樂府詩集》卷十六《鼓吹曲辭》一《漢鐃歌》古辭《艾如張》：「艾而張羅，夷於何行成之。四時和，山出黃雀亦有羅。雀以高飛奈雀何？爲此倚欲，誰肯礞室。」

《樂府詩集》卷十六《艾如張》解題：「艾與刈同，《説文》曰：『芟草也。』如讀爲而，猶《春秋》曰『星隕如雨』也。古詞曰：『艾而張羅。』又曰：『雀以高飛奈雀何？』《穀梁傳》曰：『艾蘭以爲防，置旃以爲轅門。』謂因蒐狩以習武事也。蘭，香草也，言艾草以爲田之大防是也。」

〔四〕思悲翁：《樂府詩集》卷十六《鼓吹曲辭》一《漢鐃歌》古辭《思悲翁》：「思悲翁，唐思，奪我美人侵以遇。悲翁也，但我思。蓬首（一作蕞）狗，逐狡兔，食交君。梟子五，梟母六，拉沓高飛暮安宿。」

〔五〕上之回：《樂府詩集》卷第十六《鼓吹曲辭》一《漢鐃歌》古辭《上之回》：「上之回所中，益夏將至。行將北，以承甘泉宮。寒暑德。游石闕，望諸國。月支臣，匈奴服。令從百官疾驅馳，千秋萬歲樂無極。」

《樂府詩集》卷十六《上之回》解題：「《漢書》曰：『孝（武）〔文〕十四年，匈奴入朝那蕭關，遂至彭陽。使騎兵入燒回中宮，候騎至雍甘泉。』回中地在安定，其中有宫也。《武帝紀》曰：『元封四年冬十月，行幸雍，祠五時。通回中道，遂北出蕭關。』吴兢《樂府解題》曰：『漢武通回中道，後數出遊幸焉。』沈建《廣題》曰：『漢曲皆美當時之事。』按石闕，宫闕名，近甘泉宮。相如《上林賦》云『蹷石闕，歷封巒』是也。」

九

《木蘭歌》「促織何唧唧」〔一〕，《文苑英華》作「唧唧何切切」〔二〕，又作「歷歷」；《樂府》

作「唧唧復唧唧」，又作「促織何唧唧」〔三〕。當從《樂府》也。

【校勘】

〔歷歷〕《玉屑》、胡重器本、吳銓本、何望海本、周亮工本、朱霞本、《歷代詩話》本、徐榦本、《詩法萃編》本作「嚦嚦」。

【箋注】

〔一〕木蘭歌：《樂府詩集》卷二十五《横吹曲辭》五《梁鼓角横吹曲》古辭《木蘭詩》：「唧唧復唧唧（一作促織何唧唧），木蘭當户織。不聞機杼聲，唯聞女嘆息。問女何所思，問女何所憶？女亦無所思，女亦無所憶。昨夜見軍帖，可汗大點兵。軍書十二卷，卷卷有爺名。阿爺無大兒，木蘭無長兄。願爲市鞍馬，從此替爺征。東市買駿馬，西市買鞍韉。南市買轡頭，北市買長鞭。旦（一作朝）辭爺娘去，暮至黄河邊。不聞爺孃喚女聲，但聞黄河流水鳴濺濺。旦辭黄河去，暮宿黑山頭。不聞爺孃喚女聲，但聞燕山胡騎鳴啾啾。萬里赴戎機，關山度若飛。朔氣傳金柝，寒光照鐵衣。將軍百戰死，壯士十年歸。歸來見天子，天子坐明堂。策勳十二轉，賞賜百千强。可汗問所欲，木蘭不用尚書郎（一作欲與木蘭賞，不願尚書郎），願馳千里足（段成式《酉陽雜俎》云『願借明駝千里足』），送兒還故鄉。爺孃聞女來，出郭相扶將。阿姊聞妹來，當户理紅妝。小弟聞姊來，磨刀霍霍向豬羊。開我東閣門，坐我西閣牀。脱我戰時袍，著我舊時裳。當窗理雲鬢，對鏡貼花黄。出門看火伴，火伴皆（一作始）驚忙。同行十二年，不知木蘭是女郎！雄兔脚扑朔，雌兔眼迷離。双兔傍地走，安能辨我是雄雌。」

〔二〕文苑句：《文苑英華》卷三三三《木蘭歌》作「唧唧何力力」，注：「或作『歷歷』。」非作「何切切」。郭紹虞《校釋》：「『切切』二字當誤。」

〔三〕樂府二句：郭茂倩《樂府詩集》卷二十五《木蘭詩》作「唧唧復唧唧」，注：「一作促織何唧唧。」按「唧唧復唧唧」之「唧唧」乃指人之嘆息聲，而「促織何唧唧」之「唧唧」乃蟲鳴聲。

一〇

「願馳千里足」〔一〕，郭茂倩《樂府》作「願借明駞千里足」〔二〕，《酉陽雜俎》作「願馳千里明駞足」〔三〕，漁隱不考，妄爲之辨〔四〕。

【校勘】

〔郭茂倩樂府作〕「作」字，十卷本《玉屑》無。

〔明駞〕「駞」，底本、尹嗣忠本、胡重器本、清省堂本、吴銓本、何望海本、《津逮祕書》本、周亮工本、朱霞本作「馳」，《玉屑》、《歷代詩話》本、徐榦本、《適園叢書》本作「駝」，《詩法萃編》本、《三家詩話》本、《螢雪軒叢書》本作「駞」。「駞」同「駝」。兹據改。

【箋注】

〔一〕願馳句：此《木蘭詩》中句。

〔二〕郭茂倩句：郭茂倩，字德粲，鄆州東平（今屬山東）人。通音律，善篆隸，元豐七年（一〇八四）任河南法曹參軍。編有《樂府詩集》一百卷。

郭茂倩《樂府詩集》卷二十五《木蘭詩》作「願馳千里足」，注：「段成式《酉陽雜俎》云：願借明駝千里足。」嚴羽所引《樂府詩集》文字不同於今傳本，或是嚴羽誤記，或是嚴羽所見《樂府詩集》不同於今本。

〔三〕酉陽句：段成式《酉陽雜俎》卷十六：「駞性羞。《木蘭篇》『明駞千里脚』，多誤作『鳴』字。駞卧，腹不帖地，屈足，漏明則行千里。」嚴羽所言與今本不同，且亦與《樂府詩集》所引《酉陽雜記》不同。

〔四〕漁隱二句：胡仔，字元任，績溪（今屬安徽）人。卜居湖州（今屬浙江），號苕溪漁隱。著有《孔子編年》，《苕溪漁隱叢話》前集六十卷，後集四十卷。

《苕溪漁隱叢話》前集卷二十三引《洪駒父詩話》云：「古樂府《木蘭篇》『願馳千里明駞足，千里送兒還故鄉。』『明』字多誤作『鳴』。駞卧腹不帖地，屈足，漏明則行千里。」苕溪漁隱辨曰：「余讀古樂府《木蘭篇》云：『願馳千里足，送兒還故鄉。』止此而已。駒父乃云如此，疑其誤也。」嚴羽謂胡仔不知「願馳千里明駞足」出《酉陽雜俎》，妄辨洪駒父之誤。

郭紹虞《校釋》：「案漁隱所辯者爲《洪駒父詩話》。《洪駒父詩話》謂：（健按：見注，略）。《詩話》

所引，兩用『千里』二字，就下句言當是衍文。漁隱以其複衍，故就所見别本言之，其意或不在上句也。漁隱謂：（健按：見前注，略）。似漁隱所言亦未大誤。考《酉陽雜俎》卷十六：（健按：文見前注，略）。是駒父所言，正本《酉陽雜俎》，但所引《木蘭篇》辭句不同耳。《酉陽雜俎》所引句，與滄浪所引亦有出入。而滄浪所謂『郭茂倩《樂府》作「願借千里明駝足」』者，實則正作『願馳千里足，送兒還故鄉』，與漁隱所見本同。而所謂『願借明駝千里足』者，乃郭茂倩《樂府》注中所引《酉陽雜俎》之文。蓋古時鈔本流傳，往往如此。滄浪亦『妄爲之辯』也。」

二

《木蘭歌》最古，然「朔氣傳金柝，寒光照鐵衣」之類，已似太白，必非漢、魏人詩也〔一〕。

【校勘】

《玉屑》此條在下條後。

〔之類〕十卷本《玉屑》作「之語」。

〔魏人詩〕「詩」字，十卷本《玉屑》無。

【箋注】

〔一〕木蘭歌五句：《木蘭詩》作者與時代問題在嚴羽之前及同時已有不同説法。一説爲曹植所作。魏泰《臨漢隱居詩話》：「古樂府中《木蘭詩》、《焦仲卿詩》皆有高致。蓋世傳《木蘭詩》爲曹子建作，似矣。然其中云『可汗問所欲』，漢魏時匈奴未有可汗之名，不知果誰之詞也。」魏氏爲徽宗時人，其言世傳此詩爲曹植所作，則曹植作《木蘭詩》之説在徽宗時代之前已經流傳。魏氏提出質疑，認爲漢魏時代匈奴未有可汗之名，此作品不應出自漢魏時代。第二種説法是唐人韋元甫作。《文苑英華》卷三三三載《木蘭詩》，題韋元甫。這種説法也受到質疑。詳見下條討論。第三種説法是唐人作，未認定是韋元甫。《朱子語類》卷一百四十：「《木蘭詩》只似唐人作。其間可汗可汗，前此未有。」朱熹的依據是，可汗之稱在唐代以前没有出現。不過以朱熹的語氣，還没有斷定，而到劉克莊則説：「《木蘭詩》，唐人所作也。」（《後村詩話》卷一）

魏泰、朱熹判斷《木蘭詩》的時代都是根據「可汗」一詞出現的時間，而嚴羽則是用辨體的方法從風格入手來判定，他認爲其中兩句風格像李白，從而斷定其非漢魏時代的作品。但嚴羽通過辨體得出的結論，也受到後人的質疑。謝榛《四溟詩話》卷一：

嚴滄浪曰：「《木蘭歌》朔氣傳金柝，寒光照鐵衣，酷似太白，非漢魏人語。」左舜齊曰：「況有可汗大點兵之句，乃唐人無疑。」魏太武時，柔然已號可汗，非始於唐也。通篇較之太白，殊不相類。

郭紹虞《校釋》云：

案昔人對於考證作品時代，原有二種方法，一、鑑賞的；二、考據的。滄浪所言，從音調詞格入手，用的是鑑賞的方法。《朱子語類》謂：「《木蘭詩》只似唐人作，其間可汗，可汗前此未有。」（卷一四〇）則又是用考據的方法。滄浪以禪喻詩，其思想接近禪宗，故與主觀唯心論爲近。朱熹思想則屬於客觀唯心論範疇，故可用考據方法。《莊子・人間世》篇云：「無聽之以耳，而聽之以心；無聽之以心，而聽之以氣。」不重經驗之知，而尚直覺之知，後人於文藝鑑賞，自矜别有會心，自矜獨契精微，實則皆是此種思想之影響。滄浪所言「辨家數如辨蒼白」，亦正如此。……考證此詩時代，若純從鑑賞方法入手，則如瞎子摸象，難成定論。

郭紹虞先生説昔人考證作品時代有鑑賞、考證兩法，此是確見。但其將鑑賞的方法與主觀唯心論聯繫起來，將考據的方法與客觀唯心論聯繫起來，實屬牽强。

其實蘇軾考證作者作品時代也多用鑑賞的方法。其《書李白集》：「今太白集中，有《歸來乎》、《笑矣乎》及《贈懷素草書》數詩，決非太白作。蓋唐末五代間貫休、齊己輩詩也。余舊在富陽，見國清院太白詩，絶凡；近過彭澤唐興院，又見太白詩，亦非是。良由太白豪俊，語不甚擇，集中往往有臨時率然之句，故使妄庸輩敢爾。若杜子美，世豈復有僞撰者耶？」（《蘇軾文集》卷六十七）蘇軾判定以上諸詩非太白所撰的依據乃是作品的風格。其《書諸集僞謬》：「唐末五代，文章衰盡，詩有貫休，書有亞栖，村俗之氣，大率相似。……近見曾子固編《太白集》，自謂頗獲遺亡，而有《贈懷素草書歌》數首，皆貫休以下詞格。」(《蘇軾文集》卷六十七)在他看來,《贈懷素草書歌》等詩有村俗之氣,乃是唐末五代的風格。又《記太白詩二首》之一:「『湘中老人讀黄老,手援紫藟坐碧草。春至不知湘水深,日暮忘却巴陵道。』唐末有見人作此詩者,詞氣殆是李謫仙。余在都下,見有人攜一紙文書,字則顏魯公也,墨迹如未乾,紙亦新健。其首兩句云:『朝披夢澤雲,笠翁青茫茫。』此語亦非太白不能道也。」他判定以上詩屬於李白所作的依據也是風格。

蓋所謂鑑賞的方法所涉及的是作品的風格特徵,一個成熟的詩人,其作品一般有其獨特的風格;一個時代的作品,往往也有其時代的風格。從作品的風格特徵來判斷其時代甚至作者,所依據的就是以上的道理。但是,一個詩人的風格可能前後是有變化的,一個時代的作品雖然有其共同的特徵,但也往往有例外,而且讀者對於作品風格的鑑别常常帶有自身的主觀性。這樣,用鑑賞的方法來判斷作品的時代及作者雖有其合理性,但如果將其作爲唯一的依據,其可靠性是要受到質疑的。

【附録】

胡應麟《詩藪》内編卷三:

《木蘭歌》,世謂齊梁人作。齊人一代,絶少七言歌行,梁始作初唐體。此歌中古質有逼漢魏處,非二代所及也。惟「朔氣」、「寒光」,整麗流亮類梁、陳。然晉人語如「日下荀鳴鶴,雲間陸士龍」、「青松凝素髓,秋菊落芳英」,已全是唐律。至《休洗紅》、《獨漉篇》,其古質處又多近

《木蘭》。齊、梁歌謡，亦有傳者，相去遠甚。余以爲此歌必出晉人，若後篇則唐作也。

三

《木蘭歌》，《文苑英華》直作韋元甫名字〔一〕。郭茂倩《樂府》有兩篇，其後篇乃元甫所作也〔二〕。

【校勘】

〔名字〕　十卷本《玉屑》無此二字，他本《玉屑》「字」作「考」。郭紹虞《校釋》：「《玉屑》『字』作『考』，則當於『名』字斷句，『考』字在下句之首，似以《玉屑》爲長。蓋《樂府詩集》本以後篇爲韋元甫續作，可知滄浪所言即據此。若無『考』字，則『後篇乃元甫所作』云云，似又變成滄浪根據他書所考定之語，與《樂府詩集》無關。」

【箋注】

〔一〕木蘭歌二句：《文苑英華》卷三三三《木蘭歌》題韋元甫。韋元甫，曾任蘇州刺史、浙江西道都團練觀察等使，大曆初，授揚州長史、兼御史大夫、淮南節度觀察等使。大曆六年（七七一）卒。《舊唐書》卷一一五有傳。

《文苑英華》於《木蘭詩》雖題韋元甫之名，但宋彭叔夏《文苑英華辨證》卷五一辨其「非元甫作也」。其理由是，南朝陳僧人智匠所編的《古今樂録》已經説不知其作者，而宋劉次莊《樂府集》及郭茂倩《樂府詩集》也都稱是古詞，没有標姓名。但《文苑英華》何以會題韋元甫之名？郭紹虞先生《校釋》：「案黄庭堅《題樂府木蘭詩後》云：『唐朔方節度使韋元甫得於民間，劉原父往時於秘書省中録得。』(《豫章黄先生文集》卷二十五)竊以爲《文苑英華》直作韋元甫名字，當即由韋元甫採得之故。」

〔二〕郭茂倩二句：郭茂倩《樂府詩集》卷第二十五《横吹曲辭》五載有《木蘭詩二首》，即嚴羽所謂兩篇，郭氏解題云：「《古今樂録》云：『《木蘭》，不知名。』浙江西道觀察使兼御史中丞韋元甫續附入。」郭氏引陳僧智匠《古今樂録》云「《木蘭》，不知名」，乃指前首而言，即古辭《木蘭詩》。郭氏於「梁鼓角横吹曲」類解題曰：「歌辭有《木蘭》一曲，不知起於何代也。」表明郭氏對於《木蘭詩》的時代不能確定。郭氏所謂「韋元甫續附入」者，乃指第二首而言，謂第二首爲韋元甫所續，附在古辭之後。

韋氏所續作《木蘭詩》云：「木蘭抱杼嗟，借問復爲誰。欲聞所慽慽，感激强其顔。老父隸兵籍，氣力日衰耗。豈足萬里行，有子復尚少。胡沙没馬足，朔風裂人膚。老父舊羸病，何以强自扶。木蘭代父去，秣馬備戎行。易却紈綺裳，洗却鉛粉妝。馳馬赴軍幕，慷慨攜干將。朝屯雪山下，暮宿青海傍。夜襲燕支虜，更攜于闐羌。將軍得勝歸，士卒還故鄉。父母見木蘭，喜極成悲傷。木蘭能承父母顔，却(御)〔卸〕巾鞲理絲簧。昔爲烈士雄，今復嬌子容。親戚持酒賀，父母始知生女與男同。門前舊軍都，十年共崎嶇。本結兄弟交，死戰誓不渝。今也見木蘭，言聲雖是顔貌殊。驚愕不敢前，嘆重徒嘻吁。

世有臣子心，能如木蘭節。忠孝兩不渝，千古之名焉可滅！」

一三

班婕妤《怨歌行》〔一〕，《文選》直作班姬之名〔二〕，《樂府》以爲顔延年作〔三〕。

【箋注】

〔一〕班婕妤句：班婕妤，婕妤，宫中女官名。班氏乃左曹越騎班况之女，漢成帝時選入宫，深受寵幸，後失寵。《文選》卷二十七班婕妤《怨歌行》：「新裂齊紈素，皎潔如霜雪。裁爲合歡扇，團團似明月。出入君懷袖，動摇微風發。常恐秋節至，涼風奪炎熱。棄捐篋笥中，恩情中道絶。」李善注：「《歌録》曰：《怨歌行》，古辭。然言古者有此曲，而班婕妤擬之。婕妤，帝初即位，選入後宫。始爲少使，俄而大幸，爲婕妤，居增成舍。後趙飛燕寵盛，婕妤失寵，希復進見。成帝崩，婕妤充園陵，薨。」

〔二〕文選句：《文選》題班婕妤。胡才甫《箋注》：「滄浪謂《文選》直作班姬之名，殊混續史之惠姬（健按：班固妹班昭，字惠姬）爲一人。且《文選》亦僅題班婕妤，無班姬之稱也。」按嚴羽所云班姬之姬，乃婦人之美稱，非班惠姬之字，所謂「班姬之名」即班氏婦人之名，即班婕妤也。

〔三〕樂府句：胡才甫：「按《樂府詩集》相和歌詞楚調曲，怨歌行仍舊題班婕妤，無顔延年作，不知滄浪所據何本。」按《怨歌行》載郭茂倩《樂府詩集》卷四十二，題班婕妤。嚴羽此所云《樂府》或非指郭茂倩《樂府詩集》。

一四

孔明《梁父吟》〔一〕：「步出齊東門，遥望蕩陰里」，《樂府解題》作「遥望陰陽里」〔二〕。青州有陰陽里〔三〕。「田疆古冶子」〔四〕，《解題》作「田强固野子」。

【校勘】

〔孔明梁父吟〕　郭紹虞《校釋》：「《玉屑》『孔明』上有『諸葛』二字。」「父」，十卷本《玉屑》同，他本《玉屑》作「甫」。

〔步出齊東門〕　點校本《玉屑》王仲聞點校：「『東』寬永本作『城』。」補校：「『東』字朝鮮本作『宋』，與寬永本作『城』異。」

〔青州〕　郭紹虞《校釋》：「《玉屑》『青州』上有『今』字。」

〔田强固野子〕　「强」，宋本、元刊本、古松堂本、寬永本《玉屑》同，十卷本《玉屑》、尹嗣忠本、清省堂本、《寶顔堂祕笈》本、何望海本、《津逮祕書》本、周亮工本、《歷代詩話》本、徐榦本作「疆」。朱霞本作「彊」。

郭紹虞《校釋》：「《玉屑》自『田彊古冶子』以下作另一條。」按宋本、元本及寬永本《玉屑》非别作一條，十卷本、嘉靖本、古松堂本《玉屑》另作一條。

【箋注】

〔一〕孔明句：孔明，諸葛亮，字孔明。《三國志·蜀書·諸葛亮傳》謂諸葛亮「躬畊隴畝，好爲《梁父吟》」，但未載其詞。《藝文類聚》卷十九云：「《蜀志》：諸葛亮《梁父吟》曰：步出齊城門，遥望蕩陰里。里中有三墳，纍纍正相似。問是誰家冢？田疆古冶子。力能排南山，又能絶地紀。一朝被讒言，二桃殺三士。誰能爲此謀，國相齊晏子。」

郭茂倩《樂府詩集》卷四十一載此詩，作《梁甫吟》，亦題諸葛亮作。然前人亦多疑其非諸葛亮所作，逯欽立《先秦漢魏晉南北朝詩》編入漢《樂府古辭》中（漢詩卷十）。

〔二〕樂府解題：非謂郭茂倩《樂府詩集》，所指不詳。胡才甫《箋注》：「按《古今圖書集成》有劉餗《樂府解題》，但有目無辭。」郭紹虞《校釋》引胡注，未有解釋。劉餗，唐著名史學家劉知幾之子，著有《史例》三卷，《傳記》三卷，《樂府古題解》一卷，見《舊唐書》卷一〇二劉子玄傳。《樂府古題解》一卷，原書已佚，陶珽本《説郛》卷一〇〇載其《樂府解題》一卷，十九條，當即《樂府古題解》之節録。此十九條中並無《木蘭詩》解題。又劉氏《樂府古題解》共一卷，只是解題，並無作品，嚴羽所言當不是指此書。

考宋時稱《樂府解題》者尚有：一、無名氏《樂府解題》。王堯臣等《崇文總目》卷一著録《樂府解題》一卷，謂：「不著撰人名氏，與吴兢所撰《樂府古題》頗同，以《江南曲》爲首，其後所解差異。」或以爲此書即劉餗《樂府古題解》。二、吴兢《樂府古題要解》，郭茂倩《樂府詩集》引述稱《樂府解題》。三、劉次莊《樂府集》十卷《題解》一卷（《直齋書録解題》卷十五著録），此書《能改齋漫録》卷一「錢塘蘇小小」條稱「劉次莊《樂府解題》」，鄭樵《通志》著録作《樂府題解》十卷。以上三種，劉次莊書既有解題，又包括作品，嚴羽所謂《樂府解題》或即此書。宋姚寛《西溪叢語》卷上：「《樂府解題》有《梁父吟》。」姚氏所言《樂府解題》應與嚴羽所言爲同一書。

〔三〕青州：北宋屬淮南東路，屬縣有益都、壽光、臨朐、博興、千乘、臨淄。王士禛《居易録》卷二十八：「《郡國志》：臨淄縣東有陰陽里，即諸葛武侯《梁甫吟》云『步出齊城門，遥望陰陽里』云云，今《樂府》作『蕩陰』，非是。」然李昉等編《太平御覽》卷一五七《敘縣》云：「《郡國志》曰：齊臨淄縣東有蕩陰里。」

〔四〕田疆古冶子：《梁父吟》詩句。公孫接、田開疆、古冶子是春秋時齊國的三個勇士，以勇力事齊景公，晏子因其無禮，謀以二桃殺三士。事見《晏子春秋》卷二。

《太平御覽》卷五五九《塚墓三》：「《三齊略記》曰：田開疆、公孫接、古冶子三壯士冢，在齊城東南三百步蕩陰陽里中。」

一五

南北朝人，惟張正見詩最多〔一〕，而最無足省發〔二〕，所謂「雖多，亦奚以爲」〔三〕。

【箋注】

〔一〕張正見：字見賾，清河東武成（今屬山東）人。年十三，獻頌，梁簡文深賞之。入陳，官尚書度支郎等。《陳書》卷三十四、《南史》卷七十二有傳。《陳書》本傳謂：正見「有集十四卷。其五言詩尤善，大行於世」。《隋書·經籍志》亦著録其集十四卷，然兩《唐書》著録皆僅四卷，《宋史》著録僅一卷。逯欽立《先秦漢魏晉南北朝詩》載其詩於《陳詩》卷二、卷三。

〔二〕最無足省發：張正見詩已近律體，律詩形成過程中自有其地位。王世貞《藝苑巵言》卷三：「張正見詩，律法已嚴於四傑，特作一二拗語，爲六朝耳。」胡震亨《唐音癸籤》卷一：「自古詩漸作偶對，音節亦漸叶而諧。宫體而降，其風彌盛。徐、庾、陰、何，以及張正見、江總持之流，或數聯獨調，或全篇通穩，雖未有律之名，已寖具律之體。」王、胡二人皆指出張詩近律之特徵。

對於嚴羽貶斥張氏詩，後人亦有不同意見。楊慎《升庵詩話》卷十：「張正見《詠雞》詩曰：『蜀郡隨金馬，天津應玉衡。』上句用『金馬碧雞』事，下句用《緯書》玉衡星精散爲雞事也。以無爲有，以虚爲實，影略之句，伐材之語，非深於詩者，孰能爲之？嚴滄浪乃云『張正見之詩，雖多亦奚以爲』，豈知言哉？」此肯定其善用事，從而肯定其善於詩。但嚴羽並不主張詩中多用事，對以用事見長者並不肯定，其立場與楊慎有異，故兩人見解不同。胡應麟《詩藪》外編卷二：「張正見詩，華藻不下徐陵、江總，聲骨雄整乃過之。唐律實濫觴於此，而資望不甚表表。嚴氏誚其『雖多亦奚以爲』，得無以名取人耶？」

〔三〕所謂二句：《論語·子路》：「誦詩三百，授之以政，不達；使於四方，不能專對；雖多，亦奚以爲！」

【附録】

胡才甫《箋注》：「此條宜入《詩評》。」

一六

《西清詩話》載〔一〕：晁文元家所藏陶詩〔二〕，有《問來使》一篇云：「爾從山中來，早晚發天目。我屋南山下，今生幾叢菊？薔薇葉已抽，秋蘭氣當馥。歸去來山中，山中酒應熟。」予謂此篇誠佳，然其體製、氣象，與淵明不類。得非太白逸詩，後人謾取以入陶集耶〔三〕？

【校勘】

〔南山〕《玉屑》作「南牕」。按「牕」同「窻」。

〔予謂〕陳定玉輯校《嚴羽集》：「『予』，《歷代詩話》作『余』。」

〔逸詩〕十卷本《玉屑》作「逸書」。

〔謾取〕「謾」，《適園叢書》本作「漫」。

〔耶〕尹嗣忠本、清省堂本、《津逮祕書》本、《寶顔堂祕笈》本、《詩法萃編》本、《三家詩話》本、《螢雪軒叢書》

本作「爾」，胡重器本、吴銓本、何望海本、周亮工本、朱霞本、《歷代詩話》本、徐幹本作「耳」。

【箋注】

〔一〕西清詩話句：蔡絛《西清詩話》卷上：「淵明意趣真古，清淡之宗，詩家視淵明，猶孔門視伯夷也。其集屢經諸儒手校，然有《問來使》篇，世蓋未見，獨南唐與晁文元家二本有之。詩云：『爾從山中來，早晚發天目。我屋南窗下，今生幾叢菊。薔薇葉已抽，秋蘭氣當馥。歸去來山中，山中酒應熟。』李太白《潯陽感秋》詩『陶令歸去來，田家酒應熟』，其取諸此云。」

按蔡絛，字約之，號百衲居士，别號無爲子，蔡京之子。其《西清詩話》三卷，宋人或以爲是其使門客所爲。詳見郭紹虞《宋詩話考》、張伯偉《稀見本宋人詩話四種》前言。

〔二〕晁文元：晁迥，字明遠，世爲澶州清豐（今屬河北）人。真宗時，累官工部尚書，以太子少保致仕，謚文元。有《翰林集》三十卷等。《宋史》卷三〇五有傳。

〔三〕予謂五句：《問來使》究竟是否陶淵明作，嚴羽之前亦有疑問。洪邁《容齋五筆》卷一：「陶淵明《問來使》詩云（略）。諸集中皆不載，惟晁文元家本有之。蓋天目疑非陶居處，然李太白云：『陶令歸去來，田家酒應熟。』乃用此爾。」《問來使》中有「爾從山中來，早晚發天目。我屋南窗下，今生幾叢菊」四句，客人從天目山來，詩人問其故居情形。據此詩，詩人曾居天目山。按天目山在今浙江杭州，陶淵明未曾居住此地，故洪邁説「天目疑非陶居處」，對此有所懷疑。然李白《尋陽紫极宫感秋作》「陶令歸去來，田家酒應熟」（《全唐詩》卷一八三）後句與《問來使》「山中酒應熟」句式相同，用字大半相同，且上句明確是説陶淵明，又似乎證明此詩確爲陶作。

嚴羽猜測《問來使》或是李白逸詩，被誤入陶集，固然有體製、氣象方面的依據，然前所言兩詩之詩句上的關聯也應是理由之一。照此猜測，兩個詩句都是李白所作，李氏自己的作品之間有類似的詩句，則不足爲奇。

後人對《問來使》是否爲李白詩，亦有懷疑。胡才甫《箋注》引薛雪《一瓢詩話》曰：「陶詩中《問來使》一篇，人疑太白逸詩混入。余謂是後人擬陶者，並不是太白之作。」

郭紹虞《校釋》：「案《問來使》一篇，固不類淵明，然亦何嘗類太白。湯漢《陶靖節詩注》謂爲『晚唐人因太白《感秋》詩而僞之』，近是。薛雪《一瓢詩話》亦謂：『是後人擬陶者，並不是太白之作。』似均較滄浪爲長。東坡和陶無《問來使》一篇。東坡未必不見南唐本或晁氏藏本，所以不和，殆亦以其不足信之故。郎瑛謂此詩爲蘇子美作，更無據。」

一七

《文苑英華》有太白《代寄翁參樞先輩》七言律一首〔一〕，乃晚唐之下者。又有五言律三首，其一《送客歸吳》〔二〕，其二《送友生遊峽中》〔三〕，其三《送袁明甫任長江》〔四〕，集本皆無之。其家數在大曆、貞元間，亦非太白之作。又有五言《雨後望月》一首〔五〕、《對雨》一首〔六〕、《望夫石》一首〔七〕、《冬日歸舊山》一首〔八〕，皆晚唐之語。又有「秦樓出佳麗」四句〔九〕，亦不類太白，皆是後人假名也。

【校勘】

〔七言律一首〕陳定玉輯校《嚴羽集》：《適園叢書》本「『律』下有『詩』字，疑衍。」

〔遊峽中〕「遊」，《玉屑》作「歸」。

〔任長江〕點校本《玉屑》王仲聞校：「『任』寬永本作『伍』。」宋本及元本《玉屑》作「伍」。

〔大曆貞元〕「貞」，底本、各本《玉屑》、尹嗣忠本、吳銓本、《津逮祕書》本、《寶顏堂祕笈》本、何望海本、周亮工本、朱霞本、徐斡本均作「正」。《歷代詩話》、《適園叢書》、《螢雪軒叢書》本作「貞」，兹據改。

〔對雨一首〕《玉屑》無此四字。

〔冬日歸舊山〕陳定玉輯校《嚴羽集》：「『日』，尹（嗣忠）本作『月』。」按清省堂本、《津逮祕書》本亦作「月」。

【箋注】

〔一〕文苑英華句：《文苑英華》卷二六二李白《代佳人寄翁參樞先輩》：「等閒經夏復經寒，夢裏驚嗟豈暫安。南家風光當世少，西陵江浪過江難。周旋小字桃燈讀，重疊遥山隔霧看。真是爲君飡不得，書來莫説更加飡。」

王琦注《李太白全集》卷三十載此詩，注：「舊注云：此詩總目及李集皆不載，惟《英華》諸本有之。」

〔二〕送客歸吳：《文苑英華》卷二六九李白《送客歸吳》：「江村秋雨歇，酒盡一帆飛。路歷波濤去，家唯坐卧歸。島花開灼灼，汀柳細依依。别後無餘事，還應掃釣磯。」

〔三〕送友生遊峽中：《文苑英華》卷二六九李白《送友生游峽中》：「風静楊柳垂，看花又别離。幾年同在此，今日各驅馳。峽裏聞猿叫，山頭見月時。殷勤一杯酒，珍重歲寒姿。」此詩編入《全唐詩》卷一八五李白補遺中，又收入《全唐詩》卷三八四張籍集中。

〔四〕送袁明甫任長江：《文苑英華》卷二六九李白《送袁明府任長江》：「别離楊柳青，樽酒表丹誠。古道攜琴去，深山見峽迎。暖風花繞樹，秋雨草沿城。自此長江内，無因夜犬驚。」

〔五〕雨後望月：《文苑英華》卷一五二李白《雨後望月》：「四郊陰靄散，開户半蟾生。萬里野霜合，一條江練横。出時山眼白，高後海心明。爲惜如團扇，長吟到五更。」

〔六〕對雨：《文苑英華》卷一五三李白《對雨》：「卷簾聊舉目，露濕草綿綿。古岫披云毳，空庭織碎煙。水紅（疑作紋）愁不起，風線重難牽。盡日扶犁叟，往來江樹前。」

〔七〕望夫石：《文苑英華》卷一六〇李白《望夫石》：「髣髴古容儀，含愁帶曙輝。露如今日淚，苔似昔年衣。有恨同湘女，無言類楚妃。寂然芳靄内，猶若待夫歸。」

〔八〕冬日歸舊山：《文苑英華》卷一六〇《冬日歸舊山》：「未洗染塵纓，歸來芳草平。一條藤徑緑，萬點雪峰晴。地冷葉先盡，谷寒雲不行。嫩篁侵舍密，古樹倒江横。白犬離村吠，蒼苔壁上生。穿廚孤雉過，臨屋舊猿鳴。木落禽巢在，籬疎獸路成。拂床蒼鼠走，倒篋素魚驚。洗硯脩良策，敲松擬素貞。此時重一去，去合到三清。」

〔九〕又有句：《文苑英華》卷一九三李白《日出東南隅行》：「秦樓出佳麗，正值朝日光。陌頭能駐馬，花處復添香。」此詩又載《樂府詩集》卷二八，題殷謀。殷氏爲南朝陳人。

胡才甫《箋注》：「按九詩均見《文苑英華》，皆題太白作。又按《送友生游峽中》一首，亦載張籍集中。日出東南隅四句，郭氏《樂府詩集》以爲殷謀之詩，不知孰是。」

按以上九詩宋本《李太白文集》皆不載，《全唐詩》卷一八五據《文苑英華》收入李白詩補遺中。

一八

《文苑英華》有《送史司馬赴崔相公幕》一首云：「崢嶸丞相府，清切鳳凰池。羨爾瑶臺鶴，高棲瓊樹枝。歸飛晴日好，吟弄惠風吹。正有乘軒樂，初當學舞時。珍禽在羅網，微命若遊絲。願托周周羽，相銜漢水湄。」〔一〕此或太白之逸詩也〔二〕。不然，亦是盛唐人之作。

【校勘】

〔鳳凰〕尹嗣忠本、清省堂本作「鳳皇」。

〔瑤臺〕「臺」，周亮工本作「池」。

〔瓊樹枝〕「瓊」，《玉屑》作「璚」，乃「瓊」之異體。

〔周周羽〕《適園叢書》本後「周」字爲墨釘。

〔衒〕十卷本《玉屑》、周亮工本、朱霞本、《歷代詩話》本、徐榦本作「衒」，「衒」之異體。

〔之作〕「之」字，各本《玉屑》無。

【箋注】

〔一〕崢嶸十二句：此詩載《文苑英華》卷二六九，題李白。

〔二〕此或句：宋本《李太白文集》、楊齊賢集注蕭士贇補注《分類補注李太白詩》均不載，嚴羽所見李白集當亦不載，故謂是逸詩。其判斷依據仍是體製。

高棅《唐詩品彙》卷八十一載此詩，作無名氏，題注云：「《文苑英華》失姓氏。」並引嚴羽此條。《全唐詩》此詩兩出，一載卷一八五李白詩中，所據即《文苑英華》；一載卷二〇一岑參詩中，並有題注：「一作無名氏詩，一作李白詩。一本題上有『賦得鶴』三字。」王琦《李太白集注》卷三十載之，題注云：「詩題上一本多『賦得鶴』三字。」詩末引嚴羽此條，並加按語云：「琦按末二聯，或是太白在尋陽獄中之作，所謂崔相公者即是崔渙，似亦近之。而岑參集中亦載此詩，一云，無名氏詩。」

郭紹虞《校釋》：「案此詩見《文苑英華》二六九卷，本作李白詩；而《文苑英華》二八五賦物送人目中無此詩，知非『賦得鶴』。」

一九

太白集中《少年行》〔一〕，只有數句類太白，其他皆淺近浮俗，決非太白所作，必至誤人也〔二〕。

【校勘】

〔決非太白所作〕《玉屑》作「非太白之作」。

〔必至誤人也〕《玉屑》、尹嗣忠本、清省堂本、《津逮祕書》本作「必誤入也」。

【箋注】

〔一〕少年行：此詩載宋本《李太白文集》卷六：「君不見淮南少年遊俠客，白日毬獵夜擁擲。呼盧百萬終不惜，報讎千里如咫尺。少年遊俠好經過，渾身裝束皆綺羅。蕙蘭相隨喧妓女，風光去處滿笙歌。驕矜自言不可有，俠士堂中養來久。好鞍好馬乞與人，十千五千旋沽酒。赤心用盡爲知己，黄金不惜栽桃李。桃李栽來幾度春，一回花落一回新。府縣盡爲門下客，王侯皆是平交人。男兒百年且樂命，何須讀書受貧病。男兒百年且榮身，何須徇節甘風塵。衣冠半是征戰士，窮儒浪作林泉民。遮莫枝根長百丈，不如當代多還往。遮莫親姻連帝城，不如當身自簪纓。看取富貴眼前者，何用悠悠身後名。」王琦注《李太白全集》卷六於此詩後引嚴羽此條，是以嚴羽所論爲此首。

胡才甫《箋注》：「《太白集》另有《少年行》二首，一首五言四韻，一首爲七絶，當非滄浪所指之作。」

按此二首載宋本《李太白文集》卷五，題注：「後一首亦作『小放歌行』。」其一：「擊筑飲美酒，劍歌易水湄。經過燕太子，結托并州兒。少年負壯氣，奮烈自有時。因聲魯勾踐，争情（一作博）勿相欺。」其二：「五陵年少金市東，銀鞍白馬度春風。落花踏盡遊何處，笑入胡姬酒肆中。」

〔二〕其他三句：楊齊賢集注蕭士贇補注《分類補注李太白詩》卷六《少年行》詩末載蕭士贇曰：「末章十二句，辭意迫切，似非太白之作，具眼者必能辨之。」

二〇

「酒渴愛江清」一詩，《文苑英華》作暢當〔一〕，而黄伯思注杜集，編作少陵詩〔二〕，非也。

【校勘】

〔杜集〕「杜」字，十卷本《玉屑》誤作「北」。

此條底本及各本無，兹據《玉屑》補。

【箋注】

〔一〕酒渴愛江清二句：《文苑英華》卷二一五暢當《軍中醉飲寄沈八劉叟》：「酒渴愛江清，餘酣漱晚汀。軟莎欹坐穩，冷石醉眠醒。野膳隨行帳，華音發從伶。數盃君不見，都已遣沈冥。」

〔二〕而黄伯思二句：黄伯思（一〇七九—一一一八），字長睿，號霄賓，又自號雲林子，邵武（今屬福建）人。元符三年（一一〇〇）進士，官至秘書省秘書郎。有《東觀餘論》等。《宋史》卷四四三有傳。

《直齋書録解題》卷十六《校定杜工部集》二十二卷解題：「秘書郎黄伯思長睿所校。既正其差誤，參考歲月出處異同，古律相間，凡一千四百十七首（案《文獻通考》作一千四百四十七首），雜著二十九首，別爲二卷。李丞相伯紀爲序之。」李綱《梁谿集》卷一三八《重校正杜子美集敘》：「故秘書郎黄長睿父，博雅好古，工於文辭，尤篤喜公之詩。乃用東坡之説，隨年編纂，以古律相參，先後始末，皆有次第。然後子美之出處及少壯老成之作，粲然可觀。蓋自天寶太平全盛之時，迄于至德、大曆干戈亂離之際，子美之詩凡千四百三十餘篇。」按此書已佚。

郭紹虞《校釋》：「案王洙字原叔，其《杜工部集序》作於仁宗寶元二年，稱《前記》；其後王琪、裴煜復補輯鏤版，王琪作文，稱《後記》，作於仁宗嘉祐四年。是爲北宋本。黄伯思所編集，據李綱序，在高宗紹興六年，已是南宋本矣。滄浪是見黄伯思本者，但考魯訔編次、蔡夢弼會箋之《草堂詩箋》卷四十《逸詩拾遺》已録此詩，謂見王原叔本，則此詩編入少陵詩集原出原叔，非由長睿甚明。竊疑滄浪僅見黄伯思本，未見王原叔本。」

健按：此詩的作者問題宋人有兩種意見：其一以爲乃暢當所作。除《文苑英華》外，吴聿《觀林詩話》、周弼《三體唐詩》卷六亦以此詩爲暢當作。其二以爲是杜甫之作品。《草堂詩箋》卷四十《逸詩拾遺》録此詩，謂「見王原叔本」，則北宋王洙本中已收此詩，《瀛奎律髓》十九謂「白本杜詩亦有此篇」，亦當是指王原叔本。黄庭堅有《以酒渴愛江清作五小詩寄廖明略學士兼簡初和父主簿》，任淵注：「老杜詩：『酒渴愛江清，餘酣漱晚汀。』」（《山谷内集詩注》卷十九）。然黄希撰、黄鶴續補《補千家集注杜工部詩史》中未收此詩。蔡夢弼《草堂詩箋》既收於《逸詩拾遺》中，則其所據之原本亦無此詩。至於《考證》篇謂此詩非杜甫撰，而方回却認爲是杜甫撰，《瀛奎律髓》卷十九《軍中醉飲寄沈劉叟》評曰：「黄本注杜詩無此篇，山谷嘗用『酒渴愛江清』爲韻賦詩，任淵注亦云杜詩，而白本杜詩亦有此篇。或以爲暢當詩，然頓挫翕忽，不可以律縛，恐暢當未辦此也。」（此黄氏当指黄希撰黄鶴續補《黄氏補千家集注杜工部詩史》，該書未收此詩。）方回所依據者即是風格。

二一

「迎旦東風騎蹇驢」絶句，決非盛唐人氣象，只似白樂天言語。今世俗圖畫以爲少陵詩，漁隱亦辨其非矣〔一〕，而黄伯思編入杜集〔二〕，非也。

【校勘】

〔絶句〕 郭紹虞《校釋》：「《玉屑》無『絶句』二字。」

〔盛唐人〕 郭紹虞《校釋》：「《玉屑》無『盛』字。」

〔今世俗〕 郭紹虞《校釋》：「《玉屑》『今』下有『者』字。」按宋本、元本及寛永本《玉屑》俱無「今」字，十卷本《玉屑》「今」下有「之」字，古松堂本有「者」字。

〔非也〕 何望海本、何亮工本、朱霞本、《歷代詩話》、徐榦本作「何也」。

【箋注】

〔一〕漁隱句：《苕溪漁隱叢話》後集卷八：「苕溪漁隱曰：世有碑本子美畫像，上有詩云：『迎旦東風騎蹇驢，旋呵凍手暖髯鬚。洛陽無限丹青手，還有工夫畫我無？』子美決不肯自作，兼集中亦無之，必好事者爲之也。」

〔二〕而黄伯思句：王十朋《東坡詩集注》卷三十二《四時詞》引趙次公注：「杜逸詩：迎旦東風騎蹇驢，旋呵手暖凍髭鬚。」趙次公以此詩爲杜甫逸詩，或是受到黄伯思編其詩入杜集的影響。

一二一

少陵有《避地》逸詩一首云：「避地歲時晚，竄身筋骨勞。詩書遂牆壁，奴僕且旌旄。行在僅聞信，此生隨所遭。神堯舊天下，會見出腥臊。」〔一〕題下公自注云：「至德二載丁酉作。」此則真少陵語也〔二〕。今書市集本，並不見有。

【校勘】

〔遂牆壁〕　郭紹虞《校釋》：「《玉屑》『遂』作『逐』。」

〔奴僕且旌旄〕　郭紹虞《校釋》：「《玉屑》『且』作『亦』。」

〔行在僅聞信〕　郭紹虞《校釋》：「《玉屑》『僅』作『近』。」按宋本、元本、寬永本《玉屑》「行在」作「行行」。

〔至德二載〕　「二」，底本及諸本均作「三」，《玉屑》作「二」。按丁酉爲至德二年，茲從《玉屑》改。

〔少陵語也〕　宋本、元本、寬永本《玉屑》無「語」字，十卷本、嘉靖本及古松堂本《玉屑》無「也」字。

〔並不見有〕　十卷本《玉屑》句末有「之」字。

郭紹虞《校釋》：「《玉屑》此條與前後兩條合。」按宋本、元本、寬永本《玉屑》此條與前後兩條各自成一條，古松堂本《玉屑》此條與上條合。

【箋注】

〔一〕少陵九句：趙次公本杜詩已收此詩，《全唐詩》卷二三四《避地》尾注：「右一篇見趙次翁本，題云至德二載丁酉作。」仇兆鰲《杜詩詳注》卷四《避地》解題亦謂「此詩見趙次公本」。惟仇氏認爲非是至德二載丁酉作，其採用顧宸注，謂「當是至德元載冬作，蓋避地白水、鄜州間，竄歸鳳翔時也。」是仇兆鰲不以

「至德二載丁酉作」爲杜甫自注。

〔二〕此則真少陵語也：薛雪《一瓢詩話》：「『避地歲時晚』（健按下詩句略）。云是杜少陵題避地逸詩，下有公自注云：『至德二年丁酉作。』今坊本不載。嚴滄浪云真少陵語也。余謂真不是少陵語。題下所注，更不是少陵語。滄浪之眼易惑乃爾！」

胡才甫《箋注》：「仇氏《詳注》本已收此詩。又按此詩見趙次公本。（次公有《杜詩注》四十九卷。）但注云至德二載丁酉作，非也。（滄浪謂二載丁酉當是二載之訛。）又按顧宸注曰：當是至德元載冬作，蓋避地白水、鄜州間，竄鳳翔時也。」

一二三

舊蜀本杜詩〔一〕，並無注釋，雖編年，而不分古、近二體，其間略有公自注而已。今豫章庫本〔二〕，以爲翻鎮江蜀本，雖分雜注〔三〕，又分古、律，其編年亦且不同。近寶慶間，南海漕臺開杜集，亦以爲蜀本，雖删去假坡之注，亦有王原叔以下九家〔四〕，而趙注比他本最詳〔五〕，皆非舊蜀本也。

【校勘】

〔今豫章庫本〕十卷本《玉屑》「今」下有「據」字。

〔雖分雜注〕「分」，《玉屑》作「無」。郭紹虞《校釋》：「《適園叢書》本『雜』作『新』。」

〔南海漕臺開杜集〕郭紹虞《校釋》：「『開』，《歷代詩話》本作『雕』。《玉屑》作『刊』，上有『新』字。」

【箋注】

〔一〕郭紹虞《校釋》：「舊蜀本《杜集》凡二十卷，見王洙記，此是王洙所見之本。」

按宋初王洙編集《杜工部集》，搜集各種版本得九十九卷，其中有蜀本二十卷，見王洙《杜工部集記》。郭紹虞先生以爲「舊蜀本」即指王洙所得之二十卷蜀本，其說非是。據嚴羽所言，舊蜀本的特徵之一是編年，但杜詩編年，始於蔡興宗。晁公武《郡齋讀書志》卷四上著録《杜工部集》二十卷、《集外詩》一卷，《注杜詩》二十卷，蔡興宗《編杜詩》二十卷，趙次公《注杜詩》五十九卷，解題云：「集有王洙原叔、王琪君玉序。本朝自原叔以後，學者喜觀甫詩。……吕微仲（按指吕大防）在成都時，嘗譜其年月。近時有蔡興宗者，再用年月編次之，而趙次公者又以古律詩雜次第之，且爲之注。」吕大防是最早給杜甫作年譜的人，蔡興宗則是按照年月來編次杜詩者。《直齋書録解題》卷十六著録王洙編本《杜工部集》，解題云：「王洙原叔蒐裒中外書九十九卷，除其重複，定取千四百五篇，古詩三百九十九，近體千有六。起太平時，終湖南所作，視居行之次若歲時爲先後。」這裏説王洙編集杜詩「視居行之次若歲時爲先後」，雖然是按照時間先後爲序，但並没有明確的編年，正因爲如此，晁公武才没有言王洙本編年，而特意提到蔡興宗的編年。

〔二〕豫章庫本：不詳。當是南昌公庫所刻杜詩。根據此説，此刻本是翻刻鎮江蜀本。而鎮江蜀本，當是鎮江所翻刻的蜀本杜詩。

郭紹虞《校釋》：「案鎮江蜀本既與舊蜀本不同，疑即是王洙所編、而王琪所刻、裴煜所補之本。其與舊蜀本不同之點有二：據陳振孫《直齋書録解題》卷十六謂：『王洙原叔定其千四百五篇，古詩三百九十九，近體千有六。』則是此本雖無注而分體，與滄浪之説正同。又云：『蜀本大略同，而以遺文入正集中，則非其舊也。』則知舊蜀本遺文不入正集，是又與新蜀本不同之一點。」

按郭先生推測有誤，其理由是：一、嚴羽言鎮江蜀本是編年的，但王洙本並無編年。二、郭先生以爲《直齋書録解題》所謂「蜀本」就是指王洙所見到的蜀本二十卷，亦誤。因爲王洙所見蜀本在王洙編杜集之前，是其編集杜詩的原本之一，而《直齋書録解題》所説的「遺文」，是王洙編集杜詩之後，太守裴煜刊附在集外的，其所謂「蜀本」及「鎮江蜀本」是有注的，但王洙本原本無注。世所傳王洙注乃是僞托，《洪駒父詩話》云：「世所行《注老杜詩》，云是王原叔，或云鄧慎思所注，甚多疎略，非王、鄧書也。」

〔三〕雜注：指所集各家注。

〔四〕近寶慶間五句：寶慶，宋理宗年號，公元一二二五至一二二七年。漕臺，轉運使司的别稱。寶慶元年（一二二五），廣南東路（即所謂南海）轉運判官曾噩重刻郭知達編《杜工部詩集注》（一作《九家集注杜詩》）三十六卷，題《新刊校定集注杜詩》，三十六卷。

曾噩序云：「『讀書破萬卷，下筆如有神。』此杜少陵作詩之根柢也。觀杜詩者，誠不可無注。然注杜詩者數十家，乃有牽合附會，頗失詩意，甚至竊借蘇坡名字以行，勇於欺誕，夸博求異，挾僞亂真，此杜詩之罪人也。惟蜀士趙次公爲少陵忠臣。今蜀本引趙注最詳，好事者願得之，亦未易致。既得之，所恨紙惡字缺，臨卷太息，不滿人意。兹摹蜀本，刊於南海漕臺，會士友以正其脱誤，見者必當刮目增明矣。……寶慶元年重九日義溪曾噩子肅謹序。」

此書集王洙、宋祁、王安石、黄庭堅、薛夢符、杜田、鮑彪、師尹、趙彦材九家之説。

〔五〕趙注：指趙次公注。趙彦材，字次公，西蜀人。《郡齋讀書志》著録其《注杜詩》五十九卷，其書名稱《正誤》。據《郡齋讀書志》解題，趙氏將古律體混雜在一起按照年月編次。根據曾噩序，南海漕臺所刊本「引趙注最詳」，嚴羽所謂「趙注比他本最詳」，就是指此而言。

【附録】

林希逸《竹溪鬳齋十一藁續集》卷三十《學記》：

趙次公注杜詩，用工極深，其自序云：「余喜本朝孫覺莘老之説，謂杜子美詩無兩字無來處；又王直方立之之説，謂不行一萬里，不讀萬卷書，不可看老杜詩。因留功十年注此詩，稍盡其詩，乃知非特兩字如此耳，往往一字緊切，必有來處，皆從萬卷中來。至其思致之妙，體格之多，非唯一時人所不能及，而古人亦有未到焉者。若論其所謂來處，則句中有字，有語，有勢，有事，凡四種。兩字而下爲（疑缺「字」），三字而上爲語，擬似依倚爲勢，事則或專用，或借用，或直用，或翻用，或用其意，不在字語中。於專用之外，又有展用，有倒用，有抽摘參合而用，則李善所謂文雖出彼而意殊，不以文害也。又至用方言之穩熟，用當日之事實者，又有用事之祖，有用事之孫。何謂祖？其始出者是也。何謂孫？雖事有祖出，而後人有先拈用，或用之別有所主，而變化不同，即爲孫矣。杜公詩句皆有焉。世之注解者，謬引旁似，遺落佳處固多矣，至於只見後人重用重説處，而不知本始，是謂無祖，其所經後人先捻用，並已變化，而但引祖出，是謂不知末。捨祖而取孫，又至於字語明熟混成如自己出，則杜公所謂『水中著鹽，不飲不知』者，蓋言非讀書之多，不能知覺，尤世之注解者弗悟也。」

次公所注杜公詩，誤者正之，遺者補之，且原其弟因，明其旨趣，與夫表出其新意，未見則闕之，以俟博聞，疑則論而弗泥，以俟明識。其間所言來處有四種，與夫專用、借用、直用、翻用，或用其意而不在字語，專用之外，又有展用、倒用、拈摘參合而用，凡八個用字，觀此，知公之用心苦矣。惜此板在蜀兵火之後，今亡矣。予嘗及見於杜丞相子大理正家，京中書肆已無有，前兩行有男虎録者是。

一四

杜集注中「坡曰」者，皆是托名假僞〔一〕。漁隱雖嘗辨之〔二〕，而人尚疑者，蓋無至當之説以指其僞也。今舉一端，將不辨而自明矣。如「楚岫八峰翠」〔三〕，注云：「景差《蘭亭春望》：『千峰楚岫碧，萬木郢城陰。』」〔四〕且五言始於李陵、蘇武，或云枚乘。漢以前五言古詩尚未有之，寧有戰國時已有五言律句耶？觀此，可以一笑而悟矣。雖然，亦幸而有此漏逗也。

【校勘】

〔漁隱雖嘗辨之〕「辨」，《歷代詩話》作「辯」。

〔人尚疑者〕「者」，十卷本、嘉靖本、古松堂本《玉屑》作「之」。

〔八峰翠〕　郭紹虞《校釋》：「《玉屑》『八』作『千』。」

〔蘭亭春望〕「亭」，《玉屑》作「臺」。

〔楚岫碧〕　郭紹虞《校釋》：「《玉屑》『碧』作『翠』。」

〔且五言始於〕「且」，十卷本《玉屑》作「夫」。

〔漢以前〕　郭紹虞《校釋》：「《玉屑》『漢』上有『則』字。」

〔五言律句耶〕「句」字，十卷本《玉屑》無。「耶」，《歷代詩話》作「邪」。

〔雖然〕　郭紹虞《校釋》：「《玉屑》無『雖然』二字。」

〔幸而〕　郭紹虞《校釋》：「《玉屑》『而』作『其』。」

【箋注】

〔一〕杜集二句：郭紹虞《校釋》：「托名『坡曰』者，係指東坡《杜詩故事》一書。陳振孫《直齋書録解題》卷十九，評述蜀人郭知達所集九家注，謂『世有稱東坡《杜詩故事》者，隨事造文，一一牽合，而皆不言其所自出，且其辭氣首末若出一口，蓋妄人依托以欺亂流俗者，書坊輒勦入集注中，殊敗人意。此本獨削去之。』案此書名稱不一。郭知達《九家集注杜詩》卷十八引此作東坡《杜詩事實》，洪邁《容齋隨筆》卷一又稱爲《老杜事實》，朱熹跋章國華所集注杜詩又稱爲東坡《事實》，《分門集注杜工部詩》卷首稱蘇軾著《釋事》，其實皆一書也。據朱熹跋謂：『乃閩中鄭昂尚明僞爲之，所引事皆無根據。』《容齋隨筆》謂：『今蜀本刻《杜集》遂以入注。』則知有注之蜀本尚有兩種：一有假坡之注，一删假坡之注。滄浪前條所言，乃删假坡注之蜀本，而此條所言則是書賈無識，據鄭昂所著以勦入之蜀本也。」

〔二〕漁隱句：《苕溪漁隱叢話》後集卷八：「若近世所刊《老杜事實》及李歜所注《詩史》皆行于世，其語鑿空無可考據，吾所不取焉。」

葛立方《韻語陽秋》卷十六：「近時有妄人假東坡名，作《老杜事實》一編，無一事有據。」

〔三〕楚岫八峰翠：此韋迢《早發湘潭寄杜員外院長》詩句，全詩：「北風昨夜雨，江上早來涼。楚岫千峰翠，湘潭一葉黄。故人湖外客，白首尚爲郎。相憶無南雁，何時有報章。」附載杜甫集中。又載《全唐詩》卷二六一。唯「八峰翠」各本作「千峰翠」。《全唐詩》卷二六一韋迢小傳：「韋迢，京兆人，爲都官郎，歷嶺南節度行軍司馬卒，贈同州刺史。與杜甫友善，其出牧韶州，甫有詩送之。」

〔四〕注云四句：黄希原本、黄鶴補注《補注杜詩》載僞東坡注，其卷首「集注杜詩姓氏」列有蘇軾《釋事》，其卷三十五附載韋迢詩，注：「蘇曰：景差《蘭臺春望》：『千峰楚岫碧，萬木郢城陰。』」

一一五

杜注中「師曰」者〔一〕，亦「坡曰」之類，但其間半僞半真，尤爲殽亂惑人。此深可嘆。然具眼者，自默識之耳。

【校勘】

〔杜注中師曰者〕 嘉靖本、古松堂本《玉屑》作「杜集中有師曰者」，十卷本《玉屑》作「杜集中有師者曰」。

〔坡曰〕 十卷本《玉屑》作「坡者曰」。

〔但其間半僞半真〕 「但」字《玉屑》無。「半僞半真」，《適園叢書》本作「半真半僞」。

〔尤爲殽亂惑人〕 十卷本《玉屑》作「尤不足信」。

〔此深可嘆三句〕 十卷本《玉屑》無。

此條十卷本《玉屑》與下條合，《適園叢書》本與上條合。

【箋注】

〔一〕師曰：胡才甫：「才甫按蔡夢弼《草堂詩箋》所采輯諸家之説，數達二十。其中有師古、師民瞻二氏，滄浪所謂師曰者，得非妄人假借邪？」郭紹虞《校釋》：「師尹字民瞻，西蜀人，九家注中師民瞻爲九家之一。師古亦西蜀人，著《杜詩詳説》二十八卷。」

二六

崔顥《渭城少年行》，《百家選》作兩首，自「秦川」已下，别爲一首〔一〕。郭茂倩《樂府》止作一首〔二〕，《文苑英華》亦止作一首〔三〕，當從《樂府》、《英華》爲是矣。

【校勘】

〔已下〕《玉屑》、胡重器本、吴銓本、何望海本、周亮工本、朱霞本、《歷代詩話》本、徐幹本作「以下」。

〔郭茂倩樂府止作一首〕郭紹虞《校釋》：「《歷代詩話》『止』作『已』。」按吴銓本、何望海本、周亮工本、朱霞本、徐幹本均作「已」。

〔亦止作一首〕郭紹虞《校釋》：「《玉屑》『止』作『只』。」

〔矣〕《玉屑》、何望海本、周亮工本、朱霞本、《歷代詩話》本、徐幹本、《適園叢書》本無。

此條十卷本《玉屑》與上條合。

【箋注】

〔一〕崔顥四句：《唐百家詩選》卷四載《渭城少年行》二首：其一：「洛陽二月梨花飛，秦地行人春憶歸。揚鞭走馬城南陌，朝逢驛使秦川客。驛使前日發章臺，傳道長安春早來。棠梨宫中燕初至，蒲桃館裏花正開。念此使人歸更早，三月便達長安道。長安道上春可憐，摇風蕩日曲江邊。萬户樓臺臨渭水，五陵花柳滿秦川。」其二：「秦川寒食盛繁華，遊子春來喜見家。鬬雞下社塵初合，走馬章臺日半斜。章臺帝城稱貴里，青樓日晚歌鐘起。貴里豪家白馬驕，五陵年少不相饒。雙雙挾彈來金市，兩兩鳴鞭上渭橋。渭橋壚頭酒新熟，金鞍白馬誰家宿。可憐錦瑟箏琵琶，玉壺清酒就君家。小婦春來不解羞，嬌歌一曲楊柳花。」

〔二〕郭茂倩句：載郭茂倩《樂府詩集》卷六十六《雜曲歌辭》六，作一首。

〔三〕文苑句：載《文苑英華》卷一九四，作一首。

二七

玉川子「天下薄夫苦耽酒」之詩，荆公《百家詩選》止作一篇〔一〕，本集自「天上白日悠悠懸」以下别爲一首〔二〕，當從荆公爲是〔三〕。

【校勘】

〔止作一篇〕郭紹虞《校釋》：「《玉屑》『止』作『只』。」《適園叢書》本「篇」作「首」。

〔悠悠懸〕　郭紹虞《校釋》：「《歷代詩話》本作『懸悠悠』，非。」

〔爲是〕　郭紹虞《校釋》：「《玉屑》『是』作『正』。」

【箋注】

〔一〕玉川子二句：《唐百家詩選》卷十五盧仝《歎昨日》：「天下薄夫苦躭酒，玉川先生也躭酒。薄夫有錢恣張樂，先生無錢養恬漠。有錢無錢俱可憐，百年驟過如流川。平生心事消散盡，天上白日悠悠懸。上帝版版主何物，日車劫劫西向没。自古聖賢無奈何，道行不得皆白骨。白骨化土鬼入泉，生人莫負平生年。何時出得禁酒國，滿瓮釀酒曝背眠。」

〔二〕本集句：盧仝《玉川子集》卷二《歎昨日》三首，其第一首云：「昨日之日不可追，今日之日須臾期。如此如此復如此，壯心死盡生鬢絲。秋風落葉客腸斷，不辦斗酒開愁眉。賢名聖行甚辛苦，周公孔子徒自欺。」第二首自「天下薄夫苦耽酒」至「天上白日悠悠懸」，第三首起「上帝版版主何物」至末。《全唐詩》卷三八八同。

按《玉川子集》二卷、外集一卷，係《四部叢刊》據涵芬樓藏舊鈔本影印。此鈔本乃明鈔宋本。（參見萬曼《唐集敘録》，二八四—二八七頁。開封：河南大學出版社，二〇〇八年）此本有三首，與滄浪所見本似不同。

〔三〕當從荆公句：郭紹虞《校釋》：「三首句數相同，則本集自『上帝版版主何物』起，別爲一首，亦自有理。荆公删去一首，則後二首固可合而爲一，但按之本集並不如此。」按王安石所據之本當不同於嚴羽所見之本集，而嚴羽所見之本集與今傳本亦未必相同。

二八

太白詩「斗酒渭城邊，壚頭耐醉眠」〔一〕，乃岑參之詩誤入〔二〕。

【校勘】

〔壚頭耐醉眠〕郭紹虞《校釋》：「《玉屑》『眠』下有『者』字。」

〔誤入〕郭紹虞《校釋》：「《玉屑》『入』下有『公集』二字。」

【箋注】

〔一〕太白二句：此詩在宋本《李太白文集》屬卷十四，題《送別》：「斗酒渭城邊，鑪頭醉不眠。梨花千樹雪，楊葉萬條煙。惜别傾壺醑，臨分贈馬鞭。看君潁上去，新月到家圓。」

〔二〕乃岑參之詩句：王琦《李太白集注》卷十八亦載此詩，且注云：「按《文苑英華》亦以此詩爲岑參作，題云《送楊子》，岑集亦載之。」按此詩載《文苑英華》卷二七一、《唐百家詩選》卷三，均作岑參詩，題《送楊子》。《全唐詩》則兩屬，既載李白集中，亦載岑參集中。

二九

太白《塞上曲》「騮馬新跨紫玉鞍」者[一]，乃王昌齡之詩，亦誤入。昌齡本有二篇，前篇乃「秦時明月漢時關」也[二]。

【校勘】

〔騮馬〕底本作「駵」，《玉屑》作「騮」。郭紹虞《校釋》：「『駵』同『騮』。」茲從《玉屑》改。

〔之詩〕郭紹虞《校釋》：「《玉屑》無『之』字。」

〔前篇〕底本及各本均作「前集」，茲據《玉屑》改。

〔秦時明月漢時關也〕宋本、元本及寬永本《玉屑》無「秦时」二字。《玉屑》「也」上有「者」字。

此條尹嗣忠本、清省堂本、《津逮祕書》本、《適園叢書》本與上條合。

【箋注】

〔一〕塞上曲：此詩編入《李太白集分類補注》卷二十五，題《軍行》：「騮馬新夸（一作誇）白玉鞍，戰罷沙場月色寒。城頭鐵鼓聲猶震，匣裏金刀血未乾。」王琦《李太白集注》卷二十五載此詩，亦題《軍行》。

〔二〕昌齡二句：《文苑英華》卷一九七王昌齡《塞上曲》二首，其一：「秦時明月漢時關，萬里長征人未還。

但使龍城飛將在，不教胡馬度陰山。」其二即本詩。然郭茂倩《樂府詩集》卷二十一載《出塞》二首，其一乃本詩，其二云：「白花垣上望京師，黄河水流無盡時。窮秋曠野行人絶，馬首東來知是誰。」

三〇

孟浩然有《贈孟郊》一首〔一〕。按東野乃貞元、元和間人〔二〕，而浩然終於開元二十八年〔三〕，時代懸遠，其詩亦不似浩然，必誤入〔四〕。

【校勘】

〔孟浩然〕　郭紹虞《校釋》：「《玉屑》『然』下有『集』字。」

〔貞元〕　《玉屑》作「正元」。

〔必誤入〕　《玉屑》後有「不可不辨也」五字。

【箋注】

〔一〕孟浩然句：《孟浩然集》卷一《示孟郊》：「蔓草蔽極野，蘭芝結孤根。衆音何其繁，伯牙獨不喧。當時高深意，舉世無能分。鍾期一見知，山水千秋聞。爾其保静節，薄俗徒云云。」

〔二〕按東野句：孟郊（七五一—八一四），字東野。湖州武康（今浙江德清）人。貞元，唐德宗年號，公元七八五至八〇四年。元和，唐憲宗年號，公元八〇六至八一九年。

〔三〕開元二十八年：公元七四〇年。

〔四〕時代三句：郭紹虞《校釋》：「案陸游《跋孟浩然詩集》云：『此集有《示孟郊》詩。浩然開元、天寶間人，無與郊相從之理，豈其人偶與東野同姓名耶？』（《放翁題跋》）則昔人已疑之，不自滄浪始也。馬星翼《東泉詩話》云：『《孟浩然集》中有《贈孟郊》一首，當别一孟郊，非東野也。《滄浪詩話》譏其詩不似浩然，疑後人誤入之，亦泥。』滄浪所言，當即本陸放翁説。」

三一

杜詩：「五雲高太甲，六月曠摶扶。」〔一〕「太甲」之義，殆不可曉〔二〕，得非「高太乙」耶〔三〕？乙爲甲，蓋亦相近〔四〕；以星對風，亦從其類也〔五〕。至於「杳杳東山携漢妓」〔六〕，亦無義理，疑是「携妓去」，蓋子美每於絶句，喜對偶耳〔七〕。臆度如此，更俟宏識〔八〕。

【校勘】

〔高太甲〕「太」，《適園叢書》本作「大」。後「太」字均作「大」。

〔乙爲甲〕《玉屑》作「乙誤爲甲」。

〔亦從其類〕郭紹虞《校釋》：「《玉屑》『亦』作『庶』。」又郭氏《校釋》：「《玉屑》至此爲一條。下文别爲一條。」

〔至於杳杳東山携漢妓〕《玉屑》無「至於」二字，「漢妓」下有「泠泠修竹待王歸」七字。

〔亦無義理〕郭紹虞《校釋》：「《玉屑》無『亦』字，但『無義理』上有『攜漢妓』三字。」

〔每於絶句〕《玉屑》無「每」字。

〔喜對偶〕《玉屑》「喜」上有「每」字。「對偶」，胡重器本、吳銓本、何望海本、周亮工本、朱霞本、徐榦本作「得偶」。

〔臆度〕郭紹虞《校釋》：「《玉屑》『度』作『見』。」

【箋注】

〔一〕五雲二句：此杜甫《大曆三年春白帝城放船出瞿塘峽久居夔府將適江陵漂泊有詩凡四十韻》詩句，載《全唐詩》卷二三二。

〔二〕太甲：出王勃《王子安集》卷十三《益州夫子廟碑》：「華蓋西臨，藏五雲於太甲。」然王勃此語，據唐段成式《酉陽雜俎》卷十二載，張説（燕公）、僧一行皆不解其意。又張邦基《墨莊漫録》卷四謂：「鮑欽正、鄧睿思、范元實及世行所謂王原叔注者諸家，皆不詳五雲、太甲之義。」張邦基本人雖推測「蓋爲玄象（健按：意天象）而言」，然又言「第未見其所出之書，當俟博洽君子請問之」。故此在宋代，乃爲注杜之難題之一。

〔三〕太乙：亦作「太一」，星名，在紫微宫門外天一星南。「太乙」訛爲「太甲」，乃嚴羽推測之詞。

〔四〕乙爲二句：甲乙順序相連，故云相近。

〔五〕以星對風二句：謂太甲若是太乙，則前句寫星，下句寫風，按照對句的規則，星對風乃同類相對。

〔六〕杳杳東山携漢妓：此杜甫《戲作寄上漢中王》二首之二，全詩云：「謝安舟楫風還起，梁苑池臺雲欲飛。杳杳東山携漢妓，泠泠脩竹待王歸。」載《全唐詩》卷二二七。

〔七〕亦無四句：杳杳東山句用謝安事。《晉書》卷七十九《謝安傳》：「安雖放情丘壑，然每游賞，必以妓女從。」謝安晉人，此云「携漢妓」，與理不合，故云「無義理」。嚴羽以爲當作「携妓去」，因爲杜甫絶句喜作對偶句，「携妓去」正與下句「待王歸」對偶。但這樣説並没有版本上的依據。

郭紹虞《校釋》：「案今所見宋本杜集如《分類集注杜工部詩》，所載杜甫《戲作寄上漢中王》二首之二云：『謝安舟楫風還起，梁苑池臺雲欲飛。杳杳東山携漢妓，泠泠脩竹待王歸。』故滄浪云然。但宋本杜集如《九家集注杜詩》及《杜工部草堂詩箋》正作『携妓去』，或是後人本滄浪説改之。」

〔八〕臆度二句：臆度，推測。更俟宏識，更待有卓越見識的人來論定。

三一

王荆公《百家詩選》〔一〕，蓋本於唐人《英靈》〔二〕、《間氣集》〔三〕，其初明皇、德宗、薛稷、劉希夷、韋述之詩，無少增損，次序亦同〔四〕；孟浩然且增其数〔五〕；儲光羲後〔六〕，方是荆公自去取。前卷讀之盡佳〔七〕，非其選擇之精，蓋盛唐人詩，無不可觀者。至於大曆已後，其去取深不滿人意。況唐人如沈、宋、王、楊、盧、駱、陳拾遺、張燕公、張曲江、賈至、王維、獨孤及、韋應物、孫逖、祖詠、劉眘虚、綦毋潛、劉長卿、李長吉諸公〔八〕，皆大名家——李、杜、韓、柳，以家有其集，故不載〔九〕——而此集無之。荆公當時所選，當據宋次道之所有耳〔一〇〕。其序乃言：「觀唐詩者，觀此足矣。」〔一一〕豈不誣哉！今人但以荆公所選，斂袵而莫敢議〔一二〕，可嘆也。

【校勘】

〔王荆公百家詩選蓋本於唐人英靈間氣集〕　宋本《玉屑》無此十六字，元本及寬永本《玉屑》亦無。十卷本、古松堂本《玉屑》無句首「王」字，有餘十五字。

〔劉希夷韋述之詩〕　郭紹虞《校釋》：「《玉屑》於『劉希夷』下有『王適』二字。」

〔且增其數〕　「且」，《玉屑》作「但」，尹嗣忠本、清省堂本、《寶顔堂祕笈》本、《津逮祕書》本、《歷代詩話》本作「止」。

〔盛唐人詩〕　陳定玉輯校《嚴羽集》：「《玉屑》『人』下有『之』字。」按宋本、元本及寬永本《玉屑》無。

〔大曆已後〕　「已」，《玉屑》作「以」。

〔張燕公〕　郭紹虞《校釋》：「《玉屑》無『張燕公』三字。」

〔韓柳〕　陳定玉輯校《嚴羽集》：「《玉屑》『韓、柳』下有『元、白』二字。」

〔以家有其集〕　「以」，胡重器本、吴銓本、何望海本、周亮工本、朱霞本、《歷代詩話》本、徐榦本作「四」。

〔當據宋次道之所有〕　郭紹虞《校釋》：「《玉屑》『當』作『但』。」陳定玉輯校《嚴羽集》：「《玉屑》『道』下有『家』字。」

〔歛衽〕　十卷本《玉屑》作「歛袵」。

【箋注】

〔一〕百家詩選：《唐百家詩選》二十卷，舊題王安石編。其去取標準，後人多有質疑，遂有人對其是否王氏所編及成書過程提出疑問。

《四庫全書》之《唐百家詩選》提要云：「《唐百家詩選》二十卷，舊本題宋王安石編。其去取絶不可解，自宋以來疑之者不一，曲爲解者亦不一，然大抵指爲安石。惟晁公武《讀書志》云：『《唐百家詩選》二十卷，皇朝宋敏求次道編。次道爲三司判官，嘗取其家所藏唐人一百八家詩選，擇其佳者，凡一千二百四十六首爲一編，王介甫觀之，因再有所去取，且題曰：「欲觀唐詩者，觀此足矣。」世遂以爲介甫所纂。』其説與諸家特異。按《讀書志》作於南宋之初，去安石未遠，又晁氏自元祐以來舊家，文獻緒論相承，其言當必有自。邵博《聞見後録》引晁説之之言，謂王荆公與宋次道同爲羣牧司判官，次道家多唐人詩集，荆公盡即其本，擇善者籤帖其上，令吏抄之。吏厭書字多，輒移所取長詩籤，置所不取小詩上，荆公性忽略，不復更視。今世所謂《唐百家詩選》，曰荆公定者，乃羣牧司吏人定也。其説與公武又異，然説之果有是説，不應公武反不知。考周煇《清波雜志》，亦有是説，與博所記相合。煇之曾祖，與安石爲中表，故煇持論多左袒安石，當由安石之黨，以此書不愜於公論，造爲是説以解之，托其言於説之。博不考而載之耳。」

〔二〕英靈：指《河嶽英靈集》，殷璠編，二卷，録王維、王昌齡、儲光羲等二十四人詩二百三十四首。

〔三〕間氣集：指《中興間氣集》，高仲武編，二卷。選録肅宗至德初(七五六)到代宗大曆末(七七九)二十六人詩一百四十首(今存一百三十二首)。

〔四〕其初三句：明皇、德宗諸人之詩，載《唐百家詩選》卷一。郭紹虞《校釋》：「殷璠有《河嶽英靈集》，高仲武有《中興間氣集》，皆唐人選唐詩。滄浪所謂《英靈》、《間氣集》，當指此。惟《英靈集》所選無明皇、德宗，薛稷、劉希夷諸人之詩，《間氣集》所録，更不及初、盛，不知滄浪所謂『無少增損，次序亦同』者何指。」

〔五〕孟浩然句：《中興間氣集》未收孟浩然詩。《河嶽英靈集》共收孟浩然詩六首，載卷一，爲《過景空寺故融公蘭若》、《過融上人蘭若》、《裴司户員司士見尋》、《九日懷襄陽》、《歸故園作》、《夜歸鹿門歌》。《百家詩選》選孟浩然詩三十三首，載卷一，而《河嶽英靈集》所選六首並非全在其中。

〔六〕儲光羲：《唐百家詩選》録儲光羲詩二十一首，編在第四卷。

〔七〕前卷：謂其書之前部分，即所選盛唐詩部分。

〔八〕況唐人句：沈謂沈佺期，宋謂宋之問，王指王勃，楊指楊炯，盧指盧照鄰，駱指駱賓王，陳拾遺謂陳子昂，張燕公謂張説，張曲江謂張九齡，李長吉謂李賀。嚴羽所列諸家皆《唐百家詩選》所未載。

〔九〕李杜韓柳三句：謂《唐百家詩選》未録李白、杜甫、韓愈、柳宗元之詩，是因爲其詩流傳極廣，家有其集。

〔一〇〕荆公二句：此是嚴羽對《唐百家詩選》何以遺漏很多重要詩人之原由的解釋，即王安石只是就宋次道家所藏有的唐詩加以選擇，其未入選的重要詩人，當是宋氏家未有藏。當然李、杜、韓、柳除外，因爲家有其集，不必選。

嚴羽此説，其前已有人提出。《苕溪漁隱叢話》前集卷三十六引《遯齋閒覽》云：「然唐之詩人，有如宋之問、白居易、元稹、劉禹錫、李益、韋應物、韓翃、王維、杜牧、孟郊之流，皆無一篇入選者，或謂公但據當時所見之集詮擇，蓋有未盡見者，故不得而遍録。其實不然。公選此詩，自有微旨，但恨觀者不能詳究耳。公後復以杜、歐、韓、李，別有《四家詩選》，則其意可見。」

〔一一〕其序三句：王安石《唐百家詩選序》：「余與宋次道同爲三司判官，時次道出其家藏唐詩百餘編，諉余擇其精者，次道因名曰《百家詩選》。廢日力於此，良可悔也。雖然，欲知唐詩者，觀此足矣。」載《唐百家詩選》卷首。

〔一二〕斂衽：整飭衣襟，表示恭敬。

【附録】

朱弁《風月堂詩話》卷下：「王介甫在館閣時，僦居春明坊，與宋次道宅相鄰。次道父祖以來藏書最多，介甫借唐人詩集日閲之，過眼有會於心者，必手録之。歲久，殆録遍。或取其本，鏤行於世，謂之《百家詩選》。既非介甫本意，而作序者曰：『公獨不選杜、李與韓退之，其意甚深。』則又厚誣介甫，而欺世人也。不知李、杜、韓退之外，如元、白、夢得、劉長卿、李義山輩，尚有二十餘家。以予觀之，介甫固不可厚誣，而世人豈可盡欺哉？蓋自欺耳！」

王士禛《香祖筆記》卷六：「嚴滄浪云（引文略）。與予前論暗合若符節，益信予所見非謬，然予實不記憶滄浪先有此論也。」

郭紹虞《校釋》：「案晁公武《郡齋讀書志》謂：宋敏求先曾就家藏唐詩選爲一編，安石因再有所去取。此説與王氏自序相合。但周煇《清波雜志》卷八又謂：『次道出其家藏唐詩百餘編，托荆公選其佳者，荆公乃簽出俾吏鈔録，吏每於長篇字多倦於筆力，隨手削去。荆公醇德，不疑其欺也。今世所傳本，乃羣牧吏所删者。』邵博《聞見後録》卷十九亦取其説，而謂出於晁以道所言。《四庫書目提要》謂：『煇之曾祖，與安石爲中表，故煇持論多左袒安石。當由安石之黨以此書不愜於公論，造爲是説以解之。』其言亦有理。考《西清詩話》爲蔡絛托其門人所爲，亦『安石之黨』，而其中已有議及《百家詩選》之處。其言爲：『見其取張祜《惠山寺詩》而不取《孤山寺詩》；又賈島平生得意句「獨行潭底影，數息樹邊身」。復不取，而載「寫留行道影，焚却坐禪身」。不知意果何如耳。』因知滄浪所謂『斂衽而莫敢議』，並非事實，反可知滄浪所言，亦出時人之説，非其獨見。此後王漁洋亦屢議此選，則更襲取滄浪之陳説。」

三三

荆公有一家但取一二首而不可讀者。如曹唐二首〔一〕，其一首云：「年少風流好丈夫，大家望拜漢金吾。閑眠曉日聽啼鴂，笑倚春風仗轆轤。深院吹笙從漢婢，静街調馬任奚奴。牡丹花下鈎簾畔，獨倚紅肌捋虎鬚。」此不足以書屏幛〔二〕，可以與閭巷小人文背之詞〔三〕。又《買劍》一首云：「青天露拔雲霓泣，黑地潛驚鬼魅愁。」〔四〕但可與師巫念誦也〔五〕。

【校勘】

〔漢金吾〕「漢」，十卷本、古松堂本《玉屑》作「執」。

〔啼鴂〕「啼」，十卷本《玉屑》作「題」，古松堂本《玉屑》、《適園叢書》本作「鶗」。

〔春風〕十卷本《玉屑》作「東風」。

〔奚奴〕尹嗣忠本、清省堂本、《津逮祕書》本、《三家詩話》本、《螢雪軒叢書》本作「夷奴」。

〔钩簾畔〕郭紹虞《校釋》：「《玉屑》『畔』作『看』。」

〔獨倚〕郭紹虞《校釋》：「《玉屑》『倚』作『凭』。」

〔可以與閭巷小人文背之詞〕《玉屑》作「但可與閭巷小人爲文背之詞」。

〔黑地潛驚〕　郭紹虞《校釋》：「《玉屑》『驚』作『擎』。」

〔也〕　郭紹虞《校釋》：「《螢雪軒》本『也』作『耳』。」《津逮祕書》本、《三家詩話》本亦作「耳」。

【箋注】

〔一〕曹唐二首：《唐百家詩選》選曹唐詩二首，載卷十五。其一爲《暮春戲贈吳端公》：「年少英雄好丈夫，大家望拜漢金吾。閒眠曉日聽鶗鴂，笑倚春風仗轆轤。深院吹笙從漢婢，静街調馬任奚奴。牡丹花外簾鈎下，獨凭紅肌捋虎鬚。」

〔二〕屏障：屏風。

〔三〕文背：書寫詩句於衣衫之後背，如今之所謂「文化衫」者。《苕溪漁隱叢話》後集卷二十六引《復齋漫録》云：「内翰顧子敦身體魁偉，與山谷同在館中，夏多晝寢。山谷俟其耳熱熟寐，即於子敦胸腹間寫字，子敦苦之。一日，據案而寢，既覺，曰：『爾亦無如我何。』及還舍，夫人詰其背字。脱衣觀之，乃山谷所題詩，云：『緑暗紅稀出鳳城，暮雲樓閣古今情。行人莫聽宫前水，流盡年光是此聲。』此乃市廛多用此語以文背，故山谷因以爲戲。」黄庭堅所書顧子敦衣之詩，正是市井間多用以文背者，由此知宋市井間人有以詩文背之習。《滄浪詩話》所云正是指此。《漢語大詞典》解釋爲「不文雅，粗俗」，誤。

〔四〕又買劍三句：《唐百家詩選》卷十五曹唐《和周侍御買劍》：「將軍溢價買吳鈎，要與中原静寇讎。試掛窗前驚電轉，略抛牀上怕泉流。青天露拔雲霓泣，黑地潛擎鬼魅愁。見説夜深星斗畔，等閒期克月支頭。」

〔五〕但可句：師巫，巫師。「青天」二句形容劍之利，謂白天亮出來，云霓會恐懼而泣，夜晚擎起，鬼魅也當害怕發愁。在嚴羽看來，這種誇張法就像巫師揮劍驅鬼所念誦的語句。

三四

唐人類集一代之詩，不特《英靈》、《間氣》、《極玄》、《又玄》也〔一〕。顧陶作《唐詩類選》〔二〕，竇常有《南薰集》〔三〕，韋縠有《才調集》〔四〕，又有《正聲集》〔五〕。不記何人，有《小選》〔六〕、《集選》〔七〕、《詞苑瓊華》〔八〕、《雅言系述》〔九〕。其他必尚有之也。

【校勘】

此條底本及通行各本無。兹據《玉屑》補。

〔唐人二句〕　十卷本及古松堂本《玉屑》屬上條。

〔詞苑瓊華〕　十卷本《玉屑》作「詞苑英華」。

【箋注】

〔一〕極玄：《極玄集》二卷，唐姚合編，録王維等二十一人詩百首（今存九十九首）。

又玄：《又玄集》三卷，唐韋莊編，録杜甫等一百四十二家詩二百九十七首。

〔二〕唐詩類選：《唐詩類選》二十卷，唐顧陶編。陶，會昌四年（八四四）進士。此書選詩凡一千二百三十二首，有大中十年（八五六）自序。《直齋書録解題》卷十五著録。今有殘本存世。

〔三〕南薰集：《南薰集》三卷，唐竇常編。選韓翃至皎然三十人約三百六十篇，自序稱其分卷不用上、中、下卷，也不題一、二、三卷，因有高下等級之嫌，而以西掖、南宫、外臺爲目分卷，人各繫銘繫贊。《郡齋讀書志》卷四下著録。已佚。

〔四〕才調集：《才調集》十卷，後蜀監察御史韋縠編，所選唐人詩共一千首，每一百首爲一卷，其中晚唐人作品居多。

〔五〕正聲集：《正聲集》三卷，唐孫季良編。胡震亨《唐音癸籤》卷三十集録：「選初唐有《正聲集》，孫季良撰，三卷，《唐新語》云：『以劉希夷詩爲集中之最。』」

〔六〕小選：不詳。

〔七〕集選：《集選》一百卷，宋晏殊編集。《宋史》卷三一一《晏殊傳》：「删次梁、陳以後名臣述作，爲《集選》一百卷。」《宋史》卷二〇九《藝文志》著録《集選》一百卷，當即此書。

〔八〕詞苑瓊華：不詳。

〔九〕雅言系述：《雅言系述》，十卷，王舉編。見《宋史·藝文志》著録。王舉當爲宋人。吴曾《能改齋漫録》卷十一「詔草非諫草」條：「陳後山云：歐陽公謂：『袖中諫草朝天去，頭上宫花侍燕歸。』誠爲佳句，但進諫必有章疏，無直用藁草之理。按此詩乃太宗朝王操投贈李昉相國詩。……然予見《雅言系述》載操詩，乃『詔草』，非『諫』字。」《雅言系述》載宋太宗朝人王操詩，故編者當爲宋人。其書當包括作者傳、詩作及本事，類似詩紀事之類者。《能改齋漫録》卷十八「呂洞賓唐末人」條：「《雅言系述》有呂洞賓傳云：『關右人，咸通初舉進士不第，值巢賊爲梗，攜家隱居終南山，學老子法云。』」《竹莊詩話》卷十三張碧《贈琴棋僧》題注引《雅言系述》云：「張瀛，碧之父也，官至郎曹，嘗爲歌贈琴棋僧，同列見之曰：『非其父，不生其子。』」同上載路洵美《夜坐》題注引《雅言系述》云：「路洵美，唐相巖之元孫，有《夜坐》詩云云。競傳於湖南。」

三五

予嘗見方子通墓誌〔一〕：「唐詩有八百家，子通所藏有五百家。」〔二〕今則世不見有，惜哉！

【校勘】

〔一〕《玉屑》前有「言」字。

〔唐詩〕

【考證】

此條《歷代詩話》與上條合。

【箋注】

〔一〕方子通：方惟深（一〇四〇—一一二二），字子通，莆田（今屬福建）人，其詩爲王安石所重。《宋史·藝文志》著録《方惟深集》十卷。

〔二〕唐詩二句：郭紹虞《校釋》：「程俱《北山小集》卷三十三有《莆陽方子通墓誌銘》，但無此語。」

【附録】

胡應麟《詩藪》外編卷四：「嚴氏謂唐詩八百家，宋人有得五百家者。今傳不過三百餘家，而甚多猥雜，則所不傳者，未足深惜，然亦有幸不幸也。」

謝肇淛《小草齋詩話》卷二：「《玉屑》云：『嘗見《方子通墓誌》云，唐詩有八百家，子通所藏有五百家。今則世不見有，惜哉！』按今時距魏慶之又三百年，唐詩行於世者，不及二百家耳，又皆碎金殘錦，割拾之餘，噫！惡在其爲不朽也？」

郭紹虞《校釋》：「案洪邁《容齋續筆》卷一『唐人詩不傳』條，已有『前賢遺稾煙没非一，真可惜也』之語。其後胡應麟《詩藪》外編卷四謂：『今傳不過三百餘家，而甚多猥雜。』謝肇淛《小草齋詩話》以《玉屑》載此條，遂以爲是魏慶之語，並謂：『今時距魏慶之又三百年，唐詩行於世者不及二百家耳。』則知唐人詩集至明末所傳更少。」

三六

柳子厚「漁翁夜傍西巖宿」之詩〔一〕，東坡刪去後二句〔二〕，使子厚復生，亦必心服。謝朓「洞庭張樂地，瀟湘帝子遊。雲去蒼梧野，水還江漢流。停驂我悵望，輟棹子夷猶。廣平聽方籍，茂陵將見求。心事俱已矣，江上徒離憂。」〔三〕予謂「廣平聽方籍，茂陵將見求」一聯刪去，只用八句，尤爲渾然，不知識者以爲何如。

【校勘】

〔停驂〕郭紹虞《校釋》：「《歷代詩話》本『驂』作『橈』。」

〔籍〕陳定玉校：「『籍』，《玉屑》作『藉』。」下同。

〔刪去〕《玉屑》作「亦可削去」，《適園叢書》本作「可刪去」。

〔何如〕陳定玉校：「《玉屑》作『如何』。」

陳定玉輯校《嚴羽集》：「《玉屑》『謝朓』以下別爲一則。」

【箋注】

〔一〕柳子厚句：柳宗元《漁翁》：「漁翁夜傍西巖宿，曉汲清湘然楚竹。煙消日出不見人，欸乃一聲山水綠。

回看天際下中流，巖上無心雲相逐。」載《柳河東集》卷四十三。

〔二〕東坡句：《冷齋夜話》卷五「柳詩有奇趣」：「柳子厚詩曰：（《漁翁》詩略）。東坡云：詩以奇趣爲宗，反常合道爲趣。熟味此詩有奇趣，然其尾兩句，雖不必亦可。」

〔三〕謝朓十句：此謝朓《新亭渚别范零陵詩》，載《文選》卷二十。

附　答出繼叔臨安吴景僊書

按他本，《滄浪答吴保義手書》。吴陵字景先，表叔行，有詩名。

【解題】

此是嚴羽答其表叔吴陵的書信。此書《詩人玉屑》不載，而見載於元刊本《滄浪嚴先生吟卷》卷一。在《滄浪吟卷》中，此篇也是附於《詩辯》等五篇之後。其後各本所載此篇均出自元刊本。題下小字注亦出自元刊本。根據此注，此篇書信他本題《滄浪答吴保義手書》。吴陵，字景僊，據元刊本注，其字又作景先；其書别題《滄浪答吴保義手書》，則保義亦當是其字。又《滄浪吟卷》中有《客中别表叔吴季高》詩，根據名、字相關聯的慣例，季高當是吴陵的字，蔡正孫《唐宋千家聯珠詩格》卷四載吴季高《歸來》詩云：「萬里歸來輦路春，西湖花柳亦精神。相逢莫怪顔容改，一路風霜老得人。」（《全宋詩》失收）詩題「歸來」，詩中「輦路」、「西湖」云云，則其所歸之地是當時的都城臨安，此正可與「臨安吴景僊」相印證。吴陵原當姓嚴，爲嚴羽之叔輩，出繼給嚴羽之姑祖母（姑奶奶，即吴陵之姑母）爲子，其姑祖母家姓吴，故更姓吴。從嚴羽這一面來説，吴陵本來是其叔叔，出繼後成爲表叔。

《宋詩紀事》卷七十載吳陵詩一首，小傳謂吳陵字昭武，清同治《臨川縣志》卷三六有吳陵，爲寧宗嘉定十年（一二一七）進士。《全宋詩》小傳謂吳陵號昭武，臨川人。未詳《宋詩紀事》、《臨川縣志》及《全宋詩》所言吳陵與嚴羽表叔是否同一人。若爲同一人，則上述三書所言皆誤。

原文不分節，近藤元粹《螢雪軒叢書》、郭紹虞先生《校釋》則已分節。茲參照兩書，分節校箋。

僕之《詩辯》，乃断千百年公案〔一〕，誠驚世絶俗之談，至當歸一之論〔二〕。其間説江西詩病，真取心肝劊子手〔三〕。以禪喻詩，莫此親切〔四〕。是自家實證實悟者〔五〕，是自家閉門鑿破此片田地〔六〕，即非傍人籬壁、拾人涕唾得來者〔七〕。李、杜復生，不易吾言矣〔八〕。而我叔靳靳疑之〔九〕，况他人乎？所見難合固如此，深可嘆也。

【校勘】

〔答出繼叔臨安吳景僊書〕 何望海本、周亮工本、朱霞本、《歷代詩話》本、徐榦本無「出繼叔臨安」五字。又「僊」作「仙」。

〔吳陵字景先〕 陳定玉輯校《嚴羽集》：「『先』，《歷代詩話》作『仙』。」何望海本、周亮工本、朱霞本、徐榦本、《三家詩話》本、《螢雪軒叢書》本亦作「仙」。

〔詩辯〕 「辯」，《津逮祕書》本、《適園叢書》本《三家詩話》本、《螢雪軒叢書》本作「辨」。

〔親切〕郭紹虞《校釋》：「『親』，《歷代詩話》本作『清』。」陳定玉校：「『親』，胡（珽）校本、周（亮工）本、《歷代詩話》本作『清』。」按吳銓本、何望海本、周亮工本、朱霞本、徐幹本亦作「清」。

〔我叔〕陳定玉校：「『吾』，《歷代詩話》作『我』。」

【箋注】

〔一〕斷千百年公案：謂審斷爭訟了千百年的案件。此謂其《詩辯》對千百年未解決的詩學問題進行論斷，得出最後結論。

〔二〕至當歸一之論：最爲恰當正確、可以作爲最後結論的言論。

〔三〕其間二句：朱熹《伊洛淵源録》卷十「龜山誌銘辯」：「（胡宏）又問：攻王氏一章，却似迂濶，何故載之？（胡安國）答曰：此是取王氏心肝底劊子手段，何可不書？書之，則王氏心肝懸在肉案上，人人見得，而詖淫邪遁之辭皆破矣。」按胡安國（文定）爲理學家楊時撰墓誌銘，載楊氏抨擊王安石之奏章，胡宏對此不解，故問胡安國，胡安國答語云云。

郭紹虞《校釋》：「謝榛《四溟詩話》謂：『嚴滄浪謂作詩譬諸劊子手，殺人直取心肝。此説雖不雅，喻得極妙。凡作詩須知道緊要下手處，便了當得快也。』案滄浪此説主破不主立，言評詩不言作詩。其主恉只在指出江西詩病，抓到緊要關鍵而已。蓋即彥充禪師所謂『殺人須見血』之意。（見《五燈會元》卷二十）至論作詩，則滄浪自有單刀直入之喻，此則僧神光所謂『昔人求道敲骨取髓』之意，（見《傳燈録》卷三）亦即所謂緊要下手處也。二説雖相近，實稍有分別。」

〔四〕親切：貼切。

〔五〕實證實悟：禪家强調其真理不能作爲客觀的對象或知識加以認識與傳授，不能從他人那裏口耳相傳得來，必須是學禪者本人親自體悟得來。嚴羽此處謂他對詩歌的見解是自己體悟得來的。

〔六〕自家閉門鑿破此片田地：謂自家悟得。田地，禪家以田地喻心，故稱心田、心地。《宏智禪師廣録》卷六《明州天童覺和尚法語》：「吾家一片田地，清曠瑩明，歷歷自照，虚無緣而靈，寂無思而覺，乃佛祖出没化現，誕生涅槃之本處也。妙哉人人有之，而不能磨礱明淨，昏昏不覺，爲癡覆慧而流也。一念照得破，則超出塵劫，光明清白。」此「一片田地」即指心。心本瑩明，但由癡所覆，故不覺，所謂鑿破田地者，即是打破覆在明心上的障蔽，復現其光明，其實就是悟。嚴羽借此説其詩學見解是自己獨立探求體悟得來的。

〔七〕傍人籬壁拾人涕唾：謂非自己悟得，而是從他人處得來。禪家以爲悟道解脱要靠自己，傍人籬壁，猶言傍人門户，不是自立門户，没有自己的獨立性、自主性，不是自己悟道。拾人涕唾，謂撿拾别人現成的言語，不是自己悟得的。

錢振鍠《詩話》卷上：「羽《答吴景僊書》自云：所作詩辨，非傍人籬壁拾人涕唾得來者。夫羽之論詩，純是傍人籬壁，拾人涕唾，而猶自誇如此，真不顧羞恥。吴景僊言並非無理，羽駁之尤悖。」

〔八〕李杜二句：《螢雪軒叢書》評：「滿口讚揚，他人言之則可；自家言之則醜醜，况他人未必深許乎？」又：「談何容易！後人已經《糾謬》之著，李、杜再生，付之一笑，亦未可知。呵呵！」

〔九〕 靳(jìn近)靳：固執貌。

吾叔謂：「説禪，非文人儒者之言。」〔一〕本意但欲説得詩透徹，初無意於爲文，其合文人儒者之言與否，不問也〔二〕。

【校勘】

〔吾叔〕 陳定玉輯校《嚴羽集》：「『吾』，《歷代詩話》作『我』。」

【箋注】

〔一〕 説禪二句：文人與儒者有區別，儒者是儒家學者，其思想上屬於儒家學派；文人乃文章家詩人，其思想傾向未必是儒家的。但在理宗時代，理學已經官方化，從整體上説，文人在思想上已經儒家化，故吴景僊將文人與儒者連起來説，不加區别。本來在理學内部，陸九淵之學説帶有禪宗的色彩，但在理宗朝，排斥援禪入儒的朱子學説成爲正學，吴景僊受其影響，故謂説禪非文人儒者之言。吴氏之論涉及兩個方面：一、在人生價值取向上，禪儒不同，禪是出世的，儒是入世的，文人儒者應該拒絶其價值觀；二、既然禪儒價值取向不同，禪學的話語，文人儒者也不應該使用。

〔二〕 本意四句：嚴羽謂其借用禪學的話語只是技術層面上的，而不是價值層面上的，只是爲了透徹地説明詩學問題，而不是爲作文。如果是作文説禪，則禪就是文章的主題，這裏是談詩，詩是主題，禪只是説明問題的工具。

高意又使回護，毋直致褒貶〔一〕。僕意謂辯白是非，定其宗旨〔二〕，正當明目張膽而言，使其詞説沉着痛快，深切著明〔三〕，顯然易見，所謂「不直則道不見」〔四〕，雖得罪於世之君子，不辭也〔五〕。

【校勘】

〔回護〕護，《適園叢書》本作「互」。

【箋注】

〔一〕高意二句：高意，猶言尊意，指吳景僊的意見。回護，庇護。直致褒貶，直接地加以表揚與批評，此處「褒貶」意偏在貶。此二句是吳景僊對嚴羽之批評態度及方式的意見。他主張對評論對象應該持回護之態度，不應該直接地加以批評。

〔二〕僕意二句：辯白是非，是説要辯白千百年詩歌史的是非，對詩歌史作價值的厘定，誰對誰錯，誰高誰低，清楚明白；定其宗旨，確定詩道，即《詩辯》篇所説「推原漢魏以來，而截然謂當以盛唐爲法」。六祖慧能弟子神會《菩提達摩南宗定是非論》云：「我自料簡是非，定其宗旨。」又云：「今日説者爲天下學道者辨其是非，爲天下學道者定其宗旨。」嚴羽用語及語氣與之相類，此顯示嚴羽在理論上的自信及自負。

〔三〕深切著明：深刻而顯明。《史記·太史公自序》：「子曰：『我欲載之空言，不如見之行事之深切著明也。』」

〔四〕不直則道不見：《孟子·滕文公上》：「孟子曰：……不直，則道不見。」意謂不直説，則道不能表現出來。

〔五〕雖得罪二句：陳亮《龍川集》卷十六《書歐陽文粹後》：「其犯是不韙，得罪於世之君子而不辭也。」嚴羽或用其語。

吾叔《詩説》〔一〕，其文雖勝〔二〕，然只是説詩之源流、世變之高下耳〔三〕。雖取盛唐，而無的然使人知所趨向處〔四〕。其間異户同門之説〔五〕，乃一篇之要領。然晚唐、本朝，謂其如此，可也〔六〕。謂唐初以來至大曆之詩異户同門，已不可矣〔七〕；至於漢、魏、晉、宋、齊、梁之詩，其品第相去，高下懸絶〔八〕，乃混而稱之，謂「錙銖而較，實有不同處，大率異户而同門」〔九〕，豈其然乎？

【校勘】

〔吾叔〕陳定玉輯校《嚴羽集》：「『吾』，《歷代詩話》作『我』。」

【箋注】

〔一〕吾叔詩説：吴陵之《詩説》，已佚。據嚴羽所言，當是一篇文字，而非一部詩話著作。

〔二〕其文句：謂吴氏《詩説》文辭比較好。

〔三〕然只是句：詩之源流是就詩歌本身言其淵源及流變，世變之高下所論是時代的變化與詩歌之間的關係，並對其時代高下作出評判。下言其取盛唐，即是所謂世變之高下。

〔四〕雖取盛唐二句：取盛唐，謂承認盛唐詩價值高。的然，明顯、明確貌。《禮記·中庸》：「的然昭晰。」無的然使人知所趨向處，謂吴景僊《詩説》價值判斷不够明確，下面説其主異户同門即是明證，正是因爲如此，他没有像嚴羽那樣明確提出法盛唐的主張，故嚴羽説他没有明確給人指出一個方向。

〔五〕異户同門：謂各時代及流派的詩歌之差異是局部的，而大的方面是一致的。這是對詩歌史不同時代及流派詩歌特徵的描述，但這種描述涉及到價值判斷，如果不同時代及流派的詩歌在大的方面是相同的，那麽，不同時代及流派之間的高下不應有本質上的分别。此與嚴羽之説截然不同，故嚴羽對此不滿。

〔六〕然晚唐三句：此乃嚴羽之評論，謂晚唐與本朝詩可以説異户同門。宋初，九僧等學晚唐，南宋時代，四靈、江湖詩派也是如此，這些從詩歌特徵上看，固然可以説異户同門。至於蘇軾、江西詩派與晚唐詩，依照現在的觀點看，就不能説異户同門，吴景僊究竟如何論説，不得而知。嚴羽所謂晚唐、本朝，承吴景僊之論而來，究竟包括不包括蘇軾、江西詩派，不能確定。但如果從價值層次上説，嚴羽認爲晚唐詩是小乘禪，宋詩背離了詩道，在價值層次上與晚唐詩不應有大的區別，故他說整個宋朝詩與晚唐詩異户同門，也可以講通。

〔七〕謂初唐二句：在嚴羽看來，盛唐詩是第一義，大曆詩是第二義，不在一個價值等級上，故他認爲不能説異户同門。

〔八〕至於漢魏晉三句：品第，品級等第，價值等級。鍾嶸《詩品序》：「諸英志録，並義在文，曾無品第。」懸絶，謂相差極遠。此謂漢魏至齊梁詩在價值等級上相差極大。嚴羽認爲漢魏晉與盛唐一樣屬於第一義，但宋以後則否，而宋與齊梁之間的高下，嚴羽雖没有直接的評論，但從語氣上看，他也應認爲有很大的差異，故他反對將漢魏至齊梁詩説成是異户同門。

〔九〕謂錙銖三句：此三句乃嚴羽轉述吴景僊之語。謂從細節上去考校、衡量，漢魏至齊梁之詩確實有不同，但大體上是異户而同門，即局部細節上不同，但總體上一致。

又謂：「韓、柳不得爲盛唐，猶未落晚唐，以其時則可矣。」〔一〕韓退之固當别論，若柳子厚五言古詩，尚在韋蘇州之上，豈元、白同時諸公所可望耶〔二〕？高見如此，毋怪來書有甚不喜分諸體製之説〔三〕。吾叔誠於此未瞭然也。作詩正須辯盡諸家體製，然後不爲旁門所惑〔四〕。今人作詩差入門户者，正以體製莫辯也〔五〕。世之技藝，猶各有家數〔六〕，市縑帛者，必分道地〔七〕，然後知優劣，況文章乎？僕於作詩，不敢自負，至識則自謂有一日之長〔八〕，於古今體製，若辨蒼素〔九〕，甚者望而知之。

【校勘】

〔吾叔〕陳定玉輯校《嚴羽集》：「『吾』，《歷代詩話》作『我』。」

【箋注】

〔一〕韓柳三句：此是吳景僊之説。盛唐、晚唐有兩重意義：一是時間上的意義，它們各有時間上的起迄；二是審美特徵及價值上的意義，它們標誌著不同的審美特徵及審美價值。一個詩人在時間上屬於盛唐時代，但並不意味其詩歌在審美上屬於盛唐；一個詩人在時間上屬於晚唐，但其詩歌在審美上可能屬於盛唐。吳景僊此所論韓愈、柳宗元詩歌的歸屬問題，實際上是審美價值上的歸屬，他以爲韓、柳雖然够不上盛唐，但也没有落於晚唐，既然韓、柳在審美價值上既不能歸於盛唐，也不能歸於晚唐，故他主張就依照他們生活的時代，將他們放到自己的時代裏，不要去作盛唐、晚唐的歸併。

〔二〕韓退之四句：嚴羽不認同吳氏之説。在時間的意義上，韓、柳固然屬於他們的時代，但是，在審美價值的意義上，他們是否屬於他們的時代呢？在時間上，韓、柳與元稹、白居易爲同時代，但在價值上他們是否屬於相同的等級呢？嚴羽在盛唐與晚唐之間設置一個「大曆以還之詩」，它在時間及審美價值上介於盛唐與晚唐之間，大曆十才子及元稹、白居易都屬於這個時代及價值等級，但如果將韓、柳放回其時代的話，在時間上固然屬於大曆以還之詩，但在價值上是否也與大曆十才子、元、白一樣呢？關於韓愈詩，嚴羽只推崇其《琴操》，總體評價上低於盛唐的孟浩然，在價值上將其與大曆才子、元、白並列，嚴羽當不會有大的不同，故他説「韓退之固當別論」，没有提出異議。但對於柳宗元，嚴羽認爲其五言古詩在盛唐韋應物之上，更遠在元、白之上，其時間上雖然屬於嚴羽所謂大曆以還之詩，但在價值上則高出其時代，所以他反對吴景僊主張「以其時」處理柳宗元的評價問題。

〔三〕高見二句：近藤元粹《螢雪軒叢書》本斷句爲「高見如此毋怪。來書有甚不喜分諸體製之説」，以「來書」以下別爲一節，誤。

嚴羽區分時間意義上的時代與審美特徵及價值意義上的時代，而判斷詩人在審美價值上的時代歸屬，依靠的是辨體工夫。他要先辨別其體製上的審美特徵，然後以之爲依據判定其價值上的時代歸屬。如戎昱是盛唐人，嚴羽説其詩有晚唐特徵，權德輿是元和時代人，其詩却有盛唐特徵。（見《詩評》）嚴羽認爲，吴景僊不喜辨體製，故他不能對詩人的特徵作精細的辨析，因而不能對詩人作出恰當的評價。

〔四〕作詩二句：旁門，旁門邪道，謂背離詩道的作家作品或流派。按照嚴羽的理論邏輯，必須有識力，對諸家體製作出辨別，才能分其正邪高下，才能在創作上作出正確的選擇；如果不能辨別體製，就不能分別其正邪高下，就不能作出正確的選擇。

〔五〕今人作詩二句：謂在創作上走錯了道路，正由於不能辨別體製。此正《詩辯》篇「入門須正」之意。

〔六〕世之技藝二句：謂世上之技藝猶有流派風格之分，借以論證詩歌也是如此。

〔七〕市縑帛者二句：購買絹帛者一定要問其産地，才可以知其優劣。市，買。縑（jiān 兼）帛，一種薄絹。道地，物品本來的産地，原産地生産的物品是正宗的、有傳統的，其品質自佳。嚴羽借手工技術上有家數、重家數來論證文章之亦有家數，亦應重家數。

〔八〕至識句：謂自認爲在識力方面稍强於他人。

〔九〕於古今二句：謂自己具有很高的辨别體製的識力，對於古今作品之體製，很容易分辨出其不同特徵，就像分辨青色與白色一樣容易。參見《詩法》篇第一九條「辨家數如辨蒼白方可言詩」箋注。

來書又謂：「忽被人捉破發問〔一〕，何以答之？」僕正欲人發問而不可得者，不遇盤根，安别利器〔二〕？吾叔試以數十篇詩，隱其姓名，舉以相試，爲能别得體製否？惟辯之未精，故所作或雜而不純〔三〕。今觀盛集中〔四〕，尚有一二本朝立作處〔五〕，毋乃坐是而然耶〔六〕？

【校勘】

〔吾叔〕《歷代詩話》本作「我叔」。

〔或雜而不純〕「或」，底本、尹嗣忠本、胡重器本、吴銓本、何望海本、《津逮祕書》本、周亮工本、《歷代詩話》

本作「惑」，朱霞本、徐幹本、《適園叢書》本作「或」，兹據改。

〔坐是〕《三家詩話》本作「坐甚」，並校：「『甚』一作『是』」。郭紹虞《校釋》：「『是』，《説郛》本作『甚』，《歷代詩話》本作『視』，均誤。」按何望海本、周亮工本、朱霞本、徐幹本均作「坐視」。

【箋注】

〔一〕捉破發問：抓住破綻，口頭提出疑問。

〔二〕不遇盤根二句：東漢虞詡語。《藝文類聚》卷五十引司馬彪《續漢書》，虞詡曰：「不遇盤根錯節，何以别其利器乎？」謂不遇到難以解決之棘手問題，就無以顯出其人能力之强。

〔三〕惟辯之未精二句：由於對體製的辨别不甚精密，體現在創作上，其體製混雜而不純。嚴羽認爲對詩歌體製的辨别直接影響到創作，辨析不精，對體製的高下便不能作出準確的判斷，因而對自己的學習對象也就不能作出正確的選擇。嚴羽主張學漢魏晉盛唐，貶斥宋詩，吴景僊詩亦學宋人，故嚴羽認爲其體雜而不純。

〔四〕盛集：對别人著作集的敬稱，猶言盛編。

〔五〕尚有句：謂尚有一些帶有宋詩特徵者。立作，行動，建樹。《朱子語類》卷五十二：「人所稟氣，亦自有不同。有稟得盛者，則爲人强壯，隨分亦有立作，使之做事，亦隨分做得出。若稟得弱者，則委靡巽懦，都不解有所立作。」又《晦庵集》卷六十《答徐崇文（僑）》：「其人有立作，看得道理亦子細。」皆所有樹立之意。嚴羽此處説，吴景僊之創作尚有一些在本朝詩歌範圍内建樹的地方，即謂其詩尚帶有宋詩之特徵。

〔六〕毋乃句：毋乃，豈非。坐是，因此。此謂吳景僊詩歌帶有宋詩之特徵，正是由於其辨體不精的緣故。按照嚴羽的觀點，作詩應該學漢魏晉盛唐，而不應學宋。吳景僊辨體不精，對唐宋之别、唐宋之高下没有充分的認識，故在創作上不能專學漢魏晉盛唐，也雜有宋詩之特徵。

又謂：「盛唐之詩，雄深雅健〔一〕。」僕謂此四字但可評文，於詩則用「健」字不得〔二〕。不若《詩辯》「雄渾悲壯」之語爲得詩之體也〔三〕。毫釐之差，不可不辯。坡、谷諸公之詩〔四〕，如米元章之字〔五〕，雖筆力勁健，終有子路事夫子時氣象〔六〕。盛唐諸公之詩，如顔魯公書〔七〕，既筆力雄壯，又氣象渾厚〔八〕，其不同如此。只此一字，便見我叔脚根未點地處也〔九〕。

【校勘】

〔毫釐〕毫，底本作「豪」，尹嗣忠本、胡重器本、吳銓本、何望海本、《津逮祕書》本、周亮工本、朱霞本、《歷代詩話》本、徐榦本等均作「毫」，兹據改。

〔不可不辯〕「辯」，各本多作「辨」。何望海本、周亮工本作「辯」。

〔子路事夫子時氣象〕郭紹虞《校釋》：「《歷代詩話》本作『子路未事夫子時氣象』。案二説皆通：若無『未』

字,則用《論語·先進篇》『閔子侍側,誾誾如也;子路,行行如也;冉有、子貢,侃侃如也』語意。若有『未』字,則用《史記·仲尼弟子列傳》『子路性鄙好勇力,志伉直,冠雄雞、佩猳豚,陵暴孔子。孔子設禮稍誘子路,子路遂儒服委贄,因門人請爲弟子』語意。二説相較,以不用『未』字爲長。」健按:行行如,剛强貌。

【箋注】

〔一〕雄深雅健:此乃韓愈評柳宗元文之語,見劉禹錫《柳賓客文集》卷十九《唐故尚書禮部員外郎柳君集紀》:「子厚之喪,昌黎韓退之誌其墓,且以書來弔,曰:『哀哉!若人之不淑!吾嘗評其文,雄深雅健似司馬子長,崔、蔡不足多也。』」案司馬子長,司馬遷。崔謂崔駰,蔡指蔡邕,俱東漢人。《詩人玉屑》卷十「尚意」條引《漫齋語録》:「詩文要含蓄不露,便是好處。古人説雄深雅健,此便是含蓄不露也。用意十分,下語三分,可幾風雅;下語六分,可追李、杜;下語十分,晚唐之作也。用意要精深,下語要平易,此詩人之難。」雄、健都剛性有力,但在《漫齋語録》的作者(有學者考證其作者爲蒲瀛,字大受)看來,風雅是含蓄不露的,雅健乃是有力量而含蓄不露,正是由於含蓄不露,所以雄而能深。

〔二〕僕謂二句:但可評文之説正源自韓愈「吾嘗評其文」之説。嚴羽以爲詩、文在審美特徵上有差異。在嚴羽看來,「健」是有力量,但是外露的,文章之特徵如此,詩歌的特徵是有力量而不外露,即他後面所説的「雄渾」,故他説「健」不能用來評詩。

嚴羽對雄深雅健的理解與《漫齋語録》不同。後者認爲雄深雅健具有含蓄不露的特點,而嚴羽則否。不僅如此，兩者對詩文審美特徵的理解亦不同。後者以爲詩文同要含蓄不露，而嚴羽以爲文可以露，而詩歌應含蓄不露。

許學夷對嚴羽反對以「健」評詩並不完全認同。其《詩源辯體》卷十七説：「滄浪《答吴景僊書》云：『論詩用健字不得。』予謂：此論唐律和平之調則可，若沈佺期『盧家少婦』、崔顥《黄鶴》、《雁門》，畢竟圓健二字足以當之；若高、岑五言，子美七言以古爲律者，不待言矣。」但許學夷所謂「圓健」，實際上就是健而没有棱角，有力量而不外張，在總體取向上與嚴羽是一致的。

賀貽孫《詩筏》説：「吴景僊謂：『盛唐之詩，雄深雅健。』而嚴滄浪訶之，謂：『健字但可評文，不可評詩。』余謂詩文原無二道，但忌硬而不忌健，縱或優柔婉約，低徊纏綿，然其氣力何嘗不健，不健則弱矣。」賀貽孫所理解的健就是氣力，此與嚴羽並無大差異，惟嚴羽所謂健是外露的，而賀貽孫所謂健則不必是外露的，故可以包涵在優柔婉約之中。賀氏所謂硬是有力度且外露，在此一點上，硬近乎嚴羽所謂健，但健是有動感的，硬則是缺少動感的，二者又有不同。

嚴羽主張詩歌有氣力，但不主張力量外露，認爲力量之涵與露正是詩文之區别。賀氏實誤會了嚴羽之説，以爲嚴羽不主張用健評詩，就是不要氣力。賀貽孫説詩文無二道，都要有力量，這一點其實也與嚴羽並無不同。

反對以「健」論詩，王夫之與嚴羽具有一致性。杜甫《戲爲六絶句》評庾信云：「庾信文章老更成，凌雲健筆意縱横。」王夫之對杜甫以「健筆」推崇庾信深爲不滿：「『健』之爲病，壯於頑，作色於父，無所不至。故聞温柔之爲詩教，未聞其以健也。健筆者，酷吏以之成爰書而殺人，藝苑有健訟之言，不足爲人憂乎？」（《古詩評選》卷五，庾信《詠懷》「日色臨平樂」評語）在王夫之看來，健是有力度，但其弊病在於，這種力量表現在性格上是剛直，表現在待人的態度上是喜怒直接形於色，是無禮，這與温柔敦厚的詩教相背。嚴羽没有像王夫之這樣上升到倫理甚至政治的立場來看待「健」的問題，他只是從審美的立場立論。

〔三〕雄渾悲壯：《詩辯》篇列九品，雄渾、悲壯乃其中兩品，嚴羽以此兩品作爲盛唐詩特徵的概括。雄深雅健中，雄、健表示力量，但嚴羽認爲其是外露的；雄渾悲壯中，雄、壯表示力量，但有力量而渾涵不露。

賀貽孫《詩筏》：「滄浪又云：『雄深雅健，不若雄渾悲壯。』余謂此四字但可評杜詩耳，他家亦未盡然，總不若『沉著痛快』四字爲至。曰『痛快』，則『悲壯』已包；曰『沉著』，則『雄渾』之所自出，而健不足以言之矣。」此與嚴羽理解不同，亦賀氏一家之見。

〔四〕坡谷：蘇軾（東坡）、黄庭堅（山谷）。

〔五〕米元章：米芾（一〇五一—一一〇七），字元章，號襄陽居士、海嶽山人，襄陽（今屬湖北）人，居潤州（今江蘇鎮江）。宋代著名書法家。

〔六〕雖筆力勁健二句：此評米芾字之説出自黄庭堅，《豫章黄先生文集》卷二十九《跋米元章書》：「余嘗評米元章書，如快劍斫陣，强弩射千里，所當穿徹，書家筆勢，亦窮於此。然似仲由未見孔子時風氣耳。」

所謂快劍斫陣、强弩射千里，言力量大有氣勢，即是嚴羽所謂筆力勁健，但這種力量全然顯露出來了，有劍拔弩張之氣。《山谷外集》卷九《書張芝叟書後》：「張芝叟學古法帖，用筆如快劍斫陣，乏和氣」，就是此意。黄庭堅又用仲由（字子路）未見孔子時氣象來比喻米氏字特點。按《史記·仲尼弟子列傳》：「子路性鄙好勇力，志伉直，冠雄雞，佩豭豚，陵暴孔子。孔子設禮稍誘子路，子路遂儒服委贄，因門人請爲弟子。」裴駰：「冠以雄雞，佩豭豚，二物皆勇，子路好勇，故冠帶之。」（按豭音jiā，公豬）黄山谷主張用筆要有力量，此力量又要藴涵而不露張，但米芾字則力量外露。黄氏對米芾書法的評價被嚴羽借用來評蘇軾及山谷本人詩歌特徵，即力量外張。

〔七〕顔魯公：顔真卿（七〇九—七八五），字清臣，瑯琊臨沂（今屬山東）人。因被封魯郡公，人稱顔魯公。唐代著名書法家，其書法被稱「顔體」，與柳公權並稱「顔柳」。

〔八〕既筆力二句：周必大《文忠集》卷四十九《跋柳公權赤箭帖》：「此帖字瘦而不露骨，沉著痛快而氣象雍容，歐、虞、褚、薛不足道焉。」嚴羽對顔體特徵的概括與周氏之説頗近。

在嚴羽看來，顔體與米芾字的根本差别是：顔有力而渾涵不露，米有力而外露。嚴羽認爲顔、米書法特徵之别正是盛唐詩與蘇、黄詩的區别。

〔九〕只此一字二句：謂僅從吴景僊以「健」論詩，可見其詩學見解。脚根未点地，謂其見解不可靠。《五燈會元》卷七「雪峰存禪師法嗣·玄沙師備禪師」：「雪峰曰：『世界闊一尺，古鏡闊一尺。世界闊一丈，古鏡闊一丈。』師指火爐曰：『火爐闊多少？』峰曰：『如古鏡闊。』師曰：『老和尚脚跟未点地在。』」

所論屈原《離騷》，則深得之，實前輩之所未發，此一段文亦甚佳。大概論武帝以前皆好〔一〕，無可議者。但李陵之詩〔二〕，非虜中感故人還漢而作〔三〕，恐未深考，故東坡亦惑「江漢」之語，疑非少卿之詩〔四〕，而不考其胡中也〔五〕。

【箋注】

〔一〕武帝：謂漢武帝。

〔二〕李陵之詩：指《文選》卷二十九所載李陵《與蘇武三首》。李陵，字少卿。

〔三〕非虜中句：李陵《與蘇武》寫在何時，前人有不同説法。一説是蘇武使匈奴時，李陵送別而作。五臣注《文選》卷二十九載李周翰之説，以爲李陵「與蘇武善，武將使匈奴，故贈此詩」。一説是蘇武使匈奴、李陵降匈奴之後，蘇武將歸，李陵作詩送別於胡中。蘇軾《次韻孫巨源寄漣水李盛二著作并見寄五絶》之三：「應知客路愁無奈，故遣吟詩調李陵。」宋王十朋注：「蘇武與李陵俱爲侍中，武使匈奴，明年，陵敗，復降。其後，武歸漢，陵置酒，作詩三首贈別，武亦有詩。」（《東坡詩集注》卷十一）嚴羽認爲李陵詩不是在匈奴中贈別友人蘇武還漢之作。

〔四〕故東坡句：蘇軾《東坡文集》卷四十九《答劉沔都曹書》：「李陵、蘇武贈別長安，而詩有江漢之語。及陵與武書，詞句儇淺，正齊梁間小兒所擬作，決非西漢文，而統不悟，劉子玄獨知之。」按「江漢之語」指蘇武詩四首之四「俯觀江漢流」一句。蘇軾認爲，李陵、蘇武詩乃是二人在漢都城長安的贈別之作，此實同於六臣注李周翰説。但蘇軾又認爲，蘇武詩中却有言及江漢的詩句，江漢與長安無涉，蘇、李詩與長安贈别不相合，故他以爲是僞作。嚴羽實是誤以蘇軾認爲蘇、李詩是匈奴中贈别之作，王十朋注蘇詩，正是如此。嚴羽以爲，既然蘇軾認爲蘇、李詩爲匈奴中贈别所作，而蘇武詩中却出現「俯觀江漢流」之句，蘇軾當然會認爲蘇、李詩是僞作。

〔五〕而不考句：胡才甫《箋注》：「『而不考其胡中也』一句，疑有奪字。」郭紹虞《校釋》引胡説。按據《漢書·蘇武傳》，蘇武將還漢，李陵送别，起舞歌曰：「徑萬里兮度沙幕，爲君將兮奮匈奴。路窮絶兮矢刃摧，士衆滅兮名已隤。老母已死，雖報恩，將安歸？」這是史書明載的李陵胡中贈别之詩。嚴羽認爲，李陵《與蘇武三首》不是胡中贈别所作，他以爲蘇軾及吴陵都没有深考李陵在胡中與蘇武分别贈詩的實情，誤以爲《與蘇武三首》是胡中贈别所作。

妙喜是徑山名僧宗杲也。自謂「參禪精子」〔一〕，僕亦自謂「參詩精子」〔二〕。嘗謁李友山論古今人詩〔三〕，見僕辯析毫芒，每相激賞，因謂之曰：「我論詩，若那查太子析骨還父，析肉還母。」〔四〕友山深以爲然。當時臨川相會匆匆〔五〕，所惜多順情放過〔六〕，蓋視蔭執手〔七〕，無暇引惹〔八〕，恐未能卒竟其辯也〔九〕。鄙見若此，若不以爲然，却願有以相復，幸甚。

【校勘】

〔是徑山名僧宗杲也〕「宗杲」，尹嗣忠本、胡重器本、吴銓本、何望海本、周亮工本、朱霞本、徐幹本誤作「宗昪」，清省堂本誤作「宗是」。此句《適園叢書》作「妙喜者，徑山名僧宗杲也」，置本文末「幸甚」之下，且作大字，空兩格。

〔嘗謁李友山〕「謁」，底本及胡重器本、吴銓本、何望海本、周亮工本、朱霞本、徐幹本均作「謂」，《適園叢書》本作「爲」，尹嗣忠本、《津逮祕書》本、《歷代詩話》本作「謁」。「謁」與「謂」字形較近，致訛之可能較大，故從尹嗣忠等本改作「謁」。

〔吾論詩〕陳定玉輯校《嚴羽集》：「『吾』，《歷代詩話》作『我』。」

〔那查〕陳定玉校：「『查』，周（亮工）本、徐（幹）本作『吒』。」按何望海本、朱霞本、《三家詩話》本、《螢雪軒叢書》本亦作「吒」。

〔視蔭〕尹嗣忠本、清省堂本、《津逮祕書》本、《歷代詩話》本、《適園叢書》本、《三家詩話》本、《螢雪軒叢書》本作「傾蓋」。

【箋注】

〔一〕妙喜句：宗杲（一〇八九—一一六三），俗姓奚，宣州寧國（今屬安徽）人。南宋臨濟宗之代表人物。十二歲出家，十七歲落髮受戒。徽宗政和六年（一一一六），謁宰相張商英，張爲之擬號妙喜，字曇晦。高宗紹興四年（一一三四），入福建，時默照禪盛行，宗杲著《辨正邪説》，大加抨擊。其間，因支持主戰派而被追回度牒，剥奪僧人身份，流放衡州、梅州，後放還，恢復僧人身份。紹興二十八年（一一五八）受命住持徑山（在今浙江杭州）。孝宗即位（一一六三），召問佛法大意，賜號大慧，是年八月圓寂。詔以其所居之明月堂爲妙喜庵，謚普覺。門人編有《大慧普覺禪師語録》。見《大慧普覺禪師年譜》、《五燈會元》卷十九。

參禪精子：謂對禪精研深悟之人。

〔二〕參詩精子：對詩精研深悟之人。

〔三〕嘗謁李友山句：李賈，字友山，光澤（今屬福建）人。理宗端平三年（一二三六）爲江西新喻縣尉。李賈與戴復古、劉克莊有交往，曾與嚴羽、戴復古以及知邵武軍王埜一起論詩，戴復古有《論詩十絶》。

李賈亦是學晚唐者。劉克莊《後村先生大全集》卷九十六《李賈縣尉詩卷》：「友山詩攻苦鍛煉而成，詩深而語清。律體師島、合，樂府擬籍、建。其言曰：『詩道至唐猶存。』又曰：『僕亦學唐者，豈惟學唐，殆逼唐矣。』」李賈尊唐與嚴羽同，其樂府詩擬張籍、王建，與嚴羽推崇張、王樂府亦一致，但其律體師賈島、姚合，則正是嚴羽批評的晚唐體。故李賈所尊的唐體還是晚唐體，與嚴羽的尊盛唐不同。

此句若依底本作「嘗謂李友山論古今人詩」云云，按下文語意，論古今人詩者當是嚴羽，如在「謂」後斷句，則此句爲「嘗謂：李友山論古今人詩」，與下文語意不連貫。前人或已覺此問題，故諸本或改作「謁」，或作「爲」，皆可通。

〔四〕我論詩三句：那查，或作那吒、哪吒，北方多聞天國毗沙門之子。郭紹虞《校釋》：「《五燈會元》卷二：

『那吒太子，析肉還母，析骨還父，然後現本身，運大神力，爲父母説法。』」

嚴羽以此爲喻，謂其對詩歌之體製源流有深刻的洞察，論詩能够對作品構成之各部分條分縷析。

郭紹虞《校釋》引錢振鍠《謫星説詩》：「又自稱論詩如析骨還父，析肉還母，夫人有父母，詩無父母也。詩之父母在性靈，性靈乃在我。此等穢鄙之言，余實欲掩耳而走。」

〔五〕臨川相會：嚴羽曾遊臨川（今屬江西），其與李賈相見，是否在李賈任職江西時期，已不可考。

〔六〕順情放過：順情，隨順人情。二人在臨川由於匆匆相會，多敘舊情，雖曾討論詩學問題，却未展開辯論。

〔七〕視蔭執手：時間短促，握手敘情誼。視蔭，觀察日影，謂相見時間短促。執手，猶握手。

〔八〕無暇引惹：謂没有空閑觸引出論辯的話題。

〔九〕恐未能句：謂如果展開辯論的話，恐怕不能將問題辯論到底，得出結論。卒竟，終結。

【附録】

《藝苑卮言》：「嚴滄浪論詩，至欲如那吒太子析骨還父，析肉還母，及其自運，僅具聲響，全乏才情，何也？七言律得一聯云：『晴江木落時疑雨，暗浦風多欲上潮。』然是許渾境界。又『晴』、『暗』二字太巧稺，不如别本作『空江』、『别浦』差穩。」

引用文獻

傳統文獻

滄浪嚴先生吟卷三卷，（宋）嚴羽撰，元刊本。
嚴滄浪詩話一卷，明正德十一年（一五一六）九峯書屋刊本。
滄浪嚴先生吟卷三卷，明正德十二年（一五一七）胡璉刊本。
滄浪嚴先生吟卷二卷，明正德十五年（一五二〇）尹嗣忠刊本。
滄浪嚴先生吟卷二卷，明嘉靖四年（一五二五）吳銓跋刊本。
滄浪嚴先生吟卷二卷，明嘉靖十年（一五三一）彭城清省堂刊本。
滄浪嚴先生詩談（又題滄浪詩話）一卷，（明）陳繼儒輯《寶顏堂祕笈》本，明萬曆刊本。
滄浪詩集四卷滄浪詩話一卷，（明）何望海编，明刊本。
滄浪吟卷一卷（僅有詩辨、詩體、詩法、詩評、考證五篇），明天啟七年（一六二七）新都程氏刊本。
滄浪詩話一卷，（明）毛晉輯《津逮祕書》本，明崇禎毛氏汲古閣刊本。

滄浪詩話一卷,(明)陶宗儀纂、陶珽重輯《説郛》本,上海古籍出版社一九八八年影印《説郛三種》。
滄浪吟一卷滄浪詩話一卷,清順治十年(一六五三)周亮工詩話樓刊本。
滄浪集二卷滄浪詩話一卷,朱霞輯《樵川二家詩》本,《四庫存目叢書》影印清康熙六十一年(一七二二)綏安雙笏山房刊本。
滄浪詩話一卷,(清)何文焕輯《歷代詩話》本,臺灣藝文書局一九七一年影印清乾隆三十五年(一七七〇)序刊本,又北京中華書局一九八一年排印點校本。
滄浪詩話補注,(清)王瑋慶注,清蕉葉山房刊本。
滄浪吟二卷滄浪詩話一卷,(清)徐榦輯《樵川二家詩》本,光緒七年(一八五七)刊本。
校正滄浪詩話注,(清)胡鑑注,臺灣廣文書局一九七二年影印光緒七年刊本。
滄浪詩話一卷,(清)許印芳編《詩法萃編》本,一九一九年《雲南叢書》本。
滄浪先生吟卷三卷,民國五年(一九一六)張鈞衡《適園叢書》本。
嚴羽集,陳定玉輯校,鄭州: 中州古籍出版社,一九九七年。
滄浪詩話一卷,日本享保十一年(一七二六)嵩山房刊《三家詩話》本,影印收入長則規矩也編《和刻本漢籍隨筆集》第二十集,東京: 汲古書院,一九七八年。
滄浪詩話一卷,近藤元粹評訂《螢雪軒叢書》本,日本明治四十一年(一九〇八)青木嵩山堂出版。

詩人玉屑二十卷，（宋）魏慶之編，宋刊本。
詩人玉屑十八卷，元刊本。
詩人玉屑十卷附録一卷，臺灣「中央圖書館」臺北分館著録宋淳祐四年（一二四四）刊本，實爲明刻。
詩人玉屑二十卷，清道光古松堂本。
詩人玉屑二十一卷，日本寬永十六年（一六三九）刊本。
詩人玉屑二十一卷，王仲聞點校本，上海：上海古籍出版社，一九七八年；又北京：中華書局，二〇〇七年。

十三經注疏（整理本），北京：北京大學出版社，二〇〇〇年。
四書章句集注，（宋）朱熹撰，北京：中華書局，一九八三年。
論孟精義，（宋）朱熹撰，校點本《朱子全書》第七册，上海：上海古籍出版社，合肥：安徽教育出版社，二〇〇二年。
詩緝，（宋）嚴粲撰，臺北：廣文書局一九六〇年影印明嘉靖本。
讀詩質疑，（清）嚴虞惇撰，景印《文淵閣四庫全書》本，臺北：臺灣商務印書館一九八三年。
史記，（漢）司馬遷撰，北京：中華書局，一九五九年。

漢書，（漢）班固撰，北京：中華書局，一九六二年。
後漢書，（南朝宋）范曄撰，北京：中華書局，一九九五年。
三國志，（晉）陳壽撰，北京：中華書局，一九五九年。
晉書，（唐）房玄齡等撰，北京：中華書局，一九七四年。
宋書，（梁）沈約撰，北京：中華書局，一九七四年。
南齊書，（梁）蕭子顯撰，北京：中華書局，一九七二年。
梁書，（唐）姚思廉撰，北京：中華書局，一九七三年。
陳書，（唐）姚思廉撰，北京：中華書局，一九七三年。
周書，（唐）令狐德棻撰，北京：中華書局，一九七一年。
南史，（唐）李延壽撰，北京：中華書局，一九八三年。
隋書，（唐）魏徵等撰，北京：中華書局，一九七三年。
舊唐書，（後晉）劉昫等撰，北京：中華書局，一九七五年。
新唐書，（宋）歐陽修等撰，北京：中華書局，一九七五年。
唐國史補，（唐）李肇撰，上海：上海古籍出版社，一九七九年。
舊五代史，（宋）薛居正撰，北京：中華書局，一九七六年。

宋史，(元)脱脱等撰，北京：　中華書局，一九七七年。
通志，(宋)鄭樵撰，北京：　中華書局，影印本一八七七年。
郡齋讀書志，(宋)晁公武撰，上海：　上海古籍出版社，一九九〇年。
直齋書録解題，(宋)陳振孫撰，上海：　上海古籍出版社，一九八七年。
四庫全書總目，(清)永瑢等撰，北京：　中華書局影印本，一九六五年。

莊子集釋，(清)郭慶藩撰，北京：　中華書局，一九六一年。
穆天子傳，《四部叢刊》本。
西京雜記，(舊題晉)葛洪撰，《四部叢刊》本。
世説新語箋疏，(南朝宋)劉義慶撰，余嘉錫箋疏，北京：　中華書局，一九八三年。
書斷，(唐)張懷瓘撰，《歷代書法論文選》，上海：　上海書畫出版社，一九七九年。
太平御覽，(宋)李昉等編，北京：　中華書局，二〇〇〇年。
麈史，(宋)王得臣撰，上海：　上海古籍出版社，一九八六年。
東坡志林，(宋)蘇軾撰，北京：　中華書局，一九八一年。
侯鯖録，(宋)趙令時撰，北京：　中華書局，二〇〇二年。

春渚紀聞，（宋）何薳撰，北京： 中華書局，一九八三年。
紺珠集，（宋）朱勝非撰，臺北： 臺灣商務印書館，一九七〇年影印明刊本。
東軒筆録，（宋）魏泰撰，北京： 中華書局，一九八三年。
甕牖閒評，（宋）袁文撰，北京： 中華書局，二〇〇七年。
容齋隨筆，（宋）洪邁撰，上海： 上海古籍出版社，一九九六年。
墨莊漫録，（宋）張邦基撰，北京： 中華書局，二〇〇二年。
類説，（宋）曾慥編，《北京圖書館古籍珍本叢刊》影印明天啟六年刊本，北京： 書目文獻出版社，一九九五年。
考古編，（宋）程大昌撰，北京： 中華書局，二〇〇八年。
雲麓漫鈔，（宋）趙彦衛撰，北京： 中華書局，一九九八年。
能改齋漫録，（宋）吳曾撰，上海： 上海古籍出版社，一九七九年。
海録碎事，（宋）葉庭珪編，上海： 上海辭書出版社，一九八〇年影印明刊本。
老學庵筆記，（宋）陸游撰，北京： 中華書局，一九七九年。
朱子語類，（宋）黎靖德編，北京： 中華書局，一九八六年。
寓簡，（宋）沈作喆撰，鄭州： 大象出版社，二〇〇八年。

學林，（宋）王觀國撰，北京：中華書局，一九八八年。
捫蝨新語，（宋）陳善撰，《叢書集成初編》本。
野客叢書，（宋）王楙撰，北京：中華書局，二〇〇七年。
鶴林玉露，（宋）羅大經撰，北京：中華書局，一九八三年。
古今事文類聚，（宋）祝穆編，景印《文淵閣四庫全書》本。
困學紀聞，（宋）王應麟撰，上海：上海古籍出版社，二〇〇八年。
學齋佔畢，（宋）史繩祖撰，《叢書集成初編》本，北京：中華書局，一九八五年。
隱居通議，（元）劉壎撰，《叢書集成初編》本，北京：中華書局，一九八五年。
唐才子傳箋證，（元）辛文房撰，周紹良箋證，北京：中華書局，二〇一〇年。
學範，（明）趙撝謙撰，明刊本。
四友齋叢説，（明）何良俊撰，北京：中華書局，二〇〇七年。
山堂肆考，（明）彭大翼撰，張幼學編，臺北：藝文印書館，一九七〇年。
偃曝談餘，（明）陳繼儒撰，臺北：廣文書局，一九六八年。
蜀中廣記，（明）曹學佺撰，上海：上海古籍出版社，一九九三年。
日知録集釋，（清）顧炎武撰，（清）黄汝成集釋，上海：上海古籍出版社，一九八五年。

香祖筆記，（清）王士禛撰，上海：上海古籍出版社，一九八三年。
分甘餘話，（清）王士禛撰，北京：中華書局，一九八九年。
柳南隨筆續筆，（清）王應奎撰，北京：中華書局，一九八三年。
陔餘叢考，（清）趙翼撰，北京：中華書局，二〇〇六年。
十駕齋養新録，（清）錢大昕撰，上海：上海書店，一九八三年。
禪源諸詮集都序，（唐）宗密撰，鄭州：中州古籍出版社，二〇〇八年。
神會和尚禪話録，楊曾文編校，北京：中華書局，一九九六年。
景德傳燈録，（宋）道原編，《四部叢刊》本。
五燈會元，（宋）普濟編，北京：中華書局，一九八四年。
圓悟佛果禪師語録，（宋）紹隆等編，《大正藏》本。
大慧普覺禪師語録，（宋）蘊聞編，《大正藏》本。
正法眼藏，（宋）宗杲編，北京：綫裝書局，二〇〇一年。

楚辭章句，（漢）王逸，北京：中華書局，一九八三年。
文選，（南朝梁）蕭統編，（唐）李善注，北京：中華書局，一九七七年。

六臣注文選，（南朝梁）蕭統選編，李善等注，杭州：浙江古籍出版社，一九九九年。
玉臺新詠箋注，（南朝陳）徐陵編，（清）吳兆宜注，北京：中華書局，一九八五年。
藝文類聚，（唐）歐陽詢等編，上海：上海古籍出版社，一九九九年。
河岳英靈集，（唐）殷璠編，《唐人選唐詩》本，上海：上海古籍出版社，一九七八年。
中興間氣集，（唐）高仲武編，《唐人選唐詩》本。
古文苑，景印《文淵閣四庫全書》本。
文苑英華，（宋）李昉等編，北京：中華書局，一九八二年。
唐百家詩選，（宋）王安石編，臺北：世界書局，一九六二年。
二程集，（宋）程顥、程頤撰，北京：中華書局，一九八一年。
樂府詩集，（宋）郭茂倩編，北京：中華書局，一九七九年。
文章正宗，（宋）真德秀編，《四部叢刊》本。
江湖小集，（宋）陳起編，景印《文淵閣四庫全書》本。
江湖後集，（宋）陳起編，景印《文淵閣四庫全書》本。
汲古閣景鈔南宋六十家小集，（宋）陳起輯，《宋集珍本叢刊》影印本。
瀛奎律髓彙評，（元）方回編，李慶甲集評，上海：上海古籍出版社，一九八六年。

唐詩品彙，（明）高棅編，上海：上海古籍出版社，一九八二年。
漢魏六朝百三家集，（明）張溥輯，南京：江蘇古籍出版社，二〇〇二年。
嘉靖本古詩紀，（明）馮惟訥編，東京：汲古書院，二〇〇五年。
詩紀匡繆，（清）馮舒撰，景印《文淵閣四庫全書》本。
全唐詩，（清）彭定求等編，北京：中華書局，一九六〇年。
古詩源，（清）沈德潛選，北京：中華書局，一九六三年。
唐詩別裁集，（清）沈德潛編，北京：中華書局，一九七五年。
全唐文，（清）董誥等編，上海：上海古籍出版社，一九九〇年。
御選唐宋詩醇，乾隆等編，景印《文淵閣四庫全書》本。
先秦漢魏晉南北朝詩，逯欽立輯校，北京：中華書局，一九八三年。
王子安集注，（唐）王勃撰，（清）蔣清翊注，上海：上海古籍出版社，一九九五年。
王右丞集箋注，（唐）王維撰，（清）趙殿成箋注，北京：中華書局，一九六一年。
李太白文集，東京：汲古書院影印日本靜嘉堂文庫所藏宋本，二〇〇六年。
分類補注李太白詩，楊齊賢集注、蕭士贇補注，東京：汲古書院影印日本尊經閣文庫所藏元本，二〇〇五年。

李太白全集，（唐）李白撰，（清）王琦注，北京：中華書局，一九七七年。
杜詩詳注，（唐）杜甫撰，（清）仇兆鰲注，北京：中華書局，一九七九年。
五百家注昌黎文集，（唐）韓愈撰，上海：上海古籍出版社，一九八七年。
白氏長慶集，（唐）白居易撰，上海：上海古籍出版社，一九九四年。
元氏長慶集，（唐）元稹撰，《四部叢刊》本。
元稹集，（唐）元稹撰，北京：中華書局，一九八二年。
顧況詩集，（唐）顧況撰，趙昌平校編，南昌：江西人民出版社，一九八三年。
樊川文集，（唐）杜牧撰，上海：上海古籍出版社，一九七八年。
皮子文藪，（唐）皮日休撰，上海：上海古籍出版社，一九八一年。
司空表聖詩文集箋校，（唐）司空圖撰，祖保泉、陶禮天箋校，合肥：安徽大學出版社，二〇〇二年。
歐陽修全集，（宋）歐陽修撰，北京：中華書局，二〇〇一年。
王臨川集，（宋）王安石撰，臺北：商務印書館，一九六八年。
蘇軾文集，（宋）蘇軾撰，北京：中華書局，一九八六年。
蘇軾詩集合注，（宋）蘇軾撰，（清）馮應榴輯注，上海：上海古籍出版社，二〇〇一年。
欒城集，（宋）蘇轍撰，上海：上海古籍出版社，一九八七年。

豫章黄先生文集，（宋）黄庭堅撰，《四部叢刊》本。
山谷集、外集、續集，（宋）黄庭堅撰，景印《文淵閣四庫全書》本。
山谷正集、外集、續集，《宋集珍本叢刊》影印清乾隆緝香堂《山谷全書》，北京：綫裝書局，二〇〇四年。
黄庭堅詩集注，（宋）任淵、史容、史季温注，北京：中華書局，二〇〇三年。
淮海集箋注，（宋）秦觀撰，徐培均箋注，上海：上海古籍出版社，一九九四年。
張耒集，（宋）张耒撰，北京：中華書局，一九九〇年。
雞肋集，（宋）晁補之撰，《四部叢刊》本。
姑溪居士全集，（宋）李之儀撰，《叢書集成初編》本。
于湖居士文集，（宋）張孝祥，上海：上海古籍出版社，一九八〇年。
晦庵先生朱文公文集，（宋）朱熹撰，《朱子全書》點校本。
蠹齋鉛刀編，（宋）周孚撰，景印《文淵閣四庫全書》本。
誠齋集，（宋）楊萬里撰，《四部叢刊》本。
楊萬里集箋校，（宋）楊萬里撰，辛更儒箋校，北京：中華書局，二〇〇七年。
廬陵周益國文忠公集，（宋）周必大撰，《宋集珍本叢刊》影印清刊本。

水心先生文集，（宋）葉適撰，《四部叢刊》本。
習學記言，（宋）葉適撰，北京：中華書局，一九七七年。
石屏詩集，（宋）戴復古撰，《四部叢刊》本。
鶴山先生大全文集，（宋）魏了翁撰，《四部叢刊》本。
鶴林集，（宋）吳泳撰，《宋集珍本叢刊》影印清乾隆翰林院鈔本。
敝帚稿略，（宋）包恢撰，《宋集珍本叢刊》影印清乾隆翰林院鈔本。
紫微集，（宋）張嵲，景印《文淵閣四庫全書》本。
後村先生大全集，（宋）劉克莊撰，《四部叢刊》本。
竹溪鬳齋十一稿續集，（宋）林希逸撰，《宋集珍本叢刊》影印清鈔本，北京：綫裝書局，二〇〇四年。
須溪集，（宋）劉辰翁撰，南昌：江西人民出版社，一九八七年。
四如先生文稿，（宋）黄仲元撰，《四部叢刊》本。
牧萊脞語，（宋）陳仁子撰，《宋集珍本叢刊》影印清初影元鈔本，北京：綫裝書局，二〇〇四年。
遺山先生文集，（金）元好問撰，《四部叢刊》本。
桐江集，（元）方回撰，宛委別藏本。
翠屏集，（明）張以寧撰，景印《文淵閣四庫全書》本，臺北：臺灣商務印書館一九八三年。

空同先生集，（明）李夢陽撰，明嘉靖刊本。
升庵集，（明）楊慎撰，景印《文淵閣四庫全書》本。
滄溟先生集，（明）李攀龍撰，上海：上海古籍出版社，一九九二年。
大泌山房集，（明）李維楨撰，《四庫全書存目叢書》影印明萬曆刊本。
黃漳浦集，（明）黃道周撰，《叢書集成三編》影印本，臺北：新文豐出版公司，一九九七年。
錢牧齋全集，（清）錢謙益撰，上海：上海古籍出版社，二〇〇三年。
曝書亭集，（清）朱彝尊撰，《四部叢刊》本。
王士禛全集，（清）王士禛撰，濟南：齊魯書社，二〇〇七年。
榕村集，（清）李光地撰，景印《文淵閣四庫全書》本。
左海文集，（清）陳壽祺撰，《續修四庫全書》影印清刊。
賭棋山莊餘集，（清）謝章鋌撰，清光緒刊本。

文章緣起，（南朝梁）任昉撰，（明）陳懋仁注，臺北：大安出版社，一九九八年。
文心雕龍注，（南朝梁）劉勰撰，范文瀾注，北京：人民文學出版社，一九五八年。
詩品集注，（南朝梁）鍾嶸撰，曹旭集注，上海：上海古籍出版社，一九九四年。

樂府古題要解，（唐）吳兢撰，丁福保輯《歷代詩話續編》本，北京：　中華書局，一九八三年。
金鍼詩格，（舊題唐）白居易撰，張伯偉編撰《全唐五代詩格校考》本，西安：　陝西人民教育出版社，一九九六年。
詩式校注，（唐）釋皎然撰，張伯偉編撰《全唐五代詩格校考》本。
六一詩話，（宋）歐陽修撰，北京：　人民文學出版社，一九八三年。
中山詩話，（宋）劉攽撰，（清）何文煥輯《歷代詩話》本，北京：　中華書局，一九八一年。
後山詩話，（宋）陳師道撰，《歷代詩話》本。
臨漢隱居詩話，（宋）魏泰撰，《歷代詩話》本。
冷齋夜話，（宋）惠洪撰，北京：　中華書局，一九八八年。
天廚禁臠，（宋）惠洪撰，北京：　中華書局，一九五八年影印本。
王直方詩話，（宋）王直方撰，郭紹虞輯《宋詩話輯佚》本，北京：　中華書局，一九八〇年。
洪駒父詩話，（宋）洪芻撰，《宋詩話輯佚》本。
蔡寬夫詩話，（宋）蔡啟撰，《宋詩話輯佚》本。
西清詩話，（宋）蔡絛撰，張伯偉輯《稀見本宋人詩話四種》，南京：　江蘇古籍出版社，二〇〇二年。
詩話總龜，（宋）阮閱編，北京：　人民文學出版社，一九九八年。

石林詩話，（宋）葉夢得撰，《歷代詩話》本。
彦周詩話，（宋）許顗撰，《歷代詩話》本。
紫微詩話，（宋）吕本中撰，《歷代詩話》本。
童蒙詩訓，（宋）吕本中撰，《宋詩話輯佚》本。
潛溪詩眼，（宋）范溫撰，《宋詩話輯佚》本。
唐子西文録，（宋）唐庚撰，《歷代詩話》本。
風月堂詩話，（宋）朱弁撰，北京：中華書局，一九八八年。
藏海詩話，（宋）吴可撰，《歷代詩話續編》本。
歲寒堂詩話，（宋）張戒撰，《歷代詩話續編》本。
艇齋詩話，（宋）曾季貍撰，臺北：廣文書局影印本，一九七一年。
誠齋詩話，（宋）楊萬里撰，《歷代詩話續編》本。
碧溪詩話，（宋）黄徹撰，《歷代詩話續編》本。
竹坡詩話，（宋）周紫芝撰，《歷代詩話》本。
唐詩紀事，（宋）計有功撰，上海：上海古籍出版社，一九八七年。
韻語陽秋，（宋）葛立方撰，《歷代詩話》本。

環溪詩話，（宋）舊題吴沆撰，《學海類編》本。
苕溪漁隱叢話，（宋）胡仔輯，北京：人民文學出版社，一九六二年。
白石道人詩説，（宋）姜夔撰，北京：人民文學出版社，一九六二年。
餘師録，（宋）王正德撰，《叢書集成初編》本。
竹莊詩話，（宋）何汶撰，北京：中華書局，一九八四年。
詩學規範，（宋）張鎡撰，《宋詩話輯佚》本。
後村詩話，（宋）劉克莊撰，北京：中華書局，一九八三年。
北山詩話，（宋）無名氏撰，廣文書局影印本，一九七三年。
荆溪林下偶談，（宋）吴子良撰，《叢書集成初編》本。
對牀夜語，（宋）范晞文撰，《歷代詩話續編》本。
詩林廣記，（宋）蔡正孫撰，北京：中華書局，一九八二年。
吟窗雜録，（宋）陳應行編，北京：中華書局影印本，一九九七年。
滹南詩話，（金）王若虚撰，《歷代詩話續編》本。
吴禮部詩話，（元）吴師道撰，《歷代詩話續編》本。
文選顔鮑謝詩評，（元）方回撰，景印《文淵閣四庫全書》本。

詩法家數，(元)楊載撰，張健《元代詩法校考》本，北京：北京大學出版社，二〇〇一年。
南溪筆録羣賢詩話，(元)佚名撰，廣文書局影印本，一九七三年。
詩法源流，(明)懷悦編，廣文書局影印本，一九七三年。
詩家一指，(明)懷悦編，朝鮮舊刊本。
詩學權輿，(明)黄溥編，《四庫全書存目叢書》影印明天啟刊本。
麓堂詩話，(明)李東陽撰，《歷代詩話續編》本。
南谷詩話，(明)雷燮撰，張健輯校《珍本明詩話五種》本，北京：北京大學出版社，二〇〇八年。
頤山詩話，(明)安磐撰，周維德集校《全明詩話》本，濟南：齊魯書社，二〇〇五年。
升菴詩話，(明)楊慎撰，《歷代詩話續編》本。
名家詩法，(明)黄省曾編，臺北：廣文書局年影印本，一九七三年。
四溟詩話，(明)謝榛撰，北京：人民文學出版社，二〇〇五年。
冰川詩式，(明)梁橋撰，臺北：廣文書局影印本，一九七三年。
説詩，(明)譚浚撰，周維德集校《全明詩話》本。
詩體明辨，(明)徐師曾撰，臺北：廣文書局影印本，一九七二年。
藝苑卮言，(明)王世貞撰，《歷代詩話續編》本。

藝圃擷餘，（明）王世懋撰，《歷代詩話》本。
獨鑒録，（明）瞉齋主人撰，《叢書集成續編》本。
詩藪，（明）胡應麟撰，北京：中華書局，一九六二年。
詩學雜言，（明）冒愈昌撰，《全明詩話》本。
名賢詩法彙編，（明）朱紱編，廣文書局影印本，一九七二年。
翰林詩法，（明）吳默編，明萬曆刊本。
詩話類編，（明）王昌會編，臺北：廣文書局影印本，一九七三年。
詩源辯體，（明）許學夷撰，杜維沫點校，北京：人民文學出版社，一九八七年。
冷邸小言，（明）鄧雲霄撰，《全明詩話》本。
小草齋詩話，（明）謝肇淛撰，張健輯校《珍本明詩話五種》本，北京：北京大學出版社，二〇〇八年。
唐音癸籤，（明）胡震亨撰，上海：上海古籍出版社，一九八五年。
棗林藝簣，（明）談遷撰，臺北：廣文書局影印本，一九七三年。
詩源辯體，（明）許學夷撰，北京：人民文學出版社。
鈍吟雜録，（清）馮班撰，丁福保編《清詩話》本，上海：上海古籍出版社，一九七八年。
答萬季埜詩問，（清）吳喬撰，《清詩話》本。

圍爐詩話，(清)吴喬撰，郭紹虞編選《清詩話續編》本，上海：上海古籍出版社，一九八三年。
而菴詩話，(清)徐增撰，《清詩話》本。
龍性堂詩話，(清)葉矯然撰，《清詩話續編》本。
詩辯坻，(清)毛先舒撰，《清詩話續編》本。
詩筏，(清)賀貽孫撰，《清詩話續編》本。
原詩，(清)葉燮撰，北京：人民文學出版社，一九七九年。
帶經堂詩話，(清)王士禛撰，北京：人民文學出版社，一九六三年。
師友詩傳録，(清)王士禛等撰，《清詩話》本。
師友詩傳續録，(清)王士禛撰，《清詩話》本。
詩麈，(清)黄生撰，《皖人詩話八種》本，合肥：黄山書社，一九九五年。
柳亭詩話，(清)宋長白撰，臺北：廣文書局，影印本，一九七一年。
歷代詩話，(清)吴景旭撰，北京：中華書局，一九五八年。
一瓢詩話，(清)薛雪撰，北京：人民文學出版社，一九七九年。
説詩晬語，(清)沈德潛撰，北京：人民文學出版社，一九七九年。
貞一齋詩説，(清)李重華撰，《清詩話》本。

嫏雅堂詩話，（清）趙文哲撰，《叢書集成續編》影印《荔牆叢刻》本，臺北：新文豐出版公司，一九八九年。
石洲詩話，（清）翁方綱撰，《清詩話續編》本。
養一齋詩話，（清）潘德輿撰，《清詩話續編》本。
竹林答問，（清）陳僅撰，《清詩話續編》本。
石遺室詩話，陳衍撰，北京：人民文學出版社，二〇〇四年。
謫星説詩，錢振煌撰，張寅彭主編《民國詩話叢編》本，上海：上海書店，二〇〇二年。
丹丘詩話，（日本）芥焕撰，《日本詩話叢書》本，東京：文會堂，一九二〇至一九二二年。
夜航詩話，（日本）津阪孝綽撰，《日本詩話叢書》本。
作詩質的，（日本）塚田虎撰，《日本詩話叢書》本。

近人著述

禪學與唐宋詩學，杜松柏撰，臺北：黎明文化事業股份有限公司，一九七六年。
禪學與詩學，張伯偉著，杭州：浙江人民出版社，一九九二年。
滄浪詩話箋注，胡才甫箋注，上海：中華書局，一九三七年。

滄浪詩話校釋，郭紹虞校釋，北京：人民文學出版社，一九六一年初版，一九八三年二版。
滄浪詩話研究，張健撰，臺北：臺灣大學文史叢刊，一九六六年。
古典美學傳統與詩論，王英志撰，南京：南京出版社，一九九一年。
古代文論今探，吳調公撰，西安：陝西人民出版社，一九八二年。
古典文藝美學論稿，張少康撰，北京：中國社會科學出版社，一九八八年。
漢語音韻學，王力撰，北京：中華書局，一九五六年。
胡應麟詩論研究，陳國球撰，香港：華風書局有限公司，一九八六年。
江湖詩派研究，張宏生著，北京：中華書局，一九九五年。
鈴木大拙全集，東京：岩波書店，一九六一年初印，一九八一年重印。
劉克莊年譜，程章燦著，貴陽：貴州人民出版社，一九九三年。
南宋詩人論，胡明撰，臺北：學生書局，一九九〇年。
宋代詩學通論，周裕楷撰，成都：巴蜀書社，一九九七年。
宋金元文學批評史，顧易生、蔣凡、劉明今撰，上海：上海古籍出版社，一九九六年。
宋元禪宗史，楊曾文撰，北京：中國社會科學出版社，二〇〇六年。
詩辨新探，郭晉稀撰，成都：巴蜀書社，二〇〇四年。

詩史本色與妙悟，龔鵬程撰，臺北：學生書局，一九八六年。
詩體釋例，胡才甫撰，臺北：中華書局，一九五八年。
談藝録（補訂本），錢鍾書撰，北京：中華書局，一九八四年。
王達津文粹，王達津撰，天津：南開大學出版社，二〇〇六年。
王國維及其文學批評，葉嘉瑩著，香港：中華書局，一九八〇年。
王季思學術論著自選集，王季思撰，北京：北京師範學院出版社，一九九一年。
文學批評的視野，龔鵬程撰，臺北：大安出版社，一九九〇年。
文藝叢考初編，陶明濬撰，瀋陽：盛京時報社，一九二六至一九二七年。
嚴羽和滄浪詩話，陳伯海撰，上海：上海古籍出版社，一九八七年。
嚴羽及其詩論之研究，黄景進撰，臺北：文史哲出版社，一九八六年。
嚴羽學術研究論文選，厦門：鷺江出版社，一九八七年。
樂府詩述論（增補本），王運熙撰，上海：上海古籍出版社，二〇〇六年。
照隅室古典文學論集，郭紹虞撰，上海：上海古籍出版社，一九八三年。
雜體詩釋例，何文匯撰，香港：中文大學出版社，一九八六年。
中國禪宗與詩歌，周裕楷撰，上海：上海人民出版社，一九九二年。

中國古代文論管窺(增補本),王運熙撰,上海:上海古籍出版社,二〇〇六年。
中國歷代文論選,郭紹虞主編,上海:上海古籍出版社,一九七九年。
中國詩學,程兆熊撰,臺北:鵝湖書屋,一九六三年。
中國詩學,葉維廉撰,北京:三聯書店,一九九二年。
中國文學理論,劉若愚撰,田守真、饒曙光譯,成都:四川人民出版社,一九八七年。
中國文學理論史,成復旺等撰,北京:北京出版社,一九八七年。
中國文學理論批評發展史,張少康、劉三富撰,北京:北京大學出版社,一九九五年。
中國文學論集,朱東潤撰,北京:中華書局,一九八三年。
中國文學批評史,郭紹虞撰,上海:商務印書館,一九四七年。
中國文學批評史,羅根澤撰,上海:上海古籍出版社,一九八四年。
中國文學批評小史,周勛初撰,武漢:長江文藝出版社,一九八一年。
中國文藝思想史,青木正兒撰,東京:岩波書店,一九四三年。
中國哲學史新編,馮友蘭撰,北京:人民出版社,一九九二年。
朱自清全集,朱自清著,南京:江蘇教育出版社,一九九三年。
滄浪詩話,(日)荒井健日譯注釋,東京:朝日新聞社,一九七二年。

滄浪詩話，（日）市野澤寅雄日譯注釋，東京：明德出版社，一九七六年。

Readings in Chinese Literary Thought, Stephen Owen, Massachusetts: Harvard University, 1992.

談嚴羽的「滄浪詩話」，黄海章撰，《光明日報》一九五八年三月九日。

試測《滄浪詩話》的本來面貌，郭紹虞撰，《文匯報》一九六一年六月十日。

讀郭紹虞同志的《滄浪詩話校釋》，來祥、秀山撰，《光明日報》一九六二年八月五日。

討論前後的幾點聲明，郭紹虞撰，《光明日報》一九六二年八月五日。

試談《滄浪詩話》的成就與局限，張少康撰，《光明日報》一九六二年十一月四日。

論《滄浪詩話》——兼談嚴羽和王士禛在文藝思想上的聯繫與區別，張少康撰，《北京大學學報》人文社會科學版，一四六四年第三期。

嚴羽與宋人詩論，葉維廉撰，《幼獅學誌》十五卷四期，一九七九年十二月號。

嚴羽詩禪説析辨，郁沅撰，《學術月刊》一九八〇年第七期。

嚴羽以禪喻詩試解，王夢鷗撰，《中華文化復興月刊》第十四卷第八期，一九八一年。

説「興趣」，陳伯海撰，《文藝理論研究》一九八二年第二期。

嚴羽「別材」説探微，梁道理撰，《學術月刊》一九八二年七期。

論《滄浪詩話》，王達津撰，《文學評論叢刊》第十六輯，一九八二年。

論詩論史上一個常見的象喻——「鏡花水月」，陳國球撰《古代文學理論研究》第九輯，上海：上海古籍出版社，一九八四年。
從「唐人七言律第一」之爭看文學觀念的演變，周勛初撰，《文學評論》，一九八五年第五期。
《滄浪詩話》非嚴羽所編——《滄浪詩話》成書問題考辨，張健撰《北京大學學報》人文社會科學版，一九九九年第四期。
關於嚴羽著作幾個問題的再考辨，張健撰，《北京大學學報》人文社會科學版，二〇〇一年第四期。
Chinese Poetics and Zenism, Shih-hsiang Chen, *Oriens*, Vol. 10, No. 1 (Jul. 31, 1957).
Orthodoxy and Enlightenment: Wang shih-chen's Thoery of Poetry and Its Antecedents, Richard John Lynn, *The Unfolding of Neo-Confucianism*, ed. by Theodore De Bary, New York: Columbia University Press, 1975.

後記

本書的撰寫歷時十有餘載。十幾年前，因考校元代詩法著作，讀明初張以寧《黄子肅詩集序》，中有「裒嚴氏《詩法》」之語，引起我極大的好奇心與探究興趣。黄子肅是嚴羽再傳弟子黄清老，張氏謂其「裒嚴氏《詩法》」，根據序文語意脈絡，是指黄氏彙集嚴羽《滄浪詩話》。依照常識，《滄浪詩話》是嚴羽所撰的一部有體系之詩話著作，完整地流傳下來，但張序何以謂黄氏裒集？又爲何不稱詩話而獨稱詩法？莫非《滄浪詩話》的成書有問題？我試圖從兩個途徑尋找答案：一是嚴羽本人著作的版本及流傳；二是《詩人玉屑》中引述嚴羽著作的情況。爲此，我花了數年時間搜集各種版本的嚴羽著作及《詩人玉屑》，研究其成書與版本源流。隨著答案的逐漸明確，我也因而有了研究並重新整理嚴羽著作的計劃。重新校注《滄浪詩話》，便是其中的一部分。這項計劃於二〇〇〇年得到中國高校古籍整理委員會的資助。二〇〇六年，我從北京大學來到香港中文大學，以「理學官學化與晚宋文壇」爲課題向香港研究資助局申請資助並獲得批准，嚴羽詩學與理學的關係屬於研究計劃的一項内容，遂使得此前的工作得以繼續並完成。在此謹向以上兩家研究資助機構致謝。在搜集資料的過程中，我先後得到了臺灣政治大學黄景進教授、日本九州大學合山究教授、日本神戶大學釜谷武志教授、臺灣中央研究院李宗焜教授、臺灣成功大學張高評教授等先生的大力幫助。如果本書在文獻方面有可取之處，應該歸功於以上諸位先生的貢獻。我謹向他們表示最深切的謝意。我還要向上海古籍出版社奚彤雲女士致謝，正是她的邀約，促成了此書的出版。在本書的撰寫過程中，她曾就體例等問題提出建議，而她專業細心的審讀也減少了本書的錯誤。本書徵引不少當代學者的論述，這些論述既代表二十世紀以降學術界對於《滄浪詩話》的理解，也是《滄浪詩話》詮釋歷史的一部分，無論本書著者認同其觀點與否，毫無疑問，這些論述都曾給予本人以啟發。著者曾先後在北大、香港中大爲研究生講授《滄浪詩話》專題課，同學諸君在課上課下的發言及追問促使本人更加深入地思考相關問題。這裏也向他們獻上敬意與謝意。著者的目標原本有二：其一、提供一個建立在更堅實文獻基礎之上的文本；其二、對原書理論內涵做出比較清晰的詮釋並呈現前人詮釋的歷史。以上目標究竟實現了多少，最終有賴於讀者的檢驗與評判。我隨時準備傾聽與吸取各種批評和建議。

張健　二〇一〇年九月於香港

修訂後記

本書出版已近十年。這次修訂，改正了一些錯字及標點，箋注内容未有改動。南京大學張伯偉教授曾來信指出本書所引唐人張南史詩首二句的標點問題。本書原來採用中華書局《全唐詩》整理本的標點，但張伯偉教授的標點更爲合理，這次修訂採納了伯偉教授的建議，特申謝忱。本書的責任編輯奚彤雲女士，對本書的初版貢獻實多，此次再版也是出於她的提議；古典文學編輯室龍偉業先生，爲本書修訂費心出力。他們的提議及專業細心的編輯，使本書得以減少錯誤，在此謹致謝意。

按照原來的計劃，完成此書後，我將重新整理嚴羽集，並撰寫一本嚴羽詩論的專著，但後來改變計劃，先撰成《知識與抒情：宋代詩學研究》一書，而將嚴羽詩論作爲其中一章。至於嚴羽集的整理，雖資料大體完備，但未能專注其事，希望不遠的將來，能畢其事，謹誌於此。

張健　二〇二一年十一月